Scarlet
스칼렛

www.bbulmedia.com

Scarlet
스칼렛
www.bbulmedia.com

아리스미아

1판 1쇄 찍음 2015년 12월 16일
1판 1쇄 펴냄 2015년 12월 22일

지은이 | 하 영
펴낸이 | 정 필
펴낸곳 | **(주)뿔미디어**

기획 · 편집 | 박경희, 이영은

출판등록 | 2002년 9월 11일 (제1081-1-132호)
주소 | 경기도 부천시 원미구 소향로 17, 303(두성프라자)
전화 | 032)651-6513 / 팩스 032)651-6094
E-mail | scarlets2012@hanmail.net
블로그 | http://blog.naver.com/dahyangs
홈페이지 | http://bbulmedia.com

값 9,000원

ISBN 979-11-315-6911-5 03810

※파본은 구입하신 서점에서 교환하여 드립니다.

SCARLET
ROMANCE STORY

아 리 스 미 아

Arrhythmia

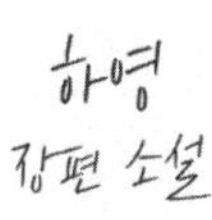

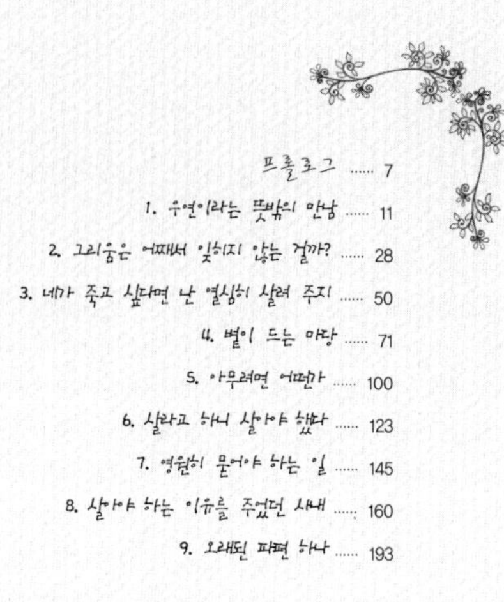

contents

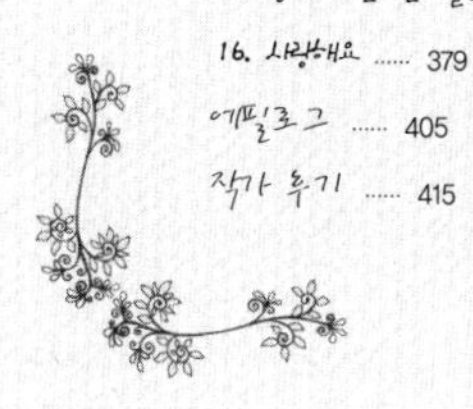

프롤로그

입추가 지나 조금은 서늘한 바람을 기다리는 사람들을 비웃듯, 햇살은 당당히 기운을 다해 세상을 태우려는 모양새를 뽐내고 있었다.

뜨거운 햇살에 가을은 길을 잃어 여전히 녹음이 푸르게 세상을 물들이고 있었지만 하늘에서는 가을이 제자리를 찾아 성큼 다가왔다는 것을 알리려는 듯 한결 높아져 있었다.

한 면을 통유리로 마감한 카페에서 바라보는 바깥 풍경은 조용하고 시원하며 편안해 보였다.

이른 시간이지만 뜨거운 햇살은 오가는 사람들의 머리 위로 꽂히며 저절로 손을 들어 눈가를 가리게 하고 종종걸음으로 바쁘게 그늘을 찾도록 만들었다.

개중에는 가벼운 옷차림에 가끔은 손부채질을 하며 느긋하게 지나가는 사람들도 보였으나 카페 안은 밖의 더위와는 상관없이 싸늘한 에어컨 바람이 지배하고 있었다. 오스스 팔에 소름이 돋을 정도로 차가운 에어컨 바람이 사람을 유혹한다. 그래서인지 카페 안에서 보는 바깥 풍경은 꼭 영화를 보는 것 같은 착각이 들게 했다.

"정했니?"

밖이 훤하게 보이는 자리 중 가운데 테이블에 한눈에도 고급스러운 옷차림의 중년 여인이 고개를 숙인 채 탁자 끝만 바라보는 젊은 여자에게 별일 아니라는 듯 조용히 묻고 있었다.

두 사람 앞에는 김이 모락모락 올라오는 커피가 예쁜 잔에 놓여 있었다. 대꾸가 없는 여자의 행동에도 중년 여인은 딱히 독촉 없이 우아하게 잔을 들어 한 모금 입에 머금고 커피 향에 집중했다.

"……정말 약속은 지키시는 겁니까?"

긴 생머리가 먼저 눈에 들어오는 여자는 여인이라고 칭하기에도 아직은 앳돼 보이는 얼굴이었다. 요즘 여자들처럼 화장이나 옷에 전혀 신경 쓰지 않은 편한 반팔 티셔츠에 청바지 차림일 뿐인데도 묘하게 사람 눈을 끄는 아름다움이 인상적이었다.

한참을 머뭇거리던 여자는 마음을 정했는지 똑바로 눈을 마주하며 앞에 앉은 여인을 바라보았다. 하얀 얼굴에 도드라진 까만 눈동자는 그녀가 제법 총명하다는 것을 알려 주고 있었다.

"약속은 지켜. 그런 일이야 나에게는 별일도 아니라는 걸 알텐데."

알고 있었다. 앞에 앉은 여인이 얼마나 대단한 위치에 있는지를. 그래서 이렇게 말도 못 하고 고개만 숙이고 있었다. 변명 따위도 필요가 없었다. 매달려 보는 것은 더욱 엄두도 나지 않았다.

처음부터 선택의 여지는 없었다. 이런 기회가 왔다면 당연히 잡아야 했다. 아무것도 안 하고 그저 마음에 박혀 있는 감정 하나 빼내면 해결할 수 있었다.

그런데 너무 아프다. 생각보다 너무 아파 눈물도 나오지 않았다. 누군가를 가슴에 담는 것조차 자신에게는 과한 욕심이라는 것을 왜 몰랐을까.

스스로를 탓하며 해서가 입술을 깨물고 다시 여인의 눈을 마주했다. 변함없는 눈동자에서는 그녀를 탓하는 기색도 그렇다고 업신여기는 기색도 없었다. 당연히 받아들일 거라는 확고한 의지만 담겨 있었다.

"……알겠습니다. 말씀대로 하겠습니다."

"다행이구나. 똑똑한 아이라서. 앞일 역시 걱정하지 않아도 되겠지?"

"네. 절대 나타나지 않겠습니다."

"그럼 뒷일도 부탁하지. 깨끗이 잊게 해 주겠지?"

해서의 대답이 마음에 들었는지 처음으로 여인의 얼굴에 미소 비슷한 것이 스치듯 지나갔다.

"……그러겠습니다."

무너지는 가슴을 그대로 마음 한편에 묻으며 해서가 변함없는 음성으로 답을 했다.

"그래, 그럼 나도 곧바로 움직여 주지. 너도 빨리 준비하는 게 좋을 거야."

"감사합니다."

들을 말은 모두 들었다는 듯 여인이 자리에서 일어나며 툭 던지는 말에 해서가 따라 일어나 고개 숙여 인사를 올렸다. 해서는 이미 자리를 떠나 카페를 나서는 여인의 모습이 사라지는데도 숙인 고개를 들지 못했다.

떨리는 어깨와 긴 머리 밑으로 뚝뚝 떨어지는 물방울이 숨겨진 그녀의 마음을 보여 주는 듯했다.

그날 해서는 카페를 나서지도 못한 채 한참을 앉아 있었다. 입추가 얼마 지나지 않은 가을의 시작을 알리려 파랗게 빛나던 하늘이 무심하게 그녀를 내려다보고 있었다.

1

우연이라는 뜻밖의 만남

지방대학이라고는 하지만 의대가 제법 유명한 제인대학교의 정문을 지나서 20분 정도 걸어가면 작은 꽃집이 눈에 들어온다.

그리고 십 분을 더 걸어가면 제인대학병원이 그 위용을 자랑하고 있었다. 작지만 목이 좋은 곳에 자리 잡고 있는 꽃집에는 대학생들을 위한 개성 넘치는 예쁜 꽃다발부터 병문안을 위한 따뜻한 느낌의 꽃바구니까지 가게 문 앞에 화사하게 진열되어 있었다.

가게 평수는 열다섯 평 남짓. 오가는 사람들을 위해 전시된 꽃들 말고도 미닫이문을 열고 가게 안으로 들어가면 예쁜 종소리와 더불어 이국적인 꽃향기가 먼저 사람들의 가슴에 스며들었다.

꽃 중의 꽃 장미부터 색색의 국화와 안개꽃. 거베라부터 튤립과 수국, 카라. 그리고 당당한 극락조화까지 저마다의 아름다움을 뽐내고 있었지만 해서는 눈길도 주지 않고 조금 더 안쪽으로 들어갔다.

무릎 높이부터 시작해 해서의 키를 넘는 대형 화분들이 양쪽으로 줄을 서 자신을 찾아올 손님들을 기다리고 있었다.

그곳에 들어서면 짙은 꽃향기 대신 대형 식물들이 뿜어내는 싱그러운 공기를 느낄 수 있었다. 꽃집치고는 바깥에 장식해 놓은 화분도 몇 개 없었지만 팔려고 내놓은 꽃들도 그리 많지 않았다. 여름방학인지라 학생 손님도 거의 없고 오가다 병문안을 위해 꽃바구니를 찾는 사람들 몇몇이 전부였기에 해서도 별반 신경 쓰지 않았다.

운이 좋아 인근 장례식장의 화환을 도맡게 되면서 가게 운영에는 그리 구애받지 않을 수 있었다. 바쁠 때는 아르바이트를 부탁할 정도로 정신없이 돌아가기도 했지만, 손님도 없고, 주문받을 화환도 없는 날이 드물어 지금의 한가함이 더욱 반가웠다.

해서는 일부러 커다란 화분들 중에 가장 좋아하는 동백나무 옆에 서 눈을 감고 깊은 산속에 있다 상상하며 깊숙이 숨을 들이켰다.

그곳에는 안슈리움, 폴리샤스, 해피트리, 재스민, 벤자민, 행운목, 홍콩야자 등등. 해서가 좋아하는 초목이 물방울을 잎 끝에 매달고 싱싱하게 빛나고 있었다.

깔끔한 단발이 달걀형 얼굴에 부드럽게 음영을 드리운다. 긴 속눈썹이 뺨 위에 그림자를 만들고 턱을 올린 자세 때문에 조금 더 들린 코끝이 귀엽게 반짝이고 있었다.

스트라이프 티셔츠에 청바지를 입고 카키색 앞치마로 마무리한 패션 때문에 언뜻 보면 해서도 잘 자란 화분의 나무처럼 보이기도 했다.

그러나 자신이 어떻게 보이든 상관없이 심호흡하자 깨끗하고 청명한 식물들이 내뿜는 상쾌한 공기가 해서의 폐 속 깊숙이 스며들었다. 머리카락을 살랑대는 바람만 불어 준다면 머릿속에 그린 산속의 느낌이 살아나겠지만 안타깝게도 바람은 무리였다.

해서는 유난히 기계 바람을 싫어해 여름에도 화초를 핑계 삼아 에어컨을 돌리지 않았다. 겨울에야 어쩔 수 없다지만 꼭 필요한 경우가 아니면 절제하고 살아 아르바이트생에게 짠순이 사장이라는 놀림을 받고 있었다.

해서만의 상상 속 삼림욕은 가게 문에 달아 놓은 작은 방울 소리 때문에 현실로 돌아왔다. 직업적인 미소를 지으며 해서가 화분들을 뒤로하고 손님도 확인 안 한 채 인사부터 했다.

"어서 오세요."

여전히 화분 속에 둘러싸여 있던 자리가 아쉽지만 미련 없이 떨쳐 버리고 갖가지 꽃들이 향연을 벌이는 가게 앞쪽으로 나섰다.

"화분 하나 보내 주시죠."

선 굵은 남자의 목소리에 해서가 무심코 상대방을 확인하다 저도 모르게 놀라 석상처럼 굳어 버렸다.

왜 이 사람이 여기 서 있는지 모르겠다. 벌써 눈앞이 깜깜해지고 입이 말라 온다. 그리고 심장은 밖으로 튀어나올 듯 난타질 하고 있었다.

먼빛으로나마 한 번만 보게 해 달라고 빌 때는 죽어도 보이지 않더니 정작 만나고 싶지 않을 때 나타난 그를 보며 해서는 죽을 힘을 다해 아무렇지도 않은 얼굴을 만들려 애쓰고 있었다.

"난을 좋아하시니 가장 좋은 난 화분으로 골라 생신 축하 메시지 넣어 주시고 진서훈만 써서 의학부 심장외과 전임 교수실로 보내 주십시오."

간신히 떨림을 숨기고 서 있는 해서의 모습은 보이지도 않는지 서훈은 아예 눈앞에 놓인 메모지에 쓸 말을 적은 후 지갑을 꺼내다 그제야 주위를 둘러봤다. 주인도 없는 카운터에서 홀로 떠들고 있음을 깨달았나 보다.

"누구 없어요?"

한층 올라간 목소리에 담긴 짜증은 그대로였다. 이 남자는 예전에도 짜증이 나면 목소리부터 높아졌다. 저도 모르게 숨죽이고 있던 해서가 그의 음성에 밀려 앞으로 나섰다.

"알아들었습니다. 말씀하신 대로 보내 드리겠습니다. 우리 꽃집에서 가장 좋은 난은 풍란이지만 제가 알기로는 백석기 교수님의 취미 생활은 분재입니다. 분재로 하면 더 좋아하실 겁니다."

해서는 억지로 마른입에 침을 만들어 축이고는 천천히 그의 주문에 이견을 달았다. 어쩌면 그가 그녀를 못 알아볼 수도 있으리라는 작은 희망에 매달리며 짧은 단발머리로 최대한 얼굴을 가리려 애썼다.

일부러 바쁜 척 등을 돌려 그가 원하는 난을 꺼내고 또 백 교수님이 좋아할 만한 분재를 골라 그 앞에 내밀었다.

"……여기 ……있었군. 그런데 겨우 꽃집이야? 여기보다는 더 좋은 곳에서 화려한 모습으로 있어야 하는 거 아닌가?”

희망은 어차피 사라지라고 있는 것일까? 해서를 알아보고 놀란 목소리가 어느새 이죽거림으로 바뀌어 있었다.

결국 돌아서 그를 똑바로 마주한 해서가 십이 년 만에 처음으로 서훈을 눈에 담았다. 하지만 그곳에는 스물넷의 패기 어린 젊은이는 없었다.

핏이 살아 있는 블랙의 고급 정장을 단정하게 차려입고 깔끔하게 정리된 머릿결이 눈이 부신 멋쟁이 신사가 있을 뿐이었다. 여전히 잘생긴 외모였다. 뜨거운 여름 햇살조차 그를 피해 간 모양인지 더위에 지친 모습은 보이지 않았다.

해서는 처음 그의 얼굴을 보기 전에 그의 이름부터 먼저 들었다. 의대 본과에서 가장 잘생긴 사람을 만나면 그 이름이 진서훈이라고.

잘생겼다는 말은 들었지만 그렇게 잘 웃는 사람이라는 말은 듣지 못했었다. 사람을 향해 진심을 다해 환하게 웃으면 볼 아래 입가에 패던 보조개를 아직도 또렷하게 기억하고 있었다. 그리고 보름달에서 곧바로 초승달로 변하던 눈매도 기억하고 있었다.

때 묻지 않은 밝은 미소로 주변을 밝히던 그 모습을 이제 볼 수 없다는 것쯤은 알고 있었다. 하지만 이런 식으로 그를 만나 정면으로 잔인하고 차가운 미소를 보게 될 줄은 몰랐다.

어쩌다 만나는 상상은 했었다. 드라마나 노래 가사에 나오는 우연이라는 뜻밖의 만남으로 화를 내는 그를 상상한 적은 있지만 현실로 이뤄지리라고는 생각해 본 적이 없었다. 그러나 막상 마주하고 나니 현실은 상상보다 두렵고 가슴이 아파 왔다.

두 눈에 담긴 적의와 더불어 조롱하는 미소에 소름이 돋아 해서는 먼저 시선을 돌려야 했다. 마치 더러운 것을 본 듯 질색하는 차가운 눈에 저절로 오금이 저려 왔다.

"주문은 취소야. 세상에 꽃집이 여기 하나라고 해도 내가 여기서 살 일은 없을 테니까."

해서가 탁자에 올려놓은 분재를 노려보는 눈초리도 매서웠다. 마치 거기에도 더러운 것이 잔뜩 묻어 있다는 듯 경멸이 가득했다. 그리고 곧 그 눈빛은 해서를 향해 쏟아지더니 머리부터 발끝까지 훑어 내리며 비웃음을 흘리고 망설임 없이 꽃집을 나선다.

그가 나가고도 한동안 해서는 움직일 수가 없었다. 생각지도 않은 만남에 속이 쓰리고 아파 왔다. 세월이 흘러 이제는 무뎌졌다고 믿었던 감정이 한꺼번에 몰려오며 숨 쉬는 것조차 버거웠다.

간신히 의자에 주저앉은 해서가 두 손으로 얼굴을 가리고 스스로를 진정시키려 노력하지만 쉽지 않았다.

기억 속의 그는 이십 대의 팔팔한 젊은이였지만 이제는 삼십 대의 성공한 사내로 남을 것 같았다. 차라리 만나지 말 것을. 또 다른 기억을 덧대지 않아도 남은 기억만으로도 진이 빠질 정도로 힘들었다.

이제 이곳도 정리해야 할 것 같았다. 다시는 그를 만날 수 없는 곳을 찾아 떠날 때가 된 모양이었다. 남은 빚은 가게를 정리하면 충분히 갚을 수 있었지만, 빚이야 갚으면 그만이고 그녀가 그에게 준 상처는 어떻게 갚아야 하는지 알 수가 없었다.

아무렇지도 않아 보이지만 꽃집을 나온 서훈의 심장도 무섭게 뛰고 있었다. 뜨거운 햇빛을 맞으며 주차돼 있던 차 문을 열고 시동을 켜자 곧바로 시원한 바람이 그의 열기를 식혀 주려 애를 쓴다. 그런데도 놀란 심장은 멈출 생각을 하지 않는다.

어떻게 이렇게 만날까. 아무리 우연이라지만 그리 반가운 우연은 아니었다. 모두 잊었다 생각하던 자신을 비웃듯 여전히 같은 얼굴 같은 표정의 그녀를 보며 가슴 한쪽이 '쿵' 하고 내려앉는다.

잊었다 생각했다. 미친 듯이 그녀를 찾아 헤맸던 시간들과 마침내 쓰디쓴 쓸개처럼 잔인한 진실 앞에 무너졌던 시간들이 스멀스멀 기어 나와 또다시 그를 좀먹고 있었다.

'진심이야? 거짓말이지?'

애가 타 매달리는 그를 향한 눈엔 처음 보는 차가움과 비웃음이 가득했었다. 그래도 아니라고 믿고 싶어 되묻던 그에게 고개만 까딱이던 그녀의 얼굴은 지금까지도 잊히지가 않았다.

'뭐가? 돈? 맞아. 이왕이면 조금 더 부를걸. 장난삼아 불렀더니 진짜 주시더라. 아까워라. 돈 많은 집 아들인 건 알았는데 그 정도일 줄은 몰랐어. 사실 그냥 자기 옆에 붙어 있을까도 했는데 생각해 봐. 너희 집에서 날 받아 주겠니? 신파는 나랑 안 맞아. 그래서 이쯤에서 그 정도 먹고 떨어져 주려고. 덕분에 잘 놀았어.'

어깨를 으쓱이며 그가 유난을 떠는 것이 웃기다는 얼굴로 입을 놀리는 사람이 정말 그가 사랑하는 여자가 맞는지 믿기지 않았다.

'이러지 마, 해서야. 도대체 무슨 일이야? 나한테 말을 해. 이건 정말 너답지 않아.'

'나다운 게 뭐야? 그동안 넌 나의 뭘 봤는데? 네가 원하는 여자로 사는 것도 별로 재미없고 질리던 참이었어. 그러니까 우리 여기서 그만하자. 그냥 좋은 경험했다 생각하라고. 그리고 난 너에게 그 경험을 주는 대가를 받았을 뿐이고. 그러니 제발 연락하지 마. 넌 자존심도 없니? 구질구질하게.'

차갑게 노려보는 여자는 분명 해서가 아니었다. 그가 사랑하는 여자는 긴 생머리가 어울리는 예쁜 여자였다. 화장이라고는 립글로스가 전부였지만 해맑은 피부가 아름답게 반짝이던 여자였다.

평범한 티셔츠에 아무렇지도 않게 걸친 조끼마저 멋으로 보이고 청바지가 누구보다 잘 어울리는 여자가 해서였다.

약속 시간에 늦어도 그가 올 때까지 책을 읽으며 한 마디 투정도 없었던 여자였다. 늦은 그에게 왔으니 됐다고 배시시 웃던 여자였다.

그런데 그날의 해서는 달랐다. 짧은 호피 무늬의 미니스커트와 계절에 어울리지 않는 가죽 롱부츠, 그리고 속옷이 비치는 망사 티에 사자처럼 부풀어 올린 파마머리는 그렇다 치지만 하얗게 분칠한 얼굴에 알록달록 색을 입힌 눈가와 새빨갛게 반짝이는 입술까지.

만약 그녀가 그의 이름을 부르지 않았다면 못 알아보았으리라.

'미안하지만 이게 진짜 내 모습이야. 그동안 본의 아니게 속인

건 미안해. 하지만 속은 너도 할 말은 없잖아?'

빨간 입술을 놀리며 내뱉는 말이 서훈은 믿기지 않아 몇 번이나 고개를 저었다.

'이러지 마, 무슨 일인지 말을 해. 갑자기 이러는 이유가 뭐야? 정말 너 어머니께 그런 말을 했어? 아니지? 아니잖아. 윤해서 너 그런 애 아니잖아.'

애원하는 그를 향하던 차가운 눈빛도 잊히지 않는다.

'그랬어. 어차피 처음부터 작정한 일이었어. 조금 더 놀아 볼까 했는데 내가 좀 돈이 급해서. 그러니까 여기서 떨어져 줄래? 나도 좀 곤란하기도 하고 싫증도 나고. 곱게 자란 도련님은 모르는 일이 있으니까.'

내미는 손을 쳐 내는 그녀의 행동에는 일말의 감정도 보이지 않았다.

'연기잖아. 도대체 왜 이런 연기를 하는 거야? 너와는 어울리지도 않아. 무슨 일인지 말해. 내가 이해하도록.'

참다못한 그가 그녀의 두 팔을 잡고 거칠게 흔들자 마지막 기를 쓰고 매달린 겨울 잎사귀처럼 흔들리던 그녀가 몸부림을 쳤다. 간신히 그의 품에서 벗어난 그녀의 입가에 빨간색 피가 비쳤다. 거친 손길에 입술을 깨문 것처럼 보였다.

'해서야, 미안해. 흥분해서 그만. 잘못했어.'

빨간색 립스틱을 바른 입가에 피가 묻어 있는 것을 확인한 서훈이 놀라 그녀에게 다가가려 했지만 그녀는 한 발 물러서며 독한 눈빛으로 그를 째려보고 있었다.

'그만 좀 하지. 귀한 집에서 자라 세상 물정 모르는 모양인데 다 너같이 모두 갖고 태어나는 줄 알아? 사랑? 사랑이 밥 먹여 주니? 사랑이 돈을 줘? 난 애초에 그런 감정 몰라. 그러니까 너도 정신 차리고 다시는 나 같은 여자한테 속아서 시간 낭비하지 마. 내가 적어도 한 가지는 가르쳐 준 거니까 그 대가를 준 셈 쳐. 좀 비싸긴 하지만 좋은 교훈이잖아.'

미련 없이 돌아서는 그녀를 더는 잡을 수가 없었다. 마지막으로 남은 싸구려 향수 냄새가 그를 괴롭혔다. 그래도 믿을 수 없어 모든 것을 내버리고 그녀를 찾아다녔다. 그렇게 그는 한동안 윤해서라는 여자를 찾아 모든 것을 내던졌었다.

분명 그런 행동을 하는 것에는 이유가 있으리라 믿으며 그녀를 찾아 온 사방을 헤집고 다녔다. 그러나 그 이후로 다시는 그녀를 볼 수 없었다. 그녀에 대해 아는 사람조차 찾을 수가 없었다.

어머니에게 돈을 요구했다는 말을 들으면서도 믿지 않았다. 폭행을 당해 아이를 가졌다며 폭로하겠다는 해서의 협박에 방법이 없어, 할 수 없이 돈을 주었다는 어머니의 말도 그는 믿을 수 없었다.

그래서 해서를 찾아 직접 물어보고 확인할 마음이었다. 어머니의 오해라고 믿고 싶었다. 그런 분이 아니라는 것을 알고 있었지만 그래도 해서를 만나 직접 사실을 확인하면 모두 오해라고 누군가 그들의 사랑을 방해하려는 음모가 밝혀질 거라 믿고 있었다.

그러나 현실은 잔인했다. 더불어 어머니에 대한 실망은 사람을 제대로 볼 줄 몰랐던 자신에 대한 실망으로 바뀌어 끊임없이 그를 벼랑으로 몰아갔다.

여자 하나 때문에 세상 끝까지 떨어진 그를 보며 안타까워하던 어머니의 눈물 때문에 다시 일어날 수 있었다. 그리고 그 시간 동안 곁에 있어 준 여자가 지금의 약혼녀 지혜였다.

언제나 아끼는 여동생으로만 봐 왔던 지혜가 어릴 때부터 그를 마음에 담아 기다리며 눈물짓고 살았다는 것은 나중에 알았다. 그럼에도 불구하고 지혜는 그에게 단 한 번도 여자로 보인 적이 없었다.

그러나 방금 만난 여자가 남긴 흔적 때문에 여자라는 인간을 믿지 못하게 된 그에게 어릴 때부터 알고 지낸 지혜만큼 믿을 만한 여자도 없었다.

묵묵히 그의 옆을 지키는 그녀를 받아들인 것은 얼마 전이었다. 결혼 이야기를 꺼내는 부모님 앞에서 예선의 상처 때문에 여자라는 존재를 믿지 못한다는 말씀을 드릴 수는 없었다.

은근히 지혜를 생각하고 계시는 부모님 생각에 굳이 싫다는 말도 하지 않았다. 사실 믿을 수 있는 여자라고는 내내 보았던 지혜뿐이었다. 그래서 그의 청혼에 눈물을 흘리는 그녀에게 미안했지만 그때도 차마 사랑한다는 말은 하지 못했다.

한세월 마음 맞는 친구처럼 살아가면 그뿐이었다. 지독한 사랑은 그만큼 커다란 상처를 남긴다는 것을 이제는 알고 있었다. 그리고 지금도 그 상처가 남긴 흔적 때문에 가슴 한쪽이 무너지고 있었다.

사랑이란 감상적인 시인이 만들어 낸 쓸모없는 환상이었다. 언젠가는 깨지게 되어 있는 감정의 사치였다. 사랑하지 않아도 서로를 아끼는 마음으로 살아가면 그만이라고 생각했다. 한 번의 사랑이면 족했다. 이번에는 가슴이 아닌 머리로 따지고 선택한 사람이었다. 미안한 만큼 많이 아껴 주며 살자고 스스로에게 약속했다.

두 달 뒤면 날짜를 잡고 결혼식을 올릴 참이었다. 좋은 날을 앞두고 마가 낀다더니 딱 그 꼴이었다. 다시는 마주치고 싶지 않았던 여자를 이렇게 만나게 될 줄은 몰랐다. 그러나 더욱 그를 괴롭히는 건 그녀를 보자마자 이토록 흔들리는 자신이었다.

아무런 감정도 남지 않았어야 했다. 그런 여자에게는 미움이라는 단어도 아까울 정도인데 왜 그는 아직도 자신을 보고 하얗게 질리던 그녀의 얼굴에 통쾌함보다 걱정이 앞서는 건가. 왜 심장은 미친 듯이 뛰고 있는가. 시선을 돌리는 것도 왜 이리 힘들어야 하는가. 자신에 대한 경멸에 쓴웃음이 밀려와 서훈은 씁쓸함에 미간을 찌푸리고 있었다.

그 와중에도 그는 꽃집의 간판을 사이드미러로 확인하고 차를 출발시켰다. 존경하던 교수님의 부탁으로 일 년 동안 전임 교수 겸 과장으로 근무할 병원으로 향하는 길에 이런 우연이 기다리고 있을 줄은 상상도 못 했다.

다들 당연히 그가 서한대학교 부속병원에서 근무할 거라 했지만 처음부터 그럴 생각은 없었다. 때마침 백 교수님의 연락을 받아 주저 없이 수락하고 백 교수님이 계시는 병원을 선택했다.

아버지의 실망은 대단했다. 다 늦게 반항이냐며 호통치셨고 어머니와 지혜는 몇 번이나 그를 설득하려 애를 썼다.

그러나 의외로 할아버지께서는 별다른 말씀 없이 많이 배우고 오라는 격려뿐이었다. 덕분에 편하게 이곳에 올 수 있었다. 할아버지가 허락하신 이상 다른 반대는 무의미했다.

사실 할아버지가 이사장으로 그리고 아버지가 원장으로 계시는 서한대학 부속병원에서 그에게 쏟아지는 기대는 만만치 않았다. 그래서 벗어나고 싶었는지도 몰랐다.

알게 모르게 같은 동기들 사이에서도 따돌림을 당하는 일이야 이제는 익숙한 일이었다. 편한 길을 가려고 의사가 된 것은 아니었다. 그랬다면 심장전문의를 택하지도 않았다.

그러나 그곳에는 이미 자신이 아니더라도 많은 심장전문의가 있었고 언젠가부터 조금 더 그를 필요로 하는 곳에서 일하고 싶은 욕망이 생겼다.

그리고 백석기 교수님의 제안은 그가 원하는 것이 이것이라는 것을 깨닫게 해 주는 계기가 되었다.

치료와 수술이 모두 가능한 병원이지만 정작 제대로 된 심장전문의가 없다며 자신을 도와달라는 말에 기다렸다는 듯이 그 자리에서 수락했다.

지금도 자신의 결정을 후회하지는 않았다. 그러나 설마 이런 곳에서 과거의 잊고 싶던 인연을 만날 줄은 몰랐다.

힐끗 룸미러로 이미 보이지도 않는 곳을 바라보는 서훈의 입가에 잔인한 미소가 어렸다.

몰랐으면 모를까 알았으니 대가를 받아야 했다. 상처 나고 깨진 마음을 되돌릴 수는 없지만 적어도 자신이 느꼈던 인간적인 배신감을 대갚음하는 작은 만족을 줄 수는 있으니까. 어쩌면 그동안의 미련까지 모두 씻으라는 신의 작은 배려일지도 모른다는 생각에 서훈의 입가가 다시 싸늘하게 굳어졌다.

약속 시간에 맞춰 병원을 찾은 그를 반갑게 맞이하는 백 교수님의 안색이 이전보다 창백해 보여 서훈이 미간을 찌푸렸다. 오늘따라 처진 어깨가 이상하리만치 무겁게 느껴지는 것은 왜인지 모르겠지만 백 교수님의 건강에 이상이 있다는 것은 의사가 아니라도 알 것 같았다.

"치료는 받으셨습니까?"

인사도 무시하고 서두는 잘라 버린 서훈이 단도직입적으로 상태부터 물었다.

"그렇게 안 좋아 보이나?"

사람 좋은 웃음을 지으며 백 교수가 별일 아니라는 투로 되물었지만 그는 속지 않았다.

몇 달 사이에 사람이 이토록 상하는 것이 좋은 징조가 아니라는 건 누구보다 그가 더 잘 알고 있었다. 더구나 본인이 의사라면 더 확실하게 자각하고 있을 터였다.

"얼마나 안 좋으신 겁니까?"

"낙관할 상황은 아니지."

"병명은요?"

마치 다른 환자를 말하듯 대꾸하는 백 교수의 행동에 서훈의 표정은 점점 어두워졌다.

"판크레아틱 켄서(pancreatic cancer: 췌장암)라더군."

"진행 정도는요?"

그러나 듣지 않아도 이미 서훈은 알고 있었다. 부쩍 헐렁해진 가운과 백발 때문에 더욱 뚜렷하게 보이는 누런 피부는 벌써 황달기를 보이고 있었다.

"자네가 보고 짐작하는 그 정도? 그래서 자네가 와 준 것이 얼마나 고마운지 몰라. 카디악 서저리(cardiac surgery: 심장외과) 파트는 아무래도 인기가 없어. 거기다 자네처럼 젊은 나이에 그만한 실력 있는 사람 찾기도 힘든데 와 준다고 해서 솔직히 놀라긴 했네."

"전 교수님과 같이 일한다고 생각하고 온 겁니다."

반갑고 고마워하는 백 교수의 밝은 말투와 달리 서훈의 대답은 침중했다. 몇 달 만에 마주한 백 교수의 얼굴은 굳이 병원 기록을 확인하지 않아도 심각하다는 것을 알 수 있었다.

"당연히 같이 일하지. 아직 죽을 때는 아니니까. 하지만 이제 OP(operation: 수술의 약어)는 무리일 것 같지 않나?"

서훈은 우스갯소리 속에 숨어 있는 백 교수의 서글픔을 놓치지 않았다. 평생 환자를 보고, 살리는 것을 낙으로 살아온 의사로서의 자부심과 함께 이제는 손을 놓아야 하는 서운함이 묻어났다.

"내가 죽을 준비를 하고 있는 것 같은가? 내가 환자에게 한 번이라도 포기하라고 말해 본 적이 없는데 어떻게 내가 포기를 하겠는가? 나도 치료를 받을 걸세. 그동안만 자네가 병원을 맡아 주게."

백 교수가 이번에는 진지하게 진심을 담아 그에게 환자들을 부탁하고 있었다. 서울에서도 충분히 실력을 인정받은 그가 지방의 의대를 택해 내려온 이유는 오직 하나였다. 멀어서 치료의 시간을 놓치는 환자들을 살리겠다는 의지였다.

심장이란 것이 몇 분으로 살고 죽고가 판가름 나는 장기였다. 모든 의료 시설과 의료진이 대도시에 몰려 있었고 그마나 최고라고 하는 의료진은 서울에 모여 있었다.

그래서 백 교수가 택한 곳이 신생 지방의대인 제인대학병원이었고 제인의대였다. 제인의대가 이만큼이나 사람들의 인정을 받게 된 이유도 바로 그가 이곳 심장센터의 원장이었기 때문이었다.

심장 쪽은 대한민국에서 그를 따라갈 만한 사람이 드물었다. 덕분에 제인병원 출신의 심장전문의라면 어디에서도 알아주는 대우를 받았다. 문제는 너무 힘든 과라 해마다 지원하는 인원이 줄어들고 있다는 점이었다.

모든 외과가 젊은 의사들에게 외면을 받는 현실이라지만 그중 심장과 흉부 쪽은 극심하게 인력난을 겪고 있었다.

“알겠습니다. 서울 쪽 정리하는 대로 빠른 시간 내에 내려와 진료 시작하겠습니다. 제가 병원을 맡아 교수님만큼 잘할 수 있다는 약속은 드리지 못하지만 적어도 제가 열심히 교수님을 대신하는 동안 교수님도 제대로 치료받으시고 복귀하셔야 합니다.”

무슨 말을 할까. 처음부터 교수님의 부름을 받고 반가워한 사람은 자신이었다. 상황이 변한 것도 없었다. 어쩌면 다행이라는 생각이 든다. 가장 존경하는 교수님 곁에서 그의 의지가 될 수 있다는 건 그에게도 영광이었다.

"언제부터 시작할 수 있나?"

서훈의 대답에 환한 미소를 보이는 백 교수는 마치 마음에 드는 장난감을 선물받은 사람처럼 한껏 즐거워하고 있었다.

그가 가장 눈여겨본 제자였다. 서한대에서 강의를 하던 시절 눈에 쏙 들어오던 제자가 어느새 훌쩍 실력이 늘어 자신보다 더 훌륭한 의사가 되는 모습을 지켜보는 과정은 즐거운 일이었다. 더구나 이제는 곁에서 제자의 실력을 마음껏 볼 수 있다는 것도 그를 행복하게 했다.

"다음 주 월요일부터도 가능합니다."

서훈의 대답에 백 교수는 아예 함박웃음을 짓는다.

"온 김에 이사장님께 인사나 드리세. 우리도 자네를 맞이할 준비를 해야지. 사실 말은 꺼냈지만 거의 기대는 안 했다네. 이사장님도 마찬가지고. 가세나."

신이 난 백 교수와 달리 서훈의 표정은 그리 밝지 않았다. 기세 좋게 앞서는 백 교수를 따라가며 문득 그 여자가 떠올랐다.

그의 인생의 가장 숨기고 싶은 뼈아픈 실수였던 존재는 역시 그에게 꽤 재수 없는 사람임이 분명했다.

운명을 믿지는 않지만 우연이라고 하기에는 너무 절묘했다. 그녀와 교수님의 일이 별개라는 것은 알고 있었지만 하필 이곳에서 그녀를 만났다는 현실에 저절로 쓴웃음이 흘러나온다.

2

그리움은 어째서 잊히지 않는 걸까?

별이 드는 마당.

해서의 꽃집 간판이었다.

문 앞은 화단처럼 만들어 예쁜 화분과 작은 화초들을 진열해 놓았고 통유리로 된 미닫이문을 열고 들어가면 제일 먼저 화사한 꽃향기가 사람들을 유혹한다.

긴 직사각형의 가게 앞은 아름다운 꽃으로 장식되어 눈이 즐거웠고, 조금 더 안쪽으로 들어가면 키가 큰 화초들이 처음부터 그곳에서 자라고 있는 양 물기를 머금고 팔팔하게 어깨동무하며 동굴 모양의 작은 정글을 만들었다.

커다란 나무가 자라는 화분들을 지나 걸어가면 가려진 시야 사이로 밖으로 향하는 미닫이문이 나온다. 그 문을 열면 환한 햇살 아래 아기자기 놓여 있는 작은 분재들과 우리나라 야생화라고 불리는 화초들이 저마다 귀여움을 뽐내며 빼곡히 자리를 잡고 있었다.

분명 가게는 단층처럼 보이지만 뒷문을 열면 예상과 다르게 이층으로 올라가는 계단이 있었다. 건물 자체가 조금은 가파른 언덕에 지어진 까닭에 산 중턱에 층층이 건물이 세워져 있는 모양새가 앞에서 보면 각기 다른 건물처럼 보이지만 사실은 이 층이었다.

그래서 일 층은 꽃집으로 그리고 작은 이 층은 살림집으로 사용하고 있었다.

해서는 처음 이 건물을 보고 한눈에 반했다.

앞에서야 단순히 가파른 언덕에 층층이 따로 있는 건물처럼 보이지만 뒷문을 열고 나서면 베란다처럼 이어진 작은 공간이 나오고 약간은 가파른 계단을 따라 올라가면 한층 더 눈높이가 높아져 앞이 환하게 트였다.

일 층 가게 문 말고도 곧바로 이층집으로 통하는 문이 있었지만 거의 잠가 놓고 일부러 가게를 통해 이 층을 사용하고 있었다.

원래 이 층을 향해 올라가는 계단만 있던 곳을 건물주에게 양해를 얻어 일층과 이층으로 올라가는 공간을 넓혀 작은 베란다를 만들고 자신만의 휴식처로 만들었다.

베란다에 앉아 있으면 사계절마다 운치가 달라 몸과 마음 모두를 편안하게 만들어 주었다. 그래서 해서는 답답하거나 누군가 그리우면 여기에 앉아 멀리 지붕만 보이는 도시 너머의 하늘을 바라보곤 했다.

그러나 오늘은 아예 꽃집 문을 닫아걸고 의자에 앉아 넋을 놓고 있었다. 시선은 저 멀리 파란 하늘을 향하고 있었지만 눈에 들어오는 것은 없었다.

너무 많이 변해 있는 그를 생각하니 자꾸 바보같이 눈물이 나왔다. 변했다고 하지만 한눈에 알아볼 수 있을 정도로 그대로이기도 했다.

결혼은 했을까? 나이가 있으니 했을 거야. 아이도 있겠지? 그 사람을 닮았으면 참 예쁘겠다. 지금쯤이면 당당한 의사 선생님으로 환자를 돌보고 있겠지.

온통 머릿속에는 그가 머물러 나갈 생각을 하지 않았다. 십이 년이면 강산이 변하고도 남는 시간이라는데 그리움은 어째서 잊히지 않는 걸까?

금세 그녀를 알아보고 차가워지는 표정을 보면서도 속으로는 아직도 그녀를 기억하고 있으매 기뻐하는 스스로가 신물이 났다.

그녀가 그를 잊지 못하는 것은 미안함이었다. 반대로 그가 그녀를 기억하고 있는 것은 미움이라는 것을 누구보다 잘 알고 있으면서, 정작 마음속에서는 그 미움조차 반갑다. 아무 감정도 없이 그녀를 보고도 모른 체 나갔다면 아마도 더욱 아팠을 거라는 바보 같은 상념 때문이었다.

"……어디로 가지?"

칠 년을 살았던 곳이라 정도 많이 들었다. 꽃집도, 작은 옥탑방도 그리고 지금 머물고 있는 '해서의 정자' 라고 이름 붙인 이 베란다도 모두 그녀의 손길이 닿아 있었다.

병원에도 들러야 했다. 그녀를 담당하고 있는 백 교수님의 질문에는 뭐라고 대답해야 하는지도 모르겠다.

어쩌면 미리 겁을 먹어 앞서고 있는 것은 아닌지 걱정되면서도, 그가 자신이 있는 곳을 안다는 것만으로 충분히 떠나야 하는 이유가 된다는 것을 되새겼다.

지금도 빽빽하게 찾아오는 가슴의 통증에 고운 이마를 찌푸리며 해서가 긴 한숨으로 스스로를 다독이려 애를 쓰고 있었다.

한동안 잠잠하던 통증이 찾아오자 저도 모르게 명치끝을 문지르며 천천히 그동안 자신의 손길이 닿았던 모든 곳을 눈에 담았다.

"여행이라도 갈까?"

나쁘지 않은 생각이었나. 이곳을 정리하고 남은 돈으로 얼마간은 그동안 돌아보지 못했던 곳들을 여행할 정도의 여유는 남으리라는 계산에 저절로 또 눈길은 하늘을 향한다.

"우선은 주인 할머니부터 만나야겠지?"

그 와중에도 제일 먼저 해야 할 일을 머릿속에 새기며 일어서려던 해서가 다시 의자에 주저앉았다.

버릇처럼 통증과 더불어 맥이 미친 듯이 뛰고 있었다. 점차 따라오는 호흡곤란에 심호흡하며 스스로를 달래는 해서의 표정에는 깊은 불안이 담겨 있었다.

그녀가 이곳을 떠나기 전에 그를 다시 보는 일은 없겠지만 그래도 불안했다. 아니, 그렇게라도 딱 한 번만 그를 보고 싶었다. 마주 보는 것은 바라지도 않았다. 단지 먼빛으로나마 그를 한 번 더 보고 싶었지만 그것도 쓸데없는 욕심이라고 자신을 꾸짖으며 명치의 통증을 달래는 해서의 손길은 여전히 불안하고 서글퍼 보였다.

❀

"그렇게 빨리요? 결혼식 끝내고 천천히 신혼집도 마련하고 그렇게 내려가면 안 돼요?"

"왜? 너도 따라오게?"

"당연하잖아요. 결혼하자마자 장거리 신혼이라니, 말도 안 돼요."

입을 삐죽이는 지혜는 평상시보다 더 귀여웠다. 굵은 웨이브가 어울리는 지혜는 달걀형의 예쁜 얼굴로 종알거리며 연신 서훈을 조르고 있었다.

뜬금없이 지방의대라는 것도 기함하겠는데 날짜만 안 잡았을 뿐 이제 결혼을 두 달 남겨 두고 내려가겠다는 통고에 섭섭한 것도 사실이었다.

이십 년을 짝사랑하다 간신히 그의 옆에 서게 되었다. 언제나 착한 동생 보듯 그녀를 대하는 눈길에 졸아든 가슴이 이제는 콩알만 해진 것 같았다.

그의 옆을 맴돌며 그의 눈길을 끄는 여자들을 쳐 내는 일도 보통 일은 아니었다. 그렇게 간신히 그의 청혼을 받아 낸 상태니 지금 그를 말릴 수도 없었다. 혹시라도 그의 마음이 변할까 두려워 시어머니 고 여사의 뒤에 숨어 끊임없이 우는소리를 했지만 끝내 서훈의 마음을 돌리지는 못했다.

원래 고집이 센 남자였다. 한 번 길을 정하면 쉬이 뒤를 돌아보지 않는 성격이라는 것은 누구보다 지혜가 잘 알고 있었다.

아직은 그의 말을 들어주는 척이라도 해야 했다. 결혼하고 난 후 아이를 가지면 분명 그도 그녀의 말을 들으리라 믿으며 마음이 더욱 급했지만 그와 만나 하는 일이라고는 겨우 마주 보고 밥 먹는 일뿐이니 속이 탔다.

지혜는 정말 그에게 자신은 여자로 보이지 않는 것이 아닌지 걱정스러웠지만 내색하지 않은 채 천천히 포크를 놀리는 그를 향해 될 수 있으면 가장 예쁜 미소를 보이려 노력 중이었다.

"당장 머물 데도 없잖아요. 가서 어떻게 생활하려고요?"

걱정이 가득한 음성에 서훈이 포크를 내려놓고 어깨를 으쓱했다.

"의국 있잖아. 필요한 옷만 챙겨 가고 네 말대로 신혼집을 그곳에서 마련할 거라면 딱히 집을 구할 필요도 없잖아. 시간 내서 너 내려올 때 같이 구하면 그만이고. 네가 마음에 드는 집을 골라 놓으면 더 좋고."

그녀에게 그와의 결혼식은 평생을 꿈꾸던 소중한 시간인데 그는 마치 평범한 이벤트처럼 내뱉는 말투에 열불이 나는 것을 삼키며 지혜가 억지로 미소를 지었다.

"그래도 우리 같이 살 집인데 오빠랑 같이 보고 골라야죠."

"난 상관없어. 너 편하면 그만이지. 그러니까 너 편한 대로 해."

여전히 똑같은 말만 반복하자 지혜의 인내심이 끊어지고 있었다.

"결혼은 둘이 하는데 오빠는 마치 남의 결혼을 준비하듯 구경만 하고 있잖아요. 식장도 나보고 고르라고 하고. 심지어 예물을 보러 가는 것도 오빠는 한 번도 따라온 적이 없잖아요. 한 번쯤이라도 신경을 써 주는 척하면 좋잖아요."

지혜의 투정에 서훈이 둘이 만난 이래 처음으로 그녀의 얼굴을 똑바로 바라보았다.

"그랬나? 그럼 시간 잡아. 아니면 지금 갈래?"

별일 아니라는 말투에 또다시 폭발하려던 스스로를 다잡으며 지혜가 긴 한숨을 내쉬었다.

"관둬요. 가도 오빠는 그냥 서 있다가 좋으면 그거로 해, 이럴 거잖아요."

입까지 삐죽이는 지혜는 언제나 그렇듯이 오빠에게 투정 부리는 여동생같이 귀여웠다.

"백 교수님 건강이 별로 좋지 않아. 그래서 조금 더 빨리 내려가는 것뿐이야. 난 우리 결혼식의 주례는 그분이 서 주셨으면 하거든."

서훈이 말하는 그 사람이 정확히 누구인지 모르지만 그래도 결혼식에 신경을 쓰고 있다는 것이 중요했다. 그래서 지혜는 오래간만에 환하게 웃을 수 있었다.

"그래도 의국이라니, 어떻게 의국에서 생활을 해요?"

금방 서훈의 걱정으로 곱게 미간을 흐리는 지혜에게 그는 어깨만 으쓱일 뿐이었다.

"어차피 익숙한 곳이잖아. 레지던트 시절에 아예 살았던 곳인데 뭐."

"오빠는 과장이잖아요. 일반 레지던트하고는 급이 달라요. 어차피 내가 자주 내려가면서 옷은 챙길게요. 우리 집도 고르려면 주말은 모두 거기서 지내야 할 것 같네요."

지혜가 긴 한숨을 쉬며 도리질을 하고는 벌써 계획을 세우고 있었다. 어차피 오래 살 것도 아니니 집을 살 필요는 없었다. 이미 서울에 신혼집으로 어울리는 근사한 빌라를 구해 놓았으니 그곳은 잠시 지낼 간단한 거처로 삼으면 그뿐이었다.

"편하게 움직여. 너도 바쁘잖아."

그의 말에 예쁘게 미소 지으면서도 지혜는 대답을 피했다. 어차피 아버지 회사에서 홍보 실장이라는 명함을 가지고 있지만 솔직히 하는 일도 없었다. 언제든 휴가를 내면 그만이었지만 그가 알아 좋을 일은 아니기에 슬며시 말을 돌렸다.

"그래도 일생에 한 번인 결혼이에요. 내가 그 결혼을 얼마나 꿈꾸고 살았는데. 결혼식장은 조금 더 알아봐도 되겠다. 오빠가 시간 맞출 거죠? 그럼 같이 가 볼 수도 있고. 그리고 몸조심해요. 좀 챙기고 살아요. 매일 병원에 매달려 살지만 말고."

그녀의 살뜰한 잔소리에 서훈은 약속 대신 버릇대로 어깨를 으쓱이며 마무리하고는 포크를 내려놓았다.

"그렇게 해. 내려가서 시간 보고 정해, 알려 줄게. 가자. 난 우선 짐부터 싸야겠어. 어머니도 좀 달래야 하고. 실망이 크시거든."

"어머님만 그러신 건 아니에요. 저도 마찬가지지만 참고 있는 거니까 나중에 각오하세요."

지나가는 투의 말이지만 지혜는 진심이었다. 웃음으로 때우는 그를 보니 속에서 다시 열불이 나지만 조금만 참으면 된다고 자신을 다독이며 그를 따라 일어났다. 그래도 마음 한구석이 불안했다.

아예 날짜를 정하고 내려가면 좋을 것을. 청혼을 하더니 갑자기 내려가겠다는 선언을 하는 바람에 결혼식 날짜도 그에게 맞춰 두 달이나 미루게 생겼다. 자기 성격을 숨기느라 기를 쓰고 있지만 생각하면 할수록 열이 받는 것도 사실이었다.

그러나 간신히 받아 낸 청혼까지 물리면 어쩔까 싶어 속을 태우며 내색도 할 수가 없어 애꿎은 가방만 손톱 세례를 받고 있었다.

아예 날짜를 잡자는 말을 할까 망설이던 지혜가 어느새 일어나 카운터에서 계산하는 서훈을 보고 입술을 깨물었다.

그는 매사 이런 식이었다. 자신의 의사와는 상관없이 움직이는 약혼자를 보며 속이 탔다. 더구나 결혼식 대신 약혼식이라고 반지 하나 덜렁 주고받은 일이 가슴에 맺혀 있었다. 그나마 수술에 방해된다고 그는 아예 끼고 다니지도 않았다.

'조금만 더 참으면 돼. 여태 잘 참았잖아. 그러니까 참자, 참자. 이지혜.'

벌써 식당 문을 나서는 서훈의 뒤를 따라나서며 오늘도 지혜는 터져 나오려는 성질을 간신히 참아 내고 있었다.

✻

제인시에 자리한 제인의대 부속병원의 심장외과 과장이 새로 오면서 흉부외과 전반이 술렁이고 있었다.

과장이 새로 오는 일이 특별한 일은 아니지만 이번에 부임한 과장은 조금 사정이 달랐다. 젊은 나이임에도 불구하고 이름이 알려져 의학계에서는, 특히 흉부외과 쪽에서는 기대를 거는 유망주이기도 하지만 탄탄대로를 놔두고 지방의대 부속병원을 택했다는 것 때문에 더욱 이슈가 되었다.

수련의들은 또 그들대로 바짝 긴장을 하며 대기하고 있었고 백 교수는 벌써부터 해죽거리며 병원을 돌아다니고 있었다.

병원은 또 병원대로 플래카드를 붙여 심장외과 과장을 맞이할 준비를 하고 있었다.

심장외과 과장이 오는 대로 인계가 끝나면 당분간 백 교수는 입원 치료를 받을 예정이었다. 덕분에 종양학과는 또 그들대로 긴장하고 있는 상태였다.

"누구세요?"

일요일 당직을 서고 있던 1년 차 수련의가 의국을 들어오며 낯선 얼굴에 놀라 피곤한 눈을 크게 뜨고 노려보았다.

"이게 빈 베드인가? 캐비닛도 같이 쓰면 되겠군."

그러나 묻는 말에 대답은 안 하고 캐비닛까지 열며 손으로 먼지를 확인하는 상대방의 행동에 불쾌감을 느낀 수련의가 다시 한 번 목소리를 돋우었다.

"누구시냐고요."

"나? 아, 인사가 늦었군. 진서훈이라고 해. 이번에 CS(cardiac

surgery or chest surgery: 심장외과 또는 흉부외과의 약어)에서 일할. 자네는?"

"에? 이번에 새로 오시는 과장님이세요?"

그의 대답에 놀란 1년 차가 자동으로 정 자세를 취하며 되묻는 목소리에는 놀람과 긴장이 섞여 있었다.

"편하게 해. 앞으로 한동안은 같이 지낼 텐데. 그런데 자네는?"

"CS 1년 차 이형운이라고 합니다. 반갑습니다. 아니, 환영합니다. 과장님."

"그래? 당직인가? 그런데 혼자 서?"

"아닙니다. 3년 차 윤민호 선생님은 형수님이 오셔서 잠깐 로비에 계십니다."

"그래? 그럼 일 봐. 난 짐 좀 풀 테니까."

"그런데 여기서 지내시는 겁니까?"

서훈이 손짓으로 가리키는 곳에는 커다란 캐리어가 두 개나 자리 잡고 있는 모습에 형운의 눈이 다시 커졌다.

"응, 아직 지낼 곳을 못 구했어. 그동안 의국 신세 좀 지려고. 잘 부탁해."

"아닙니다. 저야말로 잘 부탁드립니다. 아, 전 이만 ICU(intensive care unit: 중환자실의 약어)에 일이 있어서 다녀오겠습니다."

"그래, 수고."

서훈은 분명 제대로 쉬지도 못하고 불려 다니다 짬이 나 잠깐이라도 눈을 붙이러 왔다는 걸 알고 있었지만 꽁지에 불이라도 붙은 듯 급하게 나가는 1년 차를 굳이 막지는 않았다.

그도 그 시절을 겪으면서 이 자리까지 왔기에 지금 1년 차의 마음이 얼마나 복잡한지 잘 알고 있었다. 아마도 로비에 있다는 3년 차를 찾아 이 상황을 보고하고 있으리라.

캐비닛은 그리 크지 않았다. 우선 필요한 옷만 챙겨 넣고 나머지는 가방에서 꺼내 쓰는 것으로 정한 서훈이 가운을 꺼내 걸다 말고 생각에 잠겼다.

'일부러' 라고 말하고 싶지 않았다. 길은 많았음에도 불구하고 일부러 그 길로 온 것은 아니라고 스스로에게 변명을 하면서도 꽃집이 문을 닫은 것을 보고 가슴이 철렁했다는 것 역시 아니라고 부인하고 있었다.

일요일이니 쉬는 것일 뿐이라고 자신을 납득시키고 병원을 찾으며 문득 그런 자신에게 화가 났다.

무엇을 보고 싶었는지도 모르겠고, 무슨 대답을 듣고 싶은 건지도 모르겠다. 그럼에도 그의 눈은 여전히 누군가를 찾고 있었다.

짐을 풀다 말고 베드에 앉은 그가 천천히 얼굴을 쓸어내리며 머릿속에 가득한 생각을 지우려 노력 중이었다.

잊었다고 생각했었다. 그러나 착각이었나 보다. 스스로가 지우고 싶은 치부라고 생각해 머리에서 자동으로 묻어 놓았을 뿐이었다. 젊은 날의 치기라고 웃어넘길 수도 있는 일이었다. 그러나 아직도 머릿속에 가득한 추억이 그의 발목을 잡고 놓지를 않았다.

눈을 감으면 여전히 그 여자의 체취가 맴돌고 맑은 웃음소리가 들리는 것 같았다. 너무 많은 흔적을 낙인처럼 남겨 놓아 지나는 여자에게서 그 여자를 느끼면 저도 모르게 한참을 서 있어야 하는 병까지 만들어 준 여자를 다시 만나고 나니 막상 머리가 텅 빈 듯 아무것도 생각나지 않았다.

결혼은 했을까? 아이는? 본모습을 감추고 지금의 사내에게는 또 자신처럼 가면을 쓰고 대하는지도 궁금했다.

"그만하자, 진서훈. 너 겨우 이 정도였냐?"

일부러 목소리를 내어 자신을 단속하지만 여전히 머릿속에 가득한 그 여자의 얼굴은 사라지지 않았다.

❀

월요일 병원 예약 때문에 제인병원을 찾은 해서가 건물 가운데에 세로로 길게 늘어뜨린 플래카드를 보고 놀라 멈췄다.

아무리 눈을 비벼도 같은 글씨가 눈에 들어오자 해서는 차마 병원에 들어가지도 못하고 뒷걸음치듯 그곳을 벗어나고 있었다.

백 교수님의 상태는 진즉에 알고 있었다. 그래서 이번에 새로운 과장이 온다는 것도 알고 있었지만 설마 그일 줄은 몰랐다.

왜 그가 여기에 왔는지도 모르겠다. 설마 그때 자신을 보았다고 여기를 택한 게 아니라는 것쯤은 알고 있었다. 그럼에도 왜 그인지 도통 이해가 가지 않았다. 왜 서한대 부속병원을 두고 여기에 와 있는지 알 수가 없었다. 그는 앞으로 그 병원을 물려받을 사람이었다.

설마 같은 이름의 다른 사람일까? 그럼에도 그녀는 확인할 용기마저 없었다.

"어쩌지?"

마음만 급하고 불안해진 해서가 미친 듯이 뛰고 있는 심장을 무시하고 대신 손톱을 깨물고 있었다.

주인 할머니는 당장은 힘들고, 가게를 내놓고 들어오는 사람이 있으면 그때 빼 주신다며 도리어 미안해하셨다.

뜬금없이 찾아와 가게를 빼 달라는 말에 화도 내지 않으시고 무슨 일이 있냐며 걱정을 해 주셨다.

긴 세월을 주인과 세입자로 살면서 정도 많이 들었다. 누구보다 해서를 잘 알고 있었던 할머니는 도리어 당장 해 주지 못해 미안하다는 말로 몸 둘 바를 모르게 만드셨다.

그러니 더 빨리 나가야 한다는 말은 할 수가 없었다. 이제 막 떠나려는 준비를 하고 있는 해서와는 다르게 벌써 그는 코앞에 다가와 있었다.

더구나 백 교수님 대신이라면 그녀의 병원 기록도 모두 그에게 알려질 가능성이 컸다. 다른 것은 몰라도 그것만은 감추고 싶었다. 그에게 진료받으며 치료할 생각은 더욱 없었다.

너무 놀라서인지 다시 명치끝이 저려 와 숨 쉬기가 힘들어진 해서는 가까이 자리한 벤치에 앉으며 버릇처럼 가슴골 가운데를 손으로 문지르고 있었다.

별로 좋은 증상은 아니었다. 이미 한 번 열었던 심장이었다. 그동안은 딱히 증상이 없었는데 요즘 들어 가끔 불쾌한 통증이 찾아오고 있었다.

누구보다 심장이라는 것이 어떤 식으로 망가져 가는지 잘 알고 있는 사람이 있다면 해서였다.

아주 어릴 적부터 눈으로 보았던 증상이었고 결국은 어떻게 되는지도 잘 알고 있었다. 그래서 아무것에도 욕심부리지 않았다. 결국 자신도 똑같이 될 것이라는 믿음에 신경 쓰지도 않고 하루하루를 소중하게 생각하며 살아갔다.

아쉬울 것도 없는 인생이었다. 그래서 놓는 것도 쉬웠다. 진단을 받자마자 끝을 준비하는 해서를 보며 백 교수님은 몇 번이고 그런 일은 없을 거라고 달랬지만 믿지 않았다.

남은 희망에 매달려 기를 쓰면 그 끝이 어떤지도 두 눈으로 보았다.

조금만 더 일찍 끝이 왔더라면 이런 일을 맞닥뜨리지는 않아도 되었을 것을. 질긴 목숨은 오늘도 살아 보겠노라고 미친 듯이 SOS 신호를 보내고 있었다.

"……나중에, 나중에 알아보자. ……오늘은 그냥 가자."

명치끝의 통증이 서서히 잦아들며 숨 쉬는 것도 천천히 제자리를 찾았다. 일어서려던 해서가 핑 도는 현기증에 벤치의 팔걸이를 잡아 스스로를 진정시키며 속삭이는 말은 아무도 듣지 못했다. 단지 하얗게 질린 그녀의 모습이 불안해 보일 뿐이었다.

오전 진료는커녕 이사장님부터 각 과의 과장님들에게 인사를 올리느라 시간을 모두 소진하고 직원 식당에 백 교수님과 마주

앉은 서훈은 병원을 옮긴 사람답지 않게 편하고 익숙해 보였다.

"인사는 다 드렸나?"

"네. 시간이 꽤 걸리네요."

"다들 자네를 궁금해했었네."

"제가 뭐라고요. 그저 일개 과장인걸요."

식판을 앞에 두고 백 교수의 안색을 살피면서도 서훈은 아무 일도 아니라는 듯 고개를 저었다.

"환자 인계는 식사 끝나고 하지. 중요하게 지켜볼 환자도 있고 회진하면서 입원 환자들에게 얼굴도 익히고 나면 아마 오늘 하루는 다 갈 걸세."

"알겠습니다. 조금 더 드세요. 잘 드셔야 긴 싸움에 기운이 납니다."

반도 비우지 않고 숟가락을 내려놓는 백 교수를 보며 서훈이 의사답게 일침을 놓았다.

"이런, 벌써 환자 취급일세."

"환자 맞으니까요. 의사도 사람인데 아프면 환자죠. 그러니 입에 맞지 않으시더라도 더 드십시오."

서훈의 따끔한 질책에 백 교수가 인자한 미소를 지으며 다시 숟가락을 들었지만 먹는 양은 미미했다.

아직은 기력이 남아 조금 피곤한 모양새로 특별히 아픈 사람처럼 보이지는 않지만 그건 일반인이 보는 시선이고 의사가 보는 시선은 달랐다. 하루가 다르게 악화되고 있는 것 같아 괜히 자신의 마음이 급해지고 있었다.

"우리 집에 들어오라니까 왜 의국에 서 지내?"

"살다 지치면 들어가겠습니다. 하지만 아직은 의국이 더 편할 것 같습니다. 더구나 레지던트들도 모자라니 저라도 한 손 거들면 나을 것 같은데요."

"그런 마음이라면 언제든 환영이네. 걔네들도 고생이지. 이번 인턴 중에 얼마나 지원을 하려는지 벌써 걱정 중이거든. 이젠 인턴도 모셔야 할 판이야."

이 병원만 그런 건 아니었다. 외과 파트는 성형외과를 빼고는 인기 있는 과가 그리 많지 않았다. 그중에 흉부외과는 최악이었고 거기서 심장외과는 더욱 심했다. 흉부외과를 택해 다시 전공을 심장외과 전문의로 빠지는 경우는 점점 그 수가 줄고 있었다. 덕분에 나날이 발전하는 기술과 달리 국내에서는 심장외과의가 드물었다.

"외래환자 중에 특별히 부탁할 사람이 몇 있어. 그러니 신경 좀 써 주게나."

"물론입니다. 그 환자들뿐만 아니라 제게는 모두 소중한 환자들입니다."

"하긴, 모든 환자가 불안하긴 마찬가지지. 언제 유난을 떨지 모르는 물건이니까."

서훈의 대답에 고개를 끄덕이며 백 교수가 자신의 말실수를 정정했다. 그럼에도 특히 마음에 쓰이는 아이가 있었다. 어차피 서훈이 차트를 보면 알 수 있으리라는 생각에 입을 다물고 억지로 한 숟가락 더 뜨는 백 교수를 서훈이 감시하듯 쳐다보고 있었다.

오후도 정신없이 지나갔다. ICU를 거쳐 입원 환자까지 인사를 올리는 것도 일이었다. 건강한 서훈도 지치는데 백 교수의 안색은 더욱 어두워져 있었다. 그래서 더 마음이 급해 닦달하듯 백 교수의 퇴근을 부추기고 모든 콜은 자신에게 돌려놓았다.

흉부외과는 레지던트와 인턴까지 합해 총 열 명이었다.

그러나 4년 차 레지던트 두 사람이 전공의 시험 준비로 빠지는 바람에 정작 일할 수 있는 인원은 여덟 사람뿐이라 제대로 쉬는 날을 찾을 수도 없을뿐더러 혹시나 힘들다고 도망갈까 하는 걱정에 아래 연차를 살피는 것도 그들에게는 스트레스였다. 이름이 알려져 환자는 늘고 있는데 그들을 담당할 의료진의 부재는 확실히 모두를 지치게 하는 원인이 되고 있었다.

그저 심장외과 파트만 맡으면 될 줄 알고 내려온 서훈은 그가 흉부외과 전반을 맡아야 한다는 것을 알고 놀랐지만 얼굴에 드러내지는 않았다. 곧 흉부외과 과장으로 누군가를 영입할 거라는 말에 알겠다는 답을 주었을 뿐이었다.

이토록 많은 일을 하느라 교수님은 자신의 몸을 챙기지도 못했음을 이곳에 와서야 알았다.

입원 환자의 차트부터 외래환자의 기록까지 살피느라 자신의 진료실에서 컴퓨터를 켠 서훈이 우선 입원 환자부터 살피고 있었다.

이름과 병명, 그리고 치료 방법까지 살피며 부지런히 머리에 새겨 넣었다. 그가 빠르게 환자를 파악할수록 백 교수의 치료도 빨라진다는 것을 생각하며 서두르고 있었다.

생각보다 환자가 많지는 않았다. 나이도 젊은 사람들 보다는 연배가 있는 사람이 더 많았고 대부분은 다른 과에서 병을 발견해 전과한 경우였다.

입원 환자를 살피며 이제부터 해야 할 일을 메모해 놓은 서훈이 이번에는 외래환자들의 기록을 화면에 띄웠다.

입원 환자보다 몇 배는 많은 환자목록을 보며 한숨을 내쉰 그가 문득 스치고 지나가는 낯익은 이름을 발견하고 멈칫했다. 손에 쥔 마우스에 힘이 들어갔다.

설마 하는 마음이지만 저도 모르게 그 환자의 기록부터 화면에 띄웠다.

윤해서. F. 31.

mitral valve replacement(승모판 치환술) 후 정기 진료.

수술은 백 교수님이 하셨고 벌써 5년 전이었다. 그리고 오늘이 예약 진료일이었지만 진료 기록이 없는 것으로 보아 병원에 오지 않았음을 알 수 있었다.

특이하게 내과가 아닌 백 교수님의 진료를 받고 있었다. 보통 수술이 잘되면 완치 후 정기검진은 심장 내과 쪽으로 전과를 하는 경우가 다반사였다. 그러나 이 환자는 수술 후 지금까지도 교수님의 환자로 남아 있었다.

특이하긴 하지만 없는 경우도 아니기에 그럴 수 있다고 생각하면서도 이름이 먼저 눈에 들어왔다. 나이도 같고 이름도 같으며 성별도 같았다. 그렇다고 같은 사람이라고 하기에는 또 무리가 있었다.

긴 한숨을 쉬고 스크롤을 내리며 천천히 환자의 과거 이력을 확인하는 그의 얼굴이 더욱 굳어졌다.

남동생이 심장이식 후 부작용으로 죽었다는 내용을 보며 서훈이 고개를 갸웃했다. 아마도 다른 사람인 것 같았다. 그러다 자신이 그녀에 대해 아는 것이 하나도 없다는 것을 깨달았다.

단 한 번도 그 여자는 자신에 대한 이야기를 한 적이 없었다. 그래서 부모님은 무엇을 하시는지 또 형제자매는 있는지, 아는 것이 전혀 없었다는 것을 깨닫자 갑자기 허탈해졌다. 그토록 사랑하고 또 죽이고 싶을 만큼 미워했던 여자에 대해 그는 아는 것이 없었다.

그러고 보면 그 여자도 그에 대해 아무것도 묻지 않았다.

그가 누구인지 알고 접근하는 사람들만 보다가 아무런 사족도 없이 다가와 옆에 머물렀던 그 여자를 그래서 더욱 가슴에 담았다.

커피 한 잔을 사도 자기 것은 자신이 낸다며 그의 손에 커피값을 내밀고는 학생이 무슨 돈이 있냐며 해맑게 웃던 얼굴을 기억하고 있었다.

대학 내에서 그가 누구인지 모르는 사람이 없을 텐데 그녀만은 그런 소문은 들은 적이 없다는 듯 항상 그의 주머니 사정을 걱정하며 힘든 의대 생활을 안쓰러워했었다.

'그래도 사람의 목숨을 구하는 아주 중요한 학문이잖아요. 대

단한 공부를 하고 있는 거니까 힘들어도 기운 내요.'

그가 도서관에서 밤을 새면 김밥을 싸 들고 와 기운을 북돋아 주던 여자였다.

갑자기 밀려오는 기억들을 차단하듯 서훈이 다시 화면에 집중했다. 수술 후 예후는 좋았다. 그러나 요즘 들어 다시 심장이 불규칙한 반응을 보이고 있어 검사가 필요하다는 소견이었다. 오늘도 환자에게 미리 심전도 검사를 하라는 지시가 있었다.

마지막 심전도와 가장 최근의 심전도를 살피며 서훈의 미간에 굵은 줄이 생겼다.

백 교수님의 진단은 정확했다. 어쩌다 QT interval(심전도상의 그래프에 나타나는 움직임을 일컫는 단어 중 하나)이 하나씩 빠져 있었다. 일반인에게서도 가끔 나올 수 있는 경우지만 이미 수술을 한 환자에게는 이상 증상을 보이고 있다는 증거였다.

수술은 분명 성공적이었지만 시간이 지나면서 어떤 이유에서인지 다시 수술한 심장이 문제를 보이고 있다는 말이었다.

그런데 오늘 예약한 환자가 나타나지 않았다는 것을 확인하며 문득 서훈은 자신의 이름이 커다랗게 병원 건물에 걸려 있었다는 것을 떠올렸다.

그는 아무 짓도 하지 않았는데 벌써 벌을 받고 있다는 말인가?

그러나 그가 거칠게 고개를 저었다. 상대방이 누구든 환자였다. 그리고 환자를 살리는 일이 그가 하는 일이었다. 눈앞의 화면에 보이는 기록의 주인이 그 여자든 아니든 그는 환자를 살려야 했다.

그러나 화면에 보이는 이름을 노려보는 서훈의 눈에는 근래 보이지 않던 고뇌가 담겨 있었다.

기록의 주인이 그 여자가 아니길 빌었다. 가시처럼 박혀 있는 그 여자를 환자로 만나는 악연은 아니기를 바라는 마음이지만 같은 사람이라는 것이 느껴졌다.

우연이 이렇게 겹치는 경우가 흔한 일이 아니라는 것은 누구보다 그가 더 잘 알고 있었다. 주소만으로는 확실하게 알 수 없었다.

문제는 과연 환자가 그 여자라면 자신에게 진료를 받으려 할지가 의문이지만 그대로 둘 수도 없었다. 확실하게 검사를 해야 알겠지만 이상이 있는 것이라면 빠르게 치료가 들어가야 했다.

긴 한숨을 내쉰 서훈이 키보드를 움직여 '연락할 것' 이라는 메모를 남겼다. 이제 백 교수님을 만나 환자에 대해 알아보면 분명해지리라.

피곤함에 얼굴을 쓰다듬어 정신을 차린 서훈이 컴퓨터를 외면하고 일어나 깜깜해진 창밖의 풍경에 시선을 두었다. 하지만 복잡한 머릿속만큼이나 눈에 비치는 것은 잔상처럼 남은 화면의 기록뿐이었다.

3

네가 죽고 싶다면 난 열심히 살려 주지

오늘은 조금 바쁜 날이었다. 장례식장으로 가는 화환을 세 개나 만들어 아침 일찍 아르바이트생을 시켜 보내고 나니 벌써 정오가 지나고 있었다.

축하 화환이면 모를까 장례식 화환을 만드는 것이 뭐 그리 반가울까. 그러나 주 수입원 중에 바로 이 화환이 많은 부분을 차지하고 있는 걸 생각하면 아이러니였다. 누군가의 죽음으로 덕을 보고 사는 것은 그리 즐거운 일이 아니었다.

그래서 해서는 미안함에 조금 더 정성을 들였다. 떠나는 사람이 누군지는 모르지만 좋은 곳으로 가기를 바라는 마음으로 생생한 국화꽃을 이용해 꽃이 오래가도록 애를 썼다.

아마도 오늘 죽은 사람 중에 한 사람은 젊은 사람인 모양이었다.

피처럼 붉은 장미 백 송이를 주문받으며 해서의 마음도 많이 서글펐었다. 보통은 분양하며 올리는 꽃으로 국화를 쓰지만 젊은 사람인 경우 이렇게 흑장미를 쓰는 일이 있었다.

아무래도 차 한잔으로 점심은 대신해야 할 것 같았다. 시간이 없어서가 아니라 입맛이 당기지를 않아 녹차 한 잔을 만들려던 해서가 달랑거리는 방울 소리에 직업적으로 짓는 미소를 얼굴에 만들고 돌아서다 그대로 얼어붙었다.

왜 이 사람이 여기에 있는지 알 수가 없었다.

"이야기 좀 하지. 그거 나도 한 잔 줘."

마치 어제 만난 사람처럼 서훈이 그녀가 들고 있는 예쁜 찻잔을 가리키고는 해서의 책상에 자리를 잡고 앉았다.

"점심시간이야. 내가 한가해 보이나?"

멍하니 서 있던 해서가 차가운 음성에 정신이 들어 급하게 몸을 돌리다 잠깐 현기증이 일어 비틀거렸다.

'지금은 안 돼.'

해서는 자명종 벨처럼 울려 대는 심장의 고동 소리와 제멋대로 뛰는 맥에 놀라 그런 거라 스스로를 납득시키려 애쓰고 있었다.

"어지러운 건가?"

무미건조한 말투에 해서가 움찔하며 대답 대신 고개를 저었다. 그리고 재빨리 다른 잔을 찾아 녹차를 내렸다.

"앉지?"

그가 가게에 들어온 후 그녀는 아예 벙어리처럼 입을 다물고 있었다. 겁먹은 눈빛이 얼마나 놀랐는지 여실히 보여 주고 있었지만 서훈은 일부러 아무렇지도 않게 행동하고 있었다.

심장병이 있는 환자에게 놀라는 일은 금물이었다.

그에게서 조금은 떨어져 있던 플라스틱 간이 의자에 앉는 그녀를 살피며 그는 자신이 의사라는 것을 끊임없이 상기하고 있었다.

"예약 진료가 삼 일 전이었어. 얼마나 대단한 사람인지는 몰라도 내가 왕진을 와야 하는 사람이었던가?"

뜻밖의 말에 고개를 숙이고 있던 해서가 놀란 눈으로 그를 바라보았다.

"나는…… 나는 그런 거 부탁한 적 없어요."

순간 목이 잠겨 잠시 목소리를 가다듬은 해서가 간신히 대답하자 서훈이 픽 하고 비웃음을 흘렸다.

"여전히 사람 꼬이는 기술은 그대로인 모양이야. 백 교수님을 어떻게 꼬였는지 몰라도 그분의 특별한 부탁이야. 왜 안 온 거야? 내가 담당의라서?"

아무리 자신의 본분을 떠올려도 역시 그도 사람이었다. 그러면 안 된다는 것을 알면서도 그녀를 자극하는 말을 내뱉는 자신을 어쩔 수는 없었다. 그의 말에 하얗게 질리는 해서를 보며 순간 자책감이 들었지만 어차피 뱉은 말이었다.

"이제부터 당신은 내 환자야. 나도 그렇게 대할 거니까 당신도 그렇게 생각하면 좋을 것 같은데."

결국 그가 먼저 한발 물러섰다. 그의 말에 하얗게 질리는 얼굴이 마음에 걸렸다. 얕게 몰아쉬는 숨소리가 멀리 있어도 옆에 있는 것처럼 느껴졌다. 굳이 듣지 않아도 심장은 미친 듯이 뛰느라 지쳐 있을 테고 맥은 제멋대로 널을 뛰고 있으리라.

"깊게 쉬어. 그런 식으로 호흡하면 산소 공급이 힘들잖아."

한 톤 낮은 음성으로 해서를 향해 달래듯 충고를 하는 그는 어쩐지 예전의 그를 떠올리게 했다. 그래서 저도 모르게 해서는 그의 말을 따라 깊게 숨을 들이마시고 내쉬며 스스로를 진정시키려 애를 쓰고 있었다.

"나 때문이라면 사라져 주지. 하지만 오늘이라도 진료는 받는 게 좋을 거야. 아니면 또 찾아올 거니까."

가만히 해서를 살피던 서훈이 얕은 한숨을 내쉬며 피곤한 기색을 감추지도 않고 의자에서 일어서 나가려다 그녀의 음성에 멈춰 섰다.

"어느 병원을 갈지는 환자 마음이에요. 그리고 난 오늘부터 다른 병원을 갈 거니까 걱정 마세요. 백 교수님껜 따로 찾아뵙겠다고 말씀 전해 주세요."

낮지만 잔뜩 힘이 들어간 목소리에 이미 마음을 정했다는 것을 알았다. 가만히 서서 그녀를 응시하는 그를 마주 볼 수가 없어 해서가 그의 등 뒤로 가게 문에 걸려 있는 작은 은종에 시선을 주고 있었다.

"일을 복잡하게 만드는군. 나라고 담당의가 되고 싶을 것 같아? 백 교수님의 부탁이 아니었으면 여기 오지도 않았어. 교수님 상태는 아나? 그분에게 걱정을 끼쳐서 네가 얻을 것이 뭔데?"

다시 의자에 앉으며 던지는 그의 차가운 질문에 해서가 할 말을 잃었다. 입술을 깨물며 불안한 듯 양손을 마주 잡은 그녀가 대답을 하는 순간까지 서훈이 인내심을 키우며 기다리고 있었다.

그 사이 찬찬히 그녀를 살피고 있는 시선은 딱히 의사의 것이 아니었다. 오래전 기억하던 여자와 지금 눈앞에 있는 여자를 비교하는 그의 눈에는 혼란스러움이 스치듯 지나갔다.

등을 덮었던 머리는 귀 아래까지 깡총하게 잘라 찰랑이는 단발을 하고 있었지만 특별히 변한 것은 없었다. 오히려 시간이 그에게만 흐르고 그녀에게는 멈춰 있는 것처럼 느껴질 정도로 해서는 처음 만났을 때를 연상케 했다.

화장기라고는 하나도 없는 얼굴이 예전보다 더 하얗게 보였다. 처음 만났을 때의 건강한 스무 살의 아가씨는 아니지만 여전히 제 나이로 보이지 않을 만큼 어려 보였다. 어쩌면 단발머리 때문에 더 어려 보이는지도 몰랐다.

처음 만났던 모습과 완전히 다른 사람으로 만났던 마지막 모습이 엇갈리며 앉아 있는 여자와 겹치고 있었다.

이 여자의 진짜 모습은 어떤 건지 궁금해질 지경이었다. 도대체 교수님은 이 여자의 어떤 모습 때문에 그토록 챙기고 있는 건지 묻고 싶었었다.

'확실한 건 없어. 분명 문제가 생긴 것 같은데 가장 큰 문제는 그 아이야. 도대체 살려는 의지가 없어. 만약 그때도 응급실에 실려 오지 않았다면 그대로 죽었을 거야. 그래서 더 신경이 쓰여. 나이도 어린데 가끔 그 아이를 보면 마치 세상 다 산 노인처럼 군다니까.'

모르는 척 윤해서라는 환자에 대해 묻는 서훈에게 교수님은 혀를 차며 대답을 해 주셨다. 그러면서 조금 더 살펴보라는 말로 서훈을 혼란스럽게 만들기도 했다. 교수님이 말씀하시는 환자는 그가 기억하는 여자와 달라 순간 이름만 같은 다른 여자인가 싶었었다. 다른 환자에 비해 더욱 신경을 쓰시는 교수님을 뵈며 역시 속고 계시다고 말씀드리고 싶었던 것을 간신히 참고 알았다는 말로 대신했다.

그가 알고 있는 윤해서라는 여자는 사랑보다 돈이 먼저인 여자였다. 자신이 가지고 있는 모든 것을 이용해 사람을 홀릴 수 있는 여자였다. 순진한 사내를 꾀어 충분히 이득을 취할 줄 아는 여자였다. 결코 교수님이 생각하는 그런 여자는 아니었다.

그런데 생각과는 다르게 막상 그녀를 마주하니 교수님의 표현이 이해되는 부분도 있었다. 다른 의사를 찾겠다는 말에 왜 자신이 울컥하는지 알 수가 없었다.

분명 당한 만큼 갚아 주리라 복수를 생각하던 그가 막상 그녀를 보니 예전의 그로 되돌아간 것 같아 자존심이 상하고 있었다.

그만큼 나이를 먹었는데 변한 것이 없다는 현실에 스스로에 대한 회의감으로 혀를 찼다. 불쌍하게 생각할 이유가 없었다. 다른 환자와 똑같을 뿐이다.

그럼에도 불구하고 그는 그녀의 안색을 걱정하며 다른 이상 징후는 없는지 세세히 살피고 있는 자신을 어쩌지 못하고 있었다. 그래서 또 자신을 속인다. 어디까지나 자신은 지금 의사의 눈으로 이 여자를 보고 있다고.

"교수님은요?"

그의 긴 상념은 어렵게 꺼낸 그녀의 질문으로 깨졌다.

"어디까지 알고 있나?"

"아프신 건 알아요. 그리고 심각한 병이라는 것도."

"그럼 이야기가 쉽겠군. 오늘 입원하셨어. 본격적으로 치료가 들어갈 거고. 그런데도 계속 고집을 부릴 건가?"

차갑게 돌아오는 질문에 해서의 말문이 다시 막혔다. 다른 사람은 몰라도 교수님을 걱정시킬 수는 없었다. 결국 선택의 여지 따위는 없다는 말이었다.

"오늘은……, 내일 갈게요."

당장 급한 사람은 자신이 아니었다. 그럼에도 그녀를 생각해 애를 쓰시는 분의 정성을 모른 척할 만큼 해서는 모질지 못했다. 적어도 교수님께는 사정을 설명하고 인사는 드리고 떠나야 할 것 같았다.

그녀의 대답이 마음에 들지 않았는지 서훈이 눈살을 찌푸렸다. 그러나 더는 토를 달지 않고 고개만 끄덕이고는 바로 가게를 나섰다.

그가 나가고도 한동안 해서는 의자에 접착제가 붙은 양 앉아 가빠 오는 숨을 참으려 애쓰며 흐르는 눈물도 같이 참고 있었다.

이토록 꽃향기가 진한데도 그녀의 주변에 맴도는 것은 그의 향기였다.

세월이 흘러 당당한 사내가 되었음에도 그는 여전히 그때의 향수를 쓰고 있었다.

그의 품에 안기면 그녀를 감싸던 향이 십이 년이 넘은 세월을 지나서 다시 그녀 주위를 맴돌고 있었다.

*

"미치겠군."

정신없는 하루였다. 오전에 ICU 환자 한 명이 갑작스럽게 심정지가 와 의료진이 모두 매달려야 했다. 간신히 호흡은 돌렸지만 집중치료실에 올리고 1년 차 하나를 아예 붙박이로 붙여 두었다.

과장이라고는 하지만 레지던트들과 함께 의국에 있는 이상 계속되는 콜에 서너 시간 간신히 눈을 붙이고 진료실에 앉아 있는 중이었다.

아직 낯설어 눈치를 살피는 레지던트들도 그리 반만하지는 않았다. 더구나 이번 치프(chief: 수련의 중 외래와 병동을 총괄하는 의사)는 그보다 다섯 살이나 많았다. 게다가 4년 차가 전공의 시험을 위해 들어가 있는 상황이니 손은 계속 모자라고 피곤에 지친 레지던트들의 신경도 꽤 날이 서 있었다.

사정이 그런데도 그는 화면을 응시하며 눈을 떼지 못하고 있었다.

피곤한 눈을 비비며 방금 올라온 심전도와 흉부 사진을 살피는 그의 표정이 어두웠다. 마지막 심전도보다 훨씬 심한 부정맥을 보이고 있었고 사진상 심장 크기도 분명 제 사이즈를 벗어나 있었다.

과거 진료 기록을 살피면 수술에는 문제가 없었다. 수술을 받은 후 정기검진도 빼놓지 않고 받았기에 요 몇 년간 아무런 이상이 없었다는 것을 알 수 있었다. 그렇다면 요 근래에 어떤 사정으로 수술받은 심장이 다시 제 기능을 잃고 있다는 소리였다.

이런 경우는 검사 후 재수술을 받는 경우가 흔했다. 인공판막에 문제가 생긴 것이면 다시 바꿔 줘야 한다. 그렇다면 이 여자의 가슴을 여는 사람이 자신이 될 수도 있다는 생각에 저절로 한숨이 나왔다.

“정신 차려. 네가 누군지 잊지 마. 여기서 사적인 감정은 버리고 가야 한다는 걸 명심해.”

잠깐 이마를 짚어 스스로를 훈계한 서훈이 대기하고 있는 외래 간호사를 향해 지시를 내리는 목소리는 평상시처럼 차분했다.

“다음 환자 바이털(vital: 활력징후)은요?”

“100/50이고 펄스(pulse: 맥박)가 115예요. 그리고 템퍼레이쳐(temperature: 체온)는 37도로 미열이 있으시네요.”

외래 간호사의 대답을 메모지에 휘갈기듯 옮겨 적은 그가 고개를 끄덕이자 곧이어 문이 열리며 반갑지만은 않은 얼굴이 나타났다.

하얀색과 검은색의 스트라이프 원피스 위에 얇은 긴소매 카디건을 입은 해서는 그를 마주 보지도 않고 환자를 위해 놓인 의자에 엉덩이만 간신히 걸치고 앉았다. 고개를 숙이고 있으니 찰랑거리는 단발머리가 아예 얼굴을 가려 버린다.

“윤해서 씨, 마지막으로 아팠던 적 있습니까? 가벼운 것이라도, 혹시 열이 나거나 아니면 외상이 있다거나.”

그를 외면하고 있는 해서처럼 그도 화면만을 응시하며 곧바로 본론으로 들어갔다.

"……특별히 아픈 적은 없었습니다. 올봄에 ……한 삼 일 정도 감기를 앓았던 적 이외에는요."

조금 시간을 두던 해서가 기억을 더듬어 대답을 하자 그제야 서훈이 그녀를 바라보았다. 그러나 그녀는 여전히 자신의 발끝만 바라보고 있었다.

"얼굴 들어요. 그래야 설명을 하니까."

몇 번이나 스스로의 위치를 가슴에 새기며 서훈이 목소리를 가다듬고 일반 환자를 대하듯 컴퓨터 화면을 그녀에게 돌리며 입을 열었다.

머뭇거리던 해서가 두 손을 마주 잡고 천천히 고개를 들자 서훈은 갑자기 시간이 멈춘 것 같았다.

항상 그를 똑바로 응시하던 여자가 지금은 그가 보라고 돌려놓은 컴퓨터 모니터만 뚫어져라 보고 있는 것만 달랐지 해서는 여전히 그의 기억 그대로 멈춰 있는 것처럼 착각하게 만든다.

그를 외면하고 있는 그녀에게서 눈을 못 떼고 있는 사람은 자신이라는 자각에 자존심이 상한 그가 목소리를 가다듬으며 화면에 집중했다.

"심전도도 그렇고 이 사진도 그렇고 수술받은 심장에 문제가 생긴 것 같습니다. 검사를 더 해 봐야 알겠지만 최악의 경우 다시 열 수도 있습니다. 우선 초음파 결과를 보고 내과와 상담 후에 다시 이야기하죠. 밖의 간호사에게 말씀하시면 안내해 드릴 겁니다.

잠시 후에 뵙죠."

나가 보라는 그의 손짓에 해서가 머뭇거리더니 결심을 했는지 생각지도 않는 대답을 했다.

"아니요. 검사는 하지 않겠습니다. 더 심해지면 그때 다시 오겠습니다."

제 할 말을 끝내고 나가려던 해서가 그의 목소리에 멈춰 서야 했다.

"모르시겠습니까? 심장에 문제가 있을 수 있으니 검사만 하자는 겁니다. 만약 시기를 놓치면 그만큼 더 힘들어 질 수 있습니다."

뜻밖의 대답에 서훈의 눈이 커지며 목소리도 올라가고 있었지만 도리어 해서의 표정은 변함이 없었다.

"검사는 의사가 아니라 환자가 동의했을 때 가능한 일이니 제가 거부했다고 차트에 적어 주세요. 그럼 이만. 수고하셨습니다."

문손잡이를 잡고 진료실을 나가려던 해서를 잡은 건 서훈의 매서운 질책이었다.

"내가 주치의라서 그런 거야? 겨우 그런 것 때문에 목숨을 걸어? 내 말이 장난 같아? 죽는다는 말이 장난으로 보이냐고. 나라고 좋아서 당신 같은 여자 치료한다고 하는 줄 알아? 내가 의사니까 단지 환자로만 보려고 노력 중인데, 내 노력이 우스워?"

그녀를 따라 자리에서 일어난 서훈은 당장 무언가 부술 것처럼 사나워 보였지만 해서는 마치 남의 일처럼 그를 응시하며 담담히 고개를 저을 뿐이었다.

"백 교수님이셔도 같은 선택을 했을 겁니다. 나 같은 여자 치료할 필요 없으니 당신도 편하게 그대로 기록해 두세요. 환자가 거부했다고."

"거기 서!"

결국 그의 말은 닫힌 문에 부딪쳐 그에게 돌아왔다. 진료실에서 큰소리가 나자 놀란 눈으로 들어온 외래 간호사가 어쩔 줄 모르며 그와 진료실을 나선 해서를 번갈아 보고 있었다.

"무슨 일이십니까?"

조심스럽게 새로 온 과장의 안색을 살피며 상황을 묻는 말에 서훈이 이를 악물고 제자리에 앉았다.

"다음 환자 보죠."

당장에라도 그 여자를 쫓아 가고 싶었지만 밖에서 환자들이 기다리고 있었다.

환자가 거부하면 의사가 할 수 있는 일이 없었다. 모든 치료는 환자의 동의와 함께 전적인 신뢰가 바탕이 되어야 나을 수 있는 확률이 높아진다.

더구나 심장은 시간 싸움이었다. 원상 복구는 힘들지만 망가지는 것은 순식간의 일이라는 것을 누구보다 잘 알고 있었다.

그런데 이 여자, 마치 모든 것을 알고 있다는 눈빛이었다.

그 여자가 보이는 눈빛은 치료하기 전에 이미 자신은 죽을 거라고 믿는 환자에게서나 볼 수 있는 눈이었다.

"어디 네 마음대로 죽을 것 같아? 네가 죽고 싶다면 난 열심히 살려 주지. 절대 네 뜻대로 죽을 수는 없을 거야."

다음 환자가 들어오기 전 서훈이 이를 갈며 해서에게 들리기라도 하는 것처럼 속삭이고 있었다.

도망치듯 병원 현관문을 열고 나오자 훅 하고 뜨거운 여름 바람이 밀려왔다. 에어컨 바람이 실내를 가득 채워 사람이 많았음에도 시원했던 로비와 달리 뜨겁게 달구어진 아스팔트의 열기에 해서가 현기증이 일어 잠시 멈춰 서 여름의 뜨거움에 익숙해질 때까지 기다렸다.

잠깐 밀려왔던 현기증은 곧 가라앉아 해서를 안심시켰다. 그러나 그를 만나는 내내 긴장하고 있던 그녀의 신경 줄은 여전히 날카롭게 튕겨지고 있었다.

원래는 진료를 끝내고 백 교수님에게 병문안을 갈 생각이었다. 그런데 생각해 보니 그를 만나고 교수님을 만날 생각을 했다는 것만으로도 웃음이 나온다.

그를 만나는 순간 아무것도 할 수 없을 거라는 걸 왜 몰랐을까.

문자로 예약 진료일이 지났으니 다시 날짜를 잡으라는 연락이 왔지만 그대로 지워 버렸었다. 그렇다고 환자가 오지 않았다고 의사가 직접 나서는 일은 없었다. 더구나 그가 왜 그녀를 챙기려 하겠는가.

같은 이름이라고 꼭 자신이라는 보장도 없을 텐데 무작정 찾아온 그가 닦달을 하는 바람에, 그를 보내려고 약속을 해 놓고 할 수 없이 나선 길이었다.

덕분에 가운 입은 모습을 참 오랜만에 보았다. 여전히 의사 가운이 잘 어울리는 남자였다. 지금은 연륜이 쌓여 긴장하는 기색도 없이 환자를 대하는 모습에 저절로 가슴이 뿌듯해졌다.

그라면 정말 좋은 의사가 될 거라고 믿고 있었다. 환자를 위해 최선을 다하는 의사가 될 거라는 걸 알고 있었다. 그리고 그는 정말 그런 의사가 되어 있었다. 그래서 고마웠다. 오늘도 마지막으로 가운을 입고 환자를 진료하는 그를 보고 싶은 욕심도 한몫했다.

한때는 그의 옆에서 그가 진료하는 모습을 볼 수 있다고 꿈꾸던 시간이 분명 있었으니까. 잠시지만 꿈을 이룬 기분이었다. 그래서 이제는 아쉬운 것도 없었다.

아직도 귓가에 그의 음성이 들리는 것 같았다. 시간은 언제부터인가 거기서 멈춰 흐르지 않고 있었나 보다.

'의사는 사람을 살리는 직업이야. 그러니까 죽어 가는 사람은 어떤 사람이든 살려야 하는 게 의사의 본분이지. 난 그런 의사가 되고 싶어. 그런데 나이가 들면서 내가 혹시라도 본분을 잊고 살거든 네가 옆에서 지켜보며 되새겨 줘. 그럴 거지?'

당연하게 묻는 그에게 자신이 어떤 대답을 했는지 기억나지 않는다. 마음으로 대답하고 아마 웃음으로 말을 대신했었던 것 같다.

잊으려 했던 기억이 끊임없이 밀려오며 해서를 지치게 하고 있었다. 걸을 힘도 없어진 그녀가 가까운 벤치에 앉아 멍하니 병원을 오가는 사람들을 바라보고 있었다.

따가운 햇살이 해서의 머리를 비추며 반짝임을 만들고 있었지만 명치끝을 조이는 통증에 해서가 미간을 찌푸리며 버릇처럼 손으로 부드럽게 문지르고 있었다.

"너무 늦었네요. 처음부터 바뀌었으면 좋았을 걸. 할머니의 바람처럼 처음부터 바뀌었더라면 좋았을 텐데."

어린 해서를 보며 혀를 차던 할머니를 떠올리자 해서의 입가에 작은 미소가 그려졌다. 커다란 눈망울이 반짝이는 건 태양의 장난만은 아니었다.

살면서 아픈 기억은 모두 모아 하나씩 차곡차곡 쌓아 잠가 둔 기억의 창고가 그를 만나면서 조금씩 벌어져 그 틈을 비집고 튀어나오고 있었다.

아무리 발버둥을 쳐도 부메랑이 되어 돌아오는 기억을 막을 수가 없었다. 그래도 어쩌면 조금만 참으면 영원히 기억할 수 없는 시간이 오고 있을지도 몰랐다.

그래서 해서는 다시 그를 만나는 일이 없는 곳으로 떠나려 준비 중이었다. 아예 한국을 떠나면 그만이지만 낯선 곳에서 마지막을 맞이하고 싶은 마음은 없었다.

이만큼이면 그의 눈에 뜨이지 않고 살아갈 수 있다고 믿었는데 역시 대한민국은 작은 땅이었던 모양이다.

"그럼 이제 어디로 가지?"

스스로에게 물어보지만 쉬이 답이 나오지 않았다.

"그냥 눈 감고 찍어 볼까?"

조금씩 하얀 피부가 뜨거운 태양에 빨갛게 익어 가고 있었지만 핏기 없는 자신의 얼굴이 마음에 들지 않았던 해서로서는 도리어 반가웠다.

문득 어느 영화에서인가 보았던, 지도를 벽에 붙여 놓고 다트를 찍어 갈 곳을 정하던 장면을 떠올리며 혼잣말을 하던 해서가 기운 없이 웃고 말았다. 말도 안 되는 생각이지만 갈 곳을 찾을 수 없는 자신에게는 꽤 근사한 유혹이었다.

"그래, 나쁘지 않아. 이번에는 섬 이름만 써 놓고 찍어 보지 뭐."

유명한 섬은 빼고 사람이 살 수 있는 작은 섬이 좋을 것 같았다. 병원을 가려면 배나 비상 헬기가 아니면 안 되는 곳을 찾아 숨어들면 누구도 찾을 수 없으리라. 물론 찾을 사람도 없지만 마지막에 예쁜 바다를 눈에 담고 끝내는 것도 나쁘지 않았다.

징그럽게 봐 왔던 치료를 자신이 받을 생각 따위는 애초에 없었다. 차라리 처음부터 자신이었으면 좋으련만 운명은 웃기게도 끝을 내고 결국 제자리로 돌아와 내놓으라고 손을 내밀고 있었다.

"기다려, 조금 있으면 우리 다시 만나겠다. 그때는 날 보고 웃어 줄 거지?"

구름 하나 없는 하늘을 향해 누군가를 그리며 해서가 슬픈 미소와 함께 병원을 벗어난 것은 진료를 끝내고도 한 시간이나 지난 후였다.

가게 문을 닫는 시간은 9시였다. 보통은 그 시간에 닫지만 오늘따라 꽃다발 주문이 밀려 다른 날에 비해 한 시간 정도 늦은 시간에 문을 잠갔다. 가게를 정리하던 해서가 닫힌 문을 흔드는 종소리에 빗자루질을 멈추고 가게 문으로 향하다 문 밖에 서 있는 사람을 확인하고 신음을 흘렸다.

"열어!"

셔터를 내리고 정리를 할 걸 하는 마음이 먼저 들었지만 그런 식으로 일을 해 본 적이 없었다. 버릇처럼 문만 잠그고 정리하던 해서는 처음으로 다음부터는 순서를 바꿔야겠다고 다짐하며 조심스럽게 문을 열었다.

거칠게 밀고 들어올 것 같았던 사람이 생각과는 다르게 부드럽게 문을 열고 들어와 마치 주인처럼 그녀의 의자에 앉았다.

"무슨 일이신가요?"

다른 날에 비해 초췌해 보이는 얼굴빛이 마음에 걸렸지만 속마음을 감추며 해서가 차가운 목소리를 유지하려 노력했다.

"검사받으라고."

"할 일이 그렇게 없으세요? 나만 환자는 아닐 텐데 모든 환자가 검사를 거부하면 이렇게 일일이 쫓아다니시나요?"

도무지 그를 이해할 수가 없었다. 자신이라면 치를 떨어야 정상이었다. 그런데 무슨 생각으로 쫓아와서 이러는지 모르겠다. 차라리 욕을 하고 비웃으면 마음이라도 편할 텐데 그는 다른 방식으로 그녀를 고문하고 있었다.

"내가 불편한 거라면 진료는 다른 사람에게 맡겨 줄 테니 와서 검사나 받아 봐. 너무 늦으면 그만큼 힘들어지는 건 네가 더 잘 알잖아."

달래는 그의 목소리는 그리 부드럽지 않았다. 마치 억지로 내뱉는 말투에 그의 감정이 손에 닿을 듯 느껴졌다.

"애쓰지 마요. 당신이 불편해 그런 거 아니라는 말 안 했던가요? 누구라도 난 진료 안 받는다고요. 그게 내 선택이고 의사는 환자의 선택을 존중할 의무가 있잖아요?"

"죽으려는 환자의 선택을 존중하는 의사는 없어."

"내가 죽는 건가요? 아직 아무것도 확실한 건 없잖아요. 시간이 지나면 알겠죠. 그건 어차피 내 몫이니 당신은 빠져 주세요."

마치 빗자루가 세상에 단 하나 의지할 수 있는 물건인 양 꼭 쥔 채 해서가 그의 말에 반박하자 마침내 참고 있던 서훈의 인내심이 뚝 끊어진 것 같았다.

"죽으려고 애를 쓰는 모양인데 난 그걸 막아야 하는 입장이야. 그러니 말 안 통하는 당신 말고 보호자와 상담하지. 그게 더 빠르겠네."

"내가 나의 보호자예요. 그러니 애쓰실 필요 없어요. 선택은 내가 하는데 왜 당신이 상관하나요? 그냥 내버려 둬요. 제자리를 찾는 것뿐이니까."

"무슨 소리야?"

너무 많은 말을 했다. 그래서 다시 해서가 굳게 입을 다물었다. 더 이상 그녀와 말을 섞고 싶지 않은 듯 일어서던 그가 해서의 말에 다시 앉으며 무섭게 그녀를 노려보고 있었다.

"무슨 소리냐고."

"당신과 상관없어요. 그러니 이제 그만 나가 주세요. 영업 끝났어요."

그를 외면하며 아예 빗자루질을 하는 해서를 노려보던 서훈이 막 빗자루를 빼앗으려던 찰나 그의 휴대폰이 삑삑거리며 바쁘게 자신을 드러냈다.

굳이 확인하지 않아도 응급실임을 알리는 소리에 우선 휴대폰부터 받으며 여전히 눈은 등을 보이는 해서를 향하고 있었다.

"진서훈입니다."

화를 참으려는 듯 한 손으로는 휴대폰을 귀에 대고 남은 한 손은 허리에 얹은 서훈을 힐끗 살피던 해서가 그의 통화에 귀를 기울이고 있었다.

"수술실 잡고 마취과 콜해. 보호자한테 CABG(coronary artery bypass graft: 관상동맥 우회술) 설명해 주고 퍼미션(permission: 동의서) 받아 놔. 오 분 내로 들어갈 테니까."

휴대폰을 주머니에 챙기고 급하게 나가려던 그가 다시 해서를 향하다 눈이 마주쳤다.

"이게 끝이 아니야. 도망갈 생각은 버려. 난 내 환자가 죽는 꼴은 못 봐."

할 말만 하고 나서는 그의 발걸음이 얼마나 급한 일인지 여지없이 보여 주고 있었다. 제대로 문도 닫지 않고 나서는 그를 대신해 문손잡이를 잡았던 해서가 마음을 바꿔, 문밖으로 그를 따라나서 벌써 미등의 그림자만 남기고 사라지는 그의 차를 보며 지친 등을 문에 기댔다.

"고생하세요. 너무 무리하지 말고요."

들리지도 않을 말이라는 건 알고 있었다. 그래도 밤을 새워 수술한 환자를 지킬 그를 생각하니 벌써 가슴이 아렸다.

쉬운 직업이 아니었다. 손끝 하나로 사람을 살릴 수도, 죽일 수도 있는 직업은 그만큼 사람을 긴장하며 살게 한다는 것을 알고 있었다.

"그러니까 나 같은 사람은 잊어요. 그러면 편하잖아. 신경 쓰지 말고 편하게 살아요."

마음 같아서는 그의 힘든 것도 모두 자신이 가져가고 싶었지만 해 줄 수 있는 일이 없었다.

평생을 미워하고 살더라도 상관없었다. 그래서 그가 편하다면 모두 감수하고 살아갈 수 있었다. 이렇게 만나는 것도 마치 그를 아프게 하고 떠난 벌을 받고 있는 것 같았다.

여전히 해서는 그에게 죄인이었고 하면 안 되는 짓을 했다는 것을 상기했다. 그 이유가 어떻든 분명 그를 아프게 한 사람은 자신이었다.

그러니 그때의 약속을 지켜야 했다. 절대 그 사람 앞에 나타나지 않겠다는 약속은 여전히 유효했다. 적어도 약속을 했던 사람은 약속을 지켰으니까. 그러니 해서도 지켜야 했다.

그러나 자신을 속이는 것도 한계가 있었다. 그를 만나고 뛰는 심장은 자신이 가지고 있는 병 때문은 아니었다. 더구나 그녀를 미치게 하는 것은 그를 만나 두려운 감정보다 미치도록 그리웠다는 깨달음이었다.

시간이 지나면 스러지는 감정이라고 말하던 사람들을 비웃기라도 하듯 해서는 처음 그를 만나 가슴에 품었던 그때처럼, 그가 보고 싶었다. 그의 품에 안기어 그동안 숨겼던 외로움을 풀어내고 싶어 하는 자신을 어쩌지 못해 깜깜한 하늘을 올려다보며 눈물을 감추고 있었다.

그날 이후로 눈물 따위는 없을 거라고 생각했는데 그동안 숨죽이고 있던 눈물샘이 터진 것처럼 그를 만나고 계속 눈물이 나고 있었다.

차가운 그를 대할 때마다 그의 가슴에 얼굴을 묻고 하소연하고 싶어졌다. 그러나 이것 또한 자신이 가지고 가야 할 비밀이었다. 그가 알아서 좋을 것도 없었다. 그러니 모두 자신이 품고 사라지면 그만이었다.

진실이 어떻든 현실에서 해서는 여전히 그를 이용했던 파렴치한 여자였고 끝까지 그렇게 그의 머릿속에 남을 생각이었다.

후끈거리는 바람에 습기가 가득 묻어 있었다. 그토록 덥더니 기어이 비가 오려는 모양이었다. 한 방울 톡 하고 해서의 얼굴 위로 빗방울이 떨어지더니 제법 굵은 빗방울이 연이어 떨어지며 조용한 밤을 시끄럽게 두드렸다.

차가운 빗방울에 정신이 든 해서가 피할 생각도 못 하고 다시 그가 있을 병원 쪽을 바라보며 그대로 젖어 가고 있었다.

그 밤 내린 비는 해서의 눈물을 대신하듯 새벽까지 천둥 번개를 몰고 와 세상을 적셨다. 그리고 다음 날 해서의 꽃집은 조금 늦은 시간에 문을 열었다.

4
별이 드는 마당

제인의대 부속병원은 지방에 있는 병원 치고는 생각보다 큰 건물이었다. 그러나 서울에서 3시간이나 달려 내려와야 한다는 것이 지혜의 마음에 들 리가 없었다.

버릇처럼 달리니 3시간이지 규정 속도를 지키면 거의 4시간이 걸린다는 말이 된다. 더구나 서울에서 너무 멀었다. 그렇다고 공항이 있어 비행기를 타고 다닐 수 있는 것도 아니었다. 오직 자동차나 버스 또는 기차밖에는 방법이 없었다.

제법 규모를 갖추고는 있다지만 제인시도 지혜의 눈에는 그저 일개 시골처럼 느껴졌다. 더구나 병원은 대학과 같은 부지를 사용하고 있는 관계로 시내도 아닌 외곽에 있어 그녀의 눈살을 찌푸리게 만들었다.

그러나 병원의 로비를 들어서는 순간부터 지혜의 얼굴에는 예쁜 미소가 걸렸다.

익숙한 걸음으로 안내 데스크를 찾은 지혜가 담당자에게 서훈의 진료실을 확인하고는 옷매무새를 다시 한 번 다듬었다.

오늘은 일부러 다른 날보다 신경 써 차려입었다. 하얀색 바탕에 커다란 보라색 양귀비꽃이 프린트된 원피스는 화려하지만 우아하게 지혜의 아름다움을 빛내 주고 있었다. 고르고 골라 새로 마련한 원피스였다. 보라색 끈으로 마무리한 샌들까지 맞춰 사며 거울에 수십 번을 비춰 확인하고 나선 것은 그녀가 그의 약혼녀라는 것을 병원의 모든 사람에게 알려 주기 위한 초석이었다.

자신의 남자 진서훈은 어디에 둬도 눈에 띄는 남자였다. 게다가 학벌에 집안까지 두루 갖추고 있으니 꿀을 찾아 날아오는 벌레들처럼 여자들이 그만 보면 꼬리를 쳤다.

그나마 그가 그런 쪽으로는 아예 관심이 없어 안심을 하지만 항상 불안한 건 어쩔 수 없었다. 그의 눈길을 끌려는 여자들과 별반 다르지 않은 눈빛으로 자신을 보고 있으니, 약혼반지를 끼고 있어도 언제나 전전긍긍하는 사람은 그녀였다.

"과장님 회진 가셨는데요? 누구신가요?"

양손에 잔뜩 짐을 들고 진 과장을 찾는 여인을 살피며 외래 간호사가 곤란한 얼굴을 하고 있었다.

"그럼, 나 잠깐 진료실에 있을게요. 회진 끝나면 약혼녀가 기다린다고 전해 주세요."

"아! 약혼녀시구나. 말씀을 못 들었어요. 네, 들어가 기다리세요."

놀라움이 가득한 눈으로 그녀를 살피는 외래 간호사에게 지혜가 일부러 약혼녀라는 단어에 힘을 주고 예쁜 미소를 보이려 노력했다.

"고마워요. 아 참, 우리 서훈 씨 잘 부탁드려요."

"아니에요. 저야말로 잘 부탁드립니다."

그의 진료실로 향하던 지혜가 외래 간호사를 향해 애교 섞인 목소리로 다시 한 번 자신이 약혼녀임을 확인시켰다.

우선 그의 담당 간호사는 합격이다. 제법 나이가 있는 평범한 간호사였다. 그녀의 손가락에 반짝이는 결혼반지는 더욱 마음에 들었다.

일부러 약혼녀라는 말에 힘을 준 건 오늘 안으로 그에게 여자가 있다는 소문이 병원 안에 퍼지리라는 계산 때문이었다. 그리고 그의 약혼녀라는 여자가 어떤지도 입방아에 오르리라는 생각에 한층 공을 들여 꾸며 입고 나선 참이었다.

간호사의 인사를 받으며 그의 진료실로 들어온 지혜의 표정에 더 이상의 미소는 없었다. 들고 있던 가방을 내려놓고 양손을 허리에 얹은 채 천천히 그의 진료실이라는 곳을 둘러보는 눈에는 오히려 사나움이 담겨 있었다.

특별할 것도 없는 일반 진료실이었다. 책상에 올려놓은 컴퓨터와 책장에 꽂혀 있는 책 몇 권이 전부였다. 그나마 명패 옆 작은 화분에 조잡한 꽃이 고개를 내밀고 있었다.

저절로 한숨이 나는 것을 간신히 삼키며 손수건을 꺼내 그의 이름이 박혀 있는 명패를 반짝이도록 닦았다.

서한대 부속병원을 이어받을 전도유망한 사내가 여기서 무엇을 하려는지 도무지 이해가 가지 않았다. 너무 많아 욕심이 없는 것인지 자신의 것조차 내버리는 행태에 열불이 나지만 지금은 참을 수밖에 없었다.

어차피 이제 시작이었다. 아직 아버님도 정정하시고 그의 나이를 생각해도 스스로의 진가를 보여 주는 행보이니 나쁘지 않을 거라는 엄마의 말에 인내심을 키우고 있었다.

"왔어?"

인기척에 예쁘게 미소를 지으며 돌아서는 지혜 앞에 피곤이 가득해 보이는 서훈이 어제 본 사람인 양 그녀를 맞이하고 있었다.

"얼굴이 왜 이래요?"

열흘 만에 보는 얼굴인데 반쪽이 되어 있는 그를 보며 지혜가 놀란 눈으로 위아래를 살피고 고운 미간을 찌푸렸다.

"환자가 많았어. 웬일이야? 평일이잖아."

수술복 차림에 가운만 걸친 그가 책상 너머의 자기 의자에 앉자 별수 없이 지혜는 환자들이 앉는 의자에 앉을 수밖에 없었다. 그나마 그녀에게 앉으라는 말도 없었다.

"그렇게 바빠요? 나랑 밥 먹을 시간도 없이?"

"난 이미 먹었어. 그리고 당장은 병원을 비울 수도 없고, 그러게 연락이나 하고 올 것이지."

그녀에게는 시선도 돌리지 않고 모니터를 살피며 한다는 소리에 지혜의 얼굴이 당장 붉어졌다.

이곳에 내려오고 제대로 전화 한 번을 받아 본 적이 없었다. 그나마 자신이 해도 열에 아홉은 안 받는 경우가 부지기수였다. 그래서 놀래 줄 요량으로 그를 위한 짐을 바리바리 챙겨 내려온 자신을 그는 귀찮은 외판원을 보듯 대하고 있었다.

"나 여기 오느라고 휴가 내고 오빠에게 필요한 것들 다 챙겨 왔어요. 이렇게 먼 거리인 줄은 상상도 못 했어요. 거기다 결혼 준비도 모두 나 혼자 하고 있잖아요. 그러면 미안해서라도 밥 한 끼는 같이 먹어 줄 수 있잖아요."

잔뜩 성질이 올라온 목소리에 서훈이 그제야 모니터에서 시선을 돌려 그녀를 제대로 보았다.

"연락을 했어야지. 내 직업이 그냥 일반 직업하고 같다고 생각하는 거야? 언제든 대기하는 입장이야. 그건 충분히 이해하고 있는 줄 알았는데?"

아예 책상에 팔꿈치를 올리고 깍지 낀 손에 턱을 괸 서훈이 오히려 지혜를 탓하고 있었다.

"오빠! 내가 왜 왔는데요? 우리 날짜만 잡으면 결혼할 예비부부잖아요. 그런데 오빠는 진짜 나랑 결혼할 마음이 있긴 해요? 한 번쯤은 내 마음도 알아줄 만하잖아요."

무심하다 못해 아예 남의 일 보듯 하는 그를 보며 쌓였던 불안과 불만이 자신도 모르게 입 밖으로 튀어나오고 있었지만 오늘따라 조절이 되지 않는다.

자신은 하루가 열흘같이 길게만 느껴지는 날이 그에게는 평범한 일상으로밖에는 여겨지지 않는 것 같았다. 아니, 오히려 귀찮은 일을 처리하는 사람처럼 매사 건성으로 넘어가고 있었다.

게다가 이 시골로 내려오는 그를 보며 왜 불안한지도 모른 채 며칠을 안달했던 지혜로서는 이렇게 차가운 그를 대하니 더욱 화가 치밀고 있었다. 앞으로 남은 생을 같이 살아갈 사람인데 자신과 의논이라는 것도 없이 일방적으로 정하고 내려와 버린 그를 보면서도 이를 갈며 참고 있었다.

그래도 먼 길 달려온 자신을 반갑게 맞아 줄 거라고 생각하고 왔는데 밥 한 끼는커녕 차 한 잔도 내 줄 의향조차 없어 보이는 약혼자를 보며 지혜가 서러움에 목이 메고 있었다.

"미안해. 어제부터 두 시간밖에 못 잤어. 그래서 날카로워진 것뿐이야. 그러니까 다음에는 꼭 문자라도 남겨. 그래야 나도 시간을 비우지. 어떻게 할래? 무작정 기다릴래? 작긴 해도 꽤 예쁜 도시야. 여기서 차로 이십 분만 가면 바로 서해 바다니까 구경이라도 하고 있을래? 일 끝나면 내가 전화할게."

수술 끝나고 경과를 보느라 새우잠 자고 환자를 보느라 신경이 날카로운 것도 사실이었다. 때문에 오늘은 백 교수님을 찾아뵙지도 못했다. 그런 와중에 부지불식간에 찾아온 지혜가 반갑지 않은 것이 사실이었다.

그렇지만 막상 울 것 같은 그녀를 보니 양심이 찔려 서훈이 목소리를 가다듬어 지혜를 달래고 있었다.

"그래도 돼요? 기다릴게요. 근무 끝나면 전화 주세요. 분위기 좋고 맛있는 집도 찾아 놓을게요."

"그래, 그럼 근무 끝나고 보자. 어디에 있을 건지 문자 남겨. 전화 안 받으면."

사실 눈을 붙이고 싶은 마음은 굴뚝이지만 그녀의 말대로 먼

길 찾아온 그녀를 이대로 보내는 것도 예의는 아니었다. 적어도 약혼자라면 흉내라도 내는 것이 옳았다.

"응, 그럴게요. 오빠 너무 무리하지 마요. 의사가 환자 같으면 어떡해요. 여기 가방에 어머님이 필요한 속옷하고 다른 옷들 넣어 주셨어요. 여기에 놓고 갈 테니까 나중에 의국에 가져다 놓으세요. 그동안 저는 우리 살만한 집도 있는지 살펴봐야겠어요."

"응, 마음대로 해. 나 진료해야 하는데 어쩌지? 식사도 안 했잖아."

"아니에요. 전 이만 가 볼게요. 오빠 말대로 여기 구경하고 있을 게요. 수고하세요."

서훈의 말에 신이 난 지혜가 예전의 밝고 명랑한 모습을 보이며 부지런히 제 가방을 챙겨 일어나 문을 향하다 멈춰 섰다.

"오빠?"

"왜?"

나가는 지혜를 확인하고 다시 모니터로 시선을 돌린 서훈이 그녀가 부르는 소리에 고개를 들었다.

"사랑해요."

문손잡이를 잡은 채 고개만 돌려 기대에 찬 표정으로 속삭이는 지혜를 보며 서훈이 잠시 머뭇대다가 낮은 목소리로 대답을 주었다.

"알아."

똑같은 말에 똑같은 대답이 돌아오자 웃고 있던 지혜가 살짝 인상을 흐리며 진료실을 나서는 것을 확인한 서훈이 의자에 깊숙이 몸을 묻었다.

지혜가 무슨 말을 듣고 싶어 하는지 알고 있었지만 어째서인지 쉬이 그 말이 뱉어지지가 않았다.

지혜를 보면서 단 한 번도 가슴이 떨려 본 적도 없었다. 어머니는 사랑이 아니라 정으로 사는 거라 말씀하셨다. 그러나 가끔은 묻고 싶어질 때가 있었다. 어머니는 죽고 못 사는 사랑으로 아버지를 만나셨으면서 왜 그에게는 정으로 살라고 하시는지. 과연 그것만으로 남은 생을 살아갈 수 있는지 의문이 들었지만 곧 고개를 흔들어 지워 버렸다.

그렇게 당하고도 정신을 못 차렸나 싶어진다. 아버지의 눈은 정확히 자신의 사랑을 알아보았지만 자신은 아니라는 것을 인정하는 꼴이기에 묻지 못했다.

불같은 사랑이라고 믿었던 것은 허상이었고 눈속임으로 결론이 난 지우고픈 과거로 남았다. 이제 자신의 옆을 지킬 여자는 방금 나간 저 여자라는 걸 상기하며 서훈이 진료에 집중하기 위해 자세를 가다듬었다.

으슬으슬 추워지는 것을 보니 어제 맞은 비 때문에 감기가 오는 모양이었다.

'감기는 특히, 열감기는 안 좋아. 그러니까 열나면 바로 병원으로 오는 거다.'

진료 때마다 세뇌하듯 말씀하시던 교수님이 떠올라 순간 시선이 다시 병원을 향했다. 간다 하고는 여태 발걸음도 못 하고 있었다. 무슨 말을 하실지 알고 있으니 계속 핑계를 대고 있는지도 모르겠다. 그래서 지금도 바쁘다는 핑계를 대며 장미 다발을 앞에 두고 열심히 가시를 제거하고 있는 중이었다.

그러나 시선은 자꾸만 가게 문을 향한다. 지금쯤이면 병원에 있을 사람이라는 것을 알면서도 당장에라도 문을 열고 들어올 것 같아 양쪽 어깨에 들어간 힘이 빠지질 않았다.

손님을 알리는 종이 울리자 저도 모르게 움찔하던 해서가 반가운 목소리에 환한 미소를 지었다.

"웬일이야? 언제 온 거야?"

"왜 이렇게 한가해? 이래서 입에 풀칠이나 하겠어?"

오랜만에 보는 친구 영주였다. 고등학교 졸업생 중에 제일 처음 결혼한 친구이기도 했다. 얼마나 급했으면 졸업하고 바로 다음 달에 식을 올렸을까.

일 년 뒤에 그 이유를 알고 모두를 기가 막히게 만들었던 친구였다. 독실한 가톨릭 집안에서 자란 영주는 분명 고등학교 일 학년 때만 해도 수녀가 되겠다고 다짐하던 아이였다.

"걱정도 팔자다. 그런데 너 혼자 온 거야? 은혜는 어쩌고?"

"학교에, 학원에 바쁜 아이잖아. 어머님이 봐주셔서 네 핑계 대고 마실 왔지."

첫 아이를 낳고 소식이 없어 걱정하더니 덜컥 임신을 해 벌써 배가 꽤 불렀다.

"몸도 무거운데 날 부르지."

재빨리 영주가 앉을 의자를 내주며 해서가 차가운 오렌지 주스를 내밀었다.

"가게는 왜 내놓은 거야?"

앉자마자 영주가 꺼낸 것은 진짜 이곳을 찾은 이유였다. 이 친구 때문에 제인시를 선택했다. 학창 시절에도 가까운 친구라고는 없었다. 학교와 병원을 오가는 생활 속에 누군가와 대화를 나눌 여력도 없었다.

먼저 다가온 사람도 영주였다. 딱히 종교가 없었던 해서가 가까이 있는 성당에 들어가 혼자 울고 있는 모습을 보고도 아무것도 묻지 않고 옆에 앉아 있어 줬던 친구였다. 그래서 해서에게 친구라고는 영주가 처음이고 또 마지막이었다.

"할머니가 전화하셨어?"

주인 할머니와 영주의 시어머니는 친 자매처럼 지내던 사이셨다. 덕분에 이 가게를 인수할 때 많은 도움을 받았었다. 그래서 한달음에 달려온 영주가 이상하지 않았다.

"어머님한테. 너 대답 안 했어."

"전화로 하지. 무거운 몸으로 달려온 거야?"

별일 아니라는 듯 말을 돌리는 해서를 보고는 영주가 손부채질로 답답함을 달래며 대답을 기다리고 있었다.

"여행을 떠나 볼까 하고. 너무 늦으면 정말 못 할 것 같아서."

"여행을 간다고 가게를 내놔? 도대체 어디를 가려고? 뭐 세계여행이라도 가니?"

"어? 어떻게 알았어. 2년 코스로 돌아볼 거거든."

"아주 팔자가 늘어지셨네."

그냥 생각나는 대로 내뱉은 말에 눈을 동그랗게 뜨는 해서를 보며 영주가 혀를 찼다.

"그동안 가게 세를 낼 수도 없고 다녀와서 또 시작하면 그만이고. 너 알잖아. 나 혼자 몸인 거."

"몸은? 괜찮은 거야?"

"그럼, 그때 수술 잘됐잖아. 웬 걱정이야?"

"그런데 너 얼굴 빨간 게 열이 오른 것 같아. 감기 걸렸어?"

혜주의 수술 승낙서에 사인을 한 사람도 영주였다. 수술실 앞을 지키며 눈물 바람 일색이었던 사람도 오직 세상에 영주 한 사람이었다.

"그래서 병원 다녀왔어. 약 먹고 있으니까 걱정은 접어 두셔."

어제 내린 비로 한풀 꺾인 더위라지만 한여름이었다. 에어컨도 켜지 않은 가게의 열기에 차가운 주스를 한 번에 마시고 해서의 안색을 살피는 영주의 얼굴에 걱정이 서렸다.

"말리기도 뭐하네. 내 꿈이 세계 여행인데 어떻게 코앞이 제주도인데 거기도 못 가고 사니. 부럽긴 하다. 어머님께는 그렇게 말해 놓을게."

다행이었다. 영주가 의심하지 않고 넘어가 주어서. 친구까지 속이는 것이 마음에 걸리지만 어떤 반응을 보일지 알고 있었기 때문에 마지막까지 알리지 않고 갈 생각이었다. 몇 년 전 남편의 전근으로 조금 거리가 있는 곳으로 이사를 간 친구가 오늘따라 다행이다 싶어졌다.

막 영주의 근황을 물으려던 해서가 또다시 들리는 종소리에 어깨가 굳었다. 그러나 금세 여린 여자의 음성에 미소를 지으며 손님맞이용 얼굴을 만들었다.

이 주변에서 보기 드문 미인이었다. 가게를 들어서는 여자는 그만큼 화려하고 눈이 부셨으며 그녀에게서 나는 진한 향기가 꽃향기마저도 무색하게 만들고 있었다. 하얀 원피스에 프린트된 보라색 꽃이 탁자에 놓인 장미보다 화려하게 보인다.

얼굴의 반을 가리는 선글라스로 머리띠를 대신하며 차가운 눈으로 가게 안을 살피는 모습이 딱히 마음에 들지 않는 모양이었다.

"화분 몇 개 사려고 하는데요."

한 발 나서는 해서를 향해 여자는 포옥 한숨을 쉬며 주문을 했다. 살짝 입을 달싹거리는데 빨간 입술이 먼저 눈에 들어왔다.

"어떤 화분을 원하세요?"

그러나 해서는 언제나 그렇듯 미소로 손님을 대했다.

"책상에 올라갈 수 있는 난 화분하고 공기 청정용으로 쓰이는 화분 두 개 정도?"

"선물하실 건가요?"

"네, 아 그리고 꽃병에 어울릴 만한 꽃다발도 만들어 주세요."

"선물받으실 분의 나이는 어떻게 되시나요?"

연신 가게 안을 살피며 일일이 비치돼 있는 꽃들도 둘러보는 여자에게 해서가 더욱 친절한 미소를 만들며 받을 사람에 대해 물었다. 그제야 여자가 해서의 얼굴을 똑바로 바라보며 가게에 들어와 처음으로 흐뭇한 미소를 지었다.

"약혼자예요."

"아, 그러면 젊으신 분이네요. 알겠습니다."

고개를 끄덕인 해서가 그녀가 주문한 물건에 맞는 화분을 고르느라 등을 보이는 순간 여자가 고개를 갸우뚱했다.

"우리 어디서 만난 적 있던가요?"

"네?"

뜻밖의 질문에 해서가 다시 그녀의 얼굴을 마주 보았다. 그러나 처음 보는 얼굴이었다. 이런 여자를 그리 쉬이 잊을 리 없을 것 같았다.

"아니요, 저는 처음 뵙는데요."

"그래요? 그런데 난 왜 낯이 익지? 이상하네."

"제가 평범하게 생긴 얼굴이잖아요. 그래서 누군가와 혼동하셨나 보네요."

어깨를 으쓱이며 대수롭지 않게 대꾸한 해서가 부지런히 그녀의 마음에 들 만한 화분 몇 개를 앞에 꺼내 놓았다. 순간 화분을 꺼내다 명치가 찌르르 울리는 통증에 숨이 막혀 왔지만 일부러 머뭇거리는 행동처럼 무마하며 호흡을 가다듬고는 더욱 밝은 얼굴로 난 화분 한 개를 그녀 앞에 내밀었다.

"꽃은 어떤 종류를 원하세요? 혹시 생일이라든가, 무슨 기념일이세요? 그럼 저희 가게에서 기념일에 맞게 작은 이벤트도 하거든요."

"아니에요. 그냥 꽃꽂이로 화병째 배달되죠?"

"물론입니다. 여기 주소와 받으실 분 성함하고 보내시는 분 성함 써 주세요."

메모지를 내미는 해서를 바라보는 여자의 눈이 가늘어져 있었다. 무엇인가 생각하는 눈치였지만 모른 척 펜까지 내밀자 여자가 고개를 갸웃거리며 부지런히 메모를 남긴다.

"우리 정말 본 적 없어요?"

"네, 정말 뵌 적 없어요. 손님처럼 아름다우신 분을 보았다면 분명 기억하고 있을 테니까요. 아마 저랑 닮은 누군가를 알고 계신 모양이네요."

생긋 웃으며 메모지를 받은 해서가 스치듯 쓰여 있는 이름에 멈칫했다.

진서훈.

설마? 그러나 지금은 확인할 용기가 없었다. 벌써 찌르르 밀려오는 통증에 얼굴이 하얗게 질리고 있었다.

"리본 같은 건 사양이에요. 말 그대로 장식이니까. 너무 화려하지 않게 해 주세요. 그리고 오늘 중으로 배달해 주시고요. 난은 이거랑, 화분은 음, 저거랑 저거가 좋겠네요. 얼마죠?"

여자는 해서의 말에 수긍했는지 더는 토를 달지 않고 태양금이라 불리는 모양 좋은 난 화분을 고르고 연이어 핑크색 꽃이 아름다운 호접란과 공기 청정에 탁월하다는 율마를 지목했다.

카드로 계산을 끝내고 나서는 여자가 다시 선글라스로 얼굴을 가리며 해서의 얼굴을 흘낏 확인하고 가게 문을 나섰다.

"오호! 돈 좀 있는 집안 딸내미네. 밖에 차도 장난 아니다. 내 차랑 참 비교되네."

여자가 나가자 곧바로 영주의 수다가 시작되었지만 손에 쥐고 있는 메모지를 확인할 엄두가 나지 않아 해서는 뚫어져라 문밖만 바라보고 있었다.

분명 약혼자라고 했다. 그렇다면 이름의 주인공이 그라면 정말 그 사람이라면 방금 나간 저 여자가 그의 약혼녀라는 말이었다.

아직 결혼은 하지 않았구나.

그러나 그런 깨달음도 잠시 어딜 가든 눈에 뜨이는 아름다운 약혼녀가 있다는 현실에 울컥 무엇인가 가슴에서 올라왔다. 그래서 살며시 메모지를 확인하고 도장을 찍었다.

같은 이름의 사람이 없는 것은 아니지만 진서훈이라는 이름은 여태 그 이외에는 들어 본 적이 없었다. 그리고 지금도 그랬다.

"잘 어울리겠다."

"뭐래니?"

한참을 수다를 떨던 영주가 반응이 없는 해서의 어깨를 치며 중얼거리는 그녀의 말에 인상을 썼다.

"아냐, 뭐라고?"

"못 들었어? 도대체 어디에 정신을 팔은 거야?"

"미안, 알바생을 불러야 해서. 난 주문받은 거 준비해야 하니까 넌 올라가 있어. 정신없는 데 앉아 있지 말고."

"됐다. 베란다에 있을게. 도움 필요하면 불러. 뭐 배불뚝이라도 간단한 심부름은 가능해."

"알았어. 가 있어. 끝내고 시원한 수박이라도 가져다줄게."

영주가 베란다로 향하자 기운이 빠진 해서가 겨우 의자에 앉아

무섭게 고동치는 심장을 달래며 호흡조절에 들어갔다.

꽃집을 하면서 설마 그에게 꽃 배달을 하게 될 줄은 몰랐다. 그것도 약혼녀가 보내는 꽃을 준비할 줄은 몰랐다.

"벌을 받는 거지. 사람을 아프게 했으면 당연히 그 벌을 받아야지. 그래도 참 아프네."

애원하던 그의 눈은 여전히 그녀의 꿈에 나타나 잠을 설치게 했다. 이를 악물고 차갑게 그 손을 내치던 사람은 자신이었다. 모든 것을 내어 주고 사랑했던 사람을 자신의 이득을 위해 헌신짝처럼 버린 사람도 자신이었기에 할 말도 없었다.

"잘 어울리겠어. 나보다 확실히 잘 어울려."

스스로를 달래는 말이지만 거짓도 아니었다. 잘 차려입은 옷을 제외하고라도 너무도 아름다운 여인이었다. 다행이었다. 자신 같은 여자가 아닌, 그에게 정말 어울리는 여인을 만났으니 이제 그는 행복하리라는 생각에 해서가 잠시 쓴웃음을 지었다.

미친 듯이 뛰고 있는 심장의 고동이 거짓말이라고 외치고 있었다. 더불어 잊고 있던 눈물이 천천히 볼을 따라 흐르고 있었다. 그만큼의 시간이 흘렀으면 무뎌질 만도 하건만 가슴깊이 박혀 있던 가시를 뺀 흉터에서 피가 흐르는 것 같았다.

시간이 지나면 나을 거라 믿었던 스스로를 비웃기라도 하듯.

자정이 가까운 시간 서훈이 지혜를 보내고 병원을 향하다 멈춘 곳은 해서의 꽃집이었다. 이미 어둠에 물들어 셔터도 내리지 않고 무심히 간판 불만 꺼져 있는 가게 문 앞에 서 있는 그는 마치 누군가를 기다리는 사람처럼 보이기도 했다.

48시간 동안 눈을 붙인 시간이라고는 간신히 서너 시간이 다였다. 덕분에 핏발이 가득 선 눈이 매섭게 반짝였다.

'화분은 마음에 들어요? 꽃병은요? 확인하고 보낼걸. 그 생각을 못 했어요. 꽃 가게가 작아서 고를 것도 없고, 꽃도 고만고만해서 걱정되더라고요. 그런데 이상하죠? 그 꽃집 주인 어디서 본 것 같은데, 정말 낯이 익어요.'

외래환자 진료 중에 배달 온 꽃을 지혜가 보낸 것이란 건 알고 있었다. 그래서 대충 정리해 놓으라는 말로 치워 놓고 환자를 보았다. 그리고 잊고 있던 화분을 지혜의 말에 떠올리다 순간 얼굴을 찌푸렸다. 설마 그 화분들이 그 여자의 가게에서 배달되어 온 것은 아닐 거라 믿고 싶었다.

'여기 아는 사람이 있어?'

'그럴 리가요. 단지 그 여자 정말 어디서 본 것처럼 낯이 익었거든요. 뭐 닮은 사람이겠죠. 그 여자 말대로.'

고개를 저으며 대답하는 지혜를 보며 더불어 그 여자가 떠올랐다. 병원 가까이 있는 꽃집. 설마?

'어딘데?'

'병원 나가면 바로 있는 꽃집요. 이름이 무슨 마당이던가? 아무튼 희한한 이름이었어요.'

볕이 드는 마당.

불이 꺼져 있지만 두 눈에 들어오는 글자를 확인하며 서훈이 긴 한숨을 내쉬고 피곤한 몸을 차에 기댔다.

교수님은 아무도 없는 혈혈단신이라 더욱 신경이 쓰인다고 하셨다. 도대체 살 의지가 없어 더 걱정이라며 신경을 써 달라 부탁하셨다. 교수님이 말씀하시는 여자는 그가 알고 있던 아주 오래된 기억 속의 여자를 닮았다. 잠시 그를 홀렸던 여자. 그리고 차갑게 버렸던 여자.

십 년이 넘도록 가슴 한구석에 남아 끊임없이 '왜' 라는 말을 달고 살게 만들었던 여자. 이제 어떤 여자도 믿을 수도 없게 만들었던 여자.

이 여자를 만나고 알았다. 왜 자신이 다른 여자를 볼 수 없었는지. 이 여자의 기억이 심장에 박혀 모든 여자를 색안경을 끼고 보게 만들었다. 그래 놓고 저 혼자 잘 먹고 잘 살 줄 알았더니 겨우 이런 모습으로 나타날 거라고는 생각도 못 했다.

살면서 한 번은 보고 싶었다. 얼마나 잘 살고 있는지. 네가 버리고 간 사람이 얼마나 대단한 사람인지 알려 주고 싶었던 사내의 이기심도 있었다.

그러나 그를 확인하고 하얗게 질리는 얼굴을 보며 시원함보다 안타까움이 먼저 찾아왔다. 그리고 이제는 걱정이 앞서고 있었다. 바보같이 그렇게 당해 놓고도 그는 여전히 윤해서라는 여자를 심장에서 꺼내 놓지 못했나 보다.

어쩌면 지금의 만남은 이제 모두 털어 버리라는 뜻 같았다. 앞으로 다른 여인의 사내로 살아갈 그를 위해 작은 찌꺼기까지 모두 털어 버릴 기회를 주고 있는지도 몰랐다.

피곤한 한숨을 뱉은 그가 돌아서다 휴대폰에 찍힌 숫자를 확인하고 급하게 운전석에 앉았다.

오늘도 제대로 잠자기는 틀린 모양이었다.

*

그가 오고 의국은 이제 레지던트들에게 편안한 곳이 아니었다. 과장이 버티고 있으니 피곤한 몸을 누이는 것도 눈치를 보고 있었다.

그들의 형편을 누구보다 잘 알고 있는 서훈이 일부러 편안한 옷으로 갈아입고 병원을 나섰다. 달리 갈 곳도 없었지만 천천히 걸으며 주변을 살피자는 마음이었다.

도시라고는 하지만 한적한 제인시는 역시 서울과는 달랐다. 깊게 숨을 들이켜자 밤을 부르는 바람에 도시의 공해 대신 향긋한 풀 냄새가 가슴을 시원하게 한다. 갈 곳도 없고 차도 버리고 나온 터라 천천히 병원 주변을 걷자 하고 나온 길이었다.

그런데 발걸음은 그의 생각과는 다르게 저도 모르는 사이 누군가에게로 향하고 있었다. 한여름의 더위가 아직 저물지 않은 태양을 위로하듯 꼬리를 남기는 시간, 서훈은 이미 해서의 가게 앞에서 있었다.

언덕길이라 내려다보는 위치에 서서 묵묵히 가게의 간판을 바라보던 그가 고개를 돌려 이제 막 산기슭에 턱걸이를 하는 태양을 확인했다.

십이 년이나 지난 시간이 우습다는 듯 여전히 그의 기억에 남은 여자를 떠올리는 그의 눈이 바라보고 있는 것은 저 멀리 붉게 물들어 가는 노을이었지만, 길 옆 가로등에 몸을 기댄 채 체중을 실은 모습은 깊은 생각에 빠져 있는 것처럼 보였다.

십이 년 전 그와 해서는 의대생과 간호학과 학생으로 만났다. 과 동기들이 귀찮다는 그를 끌고 간 곳은 같은 대학 간호학과와의 미팅자리였다.

그래도 대학이니 조금의 여유는 있을 거라고 생각했던 그의 생각과는 다르게 고3 때보다 더욱 심한 공부량에 지치고 있을 때였다. 외우고 또 외워도 끝이 없는 공부 속에 지친 과 동기들이 마련한 자리라지만 어차피 관심도 없었다. 억지로 끌려 나온 자리가 반가울 리도 없었다.

미팅이라는 것도 사실 의대생들에겐 사치에 속했다. 그나마 이 자리도 의대에서 달랑 한 명 있는 연애하는 동기가 기분 전환이나 하자고 만든 자리였다. 어차피 다른 동기들에게도 연애는 남의 일이었다. 캠퍼스 커플이라는 말은 의대와 전혀 상관이 없는 단어라는 걸 입학하고 바로 알았다.

차라리 편하게 집에 들어가 모자라는 잠을 보충하는 것이 실속 있는 일이라고 생각했다. 그러나 동기들의 눈초리에 못 이겨 자리나 채우고 일어나자 하는 마음이었지만 앉는 순간 숨길 수 없는 짜증이 한숨으로 나오고 있었다.

대학가 근처의 시끄러운 호프집도 그의 신경을 건드리고 더불어 잔뜩 분칠한 여학생들의 화장품 냄새가 호흡기에 경련을 일으

키게 하고 있었다.

그 와중에 여학생들 끝자리에 앉아 그만큼이나 찡그린 얼굴을 하고 있는 그녀를 처음 만났다.

화려한 차림의 여학생들과는 달리 그처럼 끌려왔다는 것을 분명하게 보여 주는 흰 티와 청바지 차림의 일상복이 눈길을 끌었다. 하얀 얼굴과 긴 생머리는 다른 여학생들과 차이를 보이지 않았지만 화장기 하나 없는 피부에 커다란 눈망울이 먼저 눈에 들어왔다.

그리고 상대방과 눈도 마주치지 않고 연신 시계를 확인하는 모습이 꽤 엄한 집안의 딸이라는 것을 알 수 있었다.

그래서 그녀를 택했다. 일찍 일어나 집에 가 밀린 잠이나 잘 심산이었다. 가만히 그녀가 내민 것을 집중해 확인하고 있었다. 짝짓기를 위해 물건을 내놓아 고르자는 제안에 여전히 미간을 찡그리던 여자는 주섬주섬 뒤지더니 턱 하고 가방에서 모나미 볼펜 하나를 꺼내 놓았다.

덕분에 쉽게 그녀와 짝을 이루었다. 그가 볼펜을 집자 여기저기 탄식과 환호가 뒤를 이었지만 신경도 쓰지 않고 볼펜의 주인을 향해 손을 내밀었다. 마치 처음부터 계획적이었다는 듯 당연하게 그녀가 그의 손을 잡고 따라나섰다.

'그럼 이제 헤어지죠.'

짝을 이뤄 호프집을 나서는 순간 그녀가 그에게 던진 말이었다.

'뭐?'

'바쁘시잖아요. 가서 공부하세요. 그럼, 전 이만 가 볼게요.'

처음부터 그럴 마음이었지만 여자 쪽에서 얼굴도 쳐다보지 않고 내뱉는 말에 황당하고 은근 자존심이 상한 그가 제 할 말만 던지고 자리를 나서는 그녀의 팔을 잡았다.

'왜요?'

그보다 머리 하나 작은 여자는 여전히 그의 얼굴도 바라보지 않고 짜증 가득한 목소리와 팔을 빼려는 행동으로 속내를 내비쳤다.

'우리 커플인데 커피 한 잔은 마시고 헤어져야지. 그게 예의잖아.'

'어차피 그 자리 벗어나고 싶어 고른 거잖아요. 그리고 예의 따지는 분이 왜 반말인데?'

처음으로 그녀가 고개를 들고 그와 얼굴을 마주 보았다. 그런데 그녀의 눈에 담긴 것은 놀라움도 아니고 당황도 아닌 말 그대로 짜증만 묻어났다. 그래서 오기가 생겼나 보다.

'나보다 어리잖아. 학번 대 봐. 후배한테 말 높일까? 이름이 뭐야?'

'휴, 윤해서. 학번은 알 거고요. 과가 다르니 얼굴 볼 일 없을 거고, 학번으로 선배라니 대접은 해 드리죠. 그럼 선배님 오늘 반가웠습니다. 안녕히 가세요.'

잡힌 팔을 빼며 여전히 짜증 난다는 표정은 지우지도 않고 제 이름을 내뱉는다. 거기다 잘 가라는 인사까지 하고는 한 걸음 물러선 해서라는 이름을 가진 여자는 뒤도 안 돌아보고 버스 정류장을 향해 달리고 있었다.

태어나 처음 당하는 일에 기가 차면서도 은근히 화가 치밀었다. 자랑이라고 하기에는 그렇지만 이렇게 대놓고 무시를 당한 적이 없는 그였기에 자존심이 상했다는 말이 옳았다.

'내 이름은 진서훈이야. 외워 둬. 그리고 우린 또 만날 테니까.'

사람들이 오가는 상가에서 이름을 외쳐 본 적은 처음이었다. 그의 목소리를 들었는지 잠깐 멈칫하던 여자는 목소리를 튕겨 버리기라도 하듯 가방을 고쳐 메고 버스에 올랐다. 사라지는 버스 미등을 바라보며 그는 혼자 웃고 있었다.

그랬다. 철없는 그때 처음 그녀를 보았다. 그리고 처음부터 그녀를 쫓아다닌 사람은 자신이었다. 철통같은 그녀의 방어막을 뚫는 데만 육 개월이 걸렸다. 만화에 나오는 제리처럼 그만 보면 도망 다니는 그녀를 톰처럼 쫓아다니던 사람도 그였다. 처음이 사내의 오기였다면 나중에는 그녀에 대한 호기심이었다. 그렇게 그녀를 마음에 담은 사람도 그가 먼저였었다.

바쁜 학과 공부에도 그녀가 수업 듣는 강의실 밖을 지키다 그녀가 보이며 알짱거린 사람도 그였다. 얼굴을 보면 이름을 알려주고 자신의 강의실로 뛰었다. 다가오지 말라고 도망 다니는 그녀를 찾아내고 쫓아다닌 사람은 그였다.

돈이 목적이었다면 왜 그 긴 시간이 필요했던 걸까? 그리고 그 의문은 왜 지금 떠오르는 걸까? 그리고 그 답이 왜 지금 듣고 싶어지는가?

갑자기 혼란스러워진 그가 다시 해서의 가게로 눈을 돌렸다. 그때 마치 환영처럼 해서가 가게를 나와 진열해 놓은 화분을 옮기고 있었다.

그가 보고 있다는 것도 모른 채 차분하게 가게를 드나들며 화분을 옮기는 그녀의 얼굴이 어두워지는 주변에 비해 하얗게 빛이 난다. 그리고 마지막 화분을 옮기다 내려놓은 그녀가 문가에 기대어 명치끝을 문지르는 모습에 그의 눈이 가늘어졌다.

다른 사람들의 눈에는 그저 별거 아닌 행동으로 보이리라. 체기를 내리려 애를 쓰며 가슴골 가운데를 문지르는 대수롭지 않은 행동. 그러나 그의 눈에는 보지 않아도 무엇 때문에 그런 행동을 하는지 알고 있었다.

찌르는 듯한 통증에 저도 모르게 명치끝을 쓰다듬는 동작은 심장병 환자에게 자주 나타나는 모습이었다. 별거 아닌 작은 일에도 기운이 빠지며 콕콕 쏘는 명치의 통증, 그리고 가만히 있기에도 불안할 정도로 뛰는 맥.

그의 진료를 받을 때는 그리 심해 보이지 않았다. 그로부터 겨우 열흘이 지났을 뿐인데 도대체 무슨 일이 있었기에 저 정도로 진행이 된 것일까?

저도 모르게 해서에게 다가간 그가 마지막으로 옮기던 화분을 들어 직접 가게 안으로 옮겼다. 놀라는 그녀를 무시한 채 가게 안에 화분을 내려놓고 가만히 그녀가 들어오기를 기다렸다.

"들어와."

그러나 그녀가 쉬이 들어오지 않아 결국 그가 차가운 명령을 내려야 했다. 얼마를 머뭇거리던 해서가 들어오는 순간 서훈이 그녀의 얼굴을 확인하고 소리 없는 신음을 흘렸다.

핏기 가신 얼굴이 푸석거리며 붓기가 보이고 있었다. 보지 않아도 제대로 심장이 제 역할을 못 해 산소 공급이 떨어져 빈혈기와 함께 부종을 보이는 것이리라.

"죽고 싶어? 이미 당해 봐서 알잖아. 내가 있어서 안 온 거야? 이 정도가 됐으면 병원을 와야지. 바보야?"

왜 화가 나는지 몰랐다. 눈만 동그랗게 뜨고 자신을 향하는 여자는 분명 그가 한때는 죽도록 미워했던 여자였다. 그런데도 그는 미치도록 화가 나고 있었다. 상태를 알면서도 이렇게 자신을 방치하고 있는 여자에게 화가 나고, 이런 모습을 확인하고 걱정으로 타들어 가는 심장을 가진 스스로에게 화가 난다.

"신경 쓰지 마요. 내가 죽든 말든 당신하고 상관없으니까."

"그래 신경 안 쓰고 싶어. 그런데 왜 그런 모습으로 내 앞에 나타나? 차라리 아예 보이지 나 말 것이지. 잊었어? 난 의사야. 사람을 살리는 게 내 직업이야. 그런데 죽어 가는 사람을 보고 그냥 넘기라는 말이 나와?"

해서의 말이 맞았다. 이 여자가 죽든 말든 그와는 하등 상관이 없어야 했다. 그러나 그는 그녀가 죽는 것을 원하지 않았다. 아니, 도리어 죽어도 살리고 싶었다. 그리고 그게 그만이 할 수 있는 복수였다.

"잘 들어. 죽고 싶어? 그런데 넌 못 죽어. 왜냐면 내가 살려 줄 거거든. 그러니까 문 닫고 당장 병원으로 가자."

"왜 이래요? 바보예요? 그만큼 당하고도 모자라요? 나란 여자가 어떤 여자인지 몰라요? 내버려 두라고요. 그냥 벌받는다 생각하고 잇어요."

지친 기색이 역력한 해서가 가까이 있는 의자에 주저앉으며 그를 외면하고 있었다. 목소리에도 기운이 빠져 아예 애원하는 말투였다. 그래서 더 그의 가슴이 쓰리고 있었다. 아무리 미워해도 이런 모습으로 만나리라 생각하지 않았다.

다 죽어 가는 모습을 보여 줄 거라고는 상상도 못 했다. 더구나 푹 꺼진 작은 어깨가 저절로 그의 심장까지 시리게 하고 있었다.

"벌은 내가 주는 거야. 어떻게 할래? 끌려갈래? 아니면 스스로 갈래?"

으르렁거리는 말투에 해서의 작은 어깨가 더욱 움츠러들었다.

"병원 옮길 거예요. 그러니까 이제 내 가게에서 나가 줘요."

고개만 돌린 채 그녀는 간신히 들리는 목소리로 대꾸를 하고 있었지만 믿을 그가 아니었다. 이런 상태라면 입원해서 이미 치료에 들어가야 옳았다. 어느 의사가 이런 상태의 환자를 방치한단 말인가.

"어느 병원이야?"

"당신이 알 필요 없잖아요. 나랑 무슨 상관이 있다고 이 난린지 모르겠네. 제발 내 눈 앞에서 사라져 줄래요? 아니면 지금 내 모습을 즐기고 있나요? 그러면 실컷 보든가요."

잠깐 머뭇거리던 그녀가 또 그의 가슴을 후비는 말을 천연덕스럽게 내뱉고 있었다.

"죽을병도 아닌데 키워서 죽으려는 심보는 뭐야? 가슴을 열면 다 죽어? 판막 하나 바꾸면 그만인 수술이야. 그런데 굳이 죽으려는 이유나 알자. 죄의식이니?"

지치기는 그도 마찬가지였다. 한심하게 여기서 뭐하고 있는지 모르겠다. 그러나 한 가지 분명한 건 이대로 그녀를 두고 갈 수는 없다는 마음이었다. 그대로 돌아서는 순간 후회로 가슴을 치리라는 본능이 먼저 그를 몰아대고 있었다.

"그런 죄의식 따위 나는 없어요. 그렇게 겪고도 몰라요? 그러니 제발 가 주세요. 보시는 대로 나 피곤해요. 좀 쉬고 싶으니까 가라고요."

정말 지쳤다. 갑자기 나타난 그 때문에 놀란 심장이 벌써 무섭게 뛰어 호흡에도 문제가 생기고 있었다. 아닌 척하고는 있지만 그 앞에 쓰러질지도 모른다는 두려움에 간신히 스스로를 억제하고 희미해지려는 정신을 붙잡고 있었다.

이 남자의 사명감이야 누구보다 잘 알고 있었다. 그런데 왜 하필 그 사명감을 자신에게 나눠 주는 걸까? 서로 얼굴 보고 반가울 인연도 아니었다. 아니, 차라리 만나지 않으면 좋을 인연이었다. 그에게는 지우고 싶은 여자가 바로 자신이었다.

마치 벌이라도 주려는 듯 운명은 또 그를 그녀 앞에 들이밀며 정말 잊을 수 있는지 묻고 있는 것 같았다. 그를 보면서도 아무렇지도 않을 자신이 있냐고 묻고 있는 것 같았다.

그런데 그녀는 답을 줄 수도 없었다. 그저 자신이 목메는 그리움에 숨이 막혀 가고 있었다는 것을 깨달을 뿐이었다. 세월이 지나면 잊힌다는 헛소리를 한 인간을 찾아 따귀라도 때려 주고 싶은 마음이었다.

"벌받는다 생각하고 그냥 가요. 내일은 병원에 갈 테니까."

결국 손을 든 해서가 기어들어 가는 목소리로 서훈을 달랬다.

그러나 역효과였나 보다. 아예 그녀 앞에 앉은 그가 무서운 얼굴로 으박을 질러 대고 있었다.

"벌? 내가 죽으라고 했을 거 같아? 너 죽는 게 내가 내리는 벌이라고 생각하는 거야? 죽고 싶어? 그럼 살아. 그게 내가 내리는 벌이야. 살아서 나한테 갚아. 그러니까 당장 일어나. 아니면 정말 내가 끌고 갈 테니까."

살아서 갚으라는 말에 왜 눈물이 나는 건지 모르겠다. 항상 해서가 죽는 것이 맞는다는 말을 듣고 살았다. 살아 있는 것이 죄인인 사람이 해서였다.

그런데 이 남자는 살아서 갚으란다. 그게 벌이란다.

어쩌면 그의 말이 맞는지도 모르겠다. 죽으면 모든 것이 끝나니 편하다 생각한 사람은 자신이었는지도 모르겠다.

"……그래요. ……그게 벌이라면 받아야죠. 가요. 병원에."

더는 그를 피할 힘이 없었다. 변함이 없다면 그의 성격이 어떤지도 알고 있었다. 그 긴 시간 동안 세상에 물들었다면 좋으련만 그는 여전히 그 시절 젊은이의 열정을 지니고 있는 것 같았다.

이 험한 세상에서 어떻게 살아가려고 성질머리는 변함이 없는지 그를 걱정하는 스스로가 우스워 저도 모르게 피식 웃어 버린 해서를 향해 서훈이 눈을 부라리고 있었다.

"먼저 가 계세요. 나도 곧 응급실로 갈 테니까."

"택시 부를 테니 같이 가. 어차피 나도 걸어가면 시간 걸리니까."

해서의 답은 생략한 서훈이 제 맘대로 어디론가 전화를 걸었다.

긴 한숨을 내쉰 해서가 힘겨운 손길로 가방을 챙겼다. 그의 말은 옳았다. 지금 병원에 가지 않는다면 늦을지도 몰랐다. 그래서 조금만 하면서 기다리고 있었다. 눈을 감으면 영원히 뜨지 않는 날을 꿈꾸며. 그러나 그것도 자신의 뜻대로 되지 않을 모양이었다.

하긴 언제 자신의 소원이 이뤄진 적이 있던가.

사는 것이 버거워 놓으려 하니 나타난 그는 정말 그녀에게 벌을 주려는 하늘의 심술일지도 모르겠다는 생각을 끝으로 해서는 아무것도 기억하지 못했다.

일어서다 그대로 쓰러지는 해서를 품에 안은 서훈의 얼굴이 파랗게 질리고 있었다. 그동안 수없이 응급실에서 취했던 행동들이 하얗게 지워지며 창백해지는 해서를 안은 채 정신없이 그는 119를 부르고 있었다.

"정신 차려. 넌 못 죽어. 절대 죽게 내버려 두지 않아. 그러니까 꼭 붙잡고 있어. 해서야, 제발 이대로 맥 놓지 마."

결국 해서를 붙잡고 소리를 지르던 서훈이 애원하고 있었지만 해서는 아무런 움직임도 보이지 않고 있었다.

5

아무려면 어떤가

한 달에 한 번 있는 모임이었다. 대학을 졸업하고 이제는 다들 각자의 길을 걷는 친구들이 모여 간단한 식사가 끝나면 가까운 바로 옮겨 가 힘겨운 일상들을 나누며 서로 간의 대소사를 챙기는 모임은 처음 생겼을 때와 달리 서훈도 될 수 있으면 참석하려고 애를 쓰는 자리기도 했다.

마음이야 빠지고 싶었지만 앞으로의 일을 생각해 뒤가 당기는 느낌을 무시하고 레지던트들을 엄하게 단속하고 나서는 길이었다.

아직도 하얗게 질려 있던 해서의 얼굴이 떠올라 운전을 하는 내내 차를 되돌리고 싶은 갈등을 겪어야 했다.

구급차를 타고 병원으로 오는 시간은 그리 길지 않았다. 차 안에서도 응급처치는 그가 맡았고 도착하는 내내 그녀의 손을 잡고 있던 사람도 그였다. 단지 그녀의 맥을 잡는다는 이유였지만 그게

다는 아니라는 걸 자신에게만큼은 속일 수 없었다.

응급실에 도착해 일사천리로 오더를 내리면서도 반응이 없는 해서 때문에 속이 탔었다. 허혈로 인한 쇼크 상태를 확인하고 처치를 한 후 CCU(coronary care unit: 관상동맥집중 치료실, 심근경색, 방실블록 환자 등 심장질환 환자들을 위한 중환자실)로 옮겼다. 하얗게 질린 얼굴을 보니 애가 타지만 당장은 할 수 있는 일이 없었다.

응급처치 후에 검사 결과를 봐야 수술을 결정할 수 있었다. 응급한 상황은 지나갔으니 그가 지키고 있는 것도 우스웠다.

그때 그의 전화로 모임에 올 수 있느냐는 친구의 전화를 받았다. 잊고 있었다. 한 달에 한 번씩 모이는 모임이지만 참석한 횟수가 많지는 않았다. 보통은 응급수술이나 환자가 있어 빠지는 일이 부지기수였다.

이번에도 핑계를 대고 빠지려던 그가 이대로는 CCU를 지키는 사람이 자신이 되리라는 생각에 무리해서 나선 길이었다. 병원에 있어 봤자 그를 불편해하는 레지던트들에게 눈치받으며 그녀를 생각하느라 잠자기도 글렀다.

그래서 1년 차 하나를 붙박이로 붙여 놓고 이상이 있으면 연락하라는 오더를 내렸다. 수십 번을 강조하는 과장에게 당황하며 대답하는 1년 차의 혼란스러운 눈은 보이지도 않았다

초음파에서는 역시 수술밖에 길이 없어 보였다. 수술받은 지 이제 5년째인데 어떻게 다뤘기에 벌써 판막이 그 모양이 된 것인지 욕이라도 해 주고 싶었지만, 입술을 깨물고 중환자실에 누워

있는 그녀의 얼굴만 한 번 더 보고는 서울로 향했다.

그가 도착하자 식사를 끝낸 친구들은 모두 바에 모여 있었다. 대부분 서울이나 수도권에서 근무하는 동료들이기에 그보다 빠르게 도착한 모양이었다. 항상 같은 장소였기에 그를 반가이 맞이하는 웨이터를 보며 그도 고개를 끄덕여 아는 척을 하고 바에 들어섰다.

"어 저기 오네. 미친 녀석 거기가 어디라고 그리로 가? 좋은 길 놔두고 왜 하필 그 먼 데야?"

서훈의 얼굴을 먼저 확인한 친구 문한의 말에 모두의 시선이 그에게 맞춰졌다.

역시 한두 명은 얼굴이 보이지 않았다. 직업이 이렇다 보니 응급수술이 걸리면 빠지는 친구들이 있었다. 그래서 모두 모이는 적이 없는 모임이기도 했다.

"그러게, 지네 집 놔두고 왜 남의 집에 가 있는 거냐?"

"원래 얘는 어디로 튈지 모르는 공이잖아."

친구들의 농담을 서훈이 미미한 웃음으로 때우고 자리를 잡고 앉아 따라 주는 술을 마다하고 일부러 생수를 대신 따랐다.

"왜? 내려가야 해?"

"응, 환자가 있어서."

"아무튼 일 중독자. 누가 말려."

술을 따르던 친구 하나가 고개를 가로저으며 손을 거둔다.

"곧 결혼한다며? 언제야?"

"아직 날짜를 잡은 건 아니야."

문한의 질문에 서훈도 편하게 답을 하지만 내심 마음이 불편해진다. 서훈이 결혼하려는 지혜와 잠시나마 연인이었던 친구였다. 얼마나 좋아했는지 기억하고 있어 더욱 마음이 쓰였다.

"그런 표정 하지 마. 이젠 옛날 일이야. 그리고 나도 이미 결혼했다고."

속 깊은 친구는 벌써 서훈의 표정만으로 마음을 알아차린 모양이었다.

"더구나 너 그렇게 병원 떠나고 덕분에 내가 네 자리에 올랐으니 도리어 감사해야지."

호탕한 친구의 말에 마음을 놓으며 덕분에 서훈도 웃을 수 있었다. 잠시 백 교수님의 안부를 묻고 어두운 얼굴이었지만 그동안 있었던 일들을 털어놓으며 한숨부터 웃음까지 그 무리를 물들여 갔다.

만나면 늘 하는 대화지만 말이 통해 즐거운 자리이기도 했다. 처음 그가 이사장의 손자라는 사실 때문에 거리를 두던 친구들과 마음을 터놓는 것도 시간이 걸렸다. 일부는 자신의 이득을 위해, 일부는 정말 그의 성격이 좋아 가까워진 친구들까지. 말 그대로 무늬만 친구라는 이름을 단 동창들까지 함께하는 모임이었다.

그러나 나이를 먹고 이제 제자리를 찾아 제 일을 하면서 수고로움을 나눌 수 있는 공간으로 변하고 있었다. 남들이 알아들을 수 없는 이야기를 편하게 주고받으며 도움을 받기도 하고 도움을 주기도 하며 위로와 축하가 주를 이루는 대화가 많았다.

그래서 일부러라도 시간을 내어 이 모임을 챙기는 친구들이 많아져 제법 규모가 커졌다. 더구나 앞으로 결혼을 앞둔 서훈이 미리 인사를 하기로 약속되어 있었던 자리라 억지로라도 올라와 참석한 자리였다.

"잠깐 나랑 이야기 좀 할까?"

그럼에도 해서를 생각하며 마음은 병원으로 향하고 있던 서훈에게 문한이 슬며시 다가와 따로 대화를 하자는 말에 친구들과 동떨어진 바의 가장자리에 자리를 잡았다.

"왜? 너 무슨 일 있어? 병원에 뭔 일이라도 있어?"

병원을 떠났다 하나 그의 가족이 모두 그 병원에 있었다. 이제 흉부외과 과장으로 있는 친구의 어두운 얼굴에 먼저 떠오른 것은 병원이었다.

"병원에 무슨 일이 있을 게 뭐 있어? 항상 바쁘지. 다른 일이야."

"뭔데 뜸을 들여?"

말만 꺼내 놓고 입을 못 여는 친구를 보며 서훈도 심각한 표정으로 그를 바라보았다.

"이 말을 해야 하나 말아야 하나 망설였어. 좋은 일에 찬물 끼얹는 것 같아서."

"무슨 소리야? 알아듣게 말을 해."

망설이는 문한을 재촉하는 서훈의 목소리가 무겁게 울렸다.

"너 결혼 말이야. 지혜 씨."

"지혜가 왜?"

"아니다, 괜히 쓸데없는 말로 좋은 일 망치기만 하겠다. 어차피 결혼할 거잖아. 그러니 관두자."

"무슨 소리야? 여기서 지혜가 왜 나와?"

"아니야, 됐다. 관두자."

손사래를 치며 일어서는 그를 잡은 것은 서훈이었다.

"말해, 하고 싶은 말이 뭐야? 그렇게 말해 놓고 가면 내가 어떻게 생각해야 하는 거야? 아직도 감정이 남아 있다고 생각해야 하는 거냐?"

"무슨 소리야. 난 그 사람이 널 택해서 고마워하는 사람이야."

"무슨……."

펄쩍 뛰던 문한이 긴 한숨을 쉬고 다시 제자리에 앉았다.

"날 만난 이유가 네 친한 친구여서란다. 널 감시하기 위해서라고 하는데 정이 뚝 떨어지더라."

뜻밖의 말에 서훈의 눈이 가늘어졌다. 문한의 말에는 딱히 감정이 있어 보이지는 않았다. 그를 향한 걱정만 있어 보였다. 그러나 문한이 말하는 지혜와 그가 아는 지혜의 모습이 달라 혼란스럽긴 했다.

"기억나? 나랑 만나면 꼭 네가 있었어. 그 사람은 처음부터 너만 바라보고 있었다고. 기억해 봐. 네 주위에 그 사람 말고 다른 여자가 있었는지. 나랑 만난 이유가 그거였어. 널 지키려고. 아무튼 대단한 사람이야. 그래서 널 얻었으니."

서훈이 지혜를 알아 온 시간만 20년이 넘었다. 부모님들 간의 친분 관계로 지혜가 어릴 때 처음 만났다. 친오빠처럼 따르는 지혜를 그저 여동생처럼 보았었다. 두 사람 모두 다른 형제가 없어

오누이처럼 지내 왔다. 문한의 말을 들으면서도 서훈은 그 시절을 떠올리고 있었다.

"솔직히 그때는 네가 미웠어. 그런데 시간이 지나니 그 사람이 날 좋아한 게 아니라는 것이 고마워지더라. 아무튼 축하한다. 결혼식에 갈 테니까 청첩장은 꼭 줘."

다 털어놓으니 문한은 시원한 얼굴이었다. 그러나 서훈은 도리어 복잡한 마음뿐이었다.

그에게 지혜는 그저 친한 동생이었다. 한 번도 여자였던 적이 없었다. 그래서 이 약혼도 마음에 걸렸다. 여전히 지혜를 보면서 서훈은 그녀를 여자로 느끼지 못했다. 그런 마음이 미안해 일부러 지혜를 챙기려 노력해 왔다.

"괜한 말을 했나 보네. 어차피 결혼할 텐데. 그냥 노파심이라고 해 둬. 그때 사실 조금 무서웠거든. 한 우물만 파던 여자의 승리라고 해 두지 뭐. 그러게 지혜 씨랑 결혼할 거면서 뭘 그렇게 뜸을 들여. 괜히 나만 불쌍한 놈 됐잖아."

문한이 서훈의 어깨를 두드리며 제 할 말을 끝내고 술잔을 입에 대는 순간 서훈의 휴대폰이 울렸다. 버릇처럼 한 번 울리자마자 받은 휴대폰에서는 지혜의 음성이 들린다.

— 오빠 어디예요?

문득 서훈은 지혜가 전화를 하면 항상 이 말이 먼저였다는 것을 깨달았다.

"모임."

— 서울이에요?

"응."

— 그런데 나한테 전화도 안 하고. 내가 갈게요. 기다려요.

"아니야, 나 곧바로 내려가야 해. 급한 환자가 있어. 다음에 보자."

— 급한 환자 두고 움직일 사람 아니잖아요. 나 보고 가요. 얼마만인데.

투정이 가득한 음성을 들으며 문득 죄책감이 느껴졌지만 오늘따라 서훈은 지혜가 반갑지 않았다.

"내일 중으로 수술도 잡혀 있어. 그러니 가야 해. 나중에 시간 만들어 올라올게."

"왜? 만나고 가지."

대화를 가만히 듣고 있던 문한이 작은 목소리로 참견을 했지만 서훈은 가만히 고개만 저을 뿐이었다.

"나 때문인 거냐?"

지혜를 달래고 전화를 끊는 서훈을 향해 문한이 무거운 음성으로 입을 열었다.

"너 때문 아니야. 정말 환자가 있어. 사실 오늘도 무리였어. 저번에도 빠졌잖아. 앞으로 일도 있는데 먼저 인사나 하고, 얼굴이나 보려고 온 거야."

"하긴, 백 교수님 상태가 그러시니 바쁘긴 하겠다. 그래도 지혜 좀 챙겨. 너 하나 얻으려고 기를 쓰던 여자야. 가끔은 무서울 정도였어. 나도 시간 내서 교수님 뵈러 갈 생각이다. 우리 모두 많이 존경하던 교수님이시잖아."

그 뒤로 문한과의 대화는 거의 교수님에 관한 말뿐이었다. 다들 교수님을 생각하면 마음이 무거운 것도 사실이었다.

모임을 끝내고 내려가는 길은 어두운 밤길이라 지나다니는 차도 없었다. 도착하면 새벽에 가까운 시간이겠지만 그리 피곤하지는 않았다. 단지 문한과의 대화를 떠올리며 지혜에 대해 다시 생각할 시간이 되고 있었다.

어린 동생이라고만 생각했던 아이가 갑자기 약혼녀가 되고 이제 반평생의 배우자가 되려 하고 있었다.

한 번도 지혜와 결혼이란 것을 하리라 생각해 본 적은 없었다. 해서와 그 일이 있고 나서는 여자들을 거들떠보지도 않았다. 그래서 어머니의 권유로 지혜와 결혼을 결심했다.

그랬다. 지혜를 며느리로 보자고 고집했던 이는 어머니였다. 누구보다 지혜를 아끼고 옆에 두고 싶어 하던 사람은 그가 아니라 어머니였다.

어머니는 알고 계셨던 걸까? 지혜의 마음을?

아무려면 어떤가. 하지만 어차피 결혼이란 걸 해야 한다면 아는 사람이 편하리란 생각을 하면서도 자꾸만 서훈의 마음 한쪽에선 이래도 좋으냐고 묻고 있었다.

*

귀를 울리는 소리에 해서의 얼굴이 먼저 찌푸려졌다. 익숙한 소리, 그리고 익숙한 냄새. 지우려 해도 지울 수도 없는 기억이 떠오르며 굳이 눈을 뜨지 않아도 이곳이 어디인지 깨달았다. 역시나 억지로 눈을 뜨니 생각했던 바로 그곳이었다.

중환자실 중에서도 심장질환 환자들만 누워 있는 곳. 그 와중에도 자신이 창가에 누워 있다는 것을 깨닫고 먼저 다행이라는 생각을 하고 있었다.

"정신이 드세요?"

맑은 목소리에 고개를 돌리니 간호사가 걱정스러운 눈으로 바라보고 있었다. 특별히 아픈 곳도 없는데 무거운 몸과 머리 때문에 해서는 고개를 끄덕이는 것도 힘겨워 간신히 눈짓만 보내야 했다.

"다행이에요. 곧 과장님 오실 거예요. 환자분 깨시면 호출하라고 하셨는데 지금 수술 중이시거든요."

결국 그의 손에 끌려 병원에 온 셈이 되었다. 해서를 세심히 살피고 종종걸음으로 다른 환자에게 가는 간호사를 보며 그녀는 자신만 아는 작은 한숨을 내쉬었다.

수술은 하지 않은 모양이었다. 무거운 몸과 잔잔한 두통은 있지만 분명 환자복만 걸치고 있는 것은 확실했다.

"어쩌다 이 지경까지 그냥 둔 거냐?"

문득 익숙한 목소리에 해서가 창가에 두던 시선을 돌려 목소리의 주인을 보았다.

아! 못 뵌 사이 부쩍 수척해지신 백 교수님이 그녀와 같은 환자복을 입고 서 계셨다. 항상 너그럽고 인자하시던 분이었다. 당당하고 초연하던 교수님의 낯선 모습에 먼저 눈물이 나왔다. 이런 모습을 보여드리고 싶지는 않았는데 또 해서는 아픈 교수님께 걱정을 끼치고 있었다.

어쩌면 지금 자신보다 더 힘겨울 교수님이 그녀를 향해 안쓰러운 얼굴을 하고 계셨다.

"죄……송해요."

자꾸만 삐져나오는 울음을 삼키느라 목소리는 더욱 기어들어 갔지만 교수님은 들으셨나 보다.

"젊은 사람이 어째 그리 모질어. 누누이 말했지? 누구는 살고 싶어도 그럴 수 없다고. 그러니 포기하면 안 된다고. 왜 그리 말을 안 들어 이 모양이야?"

꾸중을 하시는 것치고는 너무 부드러워 기어이 눈물이 터지려는 것을 이를 악물고 참아 내는 해서를 백 교수가 애처롭게 응시할 뿐이었다.

아무리 애를 써도 어째 이 아이는 제 목숨 귀한 것을 깨닫지 못했다. 마치 세상을 덤으로 사는 것처럼 가슴에 담는 것도 없이 시간이 가는 것을 기다리는 모습에 저절로 눈이 가는 아이였다.

아이라고 하기에는 많은 나이지만 백 교수에게 해서는 어릴 적 사고로 일찍 가 버린 딸아이를 떠올리게 만들었다. 그리고 두 사람은 해서와 그만이 아는 인연으로 더욱 단단해져 있었다. 그래서일까, 다른 환자들보다 더 애가 달아 그녀를 챙겼었다.

"이제 제대로 치료받을 거지?"

"……네."

숨죽인 목소리로 간신히 대답하는 모양새에 한숨이 나오지만 해 줄 수 있는 일이 많지 않았다. 더구나 지금 자신의 상황도 만만치 않아 결국 대답으로 만족해야 했다.

"교수님도…… 힘내실 거죠?"

"그걸 말이라고. 내가 질 것처럼 보이냐?"

빈말이 아니었다. 그리고 해서도 진실임을 알고 있었다. 세상은 얄궂어 살아야 할 사람은 데려가고 남을 이유가 없는 사람은 죽어라 살라고 한다.

"원래 난 여기 오면 안 되는 거 알지? 그래도 한 번 보고 싶었다. 나으면 병문안 올 거지?"

인자한 웃음이 더욱 그의 수척해진 얼굴을 두드러지게 했지만 반짝이는 눈빛에 해서가 조금은 안심을 했다.

이제는 누군가의 죽음을 보고 싶지 않았다. 더구나 가까이 지내는 사람일수록 더욱 피하고 싶었다.

"……네, 갈게요."

기어이 해서의 대답을 듣고 백 교수는 그를 걱정하는 의료진의 눈총을 웃음으로 무마한 채 주렁주렁 열매처럼 달린 수액을 이끌고 중환자실을 나섰다.

못 본 사이 부쩍 여윈 교수님을 눈으로 보니 더욱 미안해진다. 딸처럼 아껴 주시는 분이셨다.

세상에 태어나 사람은 모두 누군가에게는 귀한 사람이라는 말씀하셨다. 아무리 찾아도 자신을 귀하게 여기는 사람이 없다는 그녀의 말에 교수님은 곧 나타날 거라며 웃어 주셨다. 정 못 찾으면 자신을 생각하라 하셨다. 적어도 당신은 해서를 귀하게 여긴다는 말씀으로 그녀를 울리셨다.

죽어도 울어 줄 사람이 없는 이가 자신이었다. 많은 사람을 보내면서 수많은 눈물을 참아 냈지만 막상 자신을 위해 울어 줄 사람이 없다는 서러움이 얼마나 북받치는 일인지 누구보다 잘 아는 사람도 해서 자신이었다.

동생이 가고 나서 넋이 나간 엄마를 붙잡고 자신을 위해 살아 달라고, 단 한 번만 자신을 봐 달라고 애원했지만 기어이 엄마는 해서를 외면하고 마치 기다렸다는 듯 동생을 따라갔다. 처음부터 엄마의 마음에 해서는 없었다.

가는 그날까지 엄마가 애가 타게 부른 이름은 동생 해준이었다. 해서도 할 수만 있다면 자신의 생명을 동생에게 주고 싶었다. 그러나 그것만은 할 수 없으니 가슴만 쳐야 했다.

자식을 잃은 엄마의 마음이야 오죽할까만은 그래도 남은 자식이 있는데 엄마는 한 번도 해서를 봐 주지 않았다.

기억하지 않으려 했던 시간들이 익숙한 병원 냄새에 자꾸만 튀어나와 그녀를 괴롭히고 있었다.

교수님이 나가고 얼마 안 있어 서훈이 파란색 수술복 차림으로 중환자실을 찾았다. 그의 옆에는 해서의 병동 담당의가 붙어 있었다.

"바이털은 현재 스테이블(stable: 안정적인)한 상태입니다. ECG(electrocardiogram: 심전도)상 블록이 보이며 초음파에서는 이스케미아(ischemia: 허혈)가 보입니다. 랩(lap: 검사지)상에서 WBC(백혈구) 수치가 높아 우선 안티(antibiotics: 항생제)를 쓰고 있습니다. 내과에 컨설트(consult: 상담, 상의) 낸 상태이고

CT(computed tomography: 컴퓨터 단층 촬영)와 코로나리 앤지오그라피(coronary angiography: 관상동맥 조영술) 예약되어 있습니다."

서훈이 해서의 침상에 서자 병동 주치의가 잔뜩 긴장한 태도로 마치 책을 읽듯 그녀의 상태를 보고 한다. 이어 쓰는 약이며 상태를 보고하는 레지던트의 말을 듣고 있던 서훈이 해서를 쳐다보지도 않고 입을 열었다.

"CT 나오면 바로 보고하고 환자 보호자 연락되면 외래로 보내."

차가운 명령에 해서가 간신히 입을 열었다.

"계속 여기 있어야 하나요?"

작은 음성이지만 서훈은 알아들었다.

"오늘까지는 있어야 합니다. 상태를 지켜봐야 하니까요."

여전히 차가운 대답에 더는 대꾸를 못 하고 해서가 고개를 돌렸다. 낯선 사람을 보듯 향하는 눈빛이 버거워 더는 그를 마주할 수가 없었다.

보호자가 없을 거라는 말도 해 줄 수가 없었다. 어차피 세상에 홀로 남은 그녀였다. 그래서 살아가는 것이 외롭다는 것을 어떻게 스스로 말 할 수가 있단 말인가.

그녀를 지나쳐 다른 환자를 살피는 서훈의 모습을 남몰래 응시하던 해서가 얼마나 그를 그리워했는지 깨닫는 순간이기도 했다.

환자를 대하는 그는 깔끔하고 담담해 신뢰를 주고 있었다. 누구라도 이 사람이라면 고쳐 줄 수 있겠구나 하는 믿음을 주고 있었다.

태어나기를 의사가 천직인 사람처럼 보였었다. 그리고 그는 정말 근사한 의사가 되어 있었다. 그의 환자들은 운이 좋을 거라는 걸 묻지 않아도 알 수 있었다. 단지 자신만이 예외라는 것이 슬프지만 사실이었다.

중환자실을 나서는 서훈의 등을 슬픈 눈으로 바라보던 해서가 고개를 돌리니 창밖으로 파란 하늘이 보였다. 사방으로 귀를 어지럽히는 소음과 코를 찌르는 병원 냄새가 괴롭히지만 적어도 창밖의 세상은 밝고 바쁘게 돌아가고 있으리라.

"윤해서 씨, 컴퓨터 단층촬영 갈 거예요."

혼자만의 생각에 빠져 있던 해서가 어느새 옆으로 다가온 간호사의 말에 정신을 차렸다. 걸어서 가고 싶지만 그렇게는 안 될 모양이었다. 침대째 옮기려는 간호사를 말려 결국 이동식 침대에 몸을 실어 촬영실로 향했다.

검사를 끝내고 다시 중환자실의 자신의 자리로 돌아왔을 때는 거슬리는 기계 소리까지 반가울 정도였다.

문득 해준이 생각이 났다. 수없이 반복했던 검사 속에 지쳐 가던 동생이 생각나자 더욱 가슴이 아파 왔다. 끝없는 희망을 가지고 반복되는 검사 속에서도 웃어 주던 동생이었다. 아무것도 해줄 수 없었던 누나에게 웃는 얼굴을 보여 주던 동생이 오늘따라 너무나 그리워진다.

같은 날 태어났지만 너무 일찍 가 버린 동생이 안타깝고 그리워 해서가 눈물을 참으려 입술을 깨물고 있었다.

그 시간 서훈은 해서의 검사 결과를 살피고 있었다. 초음파로도 이미 알고 있었다. 그래도 혹시나 하는 마음이었지만 역시 방법은 수술뿐인가 보다. 서훈은 아예 조영술을 미루고 책상을 손끝으로 두드리면서도 내내 해서의 초음파 사진을 노려보고 있었다. 겨우 5년밖에 안 된 판막이 무엇 때문에 이토록 망가졌는지 알 수 없지만 다시 가슴을 여는 수술밖에는 방법이 없었다.

벌써 심장에서 피가 역류하고 있었다. 이런 식이라면 모든 장기가 망가져 결국 심장이식밖에는 답이 없게 된다. 거칠게 머리를 흩뜨리던 서훈이 시간을 확인하고 일어섰다. 회진 시간이었다. 그리고 이제 그녀에게 상태를 말해 주고 결정지어야 할 시간이기도 했다.

어쩌다 그 여자의 가슴을 여는 수술을 해야 하는 처지가 되었는지 한심하지만 그는 의사였다. 그러니 환자가 누구든 살려 놓고 따져야 했다. 방법이 있는데 죽도록 내버려 둘 그는 아니었다.

"살린다. 그래, 그게 내가 네게 주는 벌이야."

죽고 싶다는 여자에게 그는 그가 할 수 있는 가장 참혹한 벌을 주고 있었다. 최선을 다해 살려 내리라는 약속을 하며 서훈이 중환자실로 향했다.

"윤해서 씨, 판막이 많이 상해 있습니다. 현재 치료 방법은 바꿔 주는 것뿐입니다. 수술은 그리 어렵지 않으니 걱정하실 필요가 없습니다. 한 번 해 보셨으니 아시겠지만 수술하고 일주일이면 원래의 생활로 돌아가실 수 있습니다."

판에 박힌 말을 들으며 해서는 아무런 말도 하지 않았다. 그래도 수술만큼은 피했으면 하고 바랐는데 결국 또 가슴을 열어야 하나 보다.

“그런데 과장님, 이 환자 보호자 연락이 되질 않습니다. 어떻게 해야 할지.”

조심스럽게 말을 꺼내는 레지던트의 얼굴이 구겨져 있었다. 보호자 연락처를 달라는 말에도 환자는 혼자라는 말만 할 뿐이니 답답한 것은 자신뿐이었다. 분명 승낙서에 사인한 사람이 있는데도 환자는 보호자가 없다는 말뿐이다.

정작 병동 담당 주치의는 자신인데 암암리에 과장이 이 환자에게 신경을 쓰는 눈치라 더욱 답답하기만 했다. 알게 모르게 병원에서도 과장이 신경 쓰는 환자라고 소문이 나 간호사들도 일부러 한 번씩은 더 그녀를 살피고 있었다.

“전에 수술할 때 누군가 사인했을 거 아냐.”

“그게……. 사인하신 분의 전화번호가 바뀌었는지 없는 번호라고 떠서. 주소지도 알아봤지만 그런 사람은 없다고…….”

서훈의 물음에 레지던트가 곤란한 얼굴로 답을 하자 그제야 그가 해서를 제대로 쳐다보았다.

“보호자 없으십니까?”

“네.”

그러나 이번에는 해서가 창문으로 고개를 돌린 채 작은 음성으로 답을 해 주고 있었다.

“그럼 백 교수님께, 아냐, 내가 직접 하지.”

묻고 싶은 말이 있었다. 어차피 찾아봬야 할 분이었다. 수술하시고 분명 보호자에게 설명을 하셨을 테니 백 교수님은 알고 계실 거라는 생각에 서훈이 알았다는 기색을 보이고 본론으로 들어갔다.

"마취과 연락해서 스케줄 잡아 놔. 내과 컨설트 다시 내놓고."

"넵."

"잠시만요."

돌아서는 그를 잡은 사람은 뜻밖에도 해서였다.

"왜 그러십니까?"

"환자의 의견은 하나도 듣질 않으시네요. 병원 옮기고 싶습니다. 여기서 수술 안 받아요."

입원하고 처음으로 해서가 그의 눈을 똑바로 마주하고 있었다. 그리고 그 눈빛에는 단호한 결심이 서려 있었다.

"다른 병원으로 옮기려는 이유는?"

"그것까지 말해야 하나요? 제가 알아서 하겠습니다. 옮길 병원은 따로 알려드릴게요."

아예 몸을 일으켜 앉은 해서를 향해 무슨 말인가 하려던 서훈이 입을 다물고 잠시 노려보았다.

보는 눈이 너무 많아 제대로 윽박을 지를 수도 없었다. 거기다 그녀의 심장이 무섭게 뛰고 있었다. 아무런 표정은 없지만 그녀의 심장이 미친 듯이 뛰고 있다는 것을 작은 기계가 여실히 보여 주고 있었다. 결국 서훈이 먼저 손을 들었다.

"이 환자 일반 병실로 옮겨. OP는 우선 미루고."

그를 따라 우르르 다음 환자를 향하는 의료진을 보면서 해서가 긴 한숨을 내쉬었다. 다른 것은 몰라도 그에게 수술을 받을 수는 없었다. 상처 난 가슴을 그에게 들어 내보이고 싶지 않았다.

가슴에 보이는 상처보다 더 깊은 마음의 상처도 결코 보여 주고 싶지 않았다. 더구나 그에게 그만큼의 상처를 준 사람이 자신이었다. 그런데 어떻게 그에게 자신의 심장을 보여 줄 수 있을까.

방법은 병원을 옮기는 수밖에는 없었다. 살라고 했던 그의 말처럼 살아갈 것이지만 꼭 그에게 가슴을 열어 살아갈 필요는 없었다.

그녀에게 눈길도 주지 않고 중환자실을 나서는 그의 등을 아프게 바라보던 해서가 다시 고개를 돌려 여전히 푸르게 빛나는 창밖을 주시했다.

그에게도 못 할 짓을 시키고 싶지 않았다. 그녀라면 치를 떠는 그에게 차마 자신을 살리라고 할 수는 없었다.

여기서 끝을 내는 것이 옳았다. 그와의 인연은 이것으로 끝을 내는 것이 그에게 해 줄 수 있는 마지막이라는 것이 슬프지만 그녀가 할 수 있는 일이 없었다. 그래서 해서는 스스로 그를 피해 가기로 마음먹었다.

조금 더 일찍 움직였어야 했다. 그랬으면 이런 모습으로 그의 앞에 앉아 있지도 않았을 것을. 항상 바보 같은 스스로에게 염증이 올라온다. 조금만 더를 외치다 결국은 바닥을 구경하고 마는 자신이 너무나 미운 해서였다.

회진을 끝내고 외래에 돌아온 서훈이 다시 책상을 손끝으로 두드리며 시선은 여전히 해서의 초음파 사진으로 향하고 있었다.

그녀의 말이 옳았다. 병원을 옮겨 수술받는 방법이 그에게나 그녀에게나 편한 일이었다. 그가 부탁하면 그녀를 수술해 줄 병원도 있었다. 그런데도 그는 여전히 그녀를 놓지 못하고 있었다.

가만히 생각에 잠겨 있던 서훈이 찾은 곳은 백 교수의 병실이었다. 누구보다 그녀에 관해 아는 것이 많은 분인 것 같았다. 매번 그녀를 언급하는 분이시니 그녀에 대한 이야기를 해 주실 수도 있겠다는 마음에서였다.

"힘드시죠?"

"견딜 만하다네. 해서는?"

"그 환자 병원을 옮기겠답니다."

곧바로 본론으로 들어가는 교수님에게 서훈도 서두 없이 찾아온 이유부터 꺼냈다. 어두운 얼굴의 그를 보며 백 교수도 놀라 되묻고 있었다.

"병원을 옮겨? 해서가?"

"네."

"왜 그런 결정을? 혹시 무슨 일이 있었나?"

"특별한 일은 없었습니다."

"그래도 병원을 옮길 때는 이유가 있을 것 아닌가. 가만…… 해서를 병원에 데려온 사람이 자네였지?"

"……네."

유난히 해서에게 관심을 보이던 서훈을 이상하게 생각하고 있었다. 사연 없는 환자가 어디 있을까만은 백 교수에게 해서가 특별했던 이유가 있어 신경을 쓰고 있었다지만, 서훈에게는 그럴 이유가 없음에도 아는 사이처럼 보여 아닌 척 묻는 말마다 묻고 싶었지만 딱히 물어보지 못했었다. 그냥 그와는 다른 사연이 있지 않을까 하는 생각을 했을 뿐이었다.

그러나 별것 아닌 물음에 의외로 서훈이 입을 다물고 망설이는 기색을 보이자 백 교수가 조심스럽게 질문을 던졌다.

"진 과장, 자네 해서를 알고 있었나?"

"……예전에, 아주 잠깐이지만 알고 지낸 적이 있습니다."

교수의 질문에 잠깐 머뭇거리던 그가 어깨를 으쓱이더니 별일 아니라는 투로 대답한다. 그냥 알고 있던 사이라면 처음부터 아는 사이라고 말했을 그이기에 더 궁금해진다.

묵묵히 시선을 마주하는 두 사람의 표정에는 어떤 동질감이 흐르고 있었다. 무심한 듯 묻는 질문에 담긴 걱정을 읽어 낸 백 교수가 서훈의 인격을 믿고 천천히 기억을 더듬었다.

어떤 일이 있었는지 모르지만 과거의 일로 환자를 위험에 빠트릴 사람은 아니었다. 그가 아는 진서훈이라는 제자는.

"도움이 될지는 모르지만 내가 알고 있는 것만 이야기해 주지. 많이 아픈 아이네. 그래서 늘 마음이 쓰였지. 젊은 아이가 마치 세상 다 산 사람처럼 행동하는 것도 마음이 쓰였고."

입이 말라 물로 목을 축이고 아예 침대에 편하게 자리를 잡은 교수가 그의 말을 기다리고 있는 서훈을 잠깐 응시하고 다시 말을 이었다.

"해서는 이란성쌍둥이로 태어났다네. 그런데 해서는 건강했지만 동생은 심장에 문제를 가지고 태어났지. 몇 번의 힘든 수술을 거치면서 애를 써 봤지만 결국엔 하트 트렌스플랜테이션(heart transplantation: 심장이식)이 마지막 기회가 되었네. 그래서 기다리고 기다려 수술을 받았는데 문제는 부작용이 일어나 결과가 좋지 않았어."

"그런 사연과 지금 거부하는 이유가 무슨 상관이 있습니까?"

묵묵히 교수의 말을 듣고 있던 서훈이 미간을 좁히며 의문을 표했다.

"문제는 그래서 심장에 이상이 생기면 그렇게 죽는다고 여긴다는 거야. 아무리 설명을 해도 끝내 죽을 거라고 믿고 있어. 본인은 아니라고 우기지만 내가 해서를 보는 내내 받은 느낌은 그랬어."

"아뇨, 그게 다는 아닐 겁니다. 분명 다른 이유가 있어요."

장담하는 서훈을 보며 백 교수의 눈가가 의문으로 올라갔다. 어쩌면 서훈이 해서에 대해 그가 모르는 부분까지 알고 있을지도 모른다는 생각에 백 교수가 그를 날카로운 눈으로 바라보았지만 더 이상 깊게 묻지는 않았다.

서훈은 또 서훈대로 간호학과를 수석으로 입학해 일 년이 넘도록 공부했던 그녀가 그런 이유로 죽을 것이라 생각한다는 것을 믿기 힘들었다. 자세히는 몰라도 어떤 식으로 치료받는지 알 만한 여자였다.

"무슨 생각을 하는지는 모르지만 그 아이를 편하게 해 주게. 병원을 옮기겠다면 그렇게 해 줘. 그게 편하다면."

한참의 시간이 흐른 후 백 교수가 더는 두 사람의 일을 묻지 않고 편하게 침대에 등을 기대며 뒷말을 이었다.

백 교수의 말에 토를 달지도 않고 조용히 생각에 잠겨 있는 서훈을 주의 깊게 바라보는 백 교수의 눈빛이 걱정으로 흐려졌다. 두 사람에게 어떤 과거가 있는 모양인데 나쁜 일은 아니었으면 하는 바람이었다. 그렇지 않아도 삶에 미련이 없는 해서가 상처를 입을까 먼저 걱정스러웠다. 그렇다고 내색을 할 수도 없어 서훈의 표정만 살피고 있었다.

서훈은 또 그대로 예전 기억을 되살리고 있었다. 그 여자는 동생이 아프다는 말은 아예 꺼낸 적도 없었다. 그러고 보면 언제나 웃는 얼굴로 공부에 지쳐 있는 그를 위로할 뿐 힘든 내색을 한 번도 비치지 않았었다. 그래서 엄하지만 바른 집안에서 자란 여자라고 믿었다.

우는소리도 들은 기억이 없었다. 공부량이 많아 얼굴 보기도 힘들다고 칭얼거리는 그를 향해 예쁘게 웃어 줄 뿐이었다.

교수님이 말씀하시는 여자는 그를 보며 아름다운 미소를 지어 주던, 이제는 기억에 잊힌 여자를 떠올리게 만들었다.

그래서 백 교수의 병실을 나서는 그의 표정이 들어갈 때보다 더욱 어두워져 있었다.

6

살라고 하니 살아야 했다

중환자실을 나온 후 빈 병실이 없다며 해서가 옮겨진 곳은 일인 실이었다. 덕분에 오랜만에 혼자 있을 수 있어 고마운 마음에 더는 토를 달지 않았다.

천천히 일어서니 어지러움에 일순 멈칫했지만 곧 사라지자 해서가 천천히 창가에 가서 밖을 내다보았다.

어느새 어둠이 내려와 북적대던 사람들은 보이지 않고 반짝이는 불빛이 별처럼 땅에 내려와 앉아 있었다.

제일 먼저 걱정되는 건 웃기게도 가게의 화분들이었다. 조금만 소홀해도 시들어 버릴 화초들이 마음에 걸렸다.

하나하나 모두 손수 분갈이를 해 가며 키운 화분들이었다. 사람에게 주는 정을 대신해 화분에 주었다. 가까이 오는 사람들을 일부러 멀리하며 지낸 시간들 속에 그녀의 친구들은 꽃집에 모여 있는 화분들이었다. 아무래도 알바생인 영준이를 불러 부탁을 해야 할 것 같았다. 나중에 가게를 내놓더라도 오랜 친구 같은 화분들을 그대로 둘 수는 없었다.

"무슨 생각 해?"

갑자기 들려오는 목소리에 해서가 놀라 창틀을 잡은 손에 힘을 주었다.

"무리하면 위험하다고 했잖아. 침대에 가만히 누워 있어."

그가 올 거라고는 생각 못 했다. 그래서 준비하지 못했던 가슴이 벌써 요동치고 있었다.

"할 말이 있으니까 좀 앉든가."

문득 일인 실을 잡은 사람이 그라는 것을 깨달았다. 그녀와 편하게 대화라는 것을 할 공간이 필요해 일인 실을 잡아 주었으리라.

"난 할 말 없어요. 아까 할 말은 다 했으니까요."

"그랬지, 그래도 이유는 알아야지. 굳이 병원을 옮기는 환자가 반가울 리 없잖아. 내가 백 교수님보다 실력이 떨어지는 건 알아. 그렇다고 아예 돌팔이는 아니야. 믿지 못해 옮기는 건가? 도중에 무슨 수라도 쓸까 봐?"

"그게 무슨? 소설을 쓸 거면 혼자 쓰세요."

긴장감에 떨고 있는 손을 감추려 해서가 천천히 침대에 앉았다. 그리고 앞에 서 있는 그의 시선을 피해 하얀 가운을 바라보았다.

의사 가운이 정말 잘 어울리는 남자였다. 파란 수술복 위에 걸친 가운에는 여기저기 피곤한 하루를 말해 주듯 구김이 가 있었지만 훤칠한 맵시 때문에 구김이 전혀 보이지 않았다.

반듯한 이목구비도 그녀가 기억하는 그대로였다. 단지 스치듯 보이는 차가운 눈빛이 그만큼 시간이 지났음을 알려 준다.

"보호자도 없잖아. 당장 혼자 움직이는 건 무리야. 까다롭게 고를 필요도 없잖아. 의료 기록을 모두 가져갈 필요도 없고. 복잡하게 일 만드는 이유가 나 때문이야?"

피곤함이 가득한 음성에 짜증도 담겨 있었다. 문득 그에게 오늘도 바쁜 하루였으리라는 걱정에 해서가 그의 안색을 살피다 눈이 마주쳐 놀란 고양이처럼 화들짝 고개를 숙였다.

"그것도 이유 중 하나예요. 당신을 못 믿어서가 아니라 우린 서로가 피해 주면 좋은 사람들이잖아요. 그러니 내가 피해 주는 게 맞는 것 같아요. 환자가 불편하다고 하면 좋은 곳을 알려 주는 게 의료진이잖아요. 편하게 내 마음대로 할 수 있게 해 줘요."

애원에 가까운 말이었으나 서훈은 차가운 눈으로 해서를 응시하며 분명한 답을 내놓으라는 듯 굳은 입매를 풀지 않았다.

웃는 모습이 예쁜 남자였다. 그러나 지금은 꽉 다문 입술에 얼음장 같은 냉기만 서린 남자가 있을 뿐이었다.

꼭 그녀와의 일이 아니라도 해서가 지낸 시간만큼 그도 많은 일을 겪으며 변한 것이라 스스로 변명을 하지만 죄책감이 먼저 고개를 들었다.

아직도 눈을 감으면 그녀를 향해 돌아오라고 애원하던 그를 기억한다. 내미는 손을 이를 악물고 쳐 내던 순간이 떠오르면 그만큼 가슴 한쪽이 서걱 잘려지는 것 같았다. 그때 이미 그녀의 심장은 고장이 나고 있었다.

그의 마음을 짓밟던 순간 그녀의 심장도 같이 망가지며 속절없이 죽어 가고 있었다.

나이를 먹는다는 것은 늙는다는 말과는 다른 모양이었다. 그도 그녀도 나이를 먹으면서 그때는 보이지 않았던 것을 보고 있는지도 몰랐다.

너무 아파 주변을 돌아볼 줄 몰랐던 그녀나 외워도 끝이 없는 공부량에 지쳐 있던 그나 그때는 어려서라는 말보다 다른 것을 살필 여유라는 것이 없었다.

이제 조금 뒤로 물러서 그 시절을 생각하면 후회가 남지만 선택은 끝이 났고 되돌릴 수도 없었다. 그래서 더욱 그를 피하고 싶었다. 굳이 알아서 좋은 일도 아니었고, 일이 어쨌든 그녀가 파렴치한 것은 맞았다. 어떤 이유를 붙여도 그 사실에는 변함이 없었다.

"난 당신에게 내 가슴을 열어 보여 줄 생각은 없어요. 당신이 나 같은 여자 살리려 애를 쓰는 것도 웃기고요. 히포크라테스의 선서 의미는 나도 알고 있어요. 그래서 당신이 애쓰고 있다는 것도 알지만 서로 불편한 가운데 굳이 하겠다는 당신도 웃겨요. 당신이 아니어도 날 치료해 줄 의사는 있어요. 당신을 못 믿어서가 아니라 내가 불편할 뿐이에요."

묵묵히 그녀의 말을 듣고 있던 서훈이 거칠게 얼굴을 쓰다듬고는 침대 옆 보호자를 위한 의자에 주저앉았다.

힐끗 그를 바라만 봐도 피곤한 안색이 먼저 눈에 들어왔다. 그래서 또 심장 한구석이 찌르르 아파 온다. 아주 작은 통증에도 기계가 먼저 반응하며 바쁘게 신호음을 울려 대고 있었다. 그리고 의자에 앉았던 그가 반사적으로 일어나 그녀의 안색을 살피고 있었다.

덕분에 가까이 다가온 그에게서 익숙한 향기가 그녀에게 전달되어 온다. 그녀에게 특별하게 기억되는 그만의 향기는 여전히 그녀 주위를 맴돌았다. 오래전 잊었다고 생각했던 기억을 일깨우며 저도 모르게 그에게 내밀어지는 손을 말리느라 일부러 고개를 돌려 외면하는 길을 택했다.

어떤 상황이든 환자가 우선인 사내. 젊은 시절의 열정은 노련함으로 바뀌어 있었지만 그 본질은 변하지 않은 모양이었다. 그래서 해서는 또 안심이 되었다.

"아파?"

"아니요. 잠깐 통증이 왔을 뿐이에요. 지금의 상태라면 이게 정상이라는 건 누구보다 당신이 더 잘 알잖아요. 약이 들어가면서 부드러워진 것도 있지만 난 수술이 필요한 환자니까."

더 이상 그를 마주하는 것은 그녀의 심장에 이롭지 않았다. 그래서 일부러 등을 보인 해서가 창가로 다가가 고즈넉한 바깥 풍경에 눈을 두었다.

"하나만 물어보자. 왜 그랬니?"

기어이 이 질문이 나왔다. 그러나 해서는 시간을 두고 천천히 대답을 미뤘다. 진실을 알려 준다고 달라질 것도 없었다. 도리어 그 진실이 그에게 상처가 된다면 그것도 그녀가 짊어질 짐이었다.

"뭘요?"

그래서 끝까지 모른 척하자 마음먹은 해서가 어깨를 으쓱이며 목소리에 아무런 반응도 보이지 않으려 기를 쓰고 있었다.

"알잖아."

"몰라요. 앞으로도 모를 거고요. 그러니 묻지 말고 그대로 믿어요. 그때 당신이 보았던 내가 진실이에요. 거기에 어떤 이유도 없으니까 의심하지 말고 믿어요."

아무리 싫은 기억이지만 그때로 돌아간다면 해서는 또 그 선택을 하리라는 것을 알고 있었다. 그때는 그만큼 절실했다. 그래서 주저 없이 그를 버리고 선택한 길이었다.

이제 남은 일은 다시 만난 그에게 그때의 모습 그대로 남겨 두는 일 뿐이었다. 그래서 살아가는 내내 가슴이 아프더라도 그에게 그녀가 할 수 있는 최선이었다.

"그렇다면 왜 이러고 살아?"

"이게 어때서요? 당신은 내가 그때와 변함없기를 바란 모양인데 미안해 어쩌죠. 나이를 먹었잖아요. 스무 살의 젊은 애가 아니니 그나마 정신 차렸다고 다행이라고 생각해야 하는 거 아닌가요?"

여전히 창밖만 바라보고 있는 듯했지만 사실 창문에 반사되는 그를 눈에 담고 있었다. 이 만남이 마지막이라면 제대로 기억에 남겨 두고 싶었다.

묵묵히 그녀의 등을 바라보던 그가 긴 한숨을 쉬며 결국 항복했다.

“그래. 네 말이 맞아. 어떻게 살든 나와는 상관이 없으니까. 쓸데없는 소리를 했군. 옮기려는 병원만 말해. 필요한 건 모두 챙겨 주라고 할 테니까.”

목소리에도 피곤함이 잔뜩 묻어 있었다. 그러나 어둠이 반사판이 되는 창문에 비친 그는 당당하고 자신감에 차 있는 모습만 비쳐 준다. 세세한 표정이 안 보이는 게 아쉽기는 하지만 이것만이라도 어딘가. 그래서 해서는 잠시 대답을 해야 하는 것을 잊고 있었다.

“언제 갈 거야?”

다시 묻는 그의 목소리에 정신을 차린 해서가 표정을 가다듬고 긴 한숨을 삼키며 돌아서 그를 향했다.

“내일.”

“그렇군. 그럼 그렇게 알고 있지. 가기 전에 백 교수님은 뵙고 가. 네 걱정을 많이 하시니까.”

그래, 백 교수님이 계셨지. 인자하신, 매사 따뜻한 미소가 아름다운 교수님은 병 때문에 기운이 빠져도 여전히 미소를 달고 계셨다.

그분이 살라고 하시니 살아야 했다. 죽음과 힘겹게 싸우면서도 웃고 계시는 분에게 자신이 죽음을 생각하는 것이 죄송했으니까.

“네, 고마워요.”

“신기하긴 해. 사람 좋다고 평을 받기는 하지만 사실 그분은 까다롭게 사람을 보시는 분인데 어떻게 너란 사람은 그리 챙기시는지.”

“내가 어릴 때 먼저 간 딸과 닮았대요.”

“그랬군.”

이해를 한 건지 알 수 없지만 그는 고개를 끄덕이고는 문으로 향했다. 그리고 뒤도 돌아보지 않고 병실을 나갔다.

“많이 피곤해 보이네요. 그러니 푹 쉬어요. 얼마나 힘든 직업인지 아니까. 그래도 당신 정말 멋진 의사가 되었어요. 내 눈이 틀리지 않았어. 다행이다. 정말 다행이에요.”

그를 상대하느라 기운을 너무 썼는지 잠시 현기증이 돌아 천천히 침대에 앉은 해서가 그에게 못 했던 말을 허공에 뿌리고 있었다.

그러나 이렇게 앉아만 있을 수는 없었다. 혼자 병원을 정해 움직이는 것은 무리였다.

“……영주에게 또 신세를 져야 하나?”

그러다 얼른 고개를 흔들었다. 가뜩이나 두 번째 임신으로 힘들어하는 친구였다. 갑자기 자신의 소식을 전해 혹여 놀라기라도 한다면 그것도 그것대로 문제가 될 수도 있다는 생각에 아예 머리에서 지워 버렸다.

천천히 움직이니 그리 힘든 것은 아니었다. 제대로 기능을 못한다고 하나 당장 수술을 해야 할 정도로 급한 상황도 아니란 소리였다. 빠르면 좋겠지만 어차피 늦어야 일주일이었다. 그렇다면 혼자서도 충분히 해결할 수도 있을 것 같았다.

해서의 심장에는 저주처럼 고장 난 피라도 흐르는 모양이었다.

해준이 하나로는 부족한 모양인지 하늘은 자신의 심장도 원하고 있는 것 같다는 쓸데없는 원망도 생겨났다. 누군가 아프다는 건 주변 사람도 그만큼 같이 힘겹게 하는 일이었다.

아픈 사람 앞에서는 감히 웃을 수도, 그렇다고 울 수도 없이 발만 동동 구르며 애만 달아야 하는 상황이 얼마나 사람을 좀먹는지도 알고 있었다.

그래서 해서는 처음으로 자신이 혼자라는 것에 감사했다. 먼저 가신 엄마가 이제는 다행이라고 생각하게 되었다. 자식 하나를 그렇게 보내는 것도 가슴이 미어지는데 남은 자식마저 같은 병으로 가슴을 열어야 한다면 아마도 미치지 않았을까?

적어도 엄마의 가슴 한쪽에 해서에 대한 애정이 있을 거라고 위로했다. 아픈 동생을 챙기느라 자신은 돌아보지 않았던 엄마지만 너무 지쳐 그런 거라고. 그녀가 미워 그런 건 아니라고 스스로에게 변명해 주고 해서는 처음으로 먼저 간 엄마를 생각하며 안심할 수 있었다.

⁂

다음 날 퇴원 준비는 순조로웠다. 그러나 문제는 원무과에서 수납하는 과정에 생겨났다. 누군가 그녀의 병원비를 모두 완납했다는 소리에 놀란 해서가 아무리 누구냐고 물어도 알려 주지 않았다.

어차피 병원이야 돈을 받으면 그만인 입장이니 알려 줄 의무도 의향도 없어 보였다. 그러나 누구인지 짚이는 인물이 있었기에 해서는 망설이지 않고 서훈의 진료실을 찾았다.

무조건 찾아온 해서를 막는 외래 간호사와의 실랑이는 진료실 안쪽에서 들리는 낮은 목소리에 해결이 나 곧 서훈과 마주할 수 있었다.

"무슨 일이지?"

성가신 목소리로 그녀를 맞이한 그에게 해서가 병원비 영수증을 내밀었다.

"이거 당신이에요?"

"이게 뭔데?"

"보면 몰라요? 영수증이잖아요. 이거 당신이 낸 거냐고요."

무조건 그 앞에 드미는 종잇조각을 무심한 눈으로 쳐다본 서훈이 제 의자에 앉아 천천히 손에 들고 확인을 한다.

"금액이 꽤 나왔네. 그런데 이걸 왜 내가 내주지? 당신과 내가 무슨 상관이 있다고? 그 사이 다른 놈팡이 하나 꾀셨나?"

그 말을 끝으로 다시 그녀에게 영수증을 던지듯 건네는 서훈의 비웃는 말에 도리어 해서가 당황했다. 당연히 그라고 생각했다. 그녀에게 이런 돈을 내줄 사람이라고는 아무도 없었다.

"정말 당신 아니에요?"

"속고만 살았어? 사람을 속이는 건 당신이지, 내가 아니잖아. 나 때문에 벌 만큼 번 것도 아는데 내가 왜 또 돈을 줘야 하는 거지? 왜 어디 가서 누구 아이라도 가졌다고 또 우기셨나?"

한 마디 한 마디 아프게 박히는 비수 같은 말에 해서의 얼굴이 더욱 하얗게 질려 갔다.

그런 식으로 둘러댔구나. 정말 나쁜 년이었네, 나는.

할 말이 없었다. 그의 고상하고 아름다우신 어머니는 해서만 죽일 년을 만들고, 자신은 불쌍한 어머니로 바꿔 놓았다. 어차피 해서도 동의한 일이었지만 다시 들으니 가슴 한쪽이 또 찌르르 아파 온다.

"미안해요. 잠깐 착각한 모양이네요. 당신이 아니라면 됐어요."

"내가 아니라면 누구라도 괜찮다? 하긴 난 당신을 너무 잘 알아 속지 않으리라는 걸 알 테니 포기하는 게 빠르긴 하지. 그래도 적당히 하는 게 좋아. 뒷감당은 하고 살아야 하잖아."

끝까지 이죽거리는 그에게서 돌아서는 해서의 눈에 눈물이 고이고 있었다. 지금이라도 미안하다고 아프게 해서 정말 미안하다고 말해 주고 싶었지만 이대로 그와 헤어지는 것이 그를 위한 최선의 방법이라고 생각하는 데는 변함이 없었다.

"잠깐, 옮기는 병원은?"

군말 없이 진료실을 나서려는 해서를 잡은 것은 서훈이었다.

"거기서 필요한 서류 있으면 따로 알아서 해결할 테니 이제는 신경 안 쓰셔도 돼요. 전 지금 교수님 뵙고 준비를 해야 해서. 그럼, 고생하세요."

등을 돌린 채 해서는 인사만 남기고 조용히 그의 진료실을 나섰다. 그녀가 나가고 잠깐 망설이던 서훈이 수화기를 들고 원무과로 연결했다. 그야말로 그녀의 병원비를 내준 사람이 궁금했다. 정신이 없어 병원비는 신경도 쓰지 못했다. 영수증에 찍힌 금액은 그가 생각했던 것보다 많은 액수였지만 그에게 그리 큰 금액은 아니었다.

곧 통화를 끝내고 수화기를 내려놓는 서훈이 씁쓸한 미소를 짓고 있었다. 교수님은 정말 그녀를 걱정하시는 모양이었다. 자신의 상황으로도 힘겨우실 분이 직접 내려와 대신 납부하신 것을 보면.

도대체 교수님은 그녀의 어떤 모습을 보고 애달아 하시는지 모르겠다.

그래, 인정할 건 인정해야 했다. 지금의 그녀는 처음 그녀를 보았을 때의 청초함과 더불어 사람을 긴장시키는 위태로움이 가득했다. 저도 모르게 손을 내밀어 달래 주고 싶을 만큼 위태로워 보여 그도 자꾸 신경이 쓰여 죽을 지경이었다. 이렇게 어디로 가는지도 모르고 손 놓고 있어도 되는지 스스로에게 묻고 있었다.

왜냐고 묻는 자신이 마음에 안 들지만 자꾸만 그대로 믿으라는 그녀의 말이 마음에 걸렸다. 아무것도 생각하지 말고 무조건 믿으라는 말이 그게 진실이 아니라는 외침처럼 들리는 것은 그의 망상일까?

갑자기 변한 그녀를 찾아 헤매느라 한 학기를 망쳤다. 덕분에 정신을 차리고 수습하느라 다른 한 학기는 미친 듯이 공부만 해야 했다. 도서관에 살면서 책에 파묻혀 살았던 그때도 잠을 쫓으려 도서관 밖에 나가면 눈이 먼저 그녀를 찾았었다.

말없이 그가 나오기만을 기다리다 보온병에 넣어 온 커피 한 잔을 내밀고는 열심히 하라는 말 한마디 남기고 총총거리며 돌아가던 그녀를 기다렸다. 잔인하게 돌아선 그녀를 서훈은 의대를 졸업하는 순간까지 기다렸다.

그러나 그녀는 끝까지 나타나지 않았다. 마치 지구에서 사라진 사람처럼 흔적도 남기지 않고 사라졌다.

그녀가 생활하던 기숙사에서 들은 이야기라고는 툭하면 기숙사를 비우는 사람이라는 말뿐이었다. 그녀와 친하게 지내는 친구조차 없었다. 그녀에 대해 아는 사람들은 모두 그녀가 어떤 사람인지도 모르고 있었다. 아는 것이라고는 이름 하나가 다였다.

서훈이 알고 있던 해서라는 여자는 이름 하나 남기고 세상에서 사라져 버린 것 같았다. 나중에는 정말 그녀의 이름이 해서가 맞는 것인지 의심스러울 정도였다.

문득 정신을 차린 서훈이 그때의 기억을 지우듯 얼굴을 문지르며 피곤한 눈을 비비고 초음파 사진을 바라보았다.

그녀의 말이 옳았다. 그가 수술을 해야 할 이유는 없었다. 환자가 원한다면 병원을 옮기는 것도 막을 수 없었다. 그래서 신경을 쓰는 거라고 변명을 하지만, 담당 환자이니 그런 것이라고 우기기엔 너무 뻔히 속이 들여다보이는 감정의 찌꺼기가 그를 당황스럽게 한다. 그렇다고 그가 해 줄 수 있는 일도 없었다.

간신히 스스로의 감정을 다잡은 그가 긴 한숨을 내쉬며 환자 맞을 준비를 하고 있었다.

“연락은 해 두었다. 그러니 중간에 샐 생각은 하지 마.”

“제 걱정하실 처지가 아니잖아요. 교수님은 교수님만 챙기세요. 저 수술받고 건강한 모습으로 다시 올 테니까 교수님도 좋아진 모습 보이셔야 해요. 아셨죠?"

"우리 걱정은 너 수술받은 다음에 하자. 수속 끝났으면 가자."

교수님의 웃는 얼굴이 좋았다. 언제나 그런 모습으로 계실 줄 알았는데 볼 때마다 야위신 얼굴을 뵈면 속이 쓰려 왔다. 세상에 의지할 사람 없는 자신을 마치 딸처럼 여기시는 분 때문에 그녀는 살아야 한다고 몇 번이나 되새김하고 있었다. 혹시나 말만으로 끝날까 염려되어 아예 자신에게 사모님을 붙이시는 마음을 모르지 않았다.

더불어 교수님이 병원비를 내주셨다는 말은 사모님께 들었다. 처음부터 알았다면 굳이 그를 찾아가지도 않았을 것을. 그러나 수납이 완료되었다는 말에 떠오르는 사람은 그 한 사람뿐이었다

그가 미워하는 여자를 대신해 그런 일을 할 리 없다는 것을 왜 진즉 생각하지 못했을까. 여전히 그녀는 바보였다. 스스로를 자책하는 와중에도 해서는 교수님께 예쁜 미소를 보이려 입가에 경련이 일고 있었다.

남편 옆을 지켜야 할 사모님이 벌써 마음이 급하신지 해서를 재촉하고 있었다. 아무도 없는 그녀를 위해 입원 수속과 보호자를 자처하고 나서신 길이었다.

어린 딸을 앞세우고 서로 의지하고 사시는 금슬 좋으신 분들이었다. 여린 듯 강인한 사모님은 항상 해서를 보면 '네가 내 남편을 홀린 아이구나' 하시며 웃곤 하셨다. 얼굴이 빨개지는 그녀를 놀리는 재미가 쏠쏠하다며 두 분이 서로를 보며 웃으시는 모습이 너무 좋았었다.

"해서 입원시키고 며칠은 있어야 하는데 당신 괜찮죠?"

마치 어머니처럼 그녀의 모든 것을 대신해 챙기는 사모님이 고마우면서도 교수님의 상황을 보면 편하게 받을 수도 없었다.

"그러시지 마세요. 저 혼자 가도 돼요."

"내가 안 편해. 이 사람은 걱정하지 마. 날 두고 갈 사람이 아니라 난 걱정 없단다."

교수님만큼이나 수척해진 얼굴로 웃으시니 감히 싫다는 말도 못 하고 일부러 더 서둘렀다.

교수님이 추천하신 병원의 과장님은 해서도 알고 있었다. 처음 그녀가 수술받았을 때 4년 차였던 정일훈 선생님이 이젠 과장으로 계시는 한서의대 부속병원이었다.

얼굴도 익힌 사이니 편한 것도 있었지만 교수님이 직접 부탁하신 것은 수술 후 성과도 보고받으실 요량이시리라.

이렇게 두 분에게 의지해도 될지 모르겠지만 그래도 해서는 고마웠다. 아프신 분에게 짐이 되면서도 사랑받는 느낌이 좋아서 끝내 놓을 수도 없었다.

작은 수술이라도 겁이 나는 것이 사람인데, 가슴을 여는 수술이 아무리 두 번째라도 두려운 것이 사실이었다. 끝이 아니라서 더 겁이 났다.

그러나 늘 그렇듯 해서는 교수님 앞에서 웃고 있었다. 예쁘게 웃는 미소가 더 슬퍼 보인다는 것도 모른 채 사모님의 손을 잡고 나서는 해서를 향해 백 교수도 애잔한 미소를 띠고 있었다.

'저리도 예쁜 아이가 왜 그리 슬프게 웃는지 모르겠어요. 뭐가 그리 슬픈 일이 많다고. 아직은 사는 것이 즐거울 나이잖아요. 당신이 왜 그렇게 신경을 쓰는지 보니까 알겠네요.'

아내에게 해서를 소개시켜 주던 날 반갑게 맞아 주던 아내가 해서를 보내고 했던 말을 지금도 기억하고 있었다.

수다스럽지도 않고, 그렇다고 어둡지도 않은 아이의 눈에 담긴 것은 허한 외로움이며 더해서 삶이 힘겨운 고단함이었다.

무슨 상처로 단단히 스스로를 감싸고 내놓지 않는 건지 모르지만 속 깊은 곳에 있는 것을 꺼내 놓으라, 닦달해 본 적도 없었다. 언젠가 때가 되면 말해 주려니 기다리고 있을 뿐이었다.

어쩌면, 어쩌면 정말 자신이 가장 아끼는 제자와 사연이 있는지도 모르겠다는 생각을 하면서도 백 교수는 묻지 않기로 했다. 아픈 사연이라면 본인들이 꺼낼 때가 되어 꺼내야 약이 되리라는 삶이 가르쳐 준 하나의 지혜라면 지혜였다.

❊

열흘이 넘도록 해서의 가게는 문을 열지 않았다. 그리고 이틀이 더 지난 이른 아침 다른 날보다 일찍 해서의 가게가 문을 열었다. 그동안 팔지 못해 시들은 꽃은 모두 버려졌지만 아르바이트생의 도움으로 다행히 화분에 심겨진 식물들은 건강하게 자라고 있었다.

수술하고 퇴원하는 동안 사모님이 왔다 갔다 하시며 애를 쓰셨다. 그래서 더 기를 쓰고 움직였다. 아직도 가슴을 열었다 닫은 부위에 통증이 있었지만 사모님을 생각해 더는 입원해 있을 수 없었다. 퇴원한 해서가 간신히 몸을 움직이며 통증을 잊고자 하루 일과를 메모해 두고 있었다.

"왔군."

개시 손님치고는 별로 반갑지 않은 목소리에 고운 이마를 찌푸리면서 일어서려던 해서가 저도 모르게 가슴을 움켜잡았다. 갑작스러운 움직임으로 수술한 자리에 통증이 일고 있었다.

"천천히 움직여. 아직 아문 것도 아닐 텐데. 가게를 여는 건 무리 아닌가?"

마치 어제 만나고 오늘 만나는 사람처럼 평범한 말투지만 해서를 살피는 눈빛은 날카로웠다.

"한가하신가 봐요. 의사 선생님이 아침부터 꽃집을 찾으시고."

"손 내밀어 봐."

통증으로 새어 나오는 신음을 삼키며 해서가 일부러 차가운 목소리로 그를 맞이했다. 그러나 그는 그녀의 말은 사뿐히 무시한 채 손목부터 잡아 맥을 세고 있었다.

"수술받는다고 했잖아요. 그리고 무사히 수술 끝내고 왔어요. 이제 괜찮아요."

놀라 그에게 잡힌 손을 빼지도 못하고 있다가 정신을 차린 해서가 힘주어 손을 빼려고 했지만 가볍게 잡았다고 생각한 그의 손에서 자신의 손을 찾아오는 것은 쉽지 않았다.

"그래, 맥은 좋아. 제대로 수술받은 모양이군. 그래도 날짜를 세 보면 아직 실밥은 그대로 일 텐데."

"맞아요. 다음번에 병원 가면 뺄 거예요."

이른 아침이었다. 여전히 피곤한 기색이 역력한 그의 모습이 반가운 것은 아니었다.

병원에 입원해 수술을 받느라 마취를 하는 그 순간에도 마지막으로 생각했던 사람은 이 사람이었다. 그리고 마취에서 깨어 맨 먼저 떠오른 사람도 이 사람이었다.

그립고 미안함이 많은 사람이기에 진서훈이라는 남자는 해서에게 심장에 박힌 가시와 같았다. 빼려고 하면 너무 아프고 흐르는 피에 심장이 멈출 수도 있는 가시. 그래서 빼지도 못하고 평생 친구처럼 가져가야 하는 가시와 같았다.

그래서 반가움을 감추고 차가운 얼굴로 대하는 것도 해서에게는 꽤 무리한 노력이 필요했다. 그냥 미워만 해도 좋을 텐데, 툭하면 나타나 자신을 챙기는 이 남자 때문에 수술한 심장에 벌써 무리가 오는 것 같았다.

"그래도 아직 맥이 빨라. 혹시 다른 이상이 있는 건 아니지?"

잊고 있었다. 멍하니 그의 얼굴을 눈에 담느라 아직도 그에게 손목이 잡혀 있다는 것을. 우선 해서는 손목부터 기를 쓰며 빼고는 등 뒤로 감추었다.

"갑자기 나타나서 놀라 그런 거니까 쓸데없는 말은 마요. 그런데 무슨 일이죠?"

"교수님 부탁이셨어. 어제 퇴원했으니까 찾아가 보라고."

"제가 오늘 찾아갈 생각이었어요. 교수님께는 그렇게 전해 주세요. 그럼 용무는 끝난 건가요?"

한시라도 빨리 그를 보내고 싶은 마음에 얼른 대답한 해서가 일부러 문을 바라보며 재촉 했지만 그는 꿈쩍도 하지 않고 그녀의 안색만 살피고 있었다.

"병원이 그리 한가하던가요? 가서 진료 준비나 하세요. 전 알아서 할 수 있으니까."

"해서야, 윤해서."

서훈은 나가라고 길을 비켜선 해서를 스쳐 지나며 아예 의자에 앉았다. 해서는 그가 낮은 목소리로 부르는 자신의 이름에 왈칵 눈물이 먼저 차올라 결국 등을 보였다.

"왜 그랬니? 사는 내내 많이 궁금했어. 너 그러고 아예 사라져 얼마나 찾았는지 아니? 이유만이라도 알려 주면 깨끗이 지울 수 있을 것 같아."

열흘 동안 그의 머리에서 나가지 않았던 여자 윤해서. 몇 번이고 백 교수님을 뵐 때마다 묻고 싶었다. 이 여자가 어디에 있는지. 교수님의 아무런 걱정 없는 얼굴을 뵈올 때면 분명 알고 계신다는 뜻이었다. 그러나 사내의 자존심이 가로막아 묻지도 못했다.

덕분에 쉬는 틈이 있으면 아예 교수님 병실에서 살았다. 혹시나 이 여자의 소식을 들을 수도 있지 않을까 하는 기대감으로. 그러나 한 번도 교수님은 이 여자의 안부를 알려 주지 않으셨다.

"무슨 대답이 듣고 싶으신가요?"

해서도 해서대로 대답할 말을 찾고 있었다. 그대로 믿으면 될걸. 이 남자는 무엇을 알고 싶어 이렇게 파고드는지 모르겠다. 알아서 좋을 일도 아니었다.

그가 그토록 사랑하는 어머니가 그녀에게 동생의 목숨과 그를 놓고 택하라는 말을 했다고 어떻게 말해 줄 수 있겠는가. 지금도 우아한 모습으로 그녀 앞에 앉아 계시던 그분의 모습을 떠올릴 수 있었다.

처음부터 그녀에게 거부권이란 없었다. 사랑이라는 것을 지키기 위해 동생의 목숨을 걸 수는 없었다. 진실을 안다고 달라질 것도 없었다. 이미 결혼을 앞둔 남자였다. 미래가 창창한 그에게 뭐 좋은 일이라고 알려 준단 말인가.

이대로 자신을 잊고 그가 믿었던 대로 살아가면 그뿐이었다. 그의 어머니에게는 좋은 아들. 그리고 그의 아내에게는 좋은 남편으로, 그리고 앞으로 태어날 그의 아이들에게는 좋은 아빠로 살면 그만이었다. 적어도 한 사람은 행복하다면 그래도 남는 장사였다.

다시 마음을 독하게 먹은 해서가 떨리는 것을 감추느라 꼭 쥔 손으로 앞치마를 틀어쥐고 입을 열었다.

"그렇게 알고 싶으시다면 말씀드리죠. 네, 처음부터 작정하고 시작한 일이었어요. 나 그때 좋아하는 남자가 있었어요. 그 사람에게 돈이 필요한데 구할 데가 없었어요. 그러다 당신을 만났어요. 그 사람이 당신 집안과 좋아하는 여자가 어떤 타입인지 알려 주면서 당신을 유혹하라고 했어요. 처음에는 그렇게 쉽게 당신이 넘어올 거라고는 생각 못 했는데 참 쉽게 넘어오더군요. 뭐, 그 다음은 당신이 아는 그대로예요. 됐나요?"

다는 아니지만 반은 진실이었다. 해준이는 비록 동생이지만 그녀가 정말 사랑하던 남자였고, 그래서 망설임 없이 이 사람을 버리고 선택할 정도로 소중한 사람이었다.

그리고 나머지 말은 더해 줄 수가 없었다. 그의 어머니가 어떤 식으로 그녀에 대해 말을 했는지 모르니 말을 맞출 수도 없었다.

"하! 그래도 혹시나 했던 내가 한심해지네. 그래 그토록 사랑하던 남자는 지금 어딨어?"

"떠났어요. 내 정성이 모자랐나 봐요."

그의 시선을 피해 고개를 돌리는 해서의 허한 눈빛에 그의 가슴 한구석에서 분노가 치밀어 올랐다. 진실은 더욱 그를 비참하게 만들고 있었다. 차라리 물어보지나 말 것을 하는 후회가 들 정도로. 그래도 이게 정말 진실이냐고 묻고 싶은 마음을 간신히 삼키고 일어났다.

서훈은 여전히 그녀의 말을 의심하는 자신에게 화가 났다. 해서가 하는 말은 어머니에게 들었던 말과 그리 다르지 않았다. 그런데도 그는 무엇인가 다른 이유가 있지 않았는지 묻고 싶어진다.

"사람 보는 눈이 없나 보군. 그래서 지금은 개과천선해서 착하게 살아 보려고?"

그래도 남은 자존심이 고개를 쳐들며 마음과 달리 이죽거리는 것까지 막을 수는 없었다.

"아니요, 기다리는 중이에요. 그를 다시 만나는 그때까지. 우린 다시 만날 거니까요."

"열녀 나셨군. 여자를 시켜 돈이나 구해 오라는 남자도 한심하지만 그런 남자를 기다린다는 당신은 더 한심하군. 그래, 기다려 봐. 끼리끼리 어울리는 법이니까."

더는 답답해 그녀를 보고 있는 것이 힘들어 일어난 서훈이 뒤도 돌아보지 않고 그녀의 가게를 나섰다. 그가 문을 열며 들리는 작은 은종 소리가 마치 그와의 관계에 마침표처럼 가게 안을 울리고 있었다.

천천히 돌아서니 그의 향기가 그녀를 감싸고 있었다. 기운이 다해 그가 앉았던 의자에 앉으니 아직도 따뜻한 체온이 남아 있었다.

그리고 간신히 참았던 눈물이 볼을 따라 흐른다.

"……나는 욕해도 괜찮은데, ……우리 해준이는 ……욕하지 마요. ……그러면 우리 엄마가 ……많이 화내실 거예요. ……나 때문에 ……해준이가 욕먹는다고 ……나도 혼내실 거니까."

아무리 눈을 꼭 감고 눈물을 참으려 해도 자꾸 붉어지는 눈가는 어쩔 수 없었다. 그가 사라진 곳을 향해 속삭이는 말투는 울먹이는데 해서는 끝까지 눈물을 보이지 않았다.

이제 정말 끝이 났나 보다. 그와의 인연은. 그래도 자꾸만 그가 그리운 건 어쩌라는 건지. 살면서 누구에게도 정을 주지 말자고 수십 번을 되뇌었는데 결국 끊지 못한 마음 하나가 그녀의 심장에 박혀 나가지 않는다. 그래서 해서의 심장은 아직도 뻐근하게 통증을 호소하고 있었다.

7

영원히 묻어야 하는 일

오늘 지혜는 아침부터 서둘러 서훈의 본가를 찾았다. 어릴 때는 마치 제집처럼 드나들던 곳이었다. 지혜의 집과도 가까워 공부를 핑계로 서훈을 따라다니던 그때, 그녀만 보면 딸처럼 여기시던 고 여사를 이제 조금 있으면 정말 시어머니로 부를 수 있다는 것만으로 신이 났다.

아직도 엄마는 고 여사의 출신을 우습게 여기지만 지혜는 상관없었다. 서훈과 결혼할 수 있도록 물심양면으로 도와주신 분이 고 여사였다.

그동안 그토록 반대를 하는데도 내려가 버린 아들이 괘씸해 찾지 않으시던 분이 한 달을 못 견디시고 포기하셨는지 연락을 하셨다. 그래서 지혜는 이른 아침부터 예쁘게 차려입고 시어머니가 될 고 여사를 모시러 나온 길이었다.

"바쁜데 불러낸 건 아니니?"

엄마는 항상 고 여사를 흉보지만 지혜가 보기에는 참 아름다운 분이셨다. 말씀 하나도 험하게 하신 적이 없었다. 은근히 엄마의 영향으로 고 여사를 내려다보기는 하지만 절대 앞에서 티를 낼 정도로 바보는 아니었다.

"아니에요. 어머님이 가신다면 바빠도 시간을 내야죠. 게다가 저도 오빠가 보고 싶어서 오늘쯤에는 가려고 했어요. 주말이라 시간도 넉넉하고요."

"원, 녀석. 그리 먼 데 가서 뭘 한다고."

여전히 못마땅한 기색을 보이는 고 여사를 속으로 응원하면서도 지혜는 일부러 서훈의 편을 들었다.

"오빠가 원래 환자밖에 모르잖아요. 우리가 이해해야죠."

"서훈이는 어떻게 이렇게 예쁜 신부를 두고 걱정도 안 하누."

미래의 고부간이 될 두 사람의 대화는 항상 이런 식이었다. 애교를 떠는 지혜를 보며 고 여사는 마냥 즐거워했고 비위를 맞추는 지혜는 내내 머리를 굴리고 있었다.

"짐은 이게 다예요?"

"응, 속옷하고 계절이 바뀌면 입을 옷가지하고 반찬 정도지 뭐."

마치 군대 간 아들을 챙기듯 바리바리 짐을 싸서 지혜의 차에 옮기면서도 고 여사는 빠진 게 없나 연신 확인을 하고 있었다.

"혹시 필요한 게 더 있으면 거기서도 살 수 있어요. 그러니까 지금 출발해요. 거기까지 차로 4시간은 가야 해요."

"휴우, 멀긴 하구나."

긴 한숨을 쉬는 고 여사를 보며 지혜도 입술을 깨물었다. 멀어도 너무 멀었다. 가까이 있을 때는 매일 볼 수 있어 안심했는데 그곳에 간 뒤로는 전화 통화도 간신히 하고 만나는 것은 꿈도 꿀 수 없으니 불안함에 잠을 자는 것도 어려울 정도로 지쳐 있었다.

너무 안달하는 지혜를 보며 그녀의 어머니가 한숨을 쉬지만 너무 오래도록 그에게 매달려 있는 딸을 어쩌지 못하고 하루라도 빨리 결혼을 시키는 것밖에는 방법이 없다고 포기하셨다.

서울을 지나 고속도로를 타는 내내 차 안에는 모차르트의 피아노 소나타가 경쾌하게 흐르고 있었다.

원래 클래식을 즐기지는 않지만 일부러 고 여사를 위해 준비한 곡이었다. 서훈에게 모든 것을 맞추다 보니 그의 아버지와 어머니가 무엇을 좋아하는지 또 싫어하는지도 꿰고 있는 그녀였다.

경쾌한 피아노 선율을 들으며 고 여사는 손끝으로 운율을 즐기고 있었다.

딱히 두 사람의 성격이 맞는 것은 아니었다. 단지 모든 것을 지혜가 맞춰 주고 있을 뿐이었다. 그래서 고 여사도 그녀가 보여 주는 모습만이 전부라고 알고 있었다.

"그래, 신혼살림은 거기서 한다고?"

"네, 오빠에게 맞추려고요. 신혼인데 오빠랑 헤어져 있기도 싫고요."

"그래, 좋은 생각이구나. 나도 늙나 보다. 벌써 아이가 기다려지는 걸 보면."

가끔씩 결혼식 이야기를 나누는 사이 창밖으로 무심히 아름다운 전원의 풍경이 스쳐 지나갔다.

그리고 지혜의 차가 제인의대 부속병원에 도착한 시간은 아침해를 보고 떠나 해가 중천에 올랐을 때였다.

“저 언덕 위에 있어요. 병원은 꽤 크고요. 참, 어머님. 꽃을 좀 사 가야겠어요. 오신 김에 백 교수님도 뵙고 가신다고 하셨잖아요.”

“그래야겠다. 잊고 있었네. 네 시아버지 될 분이 꼭 뵙고 오라고 그렇게 신신당부했는데. 늙으니 자꾸 기억력이 희미해져.”

“에이, 설마요. 아들 보신다고 좋아서 그런 거잖아요. 저도 그런걸요.”

지혜의 우스갯소리에 고 여사가 희미하게 미소만 지었다.

백 교수와 남편은 같은 의대 동기였고 고 여사도 잘 알고 있는 사람이었다. 남편에게는 오래된 지기이고 동료지만 고 여사에게는 딱히 반가운 사람은 아니었다. 그녀의 과거를 아는 사람을 만난다는 것은 그만큼 그녀에게 스트레스가 되기도 했다.

그녀의 시어머니가 사람들 앞에서 그녀를 창피하게 여기던 그때부터 저도 모르게 스스로도 과거가 부끄러운 것이 되어 버렸다. 그래서 더욱 많이 배우고 노력했지만 시어머니는 끝내 돌아가시는 그날까지 그녀를 며느리로 인정하지 않으셨다.

시아버지가 아니었다면 지금쯤 쫓겨나도 수백 번은 쫓겨났을지도 모르는 일이었다. 가끔은 살아계셨더라면 얼마나 좋을까 하는 생각을 한다. 그토록 무시했던 며느리가 낳은 손자가 장성하여 누구보다 훌륭한 의사가 되어 아버지의 대를 잇고 있다는 것을 자랑하고 싶은 욕구를 느낄 때도 있었다.

더구나 조금 있으면 침이 마르도록 칭찬했던 여자의 딸을 며느리로 보게 된다는 것도 자랑하고 싶었다.

"아! 저기예요. 꽃집이라고는 가까이 있는 게 저기가 다더라고요."

혼자만의 생각에 빠져 있던 고 여사가 지혜의 목소리에 현실로 돌아왔다.

"재밌는 이름이구나."

"그렇죠? 그래서 그런가 한 번 보면 잘 잊히지가 않더라고요."

볕이 드는 마당.

꽃집의 이름치고는 어울리지 않으면서도 또 잘 어울린다는 생각이 먼저 들었다. 가게 앞에 차를 대고는 내려 고 여사의 문을 열어 주고 내리기를 기다리던 지혜가 얼른 고 여사의 팔짱을 낀다.

"어머니, 화분이 좋지 않을까요? 꽃은 금방 시드니까. 그리고 병실에는 꽃이 별로 안 좋다고도 하던데요."

"그래 화분이 좋겠구나. 아프신 분이 뭘 좋아하는지도 모르는데 먹을 걸 사 갈 수도 없고. 우리 지혜는 매사 생각이 깊구나."

"헤, 저 어머니의 며느리잖아요."

그래서 지혜가 예뻤다. 항상 예쁜 말만 하는 그녀를 보면 무뚝뚝한 아들에게서는 못 느끼는 서운함을 달랠 수 있었다.

지혜를 보며 아름다운 미소를 보이던 고 여사가 가게 문을 열고 나오는 여자를 제대로 보지 못했다.

"안녕하세요?"

막 작은 화분 하나를 밖으로 내어놓던 해서가 어디선가 들은 목소리에 고개를 들어 확인하다 얼굴이 굳어졌다. 여기서 또 그의 약혼자라는 여자를 보니 저도 모르게 움찔하게 된다. 괜히 죄를 지은 것 같아 당황하며 먼저 고개를 숙였다.

"네, 안녕하세요. 오늘은 무슨 일로?"

"꽃집에 뭐하러 오겠어요? 오늘은 꽃 빼고 화분요. 환자에게 병문안용으로 쓸 거예요. 좋은 것 있으면 추천해 주세요."

"아, 잠시 만요. 들어오세요. 보시고 고르시는 게 좋을 거예요."

"어머니, 들어가세요."

서둘러 문을 열던 해서가 여자의 뒷말에 멈칫했다.

어머니? 혹시?

그러나 확인할 엄두가 나지 않아 그대로 문을 열어 놓고 먼저 가게 안으로 들어섰다.

"어떤 종류를 원하세요?"

"글쎄요, 뭐가 좋을까. 연배가 있으니 난 종류가 좋지 않을까요. 어머니?"

뭐가 좋은지 연신 어머니를 부르는 여자의 질문에 막상 어머니라는 여인은 대답을 주지 않고 있었다.

"어째서 네가 여기 있느냐?"

정말 오랜만에 듣는 목소리였다. 시간이 그렇게 흘렀는데도 이

분은 목소리도 변함이 없으시다. 낮고 조용한 음색에 어떤 감정도 없는 무심함만이 담겨 있었다.

“어머, 아시는 분이세요?”

그의 약혼자라는 여자가 놀란 표정으로 두 사람을 번갈아 바라보고 있었지만 고 여사도 해서도 아무 말도 할 수가 없었다.

“묻고 있잖아. 왜 네가 여기 있느냐고.”

처음으로 고 여사의 음색에 노여움이라는 감정이 실렸다.

“제 가게입니다. 이곳에 가게를 연 지 7년 되었습니다.”

“정말 징그러운 아이구나. 너란 아이는.”

“어머니?”

이를 악물고 해서를 노려보는 고 여사는 평소의 그녀와는 달랐다. 당황한 지혜가 어쩔 줄 몰라 하며 그녀를 부르자 그제야 자신이 누구와 함께 있는지를 깨달은 고 여사가 표정을 가다듬었다.

“넌, 서훈이에게 먼저 가 있어. 난 잠깐 이 애랑 할 말이 있으니까.”

“아는 사람이에요?”

“뭐해? 얼른 가 있어. 나도 곧 갈 테니까.”

당황해 묻는 말에 돌아오는 것은 차가운 명령조의 말투였다. 한 번도 이런 모습을 보여 준 적이 없어 더욱 당황한 지혜가 저도 모르게 가게를 나서며 두 사람을 살피고 있었다.

궁금증 가득한 얼굴로 두 사람을 살피는 지혜의 눈을 인식한 고 여사가 애써 별일 아니라는 표정을 지었지만 굳은 눈가가 펴지지는 않았다.

지혜의 차 소리가 멀어지자 고 여사가 노여운 목소리로 그때의 약속을 상기시켰다.

"분명 내 아들 눈에 띄지 않기로 약속했을 텐데."

"앉으세요."

시간이 흐르긴 했나 보다. 자세히 보니 그때보다 나이가 드신 걸 알 수 있었다. 고상한 얼굴과 우아한 태도는 그대로이지만 귀밑머리에 흰색 머리카락이 섞여 있는 걸 보면 분명 시간은 흘렀다.

그때도 참 아름다운 분이라고 생각했었다. 그리고 지금도 여전히 아름다운 분이셨다.

"지금 내가 묻고 있잖아."

"저로서는 최선을 다한 겁니다. 아드님이 여기로 오실 거라고 누가 생각했을까요? 제가 미래를 알 수도 없고 어떻게 할 수 있는 일이 아니었습니다."

살면서 가장 피하고 싶은 사람이 있다면 바로 이 아이였다. 이 아이를 내치면서 고 여사도 편하지만은 않았다. 그래도 말이 통해 다행이라고 생각했었다.

마지막 이 아이를 봤을 때를 떠올리는 고 여사의 안색이 창백해지고 있었다.

"어쩔 셈이냐?"

"시간이 필요합니다. 분명 약속을 드렸으니 지킬 겁니다. 사모님께서도 약속을 지켜 주셨으니까요."

머리가 좋은 아이였다. 그때도 참 아깝다는 생각을 잠시지만 했었다. 그래도 아들의 짝으로 이 아이를 택할 수는 없었다. 그래서 모질게 떼어 냈는데 버젓이 아들과 가까이 있는 모습에 놀라고 여사는 현기증이 일고 있었다.

어째 이 아이는 그때와 변한 것 없이 그대로일까. 긴 머리로 얼굴을 가리던 아이에서 단발로 자른 머리만 바뀐 것처럼 보였다. 아들 녀석이 단박에 이 아이를 알아봤을 것 같아 가슴이 뛰고 있었다.

"혹시, 서훈이를 보았니?"

무어라 대답을 해야 할까. 보았다고? 잠시지만 환자였다고?

그러다 하얗게 질린 고 여사를 보고 해서가 입을 다물기로 했다. 자신만 없어지면 모자가 편하게 볼 수 있을 텐데 괜한 분란을 만들고 싶지는 않았다.

"못 보았습니다. 그래도 혹시나 싶어 준비는 하고 있으니 걱정 마세요. 사모님과 저의 일은 영원히 모를 겁니다. 그 사람은."

몰라야 했다. 앞에 하얗게 질린 얼굴로 앉아 있는 여인을 위해서도, 그리고 자신을 위해서도 아닌, 그를 위해서 영원히 묻어야 하는 일이었다. 적어도 이 여인과 자신은 진서훈이라는 사내를 위해 서로 다른 방법으로 마음을 쓰는 것 하나만은 동일했다.

"동생 일은…… 안타깝구나."

"사모님 덕분에 할 수 있는 일은 다 했으니 원망은 없습니다. 이제야 감사하다는 말씀을 드려 죄송합니다."

"그래, 그럼 믿어도 되겠지?"

"네, 다시는 뵙지 않도록 조심하겠습니다. 그럼 안녕히 가세요."

마지막 단속을 하고 일어서는 고 여사를 따라 해서도 일어나 인사를 드렸다. 정말 이 여인과는 마지막이기를 바라는 마음이었다.

그리고 여인이 가게를 나서고 나자 쓰러지듯 의자에 앉았다. 아직 몸도 다 추스르기 전인데 무슨 일이 이토록 폭풍처럼 밀려드는지 정신이 하나도 없었다.

사실 무슨 정신으로 그의 어머니를 대했는지도 모르겠다. 단지 남아 있는 자존심을 모두 모아 스스로를 지키고 있었을 뿐이었다.

갓 수술한 심장이 무리라고 외치듯 숨이 차도록 두근거리고 있었다. 아직 익숙해지지 않은 새로운 판막이 제 역할을 익히기도 전에 무리가 와 기를 쓰고 있는 모양이었다.

"조금은 빨리 움직여야겠다. 이러다가는 아는 사람은 다 만나겠어."

이렇게 혼자 흘리는 눈물에도 진력이 나고 있었다. 그만큼 울었으면 마를 만도 하건만 툭하면 떨어지는 눈물방울도 지겨워 거칠게 손등으로 훔쳐 내고 일어나려다 가슴을 울리는 통증에 해서가 작은 신음을 삼켰다.

심한 운동은 삼가라는 의사의 말도 무시하고 무리하게 움직인 여파가 그대로 통증으로 밀려왔다. 하지만 가만히 있으면 머릿속을 가득 채운 생각이라는 것을 내보낼 방법을 몰라 억지로 일을 만들고 있었다.

"조금 더 쉴걸. 무슨 오기로. 바보같이."

그러나 숨길 수가 없었다. 혹시나 그를 볼 수도 있지 않을까 하는 작은 마음의 숨겨진 발버둥을. 결국은 그의 어머니까지도 만나게 될 줄은 몰랐다.

처음부터 어울리지 않는 만남은 가슴에 그어진 흉터보다 더 큰 흉터를 남기고 있었지만 해서는 어떻게 치료해야 하는지 몰라 애꿎은 가슴만 원망하고 있었다.

"올라가자."

오랜만에 얼굴을 본 어머니는 서훈을 보자 마치 큰일 난 사람처럼 닦달하고 있었다. 그 옆에 선 지혜도 같은 얼굴로 어머니 곁에 서 있었다.

"무슨 일 있으세요? 혹시 아버지가 아프세요? 아까 통화했을 때도 별일 없으셨는데."

"아니, 그런 게 아냐. 왜 집 놔두고 이런 데서 고생을 해. 오늘이라도 올라가자."

무조건 올라가자는 어머니의 말에 서훈의 얼굴이 굳었다. 그동안 내내 그가 이곳에 오는 것을 반대하시기는 했지만 이런 모습은 낯설었다. 무언가 쫓기는 것처럼 그를 닦달하는 어머니의 모습은 그동안 봐 왔던 모습과 달라 당황스러웠다.

"왜 이러세요. 몇 번이나 말씀드렸잖아요. 그리고 지금은 안 돼요. 아시잖아요?"

결국 한발 물러선 그가 달래듯 부드럽게 사정을 설명했다.

"그러면 정리하는 대로 올라와. 결혼도 얼마 안 남았는데 지혜한테 이러는 건 아니지. 얘도 회사를 다니잖아. 어떻게 너만 바라보고 살라고 해?"

"어머님 말씀도 일리는 있어요. 그러니까 한 번만 더 생각해 줘요."

지혜까지 덧붙여 사족을 다는 통에 서훈의 얼굴이 더욱 굳어지고 있었다. 인자하신 어머니셨다. 그가 이곳을 택했을 때도 반대는 하셨지만 이토록 강경한 모습은 아니었다. 도대체 그 사이에 무슨 일이 있어 이러시는지 도무지 이해 되지 않았다.

"제 직업은 어머니가 잘 아시잖아요. 게다가 지금 백 교수님 대신에 일하고 있는데 제가 가 버리면 아프신 분더러 진료를 하란 말씀이세요?"

갑자기 내려오셔서는 뜬금없이 올라가자는 말만 되풀이하시는 어머니 때문에 참았던 성질이 터져 나왔다. 가뜩이나 사람이 없어 잠자는 시간도 모자랐다. 게다가 신경 쓰이는 사람도 있으니 신경줄이 바늘 끝에 서 있는 것 같았는데 어머니가 불을 붙이고 있었다.

"그럼, 사람이 구해지면 올라와. 너무 멀어. 난 너랑 이렇게 먼 곳에 떨어져 살기는 싫어."

이건 또 무슨 말씀인지 모르겠다. 어차피 같은 집에 산다고 하나 병원에서 보내는 시간이 더 많은 사람이 그였다. 의사가 어떤 직업인지 누구보다 잘 알고 계시는 분이 어처구니없는 고집을 부리시니 더욱 기가 막히기도 했다.

"무슨 일 있으시죠? 갑자기 이러는시는 이유가 뭐예요?"

"아냐, 아무 일도 없어. ……그냥 내려와 보니 너무 멀어서.

……아니다, 됐어. 나도 늙나 보다. 그래도 너무 멀어. 그러니까 고집부리지 말고 결혼 날짜 잡으면 올라올 생각해. 나도 며느리랑 같이 오손도손 살고 싶어졌어."

정색하고 물어 오는 아들을 보며 고 여사가 정신을 차렸다. 생각지도 않은 만남에 당황해서 억지를 부리고 있다는 걸 알면서도 생떼를 쓰고 있었다.

아들이 그 아이를 다시 만나는 것은 그리 걱정스럽지 않았다. 긴 세월이 지났으니 감정은 무뎌졌으리라 생각하지만 자신이 행한 일을 아들이 아는 것은 원치 않았다. 누구보다 곧은 성격의 아들이 만약에 진실을 알게 된다면 자신을 바라보는 눈이 얼마나 차가워질지 생각만 해도 진저리가 쳐졌다.

모두 아들을 생각하는 모정이라고 우기지만 진실은 콤플렉스에 치인 자신의 욕심이라는 것을 나이가 들면서 깨닫고 있었다.

사람을 살리는 집안의 며느리로 살면서 사람의 목숨으로 거래했다는 것을 아들이 안다면 과연 어떤 얼굴로 자신을 바라볼지 두렵기도 했다.

더구나 자신도 모진 말을 들으며 결혼해 당하는 사람의 마음이 어떤 것인지 알고 있었다. 그래서 고 여사는 더욱 그 아이가 싫었다. 잊힌 자신의 과거와 맞물려 지우고 싶은 아픔을 마주하고 있는 것처럼 느껴지곤 했기 때문이었다. 자신은 그런 사람이 아니라고 끝없이 스스로를 위로하지만 진실을 거부할 수는 없었다.

그 아이는 고 여사에게 아킬레스건이었다. 그래서 숨기고픈 가장 아픈 부분이었다.

"생각은 해 볼게요. 그런데 어머니, 백 교수님 병문안 오신 거 아니셨어요?"

잊고 있었다. 갑자기 만난 그 아이 때문에 정작 자신이 해야 할 일은 잊고 있었다.

"교수님 건강은 어떠시니? 아버지가 많이 걱정하신다. 시간이 나는 대로 곧 내려오신다고 하셨어."

그제야 백 교수의 안부를 묻는 스스로를 탓하면서도 고 여사는 긴 한숨으로 자신을 가다듬었다.

"좋으신 건 아니지만 잘 견디고 계세요. 지금 가시겠어요?"

"그래. 그런데 빈손이라……."

화분 하나 사러 갔다가 이 무슨 일이란 말인가. 덕분에 덜렁 빈손으로 병문안을 가게 된 상황도 기가 막혔다. 그러나 그런 건 하등 상관없다는 듯 휘적휘적 나서는 아들의 뒤를 따르면서도 고 여사는 뒤통수가 당기는 느낌이 거북해 어쩔 줄을 모르고 있었다.

불안한 건 고 여사만이 아니었다. 지혜도 이제야 기억이 났다. 어디서 보았는지 계속 얼굴이 익었던 이유를.

그래도 설마 하는 마음으로 고 여사의 뒤를 따르며 연신 기억을 뒤지고 있었다. 확실하게 알아보는 방법이 하나 있긴 했다. 그래서 지혜도 오늘은 바로 고 여사를 모시고 미래의 시댁에 들러 볼 생각이었다.

확인이 먼저였다. 그리고 다음 일을 생각하면 그뿐이었다. 만약 맞는다고 해도 그녀가 나설 필요는 없었다. 하얗게 질린 미래의 시어머니를 보면서 지혜는 자신만이 아는 비밀을 떠올리며 머리를 굴리고 있었다.

그녀는 고 여사의 뒤에서 한 번 더 우는소리를 하면 그뿐이었다. 이제 제대로 날짜만 잡으면 될 결혼식은 무사히 치러져야 했다. 그녀가 처음 그를 만나고 결심한 일이 먼 길을 돌아 이제 결실을 보고 있었다.

진서훈. 저 남자는 그녀의 남자여야 했다. 그동안의 노력이 아까워서라도 지혜는 절대 그를 놓칠 수 없었다.

8

살아야 하는 이유를 주었던 사내

어머니가 올라가시고 한숨 돌린 서훈이 다시 백 교수를 찾았다. 답답하면 찾는 곳이 병과 싸우는 스승이라는 것은 아이러니였다.

항암 치료가 들어가며 더욱 핼쑥해진 얼굴이 마음에 걸렸지만 교수님은 힘들다는 내색을 한 번도 하신 적이 없으셨다. 누구보다 열심히 암과 싸우고 계신 모습에 절로 존경심이 솟는다. 절대 지지 않겠노라는 자신과의 약속을 충실히 지키시는 분이셨다.

교수님의 상태를 보면 자신의 웃기지도 않은 심란한 감정놀음은 한심하게 느껴질 정도로 하찮아졌다.

"얼굴이 상했네. 그렇게 힘들던가? 왜? 누가 힘들게 하나?"

편하게 침상에 누워 그를 맞이한 백 교수가 한 달 사이에 까칠해진 그를 보며 혀를 찼다.

"아닙니다. 다들 바쁘게 움직이느라 힘들긴 마찬가지지요."

"하긴, 이놈의 직업이 참 사람을 살리면서도 사람을 잡는 직업이야. 사실 누구라도 의사가 된다면 말리고 싶은 마음이긴 하네."

허허, 웃으시는 백 교수를 보며 서훈도 오래간만에 웃을 수 있었다.

"그래, 해서는 보았나?"

"그때 보고는 시간이 없어서. 죄송합니다."

"그래? 그런데 청첩장은 언제 줄 건가? 아마 한 달 정도 남았다 들은 것 같은데?"

"여기 내려오느라 날짜를 정하지 못해서 아직 청첩장은 좀 기다리셔야 합니다. 병원 사정 봐서 날짜 잡으려고요."

"쯧쯧, 어째 그리 무심해. 아가씨가 예쁘던데. 이렇게 무심한 신랑을 만나 고생하겠네."

침대 옆의 의자에 앉은 그를 향해 교수님이 가볍게 디박을 주었지만 서훈은 그저 어깨만 으쓱할 뿐이었다.

"어째 새신랑 될 사람 얼굴이 그래? 뭐 원래 결혼이라는 것이 사람을 지치게는 하지만 그래도 새로운 삶을 사는 건데 좋은 기색이라도 좀 하지 그러나?"

"윤해서 말입니다."

"응?"

갑자기 해서의 이름을 부르는 서훈을 백 교수가 의아한 얼굴로 쳐다보고 있었다.

"어떤 여자입니까?"

"왜 관심을 보이는 건가?"

뜻밖의 질문에 여유롭게 웃고 있던 백 교수의 얼굴에 어두운 기색이 서렸다. 두 사람 사이에 무슨 사연이 있으리라는 생각은 했었다. 그러나 굳이 묻지 않았던 이유는 그가 곧 결혼할 사람이기 때문이었다.

가볍게 아는 사이였다면 벌써 그에게 말했을 서훈이 어떤 이유에서인지 모르는 사람처럼 행동하기에 끝까지 모른 척해 주자는 마음이었다.

“이유를 말씀드려야 하는 겁니까?”

“해서와 개인적으로 친하기는 하지만 친분을 넘어 아끼는 내 환자였네. 그런데 함부로 말을 해 줄 수는 없지 않은가?”

“자세히는 말씀드리지 못합니다. 그 여자와의 일이 좋은 일은 아니었습니다.”

어두운 얼굴의 서훈을 지그시 응시하던 백 교수가 한참을 말없이 살피다 긴 한숨을 내쉬었다.

“좋은 관계도 아니라면서 신경을 쓰는 이유가 뭔가?”

굳이 서훈이 말하지 않아도 해서와 그 사이에 무슨 일이 있었다는 것은 짐작하지만 이유도 모른 채 해서에 대해 알려 줄 수는 없었다.

“제가 아는 그 여자와 교수님이 말씀하시는 그 여자가 너무 달라 혼란스럽습니다. 교수님이 그동안 보셨던 여자는 도대체 어떤 사람입니까?”

거칠게 얼굴을 비비는 서훈을 보며 백 교수도 망설이고 있었다. 무슨 사연이 있어 매사 냉철한 서훈이 괴로워하는지 알 수 없었지만 그로서도 쉬이 말을 꺼낼 수 없는 입장이었다.

서훈이 아끼는 제자이기는 하지만 그래도 백 교수는 해서가 더욱 마음에 쓰였다. 한동안 고개를 숙인 서훈의 처진 어깨 위로 침묵이 흘렀다.

"내가 해서에 관한 말을 해 준다고 달라지는 것이 있는가?"

어두운 서훈의 표정도 마음에 걸리지만 해서의 사정을 잘 알고 있는 백 교수도 쉬이 꺼낼 이야기는 아니었다. 자신의 이야기라면 편하게 말해 준다지만 엄연히 사생활과 관련이 있기에 선뜻 말을 피하고 있었다.

"잘 안다고 생각했던 사람이었는데 막상 아무것도 아는 것이 없다는 것을 깨달았을 때 사람들은 어떻게 하는지 모르겠습니다."

제 생각을 정리하는 시간을 가지던 서훈이 스스로에게 답을 주듯 긴 한숨과 함께 입을 열었다.

"제게 해서는 그런 존재입니다. 보이는 것이 다라고 생각했습니다. 하지만 이제는 제가 그것을 의심하고 있습니다. 그때도 의심은 했습니다. 찾아서 묻고 싶었습니다. 정말 그게 다냐고. 아직도 전 의문을 가지고 있는데 해서는 풀어 줄 생각을 하지 않으니까요."

답답함에 머리를 흩트리는 서훈의 행동을 바라보는 백 교수의 눈빛은 침중했다. 묵묵히 그의 말을 듣고 생각에 잠겼던 백 교수가 결심이 선 듯 어렵게 입을 열었다. 두 사람이 어떤 오해를 하고 있는지 알 수 없지만 그가 아는 해서는 누군가에게 상처를 줄 사람이 아니었다. 자신의 제자가 해서를 어떤 오해로 바라보고 있는지 모르지만 적어도 그 점은 풀어 주고 싶은 욕심이 생겼다.

그래서 백 교수는 해서와의 인연을 들려줄 결심을 하게 되었다.

"어디서부터 말을 해 줄까? 해서를 처음 만난 날? 그래, 그것부터 말을 해줌세. 내가 그 애를 처음 만난 건 미국의 서번트 병원에서였네. 그때는 해서가 내 환자가 아니라 그 애의 동생이 내 환자였지. 미국까지 심장이식을 받으러 왔는데 그 수술을 집도한 사람이 나였어. 같은 한국 사람이라 기억에 남았고, 예후도 생각 밖의 결과여서 기억하고 있었지."

씁쓸한 미소를 보이며 백 교수가 생각을 더듬어 그때를 떠올렸다. 그로서도 반가운 기억은 아니었다.

"결국 부작용으로 사망했지만 그래서 더 기억에 남았네. 수술은 완벽하다고 생각했어. 그런데 모르겠네. 너무 시간을 지체해 그런 건지 나에게 문제가 있었는지 지금도 자신할 수가 없어. 자네 어머니가 특별히 부탁한 아이여서 더 신경을 썼었는데, 아직도 제 동생이 죽고 넋이 나가 있던 그 아이 얼굴을 똑똑히 기억한다네."

백 교수의 말을 묵묵히 듣고 있던 서훈이 놀란 눈으로 그를 바라보았다.

"잠시 만요. 지금 누구라고 하셨습니까?"

"뭐가?"

서훈의 질문에 백 교수가 의아한 얼굴로 그를 바라보았다.

"누가 부탁을 했다고요?"

"자네 병원에서 심장병 환자를 위한 후원을 하고 있었잖나. 해준이는 그 후원으로 미국까지 왔었어. 그래서 더 기억에 남아 있었지."

특별할 것도 없는 일이었기에 편안하게 답을 해 주는 백 교수와 달리 서훈의 머릿속은 복잡해졌다. 처음 듣는 말이었다. 분명 심장재단은 할머니가 돌아가시면서 어머니가 운영하시고 계셨다. 그런데 해서의 동생이 그 재단의 후원으로 수술을 받았다는 말이 특별할 것도 없는데 무엇인가 마음에 걸린다.

그러나 더는 묻지 않고 교수님의 뒷말을 기다렸다.

"제 동생을 붙잡고 미안하다는 말만 되풀이하더군. 넋 나간 얼굴로 울지도 못하고 그러고 있는데 위로할 말도 없었어. 나를 원망할 만도 한데 고맙다는 말이 다였다네. 해준이가 죽고 곧바로 나도 한국으로 들어왔지만 해서를 다시 만날 줄은 몰랐어."

울지도 못하고 허한 표정으로 감사하다는 말을 하는 해서를 대하며 의사로서 회의를 느꼈다. 모든 환자를 다 살릴 수 없다는 것은 알고 있었지만 그래도 죽음은 겪을 때마다 참 아픈 일이었다.

"가끔 기억은 했지만 정작 만날 줄은 몰랐네. 그래서 여기서 만났을 때는 정말 나와 인연이 깊은 아이구나 생각했어. 미국에서 죽은 내 딸과 겹치면서 더 정을 쏟았는지도 모르겠네. 동생이 그렇게 죽어서 그런지 이 녀석이 어째 제 몸 돌볼 생각을 안 해. 판막 수술한 지 얼마나 됐다고 다시 갈아 치워. 내가 이 꼴이 아니면 좋았을 것을."

그동안의 세월은 해서가 환자가 아닌 가족으로 여겨질 만큼 특별한 인연이었다. 저 혼자도 잘 사는 아이지만 왜 그리 불안한지 알 수가 없었다. 누구라도 그 아이를 잡아 주면 좋으련만 쉬이 사람에게 정을 주지도 않는 아이니 더 안쓰럽기도 했다.

'왜 해준이야? 왜 네가 아니고 해준이냐고. 같은 날 태어났는데 어떻게 너만 멀쩡해. 왜?'

넋이 나간 그 아이를 붙잡고 오열하는 어머니라는 사람의 말을 듣고 기겁했었다. 아무리 자식 하나를 잃었다고 하나 남은 자식에게 그러는 부모를 본 적 없었다. 자신의 어머니의 손길에 흔들리면서도 한 마디 대꾸도 못 하던 해서의 얼굴이 아직도 잊히지 않았다.

아파도 아프다는 내색을 못 하던 해서는 끝내 실신하는 제 어미를 품에 안고 멍하니 앉아만 있었다. 그리고 나중에 해서를 만나 어머니도 아들이 떠난 다음 해 뒤를 따라갔다는 말을 들었다.

'이제 건강한 해준이를 보면 우리 엄마 행복하시겠죠?'

쓸쓸히 웃는 그 아이가 너무 아프게 느껴졌다는 말은 서훈에게 하지 않았다.

"잠깐만요, 교수님. 교수님이 저희 대학에 오신 것이 제가 본과 3학년 때였습니다. 맞죠?"

"응. 아마 그럴걸. 그건 왜?"

"아닙니다."

잠시 해서를 떠올리던 백 교수가 서훈의 질문에 생각하다 고개를 끄덕였다. 백 교수는 그 일 이후 미국 생활을 접고 한국으로 돌아왔다. 그리고 택한 곳이 서한대 부속병원이었다. 그의 모교였고 처음 의사 생활도 그곳에서 했었다. 그래서 다른 곳은 돌아보지 않고 쉽게 선택했다.

그때 의대 강의를 하면서 서훈을 알았다. 뒤도 돌아보지 않고 무섭도록 공부만 하던 그를 보며 서훈의 아버지 진 원장을 닮았다고 생각했었다. 서훈은 잘 모르겠지만 그의 아버지 진 원장도 그 병원에서는 전설 같은 이야기를 남긴 사람이었다.

"아무튼 인연이 깊은 아이야. 여기서 다시 그 애를 만났을 때는 마치 잃어버린 내 딸을 만난 것 같았어. 다른 건 모르지만 남에게 모진 짓을 할 수 있는 아이가 아니네. 그것만은 분명해. 제가 아프면 아팠지 남을 아프게 할 수 있는 아이도 아니야. 그러니 잘 부탁하네. 어떤 인연인지 모르지만 가끔 나 대신 살펴 주게. 그럴 수는 있지?"

이야기를 끝까지 듣고 있던 서훈이 마지막으로 해서를 부탁하는 교수님을 향해 굳은 얼굴로 고개를 끄덕였다.

"네, 제가 할 수 있는 만큼 신경 쓰겠습니다."

"그래, 자네에게 짐을 얹혀 주는 것 같아 미안하지만 지금은 부탁할 사람이 없으니, 미안하네."

"아닙니다. 환자는 제가 살필 테니 교수님은 치료에만 전념하십시오."

"나야, 끝까지 싸울 준비가 되었다네. 이놈의 켄서(cancer: 암, 종양)라는 것이 참 요물이거든. 내가 겪어 보니 포기하는 순간 끝이 나는 물건이라. 사람이라는 것이 독해서 포기하지 않는 한 이런 놈도 이기거든."

오랜 시간 환자를 진료하며 배운 진리였다. 그래서 힘들어도 백 교수는 포기라는 말을 생각하지 않았다. 조금 더 환자를 보고 싶은 욕심이 그를 지탱하는 힘이기도 했다.

"전 이만 돌아가 보겠습니다. 사모님은 곧 오시겠죠?"

"응, 잠깐 씻으러 갔어."

"그럼 이만."

가볍게 묵례를 하고 병실을 나서는 서훈을 의미심장한 눈으로 살피던 백 교수가 긴 한숨을 내쉬었다. 이제 슬슬 두 사람의 관계가 궁금해지기도 했다. 그러나 깊이 들어가 묻는다고 자신이 해줄 일도 없기에 입을 다물었지만 해서에게 아픈 일이 아니기를 빌었다.

그가 아끼는 해서는 너무 많이 아픈 아이였다. 그래서 이제는 많이 웃는 삶을 살았으면 하고 바라는 마음이었다.

교수님의 병실을 나온 서훈이 찾은 곳은 자신의 진료실이었다. 의국을 같이 쓰니 사생활이라는 것을 지키기도 힘들어 그나마 조용히 있을 수 있는 자신의 진료실을 택했다.

의자에 앉아 방금 나눴던 백 교수와의 대화를 떠올리며 버릇처럼 손가락으로 책상을 두드리는 서훈의 표정이 심상치 않았다.

할아버지께서 만드신 심장재단은 가난하고 불우한 어린 환자들을 위해 사회 환원의 의미로 설립하신 재단이었다. 덕분에 재단을 통해 무사히 치료받고 건강하게 살아가는 아이들이 많다는 것도 알고 있었다.

할머니가 돌아가시고 어머니가 재단을 운영하시면서 조금 더 많은 아이들이 혜택을 보고 있다는 것도 알고 있었다.

그러나 어디까지나 환아는 국내에서 치료를 받았다. 서한대 부속병원이 있으니 굳이 해외로 환자를 이송해 치료할 필요도 없었다. 더구나 해서의 동생이라면 나이대가 맞지 않았다. 환자의 나이를 따져 가며 수혜자를 고르는 것도 웃기지만 어디까지나 재단은 어린이를 위한 재단이었다.

그래서 나이 제한을 두고 있었다. 그런데 해서의 동생은 나이대를 벗어나도 한참 벗어나 있었다. 더구나 수술받은 시기를 살피면 그와 헤어지고 난 후 얼마 안 된 시간이라는 것도 알 수 있었다.

"설마?"

그러나 서훈은 떠오르는 생각을 곧 지워 버렸다. 다른 사람은 몰라도 어머니는 절대 그러실 분이 아니셨다. 사람을 있고 없고로 따지는 것이 얼마나 모진 일인지 직접 겪으신 분이었다. 지금도 할머니가 어머니를 보는 차가운 눈길을 기억하고 있었다.

아무리 기를 써도 할머니는 끝까지 어머니를 용서하지 않으셨다. 그럼에도 진심을 다해 할머니를 모시던 분이 어머니셨다. 태생이 중요하다는 할머니의 말은 어머니를 보며 전부가 아니라는 것을 느끼고 배우며 자란 사람이 서훈이었다.

항상 자애로운 미소로 아픈 얼굴을 감추시던 어머니는 할머니가 돌아가시고 참 많이도 우셨다. 그래서 더욱 어머니를 존경하는 그였다.

'다른 건 모르지만 남에게 모진 짓을 할 수 있는 아이가 아니

네. 그것만은 분명해. 제가 아프면 아팠지 남을 아프게 할 수 있는 아이도 아니야.'

그러나 교수님의 말씀을 들으면서 무럭무럭 피어나는 의심을 거둘 수 없었다. 서훈은 애써 해서에 대해 확신하시는 교수님 말씀 때문이 아니라고 변명하며 수화기를 들었다.

그저 혹시나 하는 의문을 확인해 보자는 마음에 재단의 변호사에게 전화를 걸었다. 의심으로 진이 빠지느니 확인으로 그 마음도 지우자는 생각이었다.

그러나 전화를 끝내고 남은 것은 허탈함이었다.

그럼 남은 것은 한 사람뿐이었다. 정말 그런 거래가 있었는지 확실하게 알려 줄 사람을 찾아 나서는 서훈의 표정은 여전히 어두웠다.

결국 서훈은 해서를 찾아가지 않았다. 무슨 말을 어떻게 물어봐야 하는지 알 수가 없었다. 더구나 그 사건에서 어머니가 어떤 역할을 하셨는지 아는 것도 내키지 않았다.

'말리려고 했어. 그래도 네 자식이니까. 그런데 그 아이 매몰차더구나. 필요 없다고. 그러니 돈만 내놓으라고. 널 안 믿어서가 아니었어. 그렇게라도 조용히 덮고 싶었다. 미안하구나. 정말 미안하구나.'

아직도 잊히지 않는 어머니의 음성이 들리는 것 같았다. 하얗게 질린 얼굴로 연신 미안하다고, 믿지 못해 미안하다고 하시는 어머니에게 더는 드릴 말이 없었다. 도리어 사람을 잘못 봐서 어머니에게 그런 힘든 결정을 하시게 했다는 것에 더욱 힘들었었다.

그런데 어머니는 정말 모르셨을까? 미국 병원에 입원시키면서까지 힘써 살리려고 했던 환자가 그녀의 동생이었다는 것을?

머릿속이 복잡하게 돌아가고 있었지만 어떤 것도 결론을 낼 수가 없었다. 마음 한구석 슬그머니 의심이 올라오지만 이성으로 눌렀다.

다른 사람은 몰라도 어머니를 의심하는 못난 사내는 되고 싶지 않았다. 이런 말도 안 되는 생각을 하게 된 것도 그 여자를 만났기 때문이었다.

이제 날짜만 잡으면 다른 여자의 남편으로 살아야 하는 자신에게 해서는 수많은 의문부호를 만들고 있었다.

⁂

"날짜 엄마가 빨리 잡아."

"또 갑자기 마음이 바뀐 거야? 진 서방 근무하는 병원 스케줄에 맞춘다며."

"안 돼. 빨리 잡아 줘. 그때 날짜 잡고 보냈어야 했어. 괜히 요조숙녀인 양 얌전한 척할 때가 아니었어."

갑자기 집에 오자마자 날짜를 잡아 달라는 딸을 보며 김 여사가 한숨을 내쉬었다. 하루에도 수천 번씩 마음이 바뀌는 딸을 보면 항상 불안해 어쩔 줄 모르게 된다. 어렴풋하게나마 진 서방과의 결혼이 가닥을 잡고 안정되어 있는 줄 알았다. 그런데 또 무슨 일이 있어 애가 저리 흔들리는지 걱정스러웠다.

“좀 진정하고 앉아 봐. 정신없잖아.”

손톱 끝을 깨물며 정신없이 거실을 헤매는 딸을 향해 부드럽게 잔소리를 하지만 지혜는 아예 귓등으로도 듣지 않았다.

“빠르면 빠를수록 좋아. 그러니까 엄마가 날짜 잡아. 어차피 할 결혼이잖아. 날짜만 잡으면 그만인데 왜 그걸 다 오빠한테 맞춰? 날짜는 여자 쪽이 잡는 거잖아.”

날짜를 잡겠다는 자신을 말린 것은 딸이었다. 서훈이 병원을 옮기니 그쪽 시간을 봐야 할 것 같다고. 고개를 끄덕이면서도 불안했었다. 그녀도 하루 빨리 지혜를 시집보내고 싶은 마음뿐이었다.

“그래, 그건 그런데. 네가 말렸잖아.”

“엄마!”

“그래, 알았어. 내가 날짜 잡아 그쪽에 연락 넣을 테니 넌 좀 진정하고. 정 힘들면 안정제 먹고 좀 자.”

“하루라도 빨리 잡아. 알았지?”

수십 번의 확인을 끝내고 확답을 얻은 것으로도 모자라 약을 먹고서야 딸은 잠이 들었다. 잠이 든 딸을 가만히 응시하던 김 여사가 한숨을 내쉬고 딸의 방에서 나왔다.

이대로 시집을 보내도 되는 건지 모르겠다. 심각한 강박증이 있는 아이였다. 제 마음대로 안 되면 자해를 해 가며 가족을 기함하게 만들던 아이였다. 딸아이 하나라 오냐오냐하며 키운 탓도 있다지만 어릴 적부터 분노조절장애로 치료가 필요한 상태였다.

그런 딸이 가장 집착하는 상대가 서훈이었다. 그래도 서훈이라면 안심하고 딸을 맡길 수 있을 것 같았다. 그래서 시어머니 자리가 마음에 안 차지만 잔뜩 고개를 숙이고 고 여사를 대했다.

딸을 보면 하루하루가 마치 살얼음판을 걷는 것처럼 아슬아슬했다. 아직은 가족들 이외에는 딸의 비밀을 모르지만 결혼은 다른 문제였다.

혹여 결혼 후에 시댁에서 그녀의 상태를 알고 내쳐지면 어쩌나 싶어 치료를 먼저 시키고 싶은 마음이지만 남편은 절대 딸의 상태를 인정하지 않았다. 도리어 자신을 닮아 가지고 싶은 것은 어떤 수를 써서라도 가지는 딸의 근성을 대견하게 생각하고 있었다.

어쩌면 정말 그녀의 딸 지혜는 자기 아버지를 닮았는지도 모르겠다. 사람을 필요에 의해 상대하는 남편과 상당히 닮아 있었다.

잠이 든 딸의 얼굴을 한 번 더 살피고 긴 한숨을 내쉰 김 여사가 방문을 조용히 닫고 나가는 순간 지혜가 눈을 떴다. 그리고 벌떡 일어나 앉아 가방에서 구겨진 사진 한 장을 꺼냈다.

"그래, 이 계집애였어."

꽃집에서 익숙하다고 여겼던 얼굴. 그 얼굴이 구겨진 사진에서 환한 얼굴로 웃고 있었다. 긴 머리를 가볍게 등 뒤에 묶어 예쁜 얼굴이 사진에 그대로 나타났다.

지혜는 그의 방을 뒤지며 이런 사진 따위는 없기를 바랐다. 그런데 마치 소중한 물건 인 양 책장 위의 작은 상자에 보관된 사진을 발견하자 돌아 버리는 줄 알았다. 여전히 그는 사진조차도 버리지 못하고 간직하고 있었다는 사실에 마치 바람난 남편을 보는 것처럼 배신감에 치를 떨었다.

하루라도 그의 얼굴을 보지 못하면 미칠 것 같았던 고등학생 때, 우연히 그의 학교에 찾아갔다가 두 사람을 보았다.

서로 마주 잡은 손이 먼저 눈에 들어왔었다. 그를 향해 눈을 반짝이는 여자보다 마치 자신의 것이라는 표시처럼 여자의 어깨를 품에 안은 그가 더욱 지혜를 미치게 만들었다.

여자의 존재를 고 여사에게 알려 준 사람도 자신이었다. 일부러 그 집을 드나들며 스스로를 죽이고 고 여사의 비위를 맞춰 준 것은 오직 한 사람을 얻으려는 그녀의 노력이었다.

그런데 또 이 여자가 나타나 사람의 속을 뒤집고 있었다. 이제 조금만 있으면 그가 정말로 자신의 남자가 되려는 찰나에 마치 불청객처럼 나타난 여자가 지혜를 불안하게 만들었다. 좋은 일에 마가 낀다더니 그녀가 거슬려 미칠 것 같았다.

내려간다고 했을 때 무슨 수를 쓰든 막아야 했었다. 아니, 적어도 결혼이라도 하고 같이 움직였어야 하는 것을. 그래서 지금도 마음이 급했다.

"설마 만나기야 했겠어? 그 계집애도 무슨 얼굴로 그를 찾아가겠어? 그만큼 받아 처먹었으면 저도 양심이 있을 텐데."

그래도 불안했다. 그 여자와 헤어진 후 서훈의 눈빛에 다시는 반짝이는 빛 따위는 찾을 수 없었다. 자신을 볼 때도 차가운 눈으로 감정 없이 대하는 것을 알고 있었다.

그래도 결혼만 하면 자신이 있었다. 그의 곁에서 그의 아내로 사는 것은 자신의 오랜 꿈이었다. 가지고 싶은 것은 꼭 가져야 직성이 풀리는 성격이었다. 나중에 질려 버리더라도 절대 남이 갖는 꼴은 볼 수 없었다.

어떻게 지켜 온 사내인데 이제 결실을 보려는 순간 나타난 여자를 노려보는 지혜의 눈에 광기가 돌고 있었다. 이미 구겨져 짓이겨진 사진을 갈기갈기 찢어 내는 손길에는 폭발하기 직전의 미움이 가득 들어 있었다.

*

해서는 또 해서대로 바쁘게 움직이고 있었다. 오늘은 주인 할머니 대신에 가게를 부동산에 내놓았다. 목도 좋고 매상도 좋으니 금방 사람이 나설 거라는 말에 슬프게 웃고 말았다.

그리고 마지막으로 남은 금액을 모두 송금하고 은행을 나섰다. 기를 썼는데도 갚는 데 십 년이 걸렸다. 그리고 마지막 송금을 확인시켜 주는 통장을 보고 시원섭섭하다는 감정이 이런 것이리라 느껴야 했다.

화분에 물을 주고 일어서려다 가슴에 이는 통증에 잠깐 멈칫한 해서가 긴 호흡으로 통증을 날려 버렸다.

날이 갈수록 통증은 줄어들고 그만큼 움직임도 편해졌다. 더는 현기증도 없었고 심하게 널을 뛰는 맥도 없었다. 새로 갈아 끼운 판막이 제 역할을 잘하고 있는 모양이었다.

'아시겠지만 다음에는 정말 기계 판막이에요. 그러니까 신경 써야 해요.'

수술을 집도한 정 과장의 말을 떠올리며 해서가 미간을 찌푸렸다. 판막 수술을 받고 재수술을 받는 경우는 일반적으로 10년에서 15년 사이였다. 어차피 시간이 지나면 바꿔 줘야 하는 것도 알고 있었다. 그리고 가만히 숫자를 세며 나이를 맞춰 보던 해서가 서글픈 미소를 지어 보였다.

더는 가슴을 열고 싶은 마음이 없었다. 어차피 지금도 덤으로 얻은 시간이었다. 이 시간을 어떻게 보내야 하는지도 가늠할 수가 없었다.

무엇을 위해 살아야 하는지도 모르겠다. 그래서 죽는다는 것이 그리 겁나지 않았다. 도리어 심장이라 다행이라고 생각했다. 멈추는 순간이 마지막이 될 테니 기를 쓸 필요도 없었다.

살기 위해 그토록 노력하던 해준이는 하루하루가 전쟁 같다고 했었다. 하고 싶은 것이 많았던 동생에게는 모자라던 시간이 해서에게는 덤으로 남는 모순에 자꾸만 눈물 대신 헛웃음이 나오려 하고 있었다.

그때도 자신의 시간을 모두 동생에게 줄 수 있다면 무엇이든 할 수 있을 것 같았다. 해준이가 심장이식밖에는 방법이 없다는 진단을 받던 날 엄마가 손목을 그었었다. 자신의 심장을 동생에게 주라는 유서를 남기고.

일찍 발견해 엄마를 살리고 또 얼마나 욕을 먹었는지 모른다.

'왜 해준이야? 왜 네가 아니고 해준이냐고. 같은 날 태어났는데 어떻게 너만 멀쩡해. 왜?'

오랜 시간 자식의 생사를 건 사투에 지쳐 가는 엄마의 애타는 마음이라고 여기기에는 너무 많은 상처로 남은 말들. 아무리 이해를 하려고 해도 숨어 있는 원망을 감출 수는 없었다. 그래서 건강한 자신을 원망했다. 엄마의 따뜻한 마음과 손길을 받을 수 있다면 자신의 심장과 동생의 심장을 바꿔도 좋을 것 같았다.

그때 그를 만났다. 숨 쉬고 사는 것도 죄인 같았던 그때 만난 그 사람은 그녀가 있어 숨이 트인다고 했었다. 아무리 힘들어도 해서의 얼굴만 보면 힘이 난다고 했었다.

그리고 해서도 그를 보면서 처음으로 살아 있다는 것에 감사했었다. 이 사람을 만나기 위해 살아왔다는 생각이 들 만큼. 따뜻한 품을 떠올리며 기어이 또 눈물샘이 말썽을 부리고 있었다.

힘겨운 의대 공부를 하면서도 틈만 나면 그녀를 찾아다녔던 사람.

'힘 좀 얻으려고.'

갑자기 나타나 캠퍼스 가운데서 그녀를 안아 이마에 입술을 대고는 그 한마디 남기고 바쁘게 사라졌던 사람.

그가 남기고 간 작은 접촉에 설레고 얼굴이 발개져 하루 종일 두근거리는 심장을 다스리느라 바빴다. 그래서 해서는 지금도 어디를 가든 주변을 살피는 것이 버릇되었다. 갑자기 나타나 얼굴을 보여 주는 그를 떠올리며 저도 모르게 두리번거리는 버릇이 생겼다. 그토록 오랜 시간이 지났는데 더욱 선명해지는 기억이 그녀를 지치게 만들었다.

세상에 태어나 줘서 고맙다는 말을 처음으로 들었다. 그래서 그는 그녀에게 더욱 특별한 사람이었다. 언제나 건강한 자신이 미안하고 대신 아플 수 없어 괴로워하던 그녀에게 살아 있어서 감사하다는 생각이 들게 했던 사람. 살아야 하는 이유를 주었던 사내.

해서에게 서훈은 그런 존재였다. 그를 아프게 떨쳐 내고 며칠을 앓아누웠던 그녀였다. 세상에 태어나 그의 손을 밀어내는 것이 가장 가슴 아팠던 일이었다.

이제 사과도 못 하고 그를 영원히 떠나려고 준비하는 과정에서도 매번 눈은 그를 찾고 있었다. 혹시나 부지불식간에 그녀를 찾아오지 않을까 하는 작은 바람. 그러나 그날 이후로 그는 그녀를 한 번도 찾지 않았다. 당연한 일임에도 가슴 한쪽이 무너져 내렸다.

모르는 게 약이라는 말이 맞았다. 그래서 해서는 그가 모르기를 바랐다. 아픈 것, 슬픈 것은 모두 자신이 가져가고 싶었다. 그에게 참 많은 것을 받았지만 고맙다는 말도 못 하는 처지가 아니던가.

그녀를 만나 하얗게 질린 그의 어머니를 떠올리며 해서가 이를 악물었다. 그에게 어머니라는 존재가 어떤 사람인지 알고 있었다. 만나는 동안 소개시켜 주고 싶다고 입에 달고 살았던 사람.

다른 사람들과는 달리 사람 자체를 보고 인정할 줄 아시는 분이라고 입이 닳도록 자랑하던 어머니. 그래서 해서를 만나면 많이 예뻐해 주실 거라 당연하게 여겼던 그를 기억하며 마음을 다잡았다.

그의 어머니는 그가 믿는 그대로 기억하면 그만이었다. 그녀를 내친 그의 어머니도 아들을 생각하는 평범한 어머니에 불과하다고 스스로를 달랬다.

자신의 어머니는 아픈 아들을 돌보느라 자기 딸이 얼마나 아프게 자랐는지 기억조차 못 하시던 분이었다. 그에 비하면 그의 어머니는 보통의 어머니였다. 그래서 해서는 그 마음까지도 이해할 수 있었다.

누구라도 해서의 처지를 보면 반가울 리 없으니까.

"쓸데없는 생각. 그런 생각도 웃기잖아. 나와는 상관없는 사람이야. 이제 모두 끝났으니까."

멍하니 앉아 있던 해서가 정신을 차리며 스스로에게 핀잔을 주고 일어났다. 아무리 내놓은 가게라지만 살아 있는 생명체가 가득한 곳이었다. 그래서 마지막 순간까지 건강하게 지켜 주고 싶었다.

그녀가 수술받는 동안 벌써 화분 서너 개는 말라 손을 쓸 수 없는 상태가 되었다. 그렇다고 바쁜 아르바이트생에게 뭐라 할 수도 없어 애만 태웠다. 정을 줄 곳이 없어 가게 안의 식물에 더욱 마음을 쏟고 있는지도 몰랐다.

분갈이가 필요한 화분을 꺼내 오늘은 작정하고 마지막으로 분갈이를 해 주기로 했다.

예쁜 분재 하나는 백 교수님께 보내려고 챙겨 놓았다. 다른 사람은 마음에 걸리는 것이 없는데 유독 그분은 마음에 걸렸다. 그래서 이왕이면 교수님이 다 나으시는 모습을 보고 가고 싶은데 그의 어머니를 만나고 마음을 굳게 다잡았다.

어디로 가는지 알려드리면 이해해 주실 거라고 생각하며 부지런히 움직인 보람이 있었으면 하는 마음이었다.

숨어 있는 화분까지 꺼내 놓고 분갈이를 하다 보니 생각보다 일은 커졌지만 머리도 비워지는 것 같아 일부러 일을 벌인 것이 도움이 되고 있었다.

시계를 확인하니 벌써 열두 시가 넘어가고 있었다. 이제 하나만 더 갈아 주면 끝이 나려는 찰나 가볍게 울리는 작은 종소리에 해서가 눈살을 찌푸렸다.

이 늦은 시간에 찾아올 사람은 없었다. 셔터를 내려놓고 일을 하고 있어서 누가 왔는지도 확인할 수가 없었다. 셔터를 흔드는 손길에 유리문이 흔들리며 종소리가 더 심해졌다.

순간 밖의 인물이 누구인지 깨달은 해서가 움직임을 멈추고 숨을 죽였다. 어쩌다 마주치는 것도 진이 빠지게 만드는 남자. 일부러 찾아오지 않아도 그가 가까이 있다는 것만으로 숨이 막히게 하는 남자. 또 무슨 일로 그녀를 찾아왔는지 알 수 없지만 아무도 없다는 것을 깨달으면 그도 포기하고 가기를 바라는 마음에 숨을 죽이며 인기척을 숨겼다.

그러나 끈질기게 흔드는 손길에 은종의 몸부림도 점차 심해지고 있었다.

문득 셔터를 내렸지만 불빛이 밖으로 흘러나가 사람이 있다는 표시를 해 주고 있다는 것을 깨달았다. 그래도 인기척이 없으면 포기하리라 생각하며 해서는 꼼짝도 않고 보이지 않는 누군가를 응시하고 있었다.

"안에 있는 거 아니까 문 열어."

나직한 음성에 절로 움찔하던 해서가 입술을 깨물었다. 무슨 일인지 모르지만 지금은 그를 만나고 싶지 않았다. 아니, 앞으로도 그를 만나는 일은 없으리라.

얼굴을 보면 가슴이 미어지고 그의 앞에 하소연하며 매달리고 싶어진다. 그래서 기를 쓰고 그를 피해 도망가려는 그녀였다. 그래서 없는 말까지 지어내며 그를 밀어냈는데 또 어쩌자고 그녀를 찾아온단 말인가.

"열어, 윤해서. 할 말이 있어. 잠깐이면 되니까 열어."

낮은 목소리와 달리 흔들리는 셔터의 소음은 이제 거슬릴 정도가 되었고 그에 따라 은종도 몸부림을 치고 있었다.

멈출 생각 없이 여전히 흔들리는 문을 보며 해서가 결국 포기하고 입술을 깨물었다. 이제 와서 불은 끈다고 해 봐야 자신이 있다는 표시밖에 안 된다는 것을 깨달았다. 또 얼마나 모진 말로 그를 보내야 할지는 모르지만 이번이 마지막이 될 정도로 매몰찬 말을 뱉어야 할지도 모르겠다.

해서가 망설이며 문을 열고 셔터를 올리자 생각했던 얼굴이 보였다. 그의 뒤로 내려앉은 어둠이 병풍처럼 보인다.

"무슨 일이죠? 우리 할 말은 끝난 걸로 아는데요?"

부르르 몸을 떨어 대던 은종이 몸부림을 끝내고 조용해지자 해서는 그를 외면해 등을 돌렸지만 그가 이미 가게 안으로 들어왔다는 것을 알 수 있었다.

일부러 그를 외면하는 해서를 알면서도 서훈은 말없이 그녀의 등을 보고 있었다. 여태 화분을 만지고 있었는지 온통 흙냄새가 진동하며 해서의 옷에도 잔뜩 흙이 묻어 있었다.

"아직 제대로 아물지도 않았을 텐데 무리하는 거 아닌가?"

"고양이 쥐 생각하시네요?"

되돌아오는 차가운 말투에도 서훈은 끔쩍하지 않았다. 당장은 해서의 반응보다 그의 궁금증이 먼저였다.

"네가 말했던 돈 구해 오라고 시켰다는 남자 이름이 윤해준이었나?"

"그게 무슨?"

갑작스러운 물음에 해서가 놀라 황급히 그를 마주 보았다.

"그 사내 이름이 윤해준이었냐고. 네 동생."

"말도 안 되는 소리. 도대체 무슨 말을 하고 싶은 거예요?"

밑도 끝도 없이 묻는 말에 해서의 안색이 파리해졌다.

"나도 내 생각이 말도 안 된다고 생각하는데, 시간을 따져 보면 딱 맞아떨어지거든, 네 동생이 수술받은 시기와 네가 돈을 받아 냈다는 시기가."

생각지도 못한 질문에 당황한 해서가 떨리는 손을 감추기 위해 앞치마 끝자락을 틀어쥐었다.

"왜 내 동생이 나오는지 모르지만 그 일하고는 상관없어요. 괜한 말로 사람 신경 쓰이게 하지 말고 그만 돌아가시죠."

"묻고 있잖아. 아직 내 질문에 대답을 안 했어."

"아니에요. 됐어요? 내 동생과 상관없는 일이에요. 그러니까 그만 돌아가요."

"하나만 더. 어떻게 네 동생이 우리 재단의 도움을 받은 거지? 나이로 봐도 말이 안 되고, 우리 재단은 해외 치료까지 지원하진 않아. 그런데 어떻게 네 동생은 그런 특혜를 누린 거야?"

어떻게 알았는지 모르겠다. 그리고 어디까지 아는지도 모르겠다. 당황한 해서가 대답할 말을 찾는 동안 서훈은 묵직한 시선으로 해서의 답을 기다리고 있었다.

"무엇을 생각하고 있는지 모르겠지만 내 동생과 나의 일은 상관없어요. 그러니까 내 동생은 빼 줘요. 당신이 생각한 그대로예요. 그렇게 믿고 살면 될 일을 왜 캐고 다녀요? 쓸데없는 데 기운 빼지 말고 당신 할 일이나 해요."

갑자기 찾아와 따지는 그에게 더는 할 말이 없어 해서의 목소리에 애원이 서리고 있었다. 다시 만나지 말았어야 하는 인연이었다. 그런데 어쩌다 만나 지나간 일을 헤집어 상처를 도지게 하고 있는지 알 수 없었다.

"널 미치게 미워했었어. 그래, 널 만나면 죽여 버리고 싶은 적도 있었어. 넌 날 참 한심한 놈으로 만들었으니까. 그런데 시간이 지나면서 자꾸만 왜라는 말이 떠나질 않았어. 네가 하루아침에 갑자기 변한 것에는 분명 이유가 있을 거라고 생각하는 내가 한심하게 느껴질 정도로. 그런데 왜 여기서 어머니가 나오는 건지 모르겠다, 윤해서. 도대체 우리 어머니가 무슨 역할을 하신 거야?"

명석한 사람은 이래서 피곤했다. 조금의 힌트만 보여도 전체의 그림을 그리는 사람들. 그리고 서훈이라는 이 사내는 그런 부류였다. 아주 작은 힌트만으로도 모든 걸 알아내는 능력이 지금 해서를 괴롭히고 있었다.

"당신 어머니는 내게 아주 고마운 분이세요. 내가 누군지 모르시겠지만 어쩌다 아주 큰 신세를 졌어요. 아마, 아셨으면 그렇게 해 주실지 의문이지만 아무튼 신세를 진 건 맞으니까."

"우리 재단에서 네 동생을 후원해 준 건 그렇다 치자. 하지만 우리 재단이 일부러 환자를 미국까지 보내 치료해 주는 경우는 없어. 더구나 자비를 들여서."

"불쌍해 보이셨겠죠. 정이 많으신 분이라고 당신이 그랬잖아요. 난 어떻게 된 일인지 몰라요. 그것도 나중에 알았으니까. 그리고 모르시는 게 나을 거예요. 일부러 힘을 써 준 환자가 제 동생이라는 것을 아시면 충격받으실 테니까. 이제 됐나요?"

끝까지 이 사람은 모르게 하고 싶었다. 알아서 좋은 일도 아니었다. 그가 사랑하는 사람에게 실망하는 것은 자신 하나면 족하다고 수십 번을 되새겼다.

더구나 그의 어머니였다. 이미 지나간 일을 꺼내 또 다른 상처를 만들고 싶지 않았다. 그 일로 그도 그녀도 많이 아파했었다.

그녀를 찾아 헤매었을 그를 떠올리면 여전히 가슴이 아파 왔다. 만약 그때 해준이만 아니었다면 그녀도 그의 주위를 맴돌며 숨 죽여 울고 있었으리라.

그를 보내고도 아픈 시간들이 계속되며 도리어 그녀는 그를 잊고 살았다. 그가 그녀를 찾아 헤매는 동안 해서는 그를 비롯해 아끼는 사람을 너무 많이 잃어 넋을 놓았었다.

잊었다 아무리 기를 써도 떠올라 밤잠을 설치게 만드는 사람들. 한밤에 일어나 가슴을 치며 눈물짓게 만드는 사람들.

그래서 그는 편하게 살기를 바랐다. 자신처럼 재수 없는 여자는 잊고, 즐겁고 편하게 살라고 빌었다. 그의 아픔도 모두 그녀가 가져가게 해 달라고 그렇게 빌었었다.

그러나 사람은 제 몫은 자신이 해결해야 하나 보다. 똑똑한 남자였다. 그러면 뭐가 자신에게 이로울지도 알 텐데. 그가 여전히 차가움에 가려진 따뜻함을 지니고 있다는 것이 신기할 정도였다. 그 따뜻함에 그녀는 이 남자를 사랑했다.

다른 사람에게는 차갑고 이기적으로 보였겠지만 오직 한 사람, 자신에게만 웃어 주던 남자. 차가운 바람에 손이 튼다며 일부러 제 주머니에 넣어 데워 주던 남자. 갑자기 나타나 가볍게 입술을 맞추고 기운이 난다며 환하게 웃던 남자. 힘든 의대 공부에도 사람을 살리려면 이런 공부로는 부족하다는 말을 하던 남자.

그랬다. 짧은 시간이지만 그와 쌓은 추억은 그녀의 삶 속에 가장 따뜻하고 아름다운 기억으로 남아 있었다.

"뭘 생각하는지 몰라도 한가한가 보네요. 그런 열정은 환자에게 보이세요. 자신이 모자라단 걸 인정하기 힘들죠. 그래도 도움이 될지 모르지만 저 역시 속이는 게 쉽지는 않았어요. 그런 척하느라 나도 진이 빠지던 참이었고. 솔직히 자신이 누군지 모른다고 할 때부터 한 번은 의심을 했었어야죠. 캠퍼스에서 그렇게 유명했는데."

다시는 살면서 그런 역할을 하고 싶지 않았다. 속물 중에 속물을 연기하는 건 그때가 마지막이라고 생각하며 최선을 다했다. 그런데 또 그를 위해 해서가 그런 역할을 자처하고 있었다. 끊어 내고 싶었다. 자신은 여전히 감정을 지니고 살더라도 그는 모두 끊어 주고 싶었다.

차가운 그녀의 말에 정신을 차린 듯 서훈이 생각을 지운 얼굴로 그녀를 노려보았다.

"그래, 네 말이 맞아. 의심했었어야 했는데. 그때는 공부하느라 정신이 없었지. 그래도 아직 나는 궁금한 게 많아."

"자신이 속았다는 걸 인정하는 게 그렇게 어려워요? 이렇게 자꾸 찾아오면 또 미련이 생기잖아요. 아직도 나를 못 잊어 그런가 하고. 내가 주판알을 튕기기를 원한다면 몰라도."

작정하고 시작한 일이니 말도 수월하게 나왔다. 마지막으로 그를 자극하는 말은 그만둘걸, 하는 후회는 갑자기 다가와 그녀의 팔을 쥐는 그의 행동에 놀라 뒤늦게 찾아왔다.

"네 덕분에 참 많은 걸 배웠어. 그런 건 한 번이면 돼. 더는 내 어머니에게 그런 짓을 하게 둘 것 같아?"

잔뜩 열이 올라 붉게 물든 얼굴을 보며 해서가 애써 아픈 눈을 감추고 고개를 돌렸다.

"그러니까 날 찾아오는 건 관두라고요. 결혼한다면서요. 잘 살아요. 그건 빌어 줄 테니까."

한 번만 아니라고 하고픈 마음을 억지로 삼키고 해서가 끝까지 비아냥거리는 말투를 유지하느라 손바닥에 손톱을 박고 있었다.

죽일 듯 노려보던 서훈을 대비해 잔뜩 힘을 주고 있던 해서가 되레 부드럽게 그녀의 팔을 놓고 등을 보이는 그를 확인하며 간신히 의자에 앉았다. 그리고 더 이상 가게 안에 그는 없었다. 대신에 미친 듯이 몸을 흔들며 울리는 종소리만 가득했다.

우두커니 시끄러운 종소리를 들으며 해서가 저놈의 종부터 떼

내야겠다는 생각을 하고 있었다. 텅 빈 머릿속과 마음속이 한꺼번에 종소리에 묻혀 울고 있었다. 그래서 애꿎은 종소리만 탓하며 가슴을 어루만지는 해서의 모습은 위태롭게 흔들리는 은종만큼이나 서러워 보였다.

해서를 만나서 시원한 것은 없었다. 도리어 자신이 얼마나 한심한 놈인지 깨달은 것밖에는. 그럼에도 서훈은 해서의 말이 믿기지 않았다. 그녀의 말이 진실이라고 끊임없이 스스로에게 되풀이해도 한구석 찜찜함이 여전히 그를 괴롭히고 있었다.

시기상으로 절묘하게 맞아 들어가고 있었다. 서번트 병원에 확인한 날짜는 그와 헤어지고 열흘도 안 되는 시기였다.

저밖에 모르는 여자가 남동생의 병 수발을 위해 먼 나라를 따라나섰다는 것도 믿이지지 않았다. 그렇다면 동생의 병원비를 위해 일부러 그에게 다가온 것인가?

그러나 그것도 말이 맞지 않았다. 재단에서는 전액 병원비는 물론 병원 근처에 머물 곳까지 알선해 주었다. 모자란 비용은 어머니가 직접 내셨다는 것을 변호사를 통해 확인했다.

그리고 어머니. 어째서 어머니가 그녀의 남동생 일에 관여하고 계신 걸까?

날짜를 확인하면 분명 해서가 누구라는 걸 알고 계셨다. 아무리 인정 많은 어머니라고는 하지만 재단의 규율까지 어기고 더구나 자비까지 들이며 어째서 해서의 남동생의 수술을 알선했는지 의문이었다.

결론은 하나라고 우기고 있지만 확인하는 것도 쉽지 않았다.

그동안 미워했던 여자의 실체가 만들어진 것이라면? 그리고 믿었던 어머니의 다른 모습을 확인하는 것이라면?

그녀의 말대로 그대로 믿으면 될 일을 이토록 잠자는 시간까지 줄여 가며 고민하는 스스로가 웃겼다. 이제 모두 지난 일이라 생각하면 그만이었다. 그동안 그 일을 떠올리는 것만으로도 스스로를 괴롭히는 일밖에는 되지 않았다.

살면서 실수라고는 해 본 적이 없는 그에게 그 일은 씻을 수 없는 실수로 남았고 그만큼 커다란 흉터로 머물고 있었다. 그래서 죽도록 미워했던 여자였다. 자신에 대한 미움까지 모두 그 여자에게 돌리며 증오했었다.

그런데 왜 자꾸만 그게 다는 아니라고 외쳐 대고 있는 것인지 알 수가 없었다. 마치 그의 고민이라도 아는 듯 휴대폰이 자신의 존재를 알리며 액정 위에는 어머니라는 단어가 선명하게 떠올랐다.

“네, 어머니.”

— 날짜 잡았다. 이쪽에서 청첩장 준비할 테니 넌 스케줄 조정해.

“네?”

뜬금없는 말에 서훈의 얼굴이 저절로 일그러졌다.

— 못 들었어? 두 달이라고 했잖아. 두 달 안에 식 치른다고 말해 놓고 너 내려가 버렸어. 사돈어른이 섭섭한지 결혼식이라도 제때 치르자고 날짜 잡아 보내셨다. 나도 그런다고 했으니 알아서 스케줄 잡아. 다음 달 첫 번째 주 토요일이야. 신혼여행이 힘들다

면 그건 미뤄도 되지만 날짜는 못 미뤄.

"여기 상황이 그럴 수 없어요. 저도 없이 무슨 날짜를 잡습니까?"

— 거기 박혀서 안 올라온 사람이 누구야? 지혜가 많이 참아 준 거야. 그러니 이번에는 사돈어른 뜻대로 따라.

"어머니? 어머니!"

그러나 평소의 어머니와는 달리 하실 말씀만 끝내고 끊어 버리는 행동 때문에 황당한 눈으로 휴대폰을 바라보던 서훈이 다시 번호를 눌러 통화를 하려 했지만 아예 돌려 놓으셨는지 받지도 않으신다.

잠깐 생각에 잠겨 있던 서훈이 이번에는 지혜의 번호를 눌렀다.

— 오빠? 웬일로 오빠가 먼저 전화를 주세요?

신호가 한 번이나 갔을까. 기다렸다는 듯 지혜의 목소리가 들렸다.

"갑자기 날짜를 잡았다니 무슨 소리지?"

— 엄마가 날짜 잡아서 우선 결혼식부터 하자고 난리세요. 저도 말려 봤지만 기다려야 시간만 잡아먹는다고 서두르시네요. 아빠도 마찬가지고.

곤란한 음성에 숨겨져 있는 기쁨을 놓칠 서훈이 아니었다. 평소보다 흥분으로 목소리가 들떠 있다는 걸 느끼며 서훈이 숨을 골랐다.

"지금은 곤란해. 여기 의료진이 부족하다는 건 알잖아. 그리고 날짜는 내 상황 보고 정하자고 했을 때 너도 그런다고 했었어. 잊었니?"

— 하지만 제 뜻과는 상관없이 어른들이 서두르는 거예요. 그래서 저도 신혼여행은 미뤄도 어쩔 수 없다고 생각하고요. 뭐가 그리 대단한지 몰라도 제게는 우리 결혼도 중요해요. 오빠는 왜 내 마음은 신경도 안 쓰죠? 한 번만 내 생각을 해 주면 안 돼요? 설마 다른 여자가 있어요? 거기서 다른 여자를 만난 거예요?

"무슨 소리야?"

— 결혼을 미루는 이유가 여자 때문이냐고 묻잖아요. 아니면 굳이 미룰 필요가 없으니까. 어차피 할 결혼이면 빨리하는 게 오빠도 좋잖아요. 아닌가요?

뜬금없는 닦달에 서훈의 얼굴이 더욱 굳어졌다. 매사 제 마음대로 안 되면 짜증을 내는 성격인 것은 알고 있었다. 그러나 한 번도 그의 말에 토를 달지는 않았다. 그리고 언제나 사귀는 사람이 있냐고 묻던 지혜를 떠올렸다.

"그런 말이 아니야. 그리고 내 일이 그렇게 한가한 일이야? 너도 충분히 알고 있는 일이었잖아."

— 이번에는 나 양보 못 해요. 그러니까 오빠가 포기해요. 한 번뿐인 결혼식에 신혼여행도 포기한 사람이 나예요. 그러니 오빠도 하나쯤은 포기해요.

"그만 끊자. 내일 근무 끝나고 올라갈 테니 그때 보자."

— 별일이네요. 그렇게 올라오라고 할 때는 꿈쩍도 안 하더니 결혼 날짜 잡았다고 올라오는 거 보면.

"너 무슨 일 있어? 대체 오늘 왜 그래?"

처음 듣는 말투였다. 서훈은 지혜가 이죽거리는 말로 자신의 화를 돋우고 있는 것에 기가 막혔다. 지혜에게 이런 면이 있었나 싶어 지금 통화하는 사람이 정말 지혜인지 의심이 생길 정도였다.

— 아니에요. 오늘 나도 힘들어서. 오빠가 당황한 건 알아요. 그래도 어른들의 뜻이잖아요. 어차피 할 결혼인데 날 잡은 게 뭐가 이상하다고요. 그러니까 오빠는 병원 진료에 전념하세요. 준비는 내가 할 테니까.

"아무튼 내가 올라갈 테니까 그때 다시 얘기하자. 우선 쉬어. 내일 보자."

통화를 끝낸 서훈의 표정이 풀릴 줄을 몰랐다. 갑자기 무섭게 상황이 바뀌고 있었다. 그저 물 흐르듯 지나가던 시간들이 갑작스러운 폭풍에 휘말려 정신없이 돌고 있는 것 같았다.

해서를 만나고 나서는 마치 거친 풍랑을 만난 듯 휘둘리고 있었다. 어차피 결혼을 약속한 처지이니 날을 잡는다고 달라질 것도 없는데 내키지 않는 이 마음은 뭐란 말인가.

그러나 그의 양심은 이 결혼이 내키지 않았다. 이런 마음으로 지혜를 아내로 맞는 것이 옳은 것인지 묻는 말에 선뜻 맞다는 대답이 나오지 않았다. 오히려 결혼 날짜를 잡았다는 말에 정신이 번쩍 나는 것 같았다.

아무리 편하다 하나 지혜는 그에게 동생 이상은 아닌 사람이었다. 평생 동생이었던 사람을 아내로 맞을 생각을 하다니 제정신이 아니었던 모양이다.

적어도 윤해서라는 여자를 만나 하나는 확실히 깨달았다. 덕분에 커다란 실수는 막을 수 있었다. 늦었지만 제대로 돌려놔야 할 것 같았다.

청혼했을 때 감격하던 지혜를 떠올리며 서훈의 얼굴에 먹구름이 잔뜩 몰려왔다. 그래도 그녀를 위해 이 결혼을 할 수 없다는 걸 이제야 깨닫는 자신에 대한 한심함에 신물이 났다.

해서라는 여자를 잊었다고 생각했던 때조차 그녀는 그의 인생에 영향을 주고 있었다. 아니, 그녀의 탓은 아니었다. 돌아보면 그는 모든 상황을 그녀의 탓으로 몰아 그녀를 미워할 이유를 만들고 있었다.

진즉 머리에서, 가슴에서 지웠어야 할 그녀를 지우지 못해 일을 이 지경으로 만든 자신에게 화가 나 거칠게 얼굴을 비비지만 언제나 진실은 생각보다 사람을 비참하게 만드는 법이었다.

서서히 스스로를 진정시키고 일어난 서훈이 또 다른 결심을 하고 스케줄을 조정했다. 이대로 넘어가기에는 석연찮은 구석이 너무 많았다. 확실하게 매듭지어야 편하게 일에 집중할 수 있을 것 같았다.

이대로는 아무것도 제대로 생각할 수가 없었다. 진실이 어떻든 답을 내야 앞으로 살아가는 내내 더 이상의 의문은 없을 것이라는 걸 깨달았다.

9

오래된 파편 하나

다음 날, 해서는 가게를 보러 왔다는 사람을 만나고 있었다. 주인 할머니가 감기 몸살로 누워 계신 상황이라 설명을 하고 안내하는 일을 해서가 하고 있었다.

처음 왔던 사람은 꽃집을 해 본 적이 없다는 중년의 사내였다. 명예퇴직하고 아내와 가게를 하려던 참에 흥미를 느껴 한번 왔다는 말을 하며 휘휘 둘러보더니 아내와 오겠다는 말과 함께 사라졌다.

두 번째로 온 사람은 해서보다 조금 더 나이가 있는 여자였다. 밝은 원피스가 멋스럽게 어울리는 꽤 세련된 여자였다. 그녀 역시 꽃집은 한 번도 운영해 본 적이 없다는 말을 시작으로 수입은 얼마나 되는지부터 묻고 있었다. 그리고 해서가 대충 한 달 매상을 알려 주자 눈을 반짝였다. 그래도 혼자 결정은 힘들다며 남편과 함께 오겠다는 말을 남기고 가 버렸다.

이왕이면 꽃집을 운영했던 사람이 맡았으면 하는 바람이지만 그건 어디까지나 해서의 바람이었고 그래도 식물에 관심이 많은 사람이었으면 하는 바람은 쉬이 가시지 않았다.

이제 곧 개학이었다. 그러면 한창 바쁜 날들이 이어지겠지만 해서에게는 이제 남의 일이 될 시간이었다.

한가한 오후, 아직 미미하게 통증이 남아 있는 가슴을 어루만지며 해서가 멍한 눈으로 대한민국 지도를 꺼내 놓고 멍하니 바라보고 있었다. 당장 비행기를 타는 것은 무리였다. 그러니 결국 남은 것은 섬이었다.

여생을 조용히 지낼 수 있는 섬을 찾느라 서해안 쪽이 자세히 나와 있는 지도를 살피면서도 여전히 눈은 병원을 향하고 있었다.

가슴에 남아 있는 아픔은 수술 후의 통증 때문만은 아니었다. 그리고 아무리 괴롭고 힘들어도 해는 뜨고 진다는 것을 다시 한 번 깨닫고 있었다. 지금의 이 아픔도 시간이 지나면 무뎌지고 슬픔도 눈물로 흘려 버릴 일이 되리라고 생각하면서도 쉬이 진정되지 않았다. 그리움이 가득한 눈빛으로 병원 쪽을 향하는 것을 막지도 못하고 있었다.

사람을 마음에 담는 것은 쉬운데 내보내는 것은 이리도 시간이 필요하다는 것을 누군가 알려 주었다면 처음부터 마음에 담지도 않았을 것을.

그래도 한 번은 병원에 들러야 했다. 수술을 끝내고 좀 더 일찍 찾아가야 했지만 사모님께서 교수님이 집중치료실에 들어가셔서 당분간은 누구를 만날 수 없으니 기다리라는 말 때문에 뵙지를 못했었다. 오늘 나오셨으니 와도 된다는 전화를 받고 교수님을 만나러 병원에 갈 생각이었다.

큰 병원이니 그를 만날 일이 없다는 것을 알면서도 해서는 거울 속의 자신을 살피며 저도 모르게 단장하고 있었다. 교수님이 걱정하시니 예쁜 모습으로 가야 한다는 핑계를 만들면서도 저절로 스스로에게 비웃음이 나오는 것은 어쩔 수 없었다.

그러나 해서의 걱정은 기우에 불과했다. 혹시나 했지만 오늘 오후 흉부외과는 휴진이라는 메모를 보고 헛웃음을 지었다.

살면서 생각지도 않은 우연에 당황하여 이제는 쓸데없는 우연도 기대한 모양이었다. 그러나 그가 있는 곳을 알고 있는 이상 우연은 더 이상 없나 보다. 그녀가 어렵게 병원을 찾은 날 그가 없는 것을 보니 그와의 만남은 그 밤이 이제는 정말 마지막이라는 생각에 입술을 깨물었다.

미련이란 놈은 질기게도 그녀를 잡고 놓지 않았다. 어차피 자신이 끝을 냈으면서 어쩌자고 마음을 남기려는지 자신을 탓하는 것도 지겨워지려고 한다.

"수술은 잘된 모양이구나."

볼 때마다 야윈 얼굴을 보면 자꾸만 눈물이 먼저 차올라 숨기는 것도 고역이었다. 그래서 해서가 억지로 웃음을 만들며 사모님이 내주신 의자에 앉았다.

"누구 제자인데 솜씨가 허술하겠어요?"

"그렇지, 내 제자인데. 그래 아픈 데는 없고?"

"그럼요. 수술도 잘되었고 앞으로 적어도 10년은 걱정 없을 거라고 선생님이 장담하셨어요."

"그것도 네가 하기 나름인 거 알지? 나도 분명 수술 끝나고 그 말을 했었어. 그런데 5년 만에 바뀔 줄 누가 알았겠어? 이놈아 왜 그리 말을 안 들어? 의사 말을 어째 허투루 듣누?"

"그러게요. 정말 한심하죠?"

잠깐의 대화에도 교수님의 얼굴에는 피곤한 기색이 역력했다. 그럼에도 교수님은 내내 미소를 보이며 도리어 해서를 걱정하고 있었다.

교수님과는 서훈만큼 질긴 인연이었다. 미국에서 만나고 다시는 만나지 못할 거라고 생각했던 분을 그것도 주치의로 만날 것이라고는 상상도 못 했었다. 그러고 보면 교수님과의 인연을 생각하면 그와의 우연한 만남도 특이할 것은 없었다.

"조금 있으면 그놈 기일이지?"

"네."

해준이의 기일을 챙겨 주시는 분도 교수님이셨다. 그녀를 만나고 한 번도 잊지 않고 안부를 챙기시는 교수님 때문에 해서는 항상 감사한 마음으로 교수님을 대하곤 했다. 사모님까지도 마치 딸처럼 아끼시니 적어도 이사를 가기 전에 미리 말씀드리는 것이 옳은데 쉬이 입이 떨어지지 않았다.

"저기, 교수님."

"왜?"

"……아니에요."

"녀석, 싱겁긴."

결국 해서는 다음을 기약하며 입을 다물었다. 치료를 받으시느라 잔뜩 지친 교수님을 걱정시켜 드리는 것도 할 짓은 아니었다.

너무 많은 것을 남겨 떠난다 생각하면 아쉽지만 그래도 못 떠날 이유는 아니었다. 그러나 오직 한 분, 교수님은 마음에 걸렸다. 떠난다고 하면 굳이 잡으실 분이 아니라는 건 알지만 그래도 교수님이 건강해지시는 모습은 보고 가고 싶지만 그것도 욕심인 모양이었다.

"저 약속 지킬게요. 그러니까 교수님도 잘 이겨 내실 거죠?"

"그걸 말이라고. 난 절대 안 져. 날 뭐로 보고."

끝내 해서는 하고 싶은 말은 못 하고 교수님을 향해 예쁜 미소만 보였다.

"이번에는 잘 지켜. 어째 넌 나보다 더 불안한 거냐?"

"죄송해요. 이번에는 잘 지킬게요."

일부러 가슴에 손을 얹고 대답하는 해서를 백 교수가 오래간만에 환한 얼굴로 바라보았다.

"아무튼 나만 없으면 두 사람이 아주 깨가 쏟아져. 어디 불안해 두 사람만 두겠어요?"

잠깐 자리를 비우셨던 사모님이 병실로 들어오시며 두 사람을 보고 매일 하는 농담으로 웃음을 주셨다.

"그러게, 너무 일찍 왔잖아."

"제가 어떻게 사모님의 미모를 따라가겠어요?"

핀잔 아닌 핀잔을 주는 교수님과 반갑게 맞아 주는 해서를 향해 사모님도 화사한 미소를 보이셨지만 내내 마음을 졸여 반쪽이 되신 얼굴을 가리지는 못했다. 그러나 해서는 일부러 모르는 척하며 사모님에게 의자를 내어 드렸다.

"그냥 앉아 있어. 여기서 멀쩡한 사람은 나뿐이잖아."

"아니에요, 가 봐야죠. 잠깐 교수님 뵈러 온 걸요. 덕분에 사모님도 보고 다행이에요."

"그래, 건강해 보이니 다행이다. 또 속 썩여라. 응?"

해서가 내어 준 의자에 앉으며 사모님이 한 소리 하시지만 해서는 그저 웃으며 고개만 끄덕였다.

병원을 나서면서도 해서는 연신 주변을 살피고 있었다. 그가 병원에 없다는 것을 알면서도 사방을 살피는 자신의 진심이 무엇인지 확인하기가 두려웠다.

"오래된 파편 하나가 남아 있어서 그래. 이제 이것도 빼 버리라고 아예 확인을 시키는 거고. 그러니까 지우자."

병원을 나서는 걸음에 해서가 다시 한 번 자신을 돌아보며 스스로를 단속하고 있었다. 말처럼 쉽게 다져지는 마음이라면 좋을 텐데. 언제까지 스스로를 속이는 것이 가능할지 자신도 없었지만 그래도 할 수 있는 일이 없었다.

오직 하루라도 빨리 그의 눈에서 사라지는 방법밖에는 할 수 있는 일을 찾을 수 없었다.

❀

"저 이 결혼 못 합니다."

"이게 무슨 소리야?"

갑자기 올라와 뜬금없는 소리를 하는 아들 때문에 진 원장의 얼굴이 무섭게 굳어졌다.

"죄송합니다. 성급하게 행동해 심려를 끼쳤습니다."

"우리가 네게 결혼하라고 했더냐? 네가 한다고 했던 결혼이야. 그런데 결혼 이야기가 나온 지 얼마나 됐다고 안 한다는 말을 그토록 쉽게 해?"

평상시에도 화를 잘 내는 분은 아니셨다. 그러나 말썽 없이 제 일을 잘한다고 믿었던 아들의 입에서 나오는 소리에 제대로 화가 나셨다.

그러나 서훈도 물러서지 않았다. 지혜와의 통화를 끝내고 나서부터 올라오는 내내 아무리 생각해도 이 결혼을 할 수는 없었다. 이렇게 또 부모님을 실망시키는 것이 내키지 않았지만 더 늦기 전에 말씀을 드려야 했다.

그리고 아직 그가 확인하고 싶은 일도 있었다. 머뭇거리다 날짜가 정해지면 더 많은 상처로 남을 수 있기에 독한 마음을 먹고 먼저 아버지께 말씀드렸다.

"도대체 너!"

남편의 옆에서 놀란 눈으로 서훈을 바라보던 고 여사의 눈도 커다래졌다. 날짜를 잡았다는 말을 듣고 급하게 올라와 한 소리 할 줄은 알았지만 설마 이 결혼을 안 하겠다는 말을 할 줄은 몰랐다.

아들은 누가 등을 떠민 것도 아니고 제 스스로 택한 일을 이토록 책임감 없이 나 몰라라 하는 성격도 아니었다. 그런데 무슨 일이 있어 득달같이 달려와 이런 말을 한단 말인가.

순간 덜컥 겁이 나며 머릿속에 한 사람이 스치고 지나가 제대로 입이 떨어지지도 않았다. 다행이라면 남편이 그녀를 대신해 불 같은 노여움을 보여 주고 있다는 사실이었다.

"죄송합니다. 하지만 내려가서 깨달았습니다. 이런 마음으로 지혜와 결혼할 수 없다는 것을요."

"도대체 어떤 마음이라는 거냐?"

차갑게 가라앉은 목소리에 서훈은 아버지의 노여움이 이제 정점을 찍고 있다는 것을 알았다. 그러나 이대로 물러설 수는 없었다. 자랑스러운 아버지에게 자신도 자랑스러운 아들이 될 수 있도록 기를 쓰며 살았다.

한 번의 실수는 어머니가 가려 주었지만 두 번의 실수는 자신이 용납할 수가 없어 더 기를 썼다는 말이 옳았다. 그러나 남은 삶을 아버지의 기대에 맞춰 살려고 원하지도 않는 결혼을 할 수는 없었다. 그건 그를 위해서가 아니라 여동생으로 생각하는 지혜를 위해서였다.

결심을 굳힌 서훈이 무릎을 꿇고 아버지 앞에 앉았다.

"편한 친구처럼 지내면 될 거라고 생각했습니다. 사랑 같은 건 없어도 된다고 생각했습니다. 그래서 가장 가까운 동생 같은 아이를 이용했습니다. 죄송합니다. 실망시켜 드려 죄송합니다."

그동안 숨겨 왔던 진심을 말로 꺼내 놓으니 얼마나 자신이 한심한 인간인지 다시 한 번 깨달았다. 정말 나쁜 놈은 자신이었다. 사람을 이용하는 사람을 가장 혐오하시는 아버지를 알고 있었기에 차마 고개도 들 수 없었다.

"하지만 아버지, 이대로 결혼한다면 나중에 가장 용서할 수 없는 인간이 저라는 것을 깨달았을 겁니다. 그리고 가장 심한 피해를 볼 사람은 지혜가 될 겁니다. 그래서 이제라도 되돌려 보려고 합니다."

아들의 말에 진 원장의 눈은 점점 차가워지며 목소리에는 얼음장이 깔려 있었다.

"그런 마음이었다면 일을 이 지경까지 끌고 오면 안 되는 거였다. 겨우 이 정도였더냐? 지혜는 어떻게 할 거냐? 네 마음만 중요하고 지혜 마음은 상관없는 거야? 이게 얼마나 그 아이를 아프게 하는 일인지는 알고 있는 거냐?"

"그래, 서훈아. 지혜를 생각해 봐. 그 애가 널 얼마나 기다렸는지 알잖니? 우리가 서둘러서 그런 거라면 그래, 네 말대로 시간을 좀 갖자. 내가 지혜를 만나 잘 말해 볼게."

다급하게 그를 말리는 고 여사의 속이 까맣게 타들어 가고 있었다. 묵묵히 무릎을 꿇고 제 주장을 거둘 의사를 보이지 않는 아들을 보며 혹시라는 생각에 서둘러 이 자리를 피하고자 우선 한 발 물러서 달래 보지만 서훈은 아예 고개를 숙인 채 움직일 생각을 하지 않았다.

"우선 들어가 쉬어라. 나도 생각할 시간이 필요하니까. 내일 다시 얘기하자."

간신히 화를 참은 진 원장이 동동 발을 구르는 아내를 의식해 아예 서훈을 외면하고 서재로 사라졌다.

"일어나라, 우선 나랑 얘기 좀 해 보자. 결혼은 네가 한다고 했었어. 뭐해? 일어나 앉아."

여전히 무릎을 꿇고 앉아 있는 아들을 향해 고 여사가 다급한 마음을 감추며 일부러 부드러운 음성으로 재촉하지만 여전히 서훈은 그 상태로 앉아 있었다.

"얼굴 좀 보자. 도대체 무슨 일이 있었던 거야? 너 한 번도 이런 적 없었잖니. 내가 어떻게 이해하면 되는 거니?"

애원조의 말에 서훈이 천천히 일어나 고 여사의 건너편 소파에 앉았다. 여전히 무거운 표정이지만 그 안에 담겨 있는 단호함을 그녀는 알 수 있었다.

"어머니."

"도대체 왜 그러는 거야? 내 뜻은 무시하고 우리 마음대로 날을 잡았다고 골을 내는 거냐? 그건 너답지 않아. 네가 어린애니?"

"하나만 물어보겠습니다. 윤해서, 아시지요?"

"……누구?"

"아시잖아요. 윤해서."

"그 아이 이름이…… 왜 나오는 거냐?"

마치 기다리던 벌을 받을 때 이런 기분일까? 고 여사의 심정이 딱 그랬다. 그래도 철렁 내려앉는 가슴은 숨길 수가 없었다.

"윤해준도 아시죠."

"난 그런…… 이름은 모른다."

"아시잖아요. 어머니가 직접 자비로 수술 시켜 줬을 정도로 신경을 써 주셨던."

"도대체 왜 그런 걸 묻는 거냐?"

시시각각 목이 조여 오는 느낌에 기어이 고 여사가 폭발했다.

"궁금해서요. 어머니를 협박한 여자의 동생을 왜 어머니가 기를 쓰고 살리려고 했는지."

흥분하는 고 여사에 비해 서훈은 담담히 당황하는 어머니의 모습을 눈에 담고 있었다. 평상시 냉정한 아들이라는 것은 알고 있었지만 자신에게는 따뜻한 아들이었다. 그런 아들이 마치 남을 보듯 냉랭한 눈으로 자신을 응시하는 모습에 고 여사가 억지로 밀려드는 두려움을 삼켰다.

"그 애를 만났니? 무슨 말을 들었는지 몰라도 모두 거짓말이야. 너 그 애가 어떤 거짓말로 널 힘들게 했는지 잊었어? 그 애 무서운 애야. 그렇게 당하고도 모자라 또 그 애 말을 믿는 거니?"

서둘러 선수를 치는 어머니의 말에 담담하던 서훈의 눈이 무섭게 흔들렸다. 혹시나 하는 마음이었다. 그래도 아닐 거라는 작은 희망을 가지고 온 길이었다. 그런데 어머니가 그의 의심을 확실하게 매듭짓고 있었다.

"해서는 아무런 말도 하지 않았습니다. 아뇨, 어머니 말이 다 맞는다고 했습니다. 그런데 어머니는 다른 말씀을 하시는군요. 무엇이 진실입니까?"

"거짓말, 걔는 너 만난 적도 없다고 했어. 그런데 도대체 무슨 소리를 하는 거니?"

"해서를…… 만나셨습니까?"

"난…… 나는."

차가운 아들의 목소리에 그제야 정신이 드는 것 같았다. 너무 놀라 저도 모르게 진실이 쏟아져 나오는 입을 단속한다는 것을 잊었다. 진실을 말하라고 재촉하는 아들의 날카로운 눈을 피해 정신없이 일어선 고 여사가 자리를 피하려 하는 행동을 막은 것은 서훈의 쓰디쓴 목소리였다.

"해서가 돈을 원한 것이 아닌 거죠? 거래는 해서의 동생이었습니다. 그렇죠? 제가 궁금한 건 그 거래를 누가 먼저 제시했느냐는 겁니다."

"나는 더 이상 할 말 없다. 이미 끝난 일을 꺼내 무엇을 얻자는 거니? 넌 이제 지혜와 결혼하면 모두 끝나는 일이야. 뭐하러 지난 일을 꺼내?"

간신히 스스로를 진정시킨 고 여사가 달래듯 말을 꺼내지만 서훈의 눈은 여전히 다른 말을 하고 있었다.

"아버지는 사랑하는 어머니를 얻기 위해 모든 것을 걸었습니다. 그래서 항상 전 어머니와 아버지의 사랑이 대단하다고 생각했습니다. 그런데 제 사랑은 하찮아 보이셨나 봅니다. 그렇게 끊어 낼 정도로. 제가 어머니께 드린 믿음이 겨우 그 정도였나 봅니다. 죄송합니다. 그러나 이런 마음으로 지혜와 결혼은 절대 못 합니다."

아들의 말투는 그리 차갑지 않았지만 마치 비수처럼 고 여사의 가슴에 박히고 있었다. 아들의 사랑이 하찮아 보여서가 아니었다. 그래서 더욱 감추고 싶었다.

"어차피 끝난 인연이야. 매달려 뭘 하자는 거니? 모두 잊어. 그리고 지혜는 내가 만나 달래 보마. 날은 다시 잡으면 그만이니까."

차마 아들의 얼굴을 보고는 말을 할 수 없어 고 여사가 억지로 침을 삼키며 서훈을 달래려 애를 썼다.

"저 내려가야 합니다. 환자가 있어서요. 지혜는 제가 만나 마무리하겠습니다. 지금 그 집에 갈 생각입니다."

그러나 통하지 않은 모양이었다. 일어나 나가려는 서훈의 소매를 잡은 고 여사가 매달려 애원했다.

"꼭 그렇게 해야 해? 시간을 줄 수도 있잖아. 나는 그렇다고 치자. 지혜는 무슨 죄야? 그 애는 도대체 무슨 죄냐고. 너, 설마나 대신에 지혜에게 벌을 주는 거니?"

인정하지 않는 어머니를 보며 답을 찾았다. 처음부터 거래의 조건은 해서의 동생이었고 그 거래를 제안한 사람이 어머니라는 것을. 서훈은 노여움과 함께 밀려오는 실망감에 제대로 어머니의 얼굴을 보는 것도 힘이 들었다.

"아닙니다. 모르시겠어요? 지혜를 생각해 그러는 겁니다. 동생 같은 아이를 도저히 안을 수가 없습니다. 제게 지혜는 동생 그 이상이 될 수가 없습니다. 오히려 이대로 결혼한다면 정말 벌을 받는 사람은 지혜가 될 겁니다. 어머니도 아시잖아요. 사람을 사랑하는 감정이 어떤 건지. 그런데 어머니. 전 한 번도 지혜를 여자로 본 적이 없습니다. 그래도 이 결혼을, 강요하실 겁니까?"

답답한 마음에 서훈의 목소리가 커졌다. 그리고 그 여파로 서재에 들어갔던 진 원장이 나왔다.

"지금 내가 들은 소리가 다 뭐야? 너, 나 좀 보자."

"아니에요. 당신은 들어가 계세요. 제가 다시 달래 볼 테니까."

"당신은 따로 봅시다. 내가 들은 말이 뭔지 알아야겠으니."

순간 고 여사가 너무 놀라 주저앉을 뻔했다. 집안에서 가장 방음에 신경 쓴 곳이 남편의 서재였다. 그래서 밖의 말은 들리지 않았을 거라고 마음대로 생각했다.

그런데 들어가며 문을 제대로 닫지 않은 건지, 아니면 일부러 문을 열어 둔 건지 모르겠지만 남편이 아들과의 대화를 모두 들었다는 것을 깨닫게 되자 고 여사의 얼굴이 하얗게 질렸다.

묵묵히 제 아버지를 따라 들어가는 아들을 보며 말릴 힘도 없었다. 고지식한 남편이 아들의 말을 듣고 무슨 말을 할지도 걱정스러워 서재 문 앞을 서성이는 고 여사의 발걸음에 조급함이 그대로 묻어났다.

아무리 귀를 기울여도 고 여사의 생각대로 너무나 방음 처리가 잘된 서재에서는 아무런 소리도 들리지 않았다.

얼마나 시간이 흘렀을까. 들어간 그대로의 표정을 한 아들이 나왔지만 차마 무슨 말을 나눴는지 묻지도 못하고 집을 나서는 아들을 바라만 보았다. 그리고 심호흡하며 남편이 그녀를 부르기를 기다렸지만 끝내 남편은 그녀를 부르지 않았다.

고 여사는 수많은 생각으로 하얗게 밤을 지새워야만 했다.

❊

서훈이 병원에 도착한 시간은 이제 막 하늘에 태양이 떠오르려는 시간이었다. 하룻밤을 새우는 것이 특별한 일은 아니었지만 긴 수술을 끝내고 밤을 새운 날과는 다른 피로감에 안색이 한층 어두웠다.

병원을 향하기 전에 해서의 가게 앞에 차를 세운 서훈의 표정에 서린 것은 미움이 아닌 안타까움이었다.

뭐라고 물어봐야 하는 걸까?

지혜와의 만남은 전쟁이라는 말이 어울릴 정도로 그의 진을 빼놓았다. 미친 듯이 소리를 지르는 그녀를 처음 보았다. 여태까지 그가 알고 있던 지혜가 맞는지도 의문이 들 정도로 지혜는 그를 원망하며 죽겠노라 악을 써 댔다.

그리고 지혜의 아버지. 이제호 사장. 미래의 장인이 될 뻔했던 분의 새로운 모습도 그를 당황시키긴 마찬가지였다.

'내 딸에게 이런 치욕을 주고 자내가 무사할 줄 알았나? 감히 내 딸을 거부해? 네가 뭐라고? 감히 우리 집안에 이런 망신을 주는 건가? 잘 생각하는 게 좋을 거야. 내 심경을 건드려 무사한 인간은 없었으니까.'

일그러진 얼굴과 차가운 말투가 한두 번 해 본 솜씨가 아니라는 것쯤은 알겠다. 그러나 그런 협박에 수그러들 그도 아니었다. 더욱 고개를 숙이고 죄송하다는 말만 되풀이하며 이 결혼은 할 수 없다는 말을 남기고 나섰다.

서훈은 무릎을 꿇고 앉아 빌고 있는 그의 머리 위에서 들리는 지혜의 고함에 놀라 이 사장의 협박은 들리지도 않았다.

'오빠, 이대로 가면 나 정말 죽을 거야. 나 오빠 없으면 죽어. 정말 날 죽일 거야? 도대체 어떤 년이야? 그년이야?'

'무슨 소리야?'

'그년, 어머님에게 돈 받아먹었던 그년.'

지혜가 말하는 사람이 해서라는 것을 알고 놀란 사람은 도리어 그였다.

'너 그거 어떻게 알아?'

'오빠 돈 보고 달라붙은 거 알고 내가 알려 줬으니까. 오빠는 사람 볼 줄 모르니까 내가 알려 줬어. 오빠 배경보고 달라붙는 년 하나 있다고.'

이를 갈며 눈을 부라리는 지혜는 당장에라도 자신을 물어뜯겠다고 덤비려는 여자처럼 보였다. 지혜의 어머니가 달래도 소용이 없었다. 해서를 찾아 죽여 버리겠다고 악을 쓰는 지혜를 보며 놀라는 그를 쫓아내듯 내몬 사람은 지혜의 어머니였다.

그러나 처음 보는 지혜의 모습보다 그 일에 지혜가 있었다는 점이 더욱 놀라웠다. 그 당시 지혜는 고 3이었다. 그런데 그녀가 무슨 수로 해서를 알고 있단 말인가. 그만 모르는 일이 도대체 얼마나 있었던 것일까?

그 일을 가장 잘 알고 있는 사람을 만나려고 왔지만 정작 그는 해서에게 무엇을 물어봐야 하는지도 알 수가 없었다.

믿고 있던 것들이 뒤틀리고 모든 것이 뒤죽박죽되어 혼란스럽기만 했다. 그토록 믿었던 어머니의 당황하는 얼굴과 그를 향해 소리를 지르는 지혜의 광기 어린 눈이 그동안 자신이 믿었던 사람들의 진실인지도 의심스러웠다.

그대로 믿으라는 해서의 말이 그때도 많이 걸렸었다. 그가 무엇을 보고 믿는 건지 알고 있는 사람처럼 믿으라고 말했던 해서는 정작 변함이 없는데 그의 세상은 조금씩 균열을 보이더니 결국 무너지기 시작했다.

오랜 시간 미워했던 사람을 정작 미워할 이유가 없었다는 것을 깨달았을 때 사람들은 어떻게 행동하고 생각하는지 모르겠다.

그래서 서훈은 해서를 만날 수가 없었다. 결국 그가 찾은 곳은 가장 속 편하게 자신을 내보일 수 있는 백 교수님의 병실이었다.

이른 아침에 찾아온 서훈을 맞이하는 교수님은 변함없는 미소를 보이고 있었다. 마치 처음부터 모든 것을 알고 있었다는 듯 말없이 누추한 행색의 제자를 의자에 앉히며 묵묵히 그의 말을 기다렸다.

어디서부터 말을 해야 하는지 몰라서 기억을 더듬던 그가 천천히 해서와의 일을 털어놓았다. 마치 신부님을 앞에 두고 고해하듯 높낮이 없는 목소리로 그의 마음을 대변하고 있었다.

첫 만남부터 헤어지던 마지막 순간까지 생각나는 것들을 두서없이 이야기하는 와중에 그동안 기억에서 지워졌던 해서의 숨은 모습이 보인다. 환하게 웃었던 모습은 기억나지 않았다. 해서는 항상 입가에 미소를 달고 있었지만 큰 소리로 웃는 모습을 본 적이 없었다. 지금의 백 교수님처럼.

그리고 지금에야 깨달았다. 커다란 슬픔을 지닌 사람들의 미소라는 것을. 가슴에 응어리진 사연이 있는 사람들은 그렇게 웃음으로 슬픔을 나타내고 있다는 것을 백 교수님의 미소를 보고 나서야 깨달았다.

너무 많이 가지고 태어난 서훈이었다. 그래서 아픈 사람들을 제대로 보는 법을 몰랐다. 옆에서 한없이 슬프게 웃는 해서를 보면서도 마냥 좋아했던 자신이 얼마나 모자랐는지 이제는 알겠다. 그래서 더욱 가슴이 무너져 내린다.

"남자에게 첫사랑은 아픈 가시 같아서 내내 생각이 나지. 그래서 남자는 첫사랑을 꿈꾸고 여자는 마지막 사랑을 꿈꾼다는 말이 있어. 해서는 자네에게도 아픈 가시 같을 테지만 네게도 마찬가지야. 그러니 아프게 하지 말아 주게. 보는 내내 불안한 아이라네. 울리려거든 시작도 하지 말게."

오랜만에 백 교수님이 강의 시절에 보이셨던 엄한 표정을 하고 서훈을 바라보셨다. 그리고 천천히 자신이 알고 있는 해서에 관한 마지막 이야기를 해 주셨다.

앞으로 두 젊은이가 어떻게 될지 모르지만 해서를 위해 그가 알고 있는 마지막 비밀을 알려 주었다. 그의 말을 듣고 더욱 괴로워할 서훈을 알고 있지만 해서를 이해하려면 그가 알고 있어야 한다는 판단이 섰다.

똑똑하고 유능한 제자를 아끼지만 해서는 백 교수에게 이미 잃어버린 딸아이만큼 소중한 아이였다.

10

넌 그렇게 살 수 있어?

오늘도 가게를 보러 오는 사람은 있었다. 이번에는 젊은 새내기 부부였다. 남편을 따라 제인시로 온 새색시가 맞벌이로 꽃집을 해 보고 싶다는 말에 신랑이 직접 아내와 함께 가게를 보러 왔다.

목도 좋고 분위기도 좋다며 내내 아쉬워하던 부부는 이 층의 집을 보고 더욱 마음에 들어 했다. 그러나 이미 새살림을 차린 처지라 가게만 인수하기를 원해 계약까지 이어지지는 않았다.

안타까워하는 아내를 달래는 남편의 모습이 예쁜 부부였다. 서로의 얼굴을 보며 웃고 다독이는 모습을 말없이 바라보던 해서에게 조금만 생각해 보고 아예 집도 옮기는 쪽으로 한번 알아보겠다며 기다려 달라는 말을 수없이 되풀이하고는 돌아섰다.

홀로 늙어 가는 삶을 생각하는 해서에게 그들은 아름답지만 잃어버린 무엇인가를 떠올리게 해 부럽고 그만큼 슬프게 만들었다.

그런 마음조차 사치라고 스스로를 달래지만 마음이 자신을 벗어나 제 마음대로 가는 것을 막을 여력도 없었다.

가게가 나가기를 하염없이 기다리면서도 무엇인가 흠을 찾아 가게를 보러 오는 사람들을 평가하며 마음을 졸이는 것도 사실이었다. 그러나 오늘은 너무 예쁜 새내기 부부의 모습이 부럽고 서러워 아예 가게 문밖의 거리에 시선을 두고 있었다.

이왕이면 다른 사람보다는 그들에게 가게를 내주고 싶은 마음이지만 막상 가게를 둘러보는 사람들은 가게에 딸린 이층집을 마음에 들어 하면서도 짐스럽게 느끼는 듯했다.

몇 번을 아쉬워하는 그들에게 인사하는 자신이 그들처럼 안타까워하는지 아니면 안심하고 있는지도 솔직히 답을 줄 수 없었다.

그리고 그녀에게는 오랜 시간 자신의 안식처였던 공간이 이제는 애물단지로 변하는 것이 꼭 자신의 삶처럼 느껴져 가슴이 아려 왔다.

처음부터 오래 있을 생각은 아니었다. 엄마를 보내고 정신없는 와중에 아무 생각 없이 덜컥 이곳에 정착해 화분을 가꾸며 스스로를 치유하고 있었나 보다.

개중에는 처음 가게를 낼 때부터 팔리지 않아 키우기 시작해 제법 나무 티를 내는 고무나무부터 잘려진 가지가 마치 자신 같아 작은 화분에 꽂아 놓았더니 제 혼자 기를 쓰고 자라 벌써 한 그루 나무로 자란 벤자민까지.

어느 날 얇은 가지 하나가 아까워 버려진 화분에 꽂아 놓았더니 기를 쓰고 싹을 틔우는 모습을 보며 자신을 떠올렸다. 그래서 더욱 애착을 가졌었나 보다. 이사를 가더라도 이 아이는 꼭 가져 가야지 다짐하는 몇 안 되는 화분이었다. 그렇게 세월을 같이 나누었던 친구 같은 존재들이었다.

해서에게 화분은 친구였고 또 가족이었다. 정 줄 곳이 없어 더욱 마음을 쏟으며 자란 화초를 쓰다듬는 손길에 저절로 한숨도 같이 실렸다.

너무 많은 정을 주었다. 정이라는 것이 꼭 사람에게만 국한되어 있는 것이 아니라는 것을 해서는 이제야 깨달았다.

그녀가 아니라도 주인을 잘 만나면 예쁘게 자랄 화초라는 것을 알면서도 마음이 쓰였다. 그런데 사람이라면 어떤 식으로 가슴에서 내놓아야 하는지 이젠 정말 알 수가 없었다.

"내가 아니라도 그 사람은 잘 살 거야. 아니, 내가 아니니까 더 잘 살 거야. 그러니까 정말 이제는 놓아 주자. 모두 내놓고 가자."

아직 여린 잎사귀를 쓰다듬는 손길에는 숨길 수 없는 그리움도 담겨 있었다. 마음을 내놓는 일이 뭐 그리 어려운 일이라고 이토록 가슴이 무너지는지 모르겠다. 그 마음을 알고 있는 것처럼 작은 잎이 해서 대신 떨리고 있었다.

"넌 그렇게 살 수 있어?"

낮은 목소리에 해서는 환청을 들었다고 생각했다. 너무 그리워 귀가 자신을 속인다고 생각해 헛웃음이 나왔다.

"나는 안 되던데 넌 그게 돼? 심장에 가시 하나 박혀 내내 거슬리던데 넌 아니야?"

그래도 확인하려는 마음에 고개를 들었던 해서가 못 본 사이 많이 초췌해진 서훈을 보고 놀라 멍하니 올려다보았다.

"혼자 다 짊어지고 편했어? 남은 나는 어떨지 생각은 했었니?"

환청이 아니었다. 그러나 믿기지 않는 상황에 해서는 자신이 듣고 있는 목소리가 그의 것인지 확신할 수가 없었다.

"젊을 때의 치기라도 생각했어. 한 번쯤은 그렇게 미친 짓을 한다고. 그래도 난 네가 가시처럼 박혀서 내내 거슬리고 아물지 않았어. 그래도 난 널 미워하며 견뎠지만 넌 어떻게 견뎠니? 그렇게 아파하면서 어떻게 견뎠어? 한 번만이라도 손을 내밀지 그랬어. 한 번만 날 믿어 주지 그랬어."

독백처럼 들리는 그의 말이 너무 아파서 해서가 대신 눈물을 흘리고 있었다.

다른 날과 달리 잔뜩 구겨진 양복이 마치 지금 그의 마음처럼 느껴져 해서가 차마 대답도 못 하고 입술만 깨물었다. 억지로 눈물을 참으려 했지만 커다란 눈에 가득 담겨 있던 눈물은 그녀의 의사와는 상관없이 쏟아져 내리고 있었다.

어차피 지난 일을 들추어 무엇을 얻겠냐고 묻고 싶었다. 그러나 그 물음으로 그가 무엇을 알게 될지 두려워졌다. 그리고 자신은 또 무슨 역할을 해야 하는지도 모르겠다.

그래서 해서는 다시 그를 외면해 등을 돌렸다. 얼굴을 보며 모진 소리를 할 자신이 없어 어렵게 침으로 입 안을 적시고 울음을 삼켰다.

"무슨 소리를 하는지 모르겠네요. 피곤한 모양인데 가서 주무세요. 잠투정은 집에 가서 하시든가요. 아니면 결혼하실 분을 찾아가세요. 여기 당신 투정받아 줄 사람은 없어요."

벤자민의 잎사귀를 쓰다듬느라 앉아 있었던 해서가 간신히 몸을 일으켜 그를 외면하고 어렵게 목소리를 내지만 얼마나 차갑게 들렸는지는 자신할 수가 없었다.

초췌한 행색에 벌써 걱정스러워 무슨 일이 있었냐는 물음을 억지로 참고 있었다. 그 말은 이제 그녀의 몫이 아니었다.

"네 동생이 아프다고, 도와 달라고 그 말이 그렇게 힘들었어? 내 손을 잡았어야지. 어떻게 그런 선택을 해. 윤해서. 도대체 넌 나를 뭐로 본 거야? 한 번만 믿어 주지 그랬어."

믿지 못해서가 아니었다. 그때는 아무런 생각도 할 수가 없었다. 하루하루 죽어 가는 해준이를 보는 것만으로도 숨이 막히던 시절이었다. 해준이를 살리겠다고 하루가 멀다 하고 죽으려는 엄마를 지키는 것에도 한계를 느끼던 시절이라고 어떻게 말할 수 있을까.

간호학과를 선택한 것도 해준이를 위해서였다. 모든 일이 동생을 위해 돌아갔을 때 그녀의 숨통을 트여 준 사람이 그라는 것을 알기나 하는지.

그를 볼 때만 웃을 수 있었다. 사방에서 벽이 조여 오는 숨 막히는 상황에서 오직 그의 얼굴을 볼 때만 행복했었다. 그래서 욕심냈었다. 동생을 위해서가 아니라 자신을 위해서.

그리고 마치 그런 마음에 벌을 주듯 나타난 그의 어머니는 그녀의 동아줄이었고 또 그녀가 지고 가야 할 업보로 남았다.

그런 선택을 강요한 그의 어머니에게 차라리 고마웠다고 말해 주고 싶었다. 그러나 그의 어머님께서는 절대 이 일에 자신이 개입한 사실은 없어야 한다는 다짐을 받고서야 동생을 위해 모든 지원을 아끼지 않으셨다.

너무 끝으로 몰려 생각할 여력도 없었다는 말이 맞았다. 동생의 생명을 두고 선택이라는 말도 의미가 없었다.

"그때도 말했었죠? 내 동생과는 상관없다고. 그래서 몰랐기를 바랐어요. 내 동생 일을 알고 내가 얼마나 치사한 인간인지 깨달았거든요. 미안해요. 알았으면 아예 그런 짓은 안 했을 텐데. 그러니까 쓸데없는 일에 기운 빼지 말고 당신은 이대로 살아가면 돼요. 그리고 다시 한 번 말하지만 당신 어머님께는 비밀로 해 주세요. 아시면 기막혀 하실 테니까."

그에게 어떤 변명도 해 줄 수가 없었다. 그렇게 그를 떠나고 그분을 만난 적도 통화를 해 본 적도 없었다. 곧바로 해준이를 따라 미국으로 떠났던 해서였다.

까맣게 타는 가슴을 부여잡고 수술이 무사히 끝나고 건강해질 동생만을 생각했었다. 그래서 그를 걱정할 여유가 없었다.

"내가 아무것도 모르고 온 것처럼 보여? 어머니가 무슨 선택을 강요했는지도 모르고 왔을 것 같아? 모르고 살면 되는 거니? 넌 그냥 나쁜 년으로 나에게 기억되면 끝나는 거였어? 그래서 네가 얻은 게 뭔데? 결국 네 동생은 죽고, 넌? 넌 도대체 뭘 얻었어?"

여전히 같은 소리를 하는 해서 때문에 서훈이 폭발했다. 자신만 모르는 진실이 너무 많아 지금도 혼란스러웠다. 그래서 자신에 대한 화가 그대로 해서를 향하고 있다는 것을 알면서도, 그는 주체할 수 없는 노여움에 해서에게 다가가 그녀의 팔을 잡고 그를 마주 보게 만들었다.

그리고 이제야 울고 있는 해서를 확인했다. 아프게 다가오는 해서의 눈물에 서훈이 그대로 그녀를 품에 안았다.

힘없이 끌려오는 해서는 너무 작아 숨이 막혔다. 이 작은 몸으로 얼마나 힘든 삶을 견뎌 왔을지 생각하니 그의 가슴도 속절없이 무너지고 있었다.

"미안하다. 미안해, 해서야. 몰라서 미안하다. 아프게 해서 미안해."

그러나 정신을 차린 해서가 급하게 그의 품에서 벗어나 거리를 두고는 눈물을 훔치며 입술을 깨문다. 덕분에 허한 가슴에 차가운 바람이 부는 것처럼 아려 왔다.

"뭐가 미인한데? 당신이 왜 미안해요? 내 일이었어요. 당신과 상관없는. 모르겠어요? 당신이 피해자라고요. 어디까지 아는지 모르겠지만 사모님도 피해자였어요. 뭘 얻었냐고요? 당신이 아니었으면 그냥 보냈을 내 동생에게 그래도 잠시나마 희망을 줬어요. 그러니 그대로 두라고 했잖아. 그냥 본 대로 믿으라고 했잖아요."

이 남자 때문에 미치겠다. 갑자기 나타나 조용하던 해서의 삶을 흔들고 이제는 또 다른 기대를 만든다. 그러나 너무 늦었다는 걸 해서는 알고 있었다. 이제 이 남자의 삶에 더는 자신이 있으면 안 된다는 것을 알고 있었다.

결혼을 약속한 여자가 있는 남자였다. 그녀의 자리는 이제 그에게 없었다. 그래서 멀어지려고 기를 쓰는데 찾아와 그녀를 부르는 목소리에 머리보다 가슴이 먼저 반응을 보이고 있었다.

"모르겠어요? 다시 돌아간다고 해도 난 같은 선택을 했을 거예요. 그러니 이미 지난 일에 매달리지 마요. 당신은 당신 삶을, 나는 내 삶을 살면 그만이에요. 잊어요. 우리 인연은 그때 끝이 났어요. 끝이 난 인연을 붙잡고 무엇을 바라나요? 돌아가세요. 이제 내 삶에서 제발 빠져 주세요."

해서는 잡으라는, 이제는 그를 잡으라는 가슴속의 말을 무시하고 이성으로 그를 대하려고 기를 썼다.

서훈은 그를 피해 속절없이 뒤로 물러서는 해서를 무시하듯 성큼 다가서고는 붙잡아 다시 품 안에 가뒀다.

해서에게는 처음 그녀를 안았을 때의 향기가 아직도 남아 있었다. 아무것도 바뀐 것이 없었다. 단지 그들의 나이만 바뀌어 있었다. 시간은 흘렀는데 어쩐 일인지 두 사람은 그대로 멈춰 있는 것처럼 느껴질 정도로 여전히 해서를 안은 그의 심장이 미친 듯이 난타질을 한다.

"힘들다고 말해 본 적은 있니? 아프다고 말해 본 적은 있어? 이제 나에게는 해도 돼. 내가 지켜 줄게."

"제정신이에요? 당신 이제 결혼할 거잖아요. 나보고 어쩌라고요. 당신 그늘에 숨은 여자로 살라는 건가요? 나 때문에 약속한 여자더러 떠나라고 할 거예요? 모르겠어요? 우린 너무 늦었어요. 처음부터 만나면 안 되는 인연이라고요."

그의 힘을 어쩌지 못해 안겨 있다고 스스로를 속이면서 결국 해서가 그의 가슴에 얼굴을 묻었다. 그래도 그를 떠나야 한다는 것은 알고 있었다.

'잠시만, 그래. 잠시만 이대로 있는 거야. 마지막 추억 하나 가지고 간다고 생각하자. 잠시만 너무 아프니까 이 품을 빌리는 거야.'

마음과는 다른 말을 뱉을 수밖에 없던 해서가 다시 그의 품에서 벗어나려 애쓰지만 서훈은 쉬이 놓아 주지를 않는다.

"그때는 나도 어려서 다른 생각은 해 본 적이 없었어. 왜라고 의심하면서도 확인할 생각을 못 했어. 변명이지만 그때는 그랬어. 그래도 사는 내내 널 보고 싶었어. 왜 그랬냐고 묻고 싶었어. 그때도 내 가슴은 널 믿었어. 가슴이 하는 말을 들었어야 했는데. 해서야, 그때는 나도 너무 어렸어. 이런 실수는 이제 한 번으로 족해. 이번에는 안 속아. 이제는 마음이 시키는 대로 따라갈 거니까."

물기 가득한 음성에 해서의 눈에 또 눈물이 흘렀다. 그러나 지금은 눈물을 받아 줄 가슴이 있어 모두 그곳으로 스며들고 있었다.

그녀에게 거절당하고 미친 듯이 지냈던 시간들을 되돌리느라 무섭게 공부에만 몰두했다. 그리고 인턴을 지나 레지던트를 거치는 동안 뒤를 돌아볼 여유도 없었다. 그렇게 그는 해서를 잊으려 몸부림쳤다.

실수라고 젊은 날의 치기로 빚어진 실수라고 스스로를 학대하며 병원에 매달려 지금까지 살아왔다. 그리고 시간이 지나 나이가 들어 생긴 여유로 되돌아본 그 시절에 가끔 의문이 들었지만, 이미 지난 일이기에 묻지 않고 넘겼던 자신이 오늘에야 얼마나 어리석었는지 깨달았다.

이제야 가끔씩 보이던 그녀의 미소가 왜 그리 슬프게 보였는지 알겠다. 항상 웃는 미소가 애처로워 보였던 것도 ,제 슬픔을 숨기고 언제나 웃던 얼굴에 마음이 아렸던 것도 이제는 알겠다.

"바빠서 그랬다고 하는 변명이라도 이해해 줄래? 그러니까 이제는 도망가지 마. 너무 오래 걸려 다시 만났잖아. 너무 아프게 만난 우리잖아. 다시는 아프게 하지 않을게. 너만 보고 살아갈게. 그러니까 이제는 날 내치지 마."

"왜 이렇게 어리석어요. 그냥 잊으면 그만이잖아요. 시간이 그만큼 흘렀으면 잊을 만도 하잖아요. 당신 이러면 난 또 나쁜 년이 돼요. 당신 기다리는 사람은 어쩌라고요. 그 사람은 무슨 죄예요. 그러니까 지난 일은 잊어요. 어떻게 내가 당신을 잡아요. 이미 결혼을 약속한 사람이 있는데."

여전히 해서는 자신을 제외한 다른 사람을 걱정하고 있었다. 떨리는 목소리에 묻어 있는 울음기가 서훈의 마음도 아프게 한다.

"그건 내가 해결해. 잊었으면 널 보고 이렇게 괴롭지도 않았어. 넌 날 보고 아무렇지도 않아? 그런데 난 아니야. 아직도 난 너 아니면 안 돼. 네가 아니라 해도 내가 안 돼. 그러니까 그냥 잡아. 이번에는 내 손 잡고 가자. 아무것도 생각하지 마. 이번에는 정말 너와 나만 생각해. 그러면 내가 다 해결할게. 한 번만, 제발 해서야, 한 번만 날 믿어 줘."

잡고 싶었다. 숨어 있던 욕심이 얼굴을 내밀며 잡으라고 부채질하고 있었다. 그러나 해서는 쉬이 그 손을 잡을 수가 없었다. 그의 손을 잡는 순간 슬퍼할 사람이 생각나 그녀는 다시 그의 품에서 벗어나려 애를 썼다.

"놓아요. 내가 뭐라고 다른 사람 가슴에 못을 박아요. 그러면 안 돼요. 그럴 수는 없어요."

"착한 여자 흉내는 그만해. 어차피 사람은 이기적이야. 네가 이기적이지 못하면 내가 이기적으로 굴 수밖에 없어. 도망갈 테면 가 봐. 내가 어떻게 나올지 이번에는 제대로 보여 줄 테니까."

'해준이가 죽고 그 애 어머니는 해서를 원망했네. 수술한 사람은 나였는데 모든 원망은 해서에게 돌아가더군. 그 애가 어떤 삶을 살았는지 이해가 가나? 다른 사람은 아프면 어떻게든 살 방법을 찾는데 그 녀석은 죽을 날을 기다리며 사는 것처럼 보였어. 그래서 난 자네가 더는 해서를 아프게 하는 일이 없었으면 좋겠네. 그 녀석도 그런 선택을 하면서 얼마나 아팠을지 짐작이 가니까.'

서훈은 백 교수님의 말씀에 정신이 드는 것 같았다. 자신이 사랑했던 여자는 정작 스스로를 사랑할 줄 모른 여자였다는 것을. 그래서 이번에는 지켜 주리라, 다짐하고 나선 길이었다. 제대로 자신을 사랑하는 법을 가르쳐 줄 마음이었다.

지금도 해서는 다른 사람을 걱정하고 있었다. 자신과 하등 상관이 없는 사람임에도 상처받을 걱정을 하고 있었다.

"너는 매 순간 날 한심한 놈으로 만들어. 왜 다른 사람은 챙기면서 나는 버리는 거야? 내가 만만해? 우습게 보여? 잘 봐. 이제부터 네가 챙기고 생각할 사람은 나 하나야. 내 여자는 나만 바라보고 나에게 의지해야 해. 한 번은 봐주지만 두 번은 아니야. 다시는 안 봐줘. 그러니까 다른 생각은 꿈도 꾸지 마."

가슴에 품고 있던 해서를 서훈이 꺼내며 눈을 마주치고 엄포를 놓았다. 그러나 목소리에는 애원이 한가득이었다. 여전히 커다란 눈에 눈물을 가득 담고 방황하는 눈동자가 그의 눈에 들어왔다.

"욕심부리면 안 되는 거잖아요. 그러면 당신이 힘들어지잖아요. 그걸 내가 어떻게 봐요. 나 때문에 힘들어할 텐데 그걸 어떻게 봐요."

떨리는 목소리에 담긴 것은 그에 대한 애정이었다. 그래서 서훈은 기운이 났다. 적어도 해서 역시 자신과 같은 감정이라는 것은 알았다. 살며시 해서의 볼을 감싸는 서훈의 두 손은 따뜻했다. 그리고 목소리는 더욱 부드러웠다.

"그냥 봐. 내가 힘들면 넌 날 이렇게 안아 주면 돼. 네 미소 하나면 난 다시 힘이 나니까 지치면 네 품만 내주면 돼."

더는 무리였다. 자신을 속이는 일에 한계를 느낀 해서가 천천히 자신의 볼을 담고 있는 그의 손에 손을 얹었다. 볼을 통해 느껴지던 따뜻함이 손에서 가슴으로 퍼지며 슬픔과는 다른 눈물이 흘러 그의 손을 적셨다.

"그래도 될까요? 내가 이 손 잡아도 될까요?"

"그래, 잡으라고 내민 손이야. 이 손의 주인은 항상 너였어. 그걸 모르는 사람은 너뿐이라는 게 불행이었지만."

오랜만에 보는 아름다운 미소였다. 그녀의 대답이 마음에 들었는지 서훈의 입가에 그리웠던 미소가 번졌다.

"그런데 해서야. 나 너무 피곤해. 잠깐 눈 붙일 데 없을까?"

예전의 그가 돌아왔다. 그녀만 보면 졸리다고 투정 부리며 어깨를 빌리던 젊은 시절의 서훈이 반가운 건 해서의 그리움이 넘치고 있다는 증거였다.

"많이 피곤해요? 잠 못 잔 거예요? 여긴 불편한데 어쩌죠?"

"의자도 상관없어. 잠시면 되니까."

벌써 그를 걱정하느라 곱게 얼굴을 찡그리는 해서를 보며 서훈도 반가워 다시 그녀를 품에 안았다. 지금은 아무 데나 상관없었다. 병원에도 말을 해 놓아 급한 일이 아닌 모든 콜은 3년 차 레지던트에게 돌려놓았다.

해서를 만나 어떻게 될지 자신이 없어 아예 시간을 비워 놓고 나온 그였다. 그러나 너무 긴 시간 눈을 붙이지 못한 상태에서 갑자기 드러난 진실 때문에 지친 몸이 잠을 원하고 있었다. 그래도 해서를 두고 병원으로 가고 싶은 마음은 없었다.

서훈은 자신을 걱정해 주는 해서가 좋았다. 예전에도 그가 투정을 부리면 어쩔 줄 몰라 하며 어깨를 내주던 그녀였다. 잠시 고민하던 해서가 결단을 내린 듯 어렵게 입을 열었다.

"이 층이 제 방인데 거기라도 괜찮으면 좀 주무실래요? 가게는 아무래도 사람들이 들락거려 잠자기 어려울 텐데."

"정말? 정말 그래도 돼?"

뜻밖의 행운이었다. 이렇게 해서의 방에 초대받게 될 줄은 몰랐다. 되묻는 그의 질문에 해서는 말없이 고개만 끄덕인다. 아직 그의 손을 잡을 준비가 된 것은 아니지만 잔뜩 피곤한 그의 얼굴을 보며 그대로 보낼 수도 없었다. 지금 가라고 해도 갈 사람도 아니었다.

"그럼 잠깐만 자고 갈게. 고마워."

"따라오세요."

망설임은 오래가지 않았다. 짧은 한숨으로 마음속의 갈등을 감추고 해서가 먼저 앞장서며 뒷문으로 향했다.

짧지만 기분 좋은 나무 터널을 지나 유리문이 열리며 작은 베란다가 보였다. 작은 탁자와 의자 두 개가 예쁘게 놓여 있는 그곳은 풍경이 더욱 마음에 들어 서훈이 놀란 눈으로 주변을 담고 있었다.

약간은 가팔라 보이는 계단을 올라가니 생각지도 못한 문이 나오고 원룸 형식의 살림집이 자리하고 있었다.

아기자기 꾸며진 방에는 아래층에서 보았던 작은 화분들이 장식품 대신 자리 잡고 있었고 유독 눈에 띄는 책장에는 빽빽하게 책들로 가득 차 있었다. 방의 크기에 비해 제법 큰 창문 아래에는 잔잔한 체크무늬의 싱글 침대가 놓여 있었다.

방 안에는 온통 해서의 향기로 넘쳐 나고 있어 서훈은 구석구석 눈으로 훑으며 새기고 있었다.

"방이 작아서 불편하지 않겠어요?"

"나 여태 의국에서 지냈어. 그런 사람에게 여긴 대궐이야."

우스갯소리를 하지만 해서는 웃지 않고 곤란한 얼굴로 그의 시선을 피하고 있었다.

"그런 얼굴 하지 마. 너 그런 얼굴 보려고 여기 온 거 아니야. 남은 이야기는 잠 좀 자고 하자. 그러니까 도망가지 마."

"여기가 내 집인데 어디로 도망가요. 화장실은 저 문이에요. 주무세요. 당신 말대로 남은 얘기는 나중에 해요."

이미 재킷을 벗고 편하게 침대에 앉은 그의 시선을 피하며 해서가 자신이 덮고 자던 이불 대신 깨끗한 이불을 침대에 올려놓고 문가로 향하고 있었다.

"해서야, 다행이야. 널 다시 만나서 정말 다행이야. 고맙다. 그대로 있어 줘서."

막 나가려던 해서가 나직한 그의 음성에 목이 메어 왔다. 과연 그의 말대로 다행인지 해서는 자신이 없었다.

"주무세요."

짧은 말과 함께 방을 조용히 나서는 해서를 바라보던 서훈이 천천히 일어나 다시 한 번 방 안을 살피며 해서의 향기에 깊은 숨을 내쉬었다.

이제야 막혔던 무엇인가가 뚫리며 마음이 편해진다. 그리고 긴장이 풀리며 피곤이 밀려왔다. 여전히 해결해야 하는 일이 남아 있었지만 그건 나중에 생각하기로 했다. 지금은 눈을 뜨면 해서가 보이리라는 생각만으로도 그는 행복했다.

침대에 누워 잠을 청하던 서훈이 갑자기 일어나 이불을 걷어 내고 해서가 침대에서 가져간 이불을 찾아 덮었다. 역시 생각대로 이불에서도 해서의 향기가 가득했다.

버릇처럼 휴대폰을 머리맡에 둔 서훈이 스르르 눈을 감고 오랜만에 깊은 잠 속으로 빠졌다.

*

서훈이 다녀간 서울에서는 서로 다른 분위기로 살얼음판이 지속되고 있었다.

진 원장은 아예 고 여사의 얼굴도 보지 않고 출근해 버렸다. 그런 남편을 배웅하는 고 여사의 얼굴도 말이 아니었다. 아무것도 모르시는 시아버지의 아침상을 준비하는 내내 덜덜 떨리는 손을 감추는 것도 고역이었다.

남편이 무슨 말이라도 해야 변명이라도 할 텐데 그녀에게 실망했다는 표현을 말없이 나타내는 진 원장 때문에 진이 빠지고 있었다.

모두 아들을 위해서였다. 아들 가진 엄마라면 욕심을 내는 것이 당연한 일인데 마치 커다란 죄라도 지은 듯 그녀를 외면하는 남편에게 원망이 생김과 동시에 아들을 만나 적이 없다고 맹랑한 얼굴로 거짓말을 하던 그 아이도 미웠다.

그 아이만 아니었으면 아무런 문제도 없었다. 어디 내놔도 손색이 없는 아들 곁에 그에 어울리는 며느리를 보겠다는 것이 욕심은 아니었다.

그런데 남편은 아예 그녀와 눈도 마주치지 않았다. 항상 그녀의 편에서 힘이 되어 주었던 남편에게 이제는 배신감마저 느껴질 정도였다. 한 번쯤 물어나 볼 것이지 횅하니 나가 버린 남편의 태도가 서러워 고 여사가 기어이 눈물을 보이고 있었다.

시아버지도 학교로 출근하시고 조용한 집 안에 도우미 아줌마와 앉아 있자니 더욱 열불이 나는 것 같았다.

"사모님, 평창동 사모님 오셨는데요."

속이 타 연거푸 찬물을 들이켜던 고 여사에게 도우미 아줌마가 눈치를 보며 김 여사의 방문을 알렸다.

"이 녀석이 진짜 간 건 아니겠지?"

고갯짓으로 문을 열어 주라는 뜻을 알리며 고 여사가 얼른 옷차림부터 신경을 썼다. 명문대를 나온 정치가의 딸로 나름 이쪽에서는 고상한 여자로 소문난 김 여사는 지혜의 모친이기도 했다.

암암리에 출신을 따지는 모임에서 항상 고 여사를 챙기는 김 여사 덕에 무리 없이 어울릴 수 있었다. 예전에 잠깐이지만 남편과 혼담이 오간 적이 있다는 말도 시어머니를 통해 들었었다. 시어머니는 항상 김 여사를 보며 아까워했었다. 자신의 집안에 어울리는 여자였다며 그녀 앞에서 대놓고 칭찬을 해 속을 뒤집었었다.

그래서 은연중에 김 여사를 보면 저절로 긴장하게 된다. 그나마 딸 가진 죄인이라고 지혜가 서훈에게 매달리며 이제는 상황이 바뀌어 김 여사가 고 여사의 눈치를 보고 있으니 사람은 오래 살고 볼 일이라고 생각했었다.

그런데 이제는 다시 자신이 그 여인의 눈치를 봐야 하는 처지가 되었다. 그래도 아직은 아니기를 빌었다. 그저 결혼 문제로 상의할 것이 있어 찾아온 것이기를 바라는 마음이었다.

"어서 오세요. 밖에서 만나도 좋을 텐데 어쩐 일로 집까지 오셨어요?"

일부러 문 앞까지 나가 김 여사를 맞이하며 반갑게 인사했지만 그녀의 안색이 벌써 뭔가를 알고 있다는 눈치였다.

"이게 무슨 소리예요? 결혼 이야기를 없던 걸로 하자니. 이게 애들 장난이에요?"

정색을 하고 얼굴을 보자마자 따지는 김 여사에게 고 여사도 할 말은 없었다. 결국 아들놈이 지혜의 집까지 찾아가 일을 벌인 모양이었다.

"앉으세요. 흥분은 가라앉히고 천천히 말씀하세요. 제가 사정 설명을 드릴게요."

달래는 고 여사의 말이 통할 리가 없었다. 이미 잔뜩 화가 난 김 여사의 얼굴은 노여움으로 붉게 물들어 있었다.

"흥분하지 말라고요? 지금 우리 딸이 어쩌고 있는지 아세요? 죽겠다는 걸 억지로 말리고 오는 길이에요. 우리 딸아이가 문제가 있는 것도 아니고, 청혼을 우리 딸이 먼저 했어요? 아니잖아요. 그래 놓고 다짜고짜 찾아와 결혼을 못 하겠다니 그런 경우가 어딨어요?"

조목조목 따지는 김 여사의 말에 반박도 못 하고 고 여사가 아들 대신 연신 사과하고 있었다. 그러나 사과받는 김 여사의 속도 편하지만은 않았다.

결혼을 못 하겠다는 서훈을 보며 혹시 딸애의 문제를 알았나 싶어 덜컥 겁부터 났다. 남에게는 잘 숨겼다고 생각했지만 혹시라도 누군가에게 들었다면 문제가 될 수 있었다.

그런데 연신 고개를 조아리며 사과하는 고 여사를 보니 그건 아닌 모양이었다. 그제야 한숨 돌린 김 여사가 본격적으로 고 여사에게 으름장을 놓기 시작했다.

“그런 게 아니에요. 잠깐 오해가 있어서 그러니까 걱정 마세요. 물론 결혼이야 할 겁니다. 그러니…….”

무슨 말을 해야 하는지도 알 수가 없어 정신없이 둘러대는 고 여사를 차갑게 노려보던 김 여사가 탁자에 놓여 있던 컵의 물을 단숨에 들이켰다.

“지혜 말로는 여자가 있다더군요. 감히, 내 딸에게 청혼하면서 다른 여자를 만나요? 진 서방 그 정도밖에 안 됐어요?”

“아니에요. 그건 지혜가 잘못 안 거예요. 서훈이 아시잖아요. 병원밖에 모르는 녀석인데 여자라니요. 서훈이 곁에 여자는 지혜 하나뿐이에요.”

잊고 있었다. 그 애의 존재를 알려 준 사람이 지혜였다. 분명 서훈의 배경을 보고 접근한 여자라고 알려 주었었다.

“그렇다면 다행이지만, 진 서방이랑 결혼한다고 소문 다 나 있는 마당에 없던 일로 하면 우리 딸은 어쩔 거예요? 책임지세요. 진 서방은 고 여사가 설득하세요. 전 이 결혼 계속 진행하는 걸로 알고 가겠습니다. 만약, 이 결혼 틀어지면 각오하세요. 우리 쪽에서 얼굴도 못 들고 다니게 만들 테니까.”

일부러 진 서방이라는 단어에 힘을 주며 거의 협박에 가까운 말을 하는 김 여사에게 고 여사는 걱정 말라는 말로 달래 보내는 방법밖에는 생각해 낼 수가 없었다.

“아줌마, 여기 얼음물 좀 가져다줘요.”

진이 빠져 소파에 힘없이 앉은 고 여사가 도우미 아줌마에게 주문을 하고 걱정에 긴 한숨을 내쉬었다. 달래느라 약속은 했지만 아들의 마음을 돌리려면 시간이 필요했다.

우선 지혜부터 만나 설득해야 했다. 그나마 그녀의 말이라면 잘 듣는 아이였다.

휴대폰을 찾아 지혜의 번호를 누르며 고 여사는 지혜를 달랠 말을 고르느라 고심하고 있었다.

❊

잠에서 깨 낯선 천장에 놀란 서훈이 급하게 일어나 버릇대로 휴대폰을 확인했다. 병원에서 온 전화는 없었다. 그러나 수신 거부로 돌려놓은 전화에 수없이 찍혀 있는 어머니와 지혜라는 단어에 눈살을 찌푸렸다.

그제야 이곳이 해서의 방이라는 것을 떠올리고 저도 모르게 해서를 찾았다. 그러나 아직 가게를 닫지 않았는지 해서의 모습은 보이지 않았다.

창밖이 어두운 걸 보면 그 사이 밤이 찾아온 모양이었다. 여전히 해결해야 할 일들을 알려 주는 휴대폰의 액정을 응시하다 그대로 주머니에 넣었다.

해서의 방은 그녀만큼이나 아담하고 아기자기한 소품들로 꾸며져 있었다. 눈을 감으면 마치 해서가 곁에 있는 것처럼 따뜻하고 깨끗한 향기가 넘친다. 덮고 있는 이불에서도 아기 파우더 냄새처럼 사람을 간지럽게 만드는 향이 흐르고 있었다.

한동안 해서의 향기를 가슴에 담던 서훈이 눈을 뜨고 그제야 주위로 시선을 돌렸다.

방 가운데에는 작은 앉은뱅이책상이 놓여 있었다. 책장에는 책들로 빽빽이 들어찼고 액자 하나가 책 제목을 가리며 놓여 있었다.

가만히 다가가 액자를 확인하니 해서를 많이 닮은 젊은 청년이 밝은 얼굴로 웃고 있었다. 그 옆에는 해서와 청년을 닮은 중년의 여인이 슬픈 미소로 같이 웃고 있었다. 해서는 찍혀 있지 않았지만 그 청년이 해서의 동생이라는 것쯤은 묻지 않아도 알 수 있었다.

이란성쌍둥이라고 하지만 참 많이 닮았다. 해서가 환하게 웃는 미소를 본 적은 없었다. 그러고 보면 해서는 항상 예쁘게 웃고 있었지만 이토록 환한 미소를 보여 준 적이 없었다.

사진 속의 아직은 사춘기 소년처럼 보이는 청년은 해서와 너무 닮아서 그의 가슴이 싸하게 아파 왔다.

"네 이름이 해준이구나. 반갑다. 난 네 누나를 사랑하는 사람이야. 직접 얼굴 보고 만나면 좋았을 것을, 너무 늦게 인사해서 미안하다."

손끝으로 해서를 닮은 얼굴을 쓰다듬으며 인사하는 서훈의 목소리가 떨리고 있었다. 사진 속 해서의 동생은 그의 마음을 알고 있는 사람처럼 여전히 환하게 웃고 있었다.

"해서 어머님이시죠? 늦게 인사 올려 죄송합니다. 해서도 자식인데 한 번은 품어 주셔도 좋았잖습니까? 그러면 이토록 아파하지는 않았을 겁니다. 그래서 이제 제가 따님에게 당신이 못 주었던 사랑을 주려 합니다. 그래도 해서를 낳아 주셔서 감사합니다."

백 교수님의 이야기는 충격적이었다. 아들이 죽는 순간 딸을 원망하는 어머니가 세상에 있다는 것이 믿기지 않았다.

'우리도 알잖나. 응급실에 있으면 제 부모에게 학대당한 아이들을. 사람들은 꼭 때려야 학대라고 생각하지만 끊임없이 아이에게 정신적인 아픔을 주는 것도 분명 학대야. 나도 자세히는 모르지만 해서가 건강하게 태어났다는 이유로 고스란히 엄마의 원망을 받은 것 같았어.'

건강하게 태어난 것이 원망받을 일이라는 것을 이해하기는 어려웠다. 하지만 사람들은 타당하지 않은 이유를 붙여 아이들을 학대하고 있다는 것은 알고 있었다.

응급실에 서 봐 왔던 많은 사람들 중에 그를 가장 화나게 하는 부류가 그런 부류였다. 제 분노를 아이에게 풀며 당연하게 여기는 진상들. 어쩌다 만난 학대받은 아이들. 그리고 제 아이니 신경 쓰지 말라는 뻔뻔한 부모라는 인간들.

가끔은 정말이지 의사 가운을 벗고 그들에게 아이와 같은 고통을 안겨 주고 싶었던 적도 있었다.

그러나 보이지 않는 학대는 더욱 무서운 법이었다. 남에게 드러낼 수도 그렇다고 쉽게 상담할 수도 없는, 그래서 천천히 아이의 자아를 죽여 가는 살인과 마찬가지인 일을 사람들은 너무 쉽게 생각하고 있다는 것도 알고 있었다.

언제나 예쁘게 웃던 해서에게 그런 아픔이 있을 거라고는 상상도 못 했다. 조금만 더 그때 그녀를 살폈더라면 웃는 모습이 예쁘다는 것과 다르게 그 속에 담긴 슬픔을 알아줄 수도 있었다.

그토록 젊은 날의 열정을 다해서 그녀를 사랑했다고 말하던 자신은 해서가 보여 주는 모습 그대로만 믿고 의심하지 않았다. 되돌아보면 자신은 정작 온 마음으로 사랑한다면서 상대방에 대한 배려는 없이 모든 것을 제 편하게 생각했던 이기적인 놈이었다.

"깨셨으면 이제 병원으로 가세요."

묵묵히 액자를 들고 사진 속의 두 사람을 보며 생각에 잠겨 있던 서훈이 해서의 목소리에 현실로 돌아왔다. 그녀의 안색을 살피던 서훈은 그 사이에 혼자 무슨 결정을 내렸는지 굳은 얼굴로 그를 외면하고 있는 해서를 보며 액자를 제자리에 놓았다.

"좀 앉자."

마치 제집처럼 서훈이 작은 테이블 의자에 앉아 그녀가 앉기를 기다렸다. 잠깐 머뭇거리던 해서가 얕은 한숨을 내쉬며 그의 건너편에 앉았다.

해서가 시간을 벌려는 듯 녹차 한 잔을 내려 그의 앞에 놓았다. 서훈도 말리지 않고 천천히 자신의 생각을 정리하며 기다렸다.

"또 무슨 생각을 한 거야?"

해서가 앉자 기다렸다는 듯 묻는다.

"그거 마시고 돌아가요. 여긴 당신이 있을 곳이 아니에요."

"그러잖아도 이제 곧 병원으로 가야 해. 하지만 갈 때 가더라도 대답은 듣고 가야겠어."

서훈은 해서가 내려놓은 녹차는 거들떠보지도 않고 해서만 바라보고 있었다. 그러나 해서는 여전히 그를 마주 보지 못하고 테이블 끝에만 시선을 주고 있었다. 입을 달싹이던 해서가 어렵게 속내를 꺼냈다.

"우리가 헤어져 있던 시간은 같이 있던 시간보다 긴 시간이에요. 나도, 당신도 변하기에는 충분한 시간이죠. 어떻게 알았는지 무엇을 알았는지 묻지 않을게요. 하지만 이미 과거예요. 과거에 매달려 미래를 놓치지 마요. 당신은 당신 길이 있고, 난 내 길이 있어요. 그러니까 여기서 끝을 내요."

아직 서훈은 시작도 안 했는데 끝을 내는 해서가 답답해 앞에 놓인 녹차 한 잔으로 스스로를 달랬다. 억지로 끌려오는 것을 바라지 않았다. 앞에 앉은 여자가 스스로 자신에게 오기를 바라지만 그녀에게 쉬운 일이 아니라는 것도 알고 있었다.

어떻게 그녀를 잡아야 하는 걸까?

애달픈 눈으로 해서를 눈에 담던 서훈은 고개를 돌리고 앉아 있는 해서에게서 예전의 풋풋한 아름다움과 함께 그때와는 다르게 성숙한 여자의 사랑스러움이 넘치고 있다는 것을 깨달았다.

그랬다. 해서는 이제 여자로 변해 있었다. 깨끗하고 맑았던 소녀는 차분하고 아름다운 여인으로 탈바꿈해 있었다. 그가 청년의 시기를 지나 사내로 변해 있는 동안 해서도 욕심날 정도로 아름다운 여자가 되어 있었다.

그때의 해서도 수다스럽지는 않았다. 항상 떠드는 사람은 자신이었고 묵묵히 듣는 사람이 해서였다. 그의 투정에도 예쁜 미소로 대신 위로해 주었었다. 그 시절의 해서도 예쁘고 좋았지만 지금의 해서도 나쁘지 않았다. 아니, 오히려 더욱 마음에 든다.

말없이 웃기만 하는 그때와 다르게 자신의 목소리를 내고 있었다. 그가 원하는 답은 아니지만 쉽게 그렇다고 할 사람이 아니라는 것을 지금은 알고 있었다.

이제야 조금씩 해서를 이해하고 있었다. 그라도 해서와 같은 환경이라면 도망가는 것을 선택했으리라.

"나는 시작도 안 했어. 아무것도 시작한 것이 없는데 뭘 끝내라는 거야?"

그래서 이번 시작도 그가 하려고 한다. 어차피 해서에게 시작하자는 말이 통하지 않을 것도 알고 있었다.

"왜 이렇게 바보 같아요? 내가 뭐라고? 나 같은 게 뭐라고 어려운 길을 택해요? 당신 약혼녀 봤어요. 당신에게 어울리는 예쁜 분이었어요. 결혼을 약속했을 때는 그분을 사랑하니 택한 거잖아요. 나는 과거예요. 사람마다 한 번은 겪고 가는 여름 감기 같은 존재라고요. 당신 곁을 지킬 사람을 찾아 놓고 뭐하러 나 같은 여자를 잡아요? 조금은 약아졌을 거라고 생각했는데 당신은 여전히 바보네요."

그가 어떻게 알았느냐고 묻지 않았다. 사실을 안다고 바뀌는 것도 없었다. 그녀와 그는 여전히 다른 세상에서 살고 있었다. 그래서 그의 손을 잡을 수가 없었다.

한심하다고 해도 아픈 것은 이제 피해 가고 싶었다. 이렇게 그를 마주하고 욕심내는 자신을 만나는 것도 반갑지 않았다. 욕심을 내면 항상 그 끝은 지독한 통증으로 남아 흉터를 남겼다.

"내가 바보인 건 맞아. 지금도 뼈저리게 느끼고 있지. 그래서 더 이상은 바보로 살지 않으려고. 지혜는 내가 해결해. 지혜에게 미안한 사람은 나지 네가 아니야. 그러니까 쓸데없는 생각으로 스스로를 고문하지 마. 네가 아니어도 난 지혜와 결혼 못 해. 그게 진실이야. 단지 너무 늦지 않게 깨달아 피해갈 수 있으니 다행일 뿐이야."

그 여자의 이름이 지혜구나.

한 번 보고도 잊을 수 없었던 얼굴이었다. 이제 이름도 기억하며 살게 생겼다.

"다른 사람을 아프게 하지 마요. 그것도 나 때문에 그런다면 내가 웃을 수 있겠어요? 그러니 잊고 살아요. 우리 만남은 시작을 의미한 게 아니에요. 끝을 내라고 벌어 준 시간이에요."

그래도 해서는 받아들일 수 없었다. 그에게 안정된 미래가 기다리는데 자신 때문에 포기하는 것을 볼 수도 없었다. 그에게 해줄 것이 아무것도 없는 자신이었다. 사랑만 믿고 산다는 것은 소설 속에나 있는 일이라는 것을 이제는 알 나이였다. 그만큼 나이가 들어 세상을 바라보는 눈도 달라져 있었다.

"너 바보야? 너 때문이 아니라고 하잖아. 널 만나지 않았어도 난 지혜랑 결혼 못 해. 세상의 모든 불행은 너 때문인 것 같아? 너란 존재가 사람들을 불행하게 만드는 것 같아? 도대체 그런 오만은 어디에서 오는 거야? 너랑 상관없는 사람들까지 왜 자꾸만 신경 쓰고 네 탓이라고 돌리는 거야? 내가 아니라잖아."

끊임없이 자신을 탓하는 해서 때문에 서훈의 음성이 높아졌다.

언제나 도망가려는 해서를 보면 속이 타고 애가 달았다. 조금은 이기적이어도 좋을 이 여자는 그마저도 없어 그를 미치게 하고 있었다.

"끝? 이번에 끝은 내가 내. 네가 아니라 네 앞에 앉아 있는 내가 낼 거야. 그러니까 도망갈 생각은 하지도 마. 신파는 여기서 끝내. 비련의 여주인공 같은 얼굴로 날 볼 생각은 하지 마. 도망가면 난 쫓아가. 명심해. 이번에 끝은 내가 낼 거니까. 나에게 빚진 것 같다면 내 옆에서 갚아."

답답함에 그의 목소리는 점점 커지고 반대로 해서의 어깨는 움츠러들었다.

"왜 넌 항상 끝을 생각해? 바꿔 생각해 본 적은 없어? 그때 너무 빨리 만나서 시간이 필요했다고. 그래서 시간을 벌어 주려고 잠시 떨어져 있었다는 생각은 왜 못해. 네 생각만 하는 것이 힘들다면, 날 생각해. 너 아니면 안 된다는 날 생각하고 행동해."

고개조차 못 들고 움츠러드는 해서의 어깨가 마음에 들지 않아 스스로의 감정을 조절하며 목소리를 낮추는 서훈의 눈에 애원마저 서렸다.

그러나 매 순간 네 탓이라는 말을 듣고 자란 해서로서는 그의 말처럼 다른 쪽으로 시선을 돌리는 것이 쉽지 않았다. 그의 말대로 이성은 아니라고 하지만 너무 오랜 시간 해서는 너 때문이라는 말을 듣고 자랐다.

계집애가 사내놈을 밀치고 태어나 결국 잡아먹는다며 툭하면 그녀에게 아픈 소리를 하던 할머니부터 죽는 순간까지 아들만 찾았던 엄마의 슬픈 외침이 아직도 가슴에 남아 해서를 아프게 하고 있었다.

"내 탓이라고 생각하지 않아요. 단지 이제 그런 말은 듣고 싶지 않을 뿐이에요. 모르겠어요? 나는 사는 것 하나만으로도 버거워요. 당신까지 짐이 될 필요는 없잖아요. 살라고 해서 살아가요. 그렇다고 당신 옆에서 살아갈 필요는 없어요. 내가 싫다잖아요. 그러니까 당신은 여태 살아왔던 그대로 살아요. 우린 이제 서로만 바라보던 어린애는 아니잖아요."

또다시 그의 어머니를 마주할 자신이 없었다. 다른 사람에게서 너 때문이라는 말을 듣는 것도 이제는 싫었다. 이미 너무 많은 말을 들어 해질 대로 해진 가슴이었다. 너덜거리는 가슴으로 아픈 말을 들으며 앉아 있을 자신도 없었다. 그래서 해서는 너무 잘난 남자 서훈을 외면하기로 정했다.

아니, 아예 시작할 엄두도 나지 않았다. 너무 많이 가진 사내에 비해 자신은 가진 것이 너무 없어서 손을 내밀 염치도 없었다.

"그래, 그러니까 다시 시작해야지. 이번에는 모두 털어놓고 오해 없이 만나는 거야. 예전에 난 네게 받기만 했었어. 네가 힘든 줄 몰라서 응석만 부렸어. 그러니까 이제 네가 나에게 응석 부려. 제발, 해서야. 우리만 생각하자. 다른 건 다 제쳐 두고 우리가 하고 싶은 일, 하고 싶은 것만 생각하자. 난 이기적이어서 나만 볼 거야. 그리고 너도 나만 보게 만들 거야."

이 남자를 어쩌면 좋을까. 다가오는 그를 막을 힘이 더는 없었다. 너무 외롭게 지낸 삶에서 그와의 추억이 힘이 되어 해서를 웃게 만들었었다. 그리고 현실로 나타난 그는 그녀의 짙은 외로움을 단번에 날려 버리며 다가오고 있었다.

"나 배고파. 밥은 줄 거지?"

눈물을 떨어뜨릴 것 같은 눈으로 그를 바라보는 해서가 너무 아파 서훈이 말을 돌리며 배를 쓰다듬었다. 거짓말은 아니었다. 잠도 모자랐지만 생각할 것이 너무 많아 먹는 것도 잊어버렸다.

그러나 금방이라도 눈물을 흘릴 것 같은 해서가 안타까워 일부러 일을 만들어 생각을 멈추게 하고 싶었다. 역시 그의 생각대로 해서의 얼굴이 그의 걱정으로 흐려진다.

마치 어제 헤어지고 오늘 만난 사람처럼 편하게 구는 서훈의 마음을 모르지 않았다. 그리고 오래된 버릇처럼 해서도 그를 살피며 마음이 급해졌다.

"밥 안 먹었어요?"

"먹을 시간이 없었어. 김치만 있으면 되니까 밥 좀 줘. 네 말대로 밥 먹고 병원 들어가 봐야 하니까."

"새로 밥해야 해요. 차라리 시킬까요?"

"아니야. 기다릴게 네가 해 주는 밥 먹고 싶어. 네가 해 주는 김밥이 그립지만 지금 만들라는 것도 억지잖아. 그러니까 밥 한 그릇이면 돼."

그의 주문에 해서가 일어나 종종거리며 작은 부엌을 오가고 있었다. 금세 방 안에는 맛있는 냄새가 가득 차고 기분 좋은 도마 위의 칼 소리도 경쾌하게 울렸다.

"다른 가족은 없어?"

그의 나직한 목소리에 경쾌하던 칼 소리가 멈췄다.

"없어요."

그리고 다시 도마 위에서 춤을 추는 칼 소리가 들렸다.

"나 보고 싶지 않았어?"

"당신이 보고 싶었던 만큼만 그리웠어요."

"그럼 매일 보고 싶었겠구나?"

농담 섞인 진심에 해서에게서 더는 대답을 들을 수 없었다. 아직 묻고 싶은 말도, 듣고 싶은 말도 많았다. 그러나 서훈은 그를 위해 종종거리며 식사를 만드는 해서의 모습이 좋아 그녀의 움직임에 눈을 못 떼고 있었다.

따갑게 등에 박히는 그의 시선을 느끼면서도 해서는 내내 모르는 척하며 작은 밥상에 그녀가 할 수 있는 최대한의 정성을 쏟아 음식을 내놓았다.

모락모락 피어나는 밥공기와 급하게 만든 달걀말이, 그리고 영주가 주고 간 김치 한 종지와 김 한 접시까지.

먹을 것을 따로 챙겨 먹는 습관이 없었다. 해준이가 병원에 있을 때는 엄마를 위해 수없이 밥과 반찬을 해 날라야 했지만 혼자 사는 순간부터 배가 고프면 한 숟가락 뜨면 그만이었다. 덕분에 냉장고에 있는 것이 많지 않았다.

미안한 마음에 조심스럽게 그의 앞에 상을 차리자 서훈이 마치 며칠은 굶은 사람처럼 식사를 한다. 너무 급하게 먹는 것이 걱정되어 물 잔을 내밀자 환하게 웃는 얼굴이 아름다웠다.

"천천히 먹어요. 그러다 체해요."

"달걀말이 맛있다. 더 있어?"

"더 해 줄게요. 기다려요."

"아니야, 됐어. 그냥 앉아 있어. 그런데 넌 먹었어?"

"네, 내 걱정은 말고 식사하세요."

일어나려는 해서를 말리며 서훈이 마지막 남은 밥을 입에 넣고 입가심으로 물을 마셨다.

"이제 살 것 같다."

숟가락을 놓고 물을 마시는 서훈을 확인하고 해서가 그의 앞에 놓인 그릇을 정리해 개수대로 옮겼다.

"윤해서. 앞으로 우리가 만나다 헤어질 수도 있어. 사람 일은 모르는 거니까. 그래도 이제는 우리 선택으로 헤어지자. 그때의 이별은 아무 말도 없이 받아들일게. 하지만 다른 사람 때문에 서로를 놓지는 말자. 그건 너무 억울하잖아."

일부러 자리를 피해 설거지하는 해서의 마음을 모르지 않았다. 뒤돌아 서 있는 해서의 등이 너무 작아 눈을 뗄 수가 없었다. 그래도 아직 해서의 마음에 자신이 있다는 믿음으로 이 자리를 지키고 있었다.

"수술한 자리는 괜찮아?"

"네, 관리도 잘하고 있고 예후도 좋아요."

"다행이다. 그래도 무리하면 안 돼. 그러니까 좀 앉아. 얼굴이나 제대로 보자. 그동안 서로 얼굴 보는 것도 힘들었잖아."

그러나 해서는 묵묵히 설거지를 끝내고 나서도 마른행주로 꼼꼼하게 물이 튄 곳을 다 닦은 다음에 커피 한 잔을 내려 그의 앞에 놓고서야 앉았다.

“얼굴 들어 봐. 피한다고 내가 사라질 것 같아?”

여전히 시선을 돌리고 앉은 해서가 답답해 서훈이 볼멘소리로 달래지만 반응이 없어 한숨을 쉬고 커피만 입에 대었다.

“나는 자신이 없어요. 한심하게 보여도 할 수 없어요. 하나도 제대로 된 구석이 없어요. 보면 알잖아요. 불안한 심장을 가진 사람이 나예요. 언제 어떻게 될지도 모르는데 당신 옆을 지킬 자신이 없어요.”

매사 물러서려는 이 여자를 어떻게 잡아야 하는지 답답해진다. 그래도 예전의 해서는 답답하지 않았다. 그러나 돌이켜 보면 그때도 떠드는 사람은 자신이었고 그녀는 항상 듣고만 있었다.

“내가 무슨 과인지 잊었어? 그래서 너랑 나는 만나야 하는 거였어. 넌 나 아니면 안 된다는 걸 보여 주는 결과야. 미련하게 도망가면 다 잊히니? 자신 없으면 그대로 있어. 다가가는 건 내가 해.”

운명이라는 것을 믿어 본 적은 없었다. 그러나 이제 서훈은 운명이라는 말을 믿었다. 돌고 돌아 제자리를 찾아오느라 시간이 걸렸을 뿐이었다. 서훈에게 해서는 운명이었다. 문제는 해서에게 어떻게 똑같은 믿음을 주느냐였다.

“어머니 일은 미안해. 내가 사과할게. 너무 나쁘게 생각하지 마. 내가 생각했던 어머니는 아니지만 어머니도 오랜 시간 힘든 일을 겪으시며 변하신 거야. 이해해 달라고는 안 할게. 그래도 너무 원망하지는 말아 주라.”

"그런 말 마요. 나라도 어머님처럼 행동했을 테니까. 원망 따위는 없어요. 도리어 고마워해야 할 사람은 나예요. 그러니까 신경 쓰실 필요 없어요. 돌아가세요. 늦었어요. 나도 생각할 시간을 주세요."

한 번도 그의 어머니를 원망하지 않았다. 도리어 원망한 것은 자신이었다. 살아오는 내내 해서는 다른 사람이 아닌 자신을 원망하느라 지쳐 있었다. 지금도 그의 손을 밀어내는 스스로를 원망하고 있었지만 쉽게 그 손을 잡을 수도 없었다.

"그래, 오늘은 그만 갈게. 밥 맛있었어. 다음에도 부탁할게. 천천히 하자. 네 말대로 이제부터 시간은 많으니까."

일어서는 그를 따라 배웅하려던 해서가 마음을 바꿨는지 그대로 앉아 여전히 그를 외면하고 있었다. 잠깐 아프게 그녀를 내려다보던 서훈이 미련이 남은 발걸음을 재촉해 해서의 집을 나섰다.

문을 열고 나서니 어둠이 가득한 도시에 반짝이는 네온사인이 저 멀리 별빛처럼 깔려 있었다.

여전히 해서의 움직임은 보이지 않는다. 그가 이곳을 나가는 순간까지 그러고 앉아 무슨 생각을 하고 있을지 궁금했지만 묻지 않았다. 혹여 겁쟁이인 그녀가 사라져 버리는 것은 아닌지 걱정이 들었지만 지금은 해서에게도 시간이 필요하리라는 생각에 뒤돌아 나오는 발걸음이 무겁기만 했다.

이번에는 천천히 다가갈 생각이었다. 너무 긴 길을 돌아 만났다. 처음 그녀를 만나 마음에 두었던 자신은 그녀의 무엇을 보고 빠져들었는지 이제는 확신할 수도 없었다. 항상 보여 주는 모습이 전부라고 믿었다. 그녀 안에 숨겨 있는 슬픔과 아픔은 들여다볼 생각도 하지 않았다.

이기적인 그와 스스로를 사랑할 줄 모르던 해서의 만남은 처음부터 어긋나 있었는지도 몰랐다. 그래서 시간이 필요했으리라. 제대로 서로를 볼 수 있는 나이가 되어 다시 만나게 한 운명의 배려라고 믿었다.

그러나 아직도 그에게는 많은 일이 남아 있었다. 다른 사람도 아니고 어머니의 행동을 이해하는 것도 무리였다.

설마 어머니가 해서에게 그런 행동을 하셨을 줄은 몰랐다. 아버지와 결혼하시기까지 모진 말을 듣고 수십 번 물세례를 받았던 분이셨다. 웃으며 그때 할머니가 주신 돈을 받았으면 강남에 빌딩 한 채는 샀을 거라고 하던 분이셨다.

그래서 적어도 어머니는 이해하실 줄 알았다. 자신이 택한 여자를 편견 없는 시선으로 맞아 주실 줄 알았다.

이제 어머니의 얼굴을 어떻게 보아야 하는지 모르겠다. 그가 아니라면 죽어 버리겠다는 지혜의 외침도 여전히 귓가에 남아 있었다. 그리고 그 일에 어떻게 지혜가 개입되어 있었는지도 알아야겠다.

여전히 지혜를 생각하면 마음 한쪽이 무겁지만 미안한 마음으로 그녀와 결혼할 수는 없었다. 해서가 아니어도 그는 지혜와 미래를 함께할 수 없다는 것을 몰랐던 자신이 한심했지만 살아갈 날들을 위해 서훈은 지혜를 만나 설명해야 할 의무가 있었다.

해서에게 내민 손은 여전히 가득 차 있어 비우는 것이 먼저였다.

가파른 계단을 내려오며 생각에 잠겨 있던 서훈이 가게를 통해 밖으로 나오다 무심코 비껴간 시선에 계산대 위 펼쳐진 지도 한 장이 눈에 들어왔다. 특이하게 서해의 섬 몇 개에 동그라미가 그려진 지도를 살피다 해서가 앉아 있는 이 층으로 눈을 돌렸다.

"벌써 도망갈 준비를 하고 있었어? 아무튼 윤해서, 도망가는 데는 천재네. 그런데 어쩌냐? 너 딱 걸렸어."

동그라미 쳐진 섬 이름을 외우며 중얼거리는 서훈의 입가에 자신만 아는 미소가 걸렸다. 이제 그녀가 어디를 가든 찾을 수 있었다. 해외로 간다면 찾을 길이 없지만 국내라면 문제가 달라진다.

어쩌면 해서가 잠시 자리를 비우는 것도 나쁘지 않았다. 지혜와 어머니를 설득하는 데 해서가 상처를 입는 일이 생길 수도 있다는 생각에 조심스럽게 지도를 원위치에 놓았다.

그에게 날아오는 돌의 파편이라도 해서에게 튀는 것을 원치 않았다. 이 일은 해서와 상관이 없었다. 단지 그의 이기심으로 이뤄진 선택이 얼마나 한심한지 깨닫고 멈출 수 있도록 알려 주었을 뿐이었다.

해서는 끝을 말하지만 서훈의 연애는 지금부터 시작이었다. 제대로 연애 한 번 못 하고 지났던 젊은 날이 아까워서라도 이번에는 제대로 연애라는 것을 해 볼 생각이었다.

11

그러니까 너는 떼쓰고 우겨도 돼

지혜를 만나려던 고 여사의 계획은 지혜가 충격으로 앓아누웠다는 김 여사의 차가운 대답에 다음으로 미뤄야 했다.

하루 종일 가슴을 졸이던 그녀가 남편을 마중하며 눈치를 보고 있었다. 시아버지는 벌써 도착해 서재에서 조용히 책을 읽고 계셨다.

그러고 보면 이 집안의 남자들은 말수 적고 표현이 서툰 것이 유전 같았다. 그나마 시어머니가 살아 계실 때는 싫은 소리였어도 내내 집안에 목소리가 울렸지만 돌아가시고는 아예 사람이 있어도 조용한 집으로 바뀌었다.

"나 좀 봅시다."

식사를 끝내고 거실에 앉은 고 여사에게 남편이 닫았던 입을 열었다.

"여기에서 말씀하세요."

그러나 반갑지만은 않았다. 항상 그녀의 편에 서서 기둥이 되었던 남편의 목소리가 다른 날과 달리 무겁게 느껴져 피하고 싶어졌다.

"차 한 잔만 밖으로 내줘요."

무거운 시선으로 아내를 보던 진 원장이 먼저 밖으로 나가자 고 여사도 할 수 없이 남편이 자주 마시는 차 한 잔을 들고 따라 나섰다.

그리 큰 집은 아니었다. 한옥 형태의 아담한 집에는 고즈넉하고 예쁜 정원이 있었다. 날이 좋으면 남편과 차를 즐기는 정원은 늦여름의 향기로 가득 차 시원한 밤기운이 가득했다.

"민경아, 왜 그랬니?"

오랜만에 듣는 자신의 이름이 낯설었다. 언제부터인가 민경이란 이름은 사라지고 누구의 며느리, 그리고 진 원장의 사모님 또는 고 여사라는 말에 익숙해져 있었다.

그래서였을까? 겨우 이름 한 번 불렀을 뿐인데도 눈앞이 뿌옇게 흐려졌다.

"하시고 싶은 말씀이 뭐예요?"

그래도 아직은 인정하고 싶지 않았다. 누가 뭐래도 그때의 행동은 아들을 위한 엄마의 욕심이었다. 지금에서야 시어머니가 왜 자신을 보면 이를 갈았는지 이해했다. 자신이 아들을 가진 여자가 되어 보니 돌아가신 분의 마음을 알겠다.

"당신 행동을 탓하는 게 아니오. 단지 꼭 그렇게 해야 했느냐고 묻는 거요. 우리도 겪은 일이었소. 누구보다 당신이 많이 힘들었잖아. 그런데 어떻게 똑같은 행동을 할 수가 있었소?"

남편의 물음에 선뜻 답을 줄 수가 없었다. 남편에게는 단지 어려웠던 시절로 기억되지만 그녀는 아니었다.

얼굴을 볼 때마다 모진 소리를 하는 시어머니를 마주 대하며 몇 번이나 혀를 깨물고 싶은 모멸감을 느껴야 했다. 언제나 병원에 매여 있는 남편이 모르는 많은 사연을 지금 털어놓는 것도 치사하게 느껴질 정도로.

"그 아이는 우리와 달라요. 변명이라고 생각해도 할 수 없지만 그때 내가 본 모습은 그랬어요. 처음부터 서훈이 배경을 보고 매달린 애였어요. 나는 엄마로서 해야 할 행동을 했을 뿐이에요."

"지금 당신이 하는 말은 예전에 어머니가 하시던 말씀과 똑같다는는 건 알고 있소?"

아내의 변명에 진 원장의 얼굴이 더욱 굳어졌다. 항상 아내를 보면서 미안하고 고마웠었다. 누구보다 자신의 어머니가 어떤 사람인지 잘 알고 있었다. 그런 어머니를 외면하지 않고 끝까지 모셔 준 사람도 아내였다.

그러나 어느 순간 세월이 지나며 아내는 자신을 가장 힘들게 했던 어머니를 닮아 있었다.

"우리와는 달라요. 모르겠어요? 그때 서훈이 학생이었어요. 공부만으로도 힘든 아이를 쫓아다니면서 방해한 아이였어요."

입술을 깨물며 대답하는 아내를 보며 진 원장이 속 깊은 한숨을 내쉬었다.

처음 만났을 때의 모습이 여전히 그의 뇌리에 남아 있었다. 밝은 미소로 사람을 대하던 착한 여자는 없고 자신의 어머니를 닮은 이기적인 여인이 앞에 앉아 있는 것처럼 느껴졌다.

어머니가 돌아가시고 한없이 울던 아내를 보며 많이 미안했었다. 아무리 밖의 일을 한다고 하지만 그의 어머니의 욕심을 모르지 않았다. 그때 조금 더 품어 주었으면 아내가 이런 모습을 보이지는 않았을 거라는 자책을 뒤늦게 하고 있었다.

"당신은 모르죠? 항상 병원에 있었으니. 내가 어떤 일을 당했는지 당신은 몰라요. 그래서 며느리는 흠 없는 애를 맞고 싶었어요. 그것도 욕심인가요? 그래요. 내가 너무 흠이 많아서 적어도 내 며느리는 그런 애는 아니었으면 했어요. 당신은 이해해 주길 바랐어요. 그런데 그것도 욕심인가요?"

착잡한 표정의 남편을 보고 있노라니 그동안 쌓여 있던 서러움이 한꺼번에 터져 나왔다. 약디약은 시어머니는 시아버지와 남편이 있을 때는 자애로웠다. 대외적으로야 너그러운 시어머니였지만 매사 하나부터 열까지 흠을 잡아 가시 같은 말로 그녀를 괴롭혔었다.

돌아가시는 그날까지 시어머니의 눈에 그녀는 보잘것없는 존재로 몸종 이외의 지위는 인정하지 않았다. 웃고 있어도 웃는 것이 아닌 날들은 그녀와 시어머니만의 비밀로 남았다.

"미안하오. 살피지 못해 미안하오. 하지만 당신이 한 가지 잊은 것이 있소. 기억하오? 서훈이가 태어나던 날, 당신이 먼저 말했었소. 이 아이만은 제가 사랑하는 사람과 예쁘게 살게 하자고. 나는 기억하고 있었는데 당신은 험한 시간을 겪으며 잊은 모양이구먼."

남편의 말에 고 여사의 눈이 커졌다. 그랬다. 서훈이가 태어나던 날 분명 그런 말을 했었다. 그런데 쫓기듯 시어머니의 뜻을 따르느라 모두 잊고 살았다.

"이 사장은 내가 만나 보겠지만 지혜 어머님은 당신이 만나 우선 이번 혼사를 미루자고 전해 주겠소? 지혜는 그 녀석이 만나 직접 해결해야겠지. 본인이 벌인 일이니 책임도 지고 가야 할 거요. 그리고 아버님께도 내가 말씀드리리다. ……여보, 나에게 당신은 어떤 모습이든 내가 사랑하는 아내요. 그건 변하지 않을 거요."

곁에 살면서도 아내의 아픔을 살피지 못했던 못난 남편의 사과였다. 말없이 수긍하며 살피는 그녀를 당연하게 여겼다. 언젠가부터 옅어지는 웃음도 살피지 못했다. 결국 지금의 일은 자신이 못난 탓이었다.

아들은 자세한 말은 하지 않았다. 단지 마음에 둔 여인이 있어 지혜와 결혼할 수 없다는 말뿐이었다. 그러나 아들의 사랑에 어떤 식으로든 아내가 개입되어 있다는 것은 알 수 있었다. 지금도 자세한 이야기를 듣지 않는 것이 비겁한 일이라는 것을 알면서도 진 원장은 무거운 표정으로 아버지의 방으로 향했다.

나이가 들어서인지 아들이 결혼한다는 말을 들었을 때 반가웠다. 그 상대가 지혜라는 말을 듣고 차라리 잘되었다 생각했다.

아내와 항상 모녀 사이처럼 지내는 아이라 그가 겪었던 지옥 같은 결혼 생활을 대물림하지는 않을 거라고 생각했었다. 자신이 편한 대로 보고 싶은 것만 보고 살아온 대가였다. 그동안 곪아 가는 아내의 마음을 헤아리지 못한 결과였다.

한동안 들썩일 집안을 생각하니 벌써부터 머리가 복잡하지만 아들의 마음을 알고 있으면서 결혼을 강요할 수는 없었다. 자신이 그런 결혼을 하지 않으려고 어머니와 끝없는 전쟁을 벌였었다.

그때 가장 많은 힘을 주셨던 분이 아버지셨다. 지금에서야 아버지가 아들과 아내 사이에서 얼마나 애를 쓰셨는지도 알았다.

아무리 나이를 먹어도 겪어야 안다는 것을 새삼 깨달은 날이기도 했다. 말없이 고개를 숙이고 있는 아내가 마음에 걸리지만 지금은 혼자 생각할 여유가 필요하리라는 마음에 애써 외면하고 무거운 마음으로 아버지의 방을 찾았다.

❀

병원 일을 무시할 수는 없었다. 자신의 개인사와는 상관없이 여전히 환자는 응급실과 외래를 통해 또는 전과를 하며 늘어 가고 있었고 레지던트와 인턴들의 얼굴에도 지친 기색이 역력했다. 모두가 쉼 없이 울리는 콜에 잠깐 자는 새우잠도 어려울 정도였다.

오늘은 서훈이 처음으로 병원에 오고 나서 회식을 잡은 날이기도 했다. 그동안 인수인계가 많아 늦어진 탓도 있었지만 자신에게 닥친 일 때문에 생각을 못 하고 있었다.

담당자만 남기고 차를 타고 회식 장소로 향면서도 서훈의 눈은 해서의 가게를 살피고 있었다.

짧은 시간 숨 고르듯 잠을 자고 일어나 산책처럼 걸으며 해서의 가게를 찾았었다. 그러나 굳게 닫힌 문을 보며 아쉬운 마음을 접고 병원으로 향했다. 마음은 해서의 가게 앞에 진을 치고 싶지만 현실을 무시할 수는 없었다.

여전히 그는 의사였고 시간의 대부분은 병원에 투자해야 하는 위치였다. 그나마 내년에는 새로운 과장이 부임해 짐을 나눠 질 수 있다는 말을 듣고 처음으로 다행이라는 생각을 했다.

떠들썩한 일행들의 목소리를 들으며 오래간만의 회식에 들떠 있는 것을 알 수 있었다. 서훈은 저도 모르게 피식 웃음이 나온다. 자신의 삶에서 병원을 제외하고 다른 것을 우선시하던 적은 이번이 처음이라는 생각이 들었던 까닭이었다.

멀리 가는 것도 아니고 병원에서 가까운 고깃집이었지만 병원을 벗어나는 것만으로도 레지던트들은 흥이 나고, 새로운 과장을 호기심 어린 눈으로 바라보는 신참 간호사들은 자기들끼리 속삭이며 연신 그를 힐끗거리고 있었다.

그들의 마음이 손에 잡히는 것 같았다. 서훈은 회식 자리를 즐기지 않았다. 항상 병원에 있는 것이 편했다. 일에 파묻혀 있으면 다른 생각을 할 수 없을 테니 스스로를 묶어 두었다는 것을 지금에야 깨달았다.

서훈은 병원에서의 자신이 그리 어려운 사람은 아니라고 평가하고 있었지만 거리를 두고 사람을 대하는 성격 때문에 되레 주변 사람들이 그의 눈치를 보고 있다는 것은 모르고 있었다.

그를 편하게 대하는 사람들은 다른 과의 과장들과 나이가 들어 노련함이 넘치는 수간호사 정도였다. 같이 일하는 외래 간호사와도 딱히 친하게 지낸 건 아니었다. 그래서 오늘은 조금 더 인심을 쓰기로 했다.

"오늘은 제가 쏩니다. 그리고 당직 콜도 제가 받을 테니 편하게 드세요."

3년 차 레지던트가 그보다 나이가 많은 까닭에 서로 존대를 쓰고 있었다. 아무리 병원이 실력 중심인 곳이지만 그보다 먼저 자리를 잡고 있었던 그에게 하대할 수 없어 서로를 존중하는 선에서 조심하며 멀지도 가깝지도 않은 사이로 지내고 있었다.

"그럼 마음 놓고 마시겠습니다."

서훈의 말이 마음에 들었는지 오래간만에 3년 차 레지던트가 환호하자 박수가 터져 나왔다. 곧이어 고깃집은 고기 익는 냄새와 서로에게 술을 따르며 즐기는 편안한 곳으로 변했다.

"과장님, 술은 안 되시니까 사이다라도 한 잔 드세요. 그리고 한 말씀 하셔야죠."

1년 차가 신이 난 얼굴로 그의 잔에 맑은 음료수를 따르며 젓가락으로 식탁을 두드렸다. 덕분에 모두의 시선이 그에게 모여졌다.

서훈은 일시에 그에게 시선이 모이니 새삼 머쓱해졌다. 그리고 기대에 차 그를 바라보는 사람들을 향해 조심스럽게 소감을 말했다.

"이 병원은 저에게 정말 중요한 것이 무엇인지 알려 준 곳입니다. 잃어버릴 뻔했던 것을 찾아 주었습니다. 제가 모르고 살았던 것도 알려 준 곳입니다. 그래서 저는 여기 이곳에서 여러분과 함께 오랫동안 일하고 싶습니다. 앞으로 잘 부탁드립니다."

그가 택했던 선택 중에 이 병원을 택한 것은 신의 한 수였다. 그대로 자신에게 놓인 길을 걸었더라면 평생 후회하며 살았을지도 모를 삶을 구해 준 곳이었다. 의례적인 인사말이 아닌 진심이 담긴 그의 말에 일행이 환호하며 다시 박수로 답을 해 준다.

"저희도 과장님과 오래 일하고 싶어요."

수술실에서도 나름 걸걸하다고 소문나 있는 간호사가 손뼉을 치며 모인 일행을 대신해 답을 하고 얼굴을 빨갛게 물들였다.

"그런데 과장님 약혼녀는 언제 소개시켜 주실 겁니까?"

술잔이 오가고 조금씩 편안해진 분위기에서 3년 차 레지던트가 궁금한 듯 묻는 질문에 서훈은 머뭇거릴 수밖에 없었다. 지혜가 약혼녀라고 나타난 순간부터 병원에 그가 결혼할 거라는 소문이 파다하다는 건 알고 있었다.

문득 지혜는 그런 식으로 그의 주변에서 맴돌며 자신이 그의 여자라는 꼬리표를 붙였다는 것이 생각났다. 자주 있는 일은 아니었지만 주변에 대소사가 있으면 항상 이유를 붙여 그의 옆에 서 있곤 했다.

동생처럼 편하게 생각해 아무 생각 없이 넘겼던 일들이 이제야 하나둘씩 떠오르며 지혜가 어떤 마음으로 그의 곁을 서성거렸는지 알겠다. 그래서 더욱 미안해졌다.

그러나 해서에게 자신이 이기적인 사람이 되겠다는 약속을 했었다. 미안한 마음에 지혜와 이런 상태를 유지한다면 끝내 상처받을 사람은 그가 아닌 지혜라는 것을 되새기며 서훈이 마음을 다잡았다.

"약혼녀가 아니에요. 동생입니다. 제가 사랑하는 여자는 따로 있어요."

"에? 아니에요? 진짜요? 야, 현석아 아니시란다. 너 복 터졌다. 전에 과장님 찾아오신 그분 보고 한눈에 반했더라고요."

3년 차 레지던트가 바로 밑의 연차를 향해 웃으며 어깨를 두드린다. 얼굴을 붉히는 2년 차를 향하는 서훈의 얼굴에 씁쓸한 미소가 서려 있었다.

손사래까지 하며 아니라고 부인하는 2년 차와 그가 사랑하는 여자가 누구인지 궁금하다는 수군거림은 얼마 후 서로의 고충을 나누며 또는 2차는 어디로 가느냐는 말 그대로의 회식 자리로 변해 갔다.

2차를 정했을 무렵 서훈의 휴대폰에서 응급실의 번호가 찍혔다. 아예 카드를 3년 차에게 넘겨주고 병원으로 향하는 그에게 미안해하는 일행을 뒤로하고 바쁘게 걸음을 옮겼다.

응급실의 환자는 술에 취해 공사 중인 건물을 지나다, 발이 걸려 넘어지는 바람에 바닥에 놓인 철근에 가슴을 찔린 환자였다.

119가 가슴에 박힌 철근을 잘라 내어 응급실로 옮겨 왔다. 환자는 숨을 쉴 때마다 피를 쏟고 있었고 간단한 이동용 방사선과의 사진만으로도 철근이 폐를 찔렀다는 것을 쉽게 확인할 수 있었다.

"OR 연락하고 마취과 콜해. 이대로 OR로 간다. 넌 남아서 보호자한테 환자 상태 설명하고 퍼미션받아. 혈액형 확인하고 팩 셀(packed cell, packed red blood cell: 농축 적혈구. 보통 병원에서 쓰는 수혈 혈액) 확보해 놔."

상황은 긴박했고 그의 명령은 신속했다. 아예 자신이 이동 침대를 끌고 수술실로 향하는 그를 따라 레지던트와 인턴이 급하게 뒤를 따랐다. 남은 사람도 빠르게 자신의 일을 찾아 움직였다.

곧이어 꺼져 있던 수술실의 불이 켜지고, 5시간이 지나서야 서훈은 땀에 전 수술복 차림으로 수술실을 나올 수 있었다.

심장이 전문이지만 흉부외과 과장을 겸하고 있었기에 수시로 콜을 받는 것이 이상한 일은 아니었다. 여태 이 일을 하며 콜을 귀찮아 한 적도 없었다. 그러나 해서를 만나고 처음으로 병원의 콜이 반갑지 않았다. 아직 그녀의 마음을 얻지도 못했는데 해서를 만날 시간도 많지 않아 마음이 급하기만 했다.

환자가 회복실에 자리를 잡고 상태를 확인한 그가 피곤한 눈을 비비며 보호자를 찾아 나섰다. 다소 시간이 걸리겠지만 응급처치가 빨랐던 덕분에 환자는 잘 회복되리라는 말을 했다. 눈물을 흘리며 고맙다고 연신 고개를 숙이는 보호자에게 서훈은 같이 인사하며 그나마 위로를 받았다.

의국에 들러 가볍게 샤워를 한 후 시계를 보고 벌써 새벽 2시가 넘었다는 것을 알았다. 의국의 창문은 산을 향해 있어 해서의 가게는 보이지도 않았다.

차가운 샤워로 잠을 깨운 서훈이 당직을 서는 레지던트에게 콜하라는 말을 남기고 천천히 병원을 나선 시간은 그로부터 30분이 더 지난 온 세상이 잠에 빠져 있는 시간이었다.

오늘은 다른 날보다 일찍 문을 닫았다. 가게를 비우는 동안 다른 꽃집을 연결해 놓아서 병원에서 해서의 꽃집으로 주문하는 화환은 많이 줄었다. 그러나 돌아와서도 굳이 연결을 되돌려 놓지는 않았다. 언제 가게를 비울지 모르는 상황이니 차라리 그대로 놔두자는 마음이었다.

덕분에 한결 한가해진 하루였지만 복잡한 마음에 백 교수님을 찾아가려다 그냥 주저앉았다. 마음이야 찾아가 뵙고 싶었지만 병원에 그가 있으니 발걸음이 저절로 멈춰졌다. 그가 보고 싶었지만 그러면 안 된다고 스스로를 다그치며 멍하니 하루를 보냈다.

병원과 가까워 항상 남는 장사였다. 욕심부리지 않았음에도 들어오는 돈이 꽤 되었다. 덕분에 해준이의 수술비도 다 갚을 수 있었다. 동생의 수술비를 갚는 데 10년이나 걸렸다. 그분은 받지 않을 테니 일부러 해준이의 이름으로 심장재단에 기부금식으로 갚아 왔다.

이제 가게만 나가면 그가 모르는 곳으로 떠날 준비가 되었다. 여전히 그를 향하는 마음을 버리는 것은 고역이었다. 잡으라는 손을 내치는 것도 힘이 들었다. 애끓는 그의 마음을 알면서도 떠나는 것이 옳은지 스스로에게 묻고 있었다.

그러나 약속은 지켜야 했다. 그분이 약속을 지켰듯 자신도 지키는 것이 옳았다. 밤을 새며 고민하던 해서가 결국 떠나는 것이 옳다고 결정을 내렸다. 그래서 내일은 며칠간 가게 문을 닫고 지도상에 점으로 존재하는 곳을 찾아갈 예정이었다.

여전히 마음속에서는 치열하게 그녀를 다그치고 있었다. 그의 말이 뇌리에서 맴돌며 욕심을 부려 보라고 속삭이고 있었다. 잡으라는 손을 놓는 것은 바보라고 속삭이는 말이 그녀를 괴롭히고 있었다. 한 번만 솔직해 보라는 자신을 외면하며 이것이 맞는다 우기고 있었다.

"겁쟁이."

쓰디쓰게 자신을 향해 내뱉는 말이 아프다. 자신이 떠나고 나면 그가 어떤 마음일지 생각하니 가슴이 아프지만 그의 손을 잡을 수는 없었다. 그래서 겁쟁이라는 말은 자신을 위해 만들어진 말처럼 느껴졌다. 다시 그를 만나면 그의 손을 밀쳐 낼 자신이 없어 해서는 도망갈 준비를 하고 있었다.

아르바이트생에게 전화로 가게를 부탁하고는 가벼운 짐을 싸 놓고 멍하니 앉아 있던 해서가 멀리서 들리는 응급차의 사이렌 소리에 움찔했다.

병원 가까이 있어 많은 혜택을 받았지만 아무리 시간이 지나도 저 소리에는 익숙해지지 않았다. 매번 사이렌 소리에 놀란 고양이처럼 움찔하는 해서지만 응급차를 탓할 수도 없었다. 병원을 향해 가장 빠른 길인 해서의 가게 앞을 지나는 응급차의 반짝임은 현란하게 창문에 수를 놓곤 했었다.

그럴 때마다 해서는 하던 일을 멈추고 잠시나마 응급차에 실려 가는 환자의 무사함을 비는 짧은 기도를 드렸다. 그건 아주 오래

전 병원이 집보다 가까웠던 시절부터 생긴 해서만의 의식이었다.

그러나 이제 기도와 함께 응급차를 보며 떠오르는 한 사람 때문에 가슴에 작은 파문이 일었다. 모든 환자가 그의 환자는 아니겠지만 그가 병원에 있다는 것만으로도 해서는 또 다른 걱정으로 응급차를 보며 가슴을 조였다.

이제 수술한 심장은 더 이상 이상 신호를 보내지 않았다. 제 역할을 확실하게 하고 있는 모양이지만 그래도 한 사람을 떠올리면 고장 난 심장처럼 속절없이 두근거렸다.

이대로 그가 모르게 떠나 주는 것이 맞는 거라고 이성은 속삭이지만 두근거리는 심장은 다른 말을 하고 있었다. 그래서 무시하는 것이 더욱 힘든지도 모르겠다.

정말 힘이 든 것은 스스로를 속이는 일이었다. 가슴에 들어온 사람을 내놓는 것보다 곁에 있고 싶은 마음을 감추는 일이 힘이 들어 자꾸만 욕심이 생긴다. 답답한 마음에 창문을 열고 시원한 바람에 얼굴을 맡기던 해서의 눈길이 무엇엔가 끌리듯 창 아래로 향했다.

"흡."

가게 앞 가로등에 비친 사내는 분명 그녀가 아는 사람이었다. 한밤중의 어둠속에서도 환하게 빛나는 와이셔츠가 먼저 눈에 들어왔다. 그리고 고개를 들어 그녀의 창문을 바라보는 그의 얼굴이 보였다.

어둠이 내린 그림자 때문에 어떤 눈빛인지는 모르지만 아마도 자신과 같은 눈으로 하염없이 그녀의 창문을 바라보고 있었을 사내 때문에 해서가 입을 막고 숨죽인 울음을 삼키고 있었다.

어떻게 이 사람은 그 긴 시간이 지났는데도 변함없이 그녀를 가슴에 품고 살았는지 모르겠다. 그렇게 아프게 쳐 내던 자신을 놓지 않고 어떻게 살았는지 묻고 싶었지만 이제는 활짝 열린 해서의 창문을 묵묵히 올려다보는 사내를 어쩌지 못하고 결국 창문 아래로 몸을 숨겼다.

어둡고 조용한 세상에 오직 그와 그녀만이 있는 것 같았다. 아무 말도 없이 창문을 올려다보는 사내는 해서에게 내려오라는 재촉도 없이 바라만 보고 있었다. 그리고 창문 아래 몸을 숨긴 해서는 손바닥으로 입을 막은 채 흘러내리는 그리움에 숨이 막히고 있었다.

그렇게 해서는 창문 아래에서 서훈은 열린 창문을 올려다보며 무엇인가를 기다리고 있었다. 끝내 손을 든 사람은 해서였다.

가면 안 된다는 이성을 무시하고 움직이는 발을 멈추지 못했다. 자석에 끌리듯 천천히 내딛던 발걸음이 조급해졌다. 가파른 계단을 지금처럼 위태롭게 뛰어 내려간 적도 없었다.

혹시 멈추기라도 하면 그대로 굳어 버릴 것 같은 두려움에 해서가 가게까지 내려왔다. 그러나 막상 가게 문을 열려던 손이 그제야 제정신을 차리고 멈추었다.

"열어, 해서야. 너 거기 있는 거 다 알아."

밖에서 들리는 그리운 음성에 해서가 숨을 죽였지만 가게 문을 잡았던 손길에 은종이 먼저 반응을 보였다. 숨기려던 마음을 은종이 먼저 알고 인기척을 내며 그에게 전달하고 있었다.

"얼굴만 보고 갈 거야. 나 힘든 수술 끝내고 온 거야. 그러니까 잠깐 얼굴만 보여 줘. 다른 건 안 바랄게."

숨을 죽이고 애타는 그의 목소리를 듣던 몸이 먼저 반응하며 저절로 손에 또 힘이 들어가 그대로 은종이 그녀의 마음을 그에게 전한다.

"열기 싫으면 거기서 들어. 억지로 열라고 안 할게. 무슨 생각으로 여태 잠도 못 자고 있는지 몰라도 다른 생각은 하지 마. 우리 조금은 이기적으로 굴어도 되잖아. 나는 몰라도 너는 그래도 돼. 다른 사람을 챙기느라 아파도 아프다는 말도 못 하고 살았잖아. 그러니까 너는 떼쓰고 우겨도 돼. 다른 사람에게 못 하면 나에게라도 해. 이번에는 내가 받아 줄게. 예전의 너처럼."

낮고 그윽한 음성에 해서의 다리가 풀리며 스르르 주저앉아 문가에 기댔다. 해서의 작은 움직임마저 은종이 맑게 울리며 그에게 전달한다.

"너 기억나니? 네가 날 위해 싸 주었던 김밥. 가끔 김밥 먹을 때마다 그 맛이 그리웠어. 그래서 난 김밥을 안 먹었어. 먹을 때마다 네 생각이 나서. 그런데 이제는 먹을 수 있을 것 같아."

은종 소리가 멈추자 그 뒤를 이어 그의 목소리가 들려왔다.

"그런데 나 지금 배가 고파. 네가 해 주는 밥이 또 먹고 싶어. 그래서 여기 있었어. 혹시 네가 깨 있으면 졸라 볼까 하고 말이야. 그런데 못 부르겠더라. 그래서 마음으로 부르고 있었어. 해서야, 하고."

왜 잊고 있었을까? 그의 목소리가 이렇게 좋았다는걸. 넓은 캠퍼스에서 무심히 걷다 보면 뒤에 나타나 이름을 불러 주던 목소리를. 그가 말로 그려 주는 옛 기억에 해서는 그 시절로 돌아가 있었다.

아주 잠깐 행복했던 시간들. 힘들다고 투정 부리듯 말하던 목소리도 좋았다. 가장 힘든 것은 공부 때문에 그녀를 볼 시간이 많지 않다며 눈을 마주치던 사람. 이렇게라도 얼굴을 담아 가야 기운이 난다고 웃던 사람.

그녀만 보면 고3 때보다 더 힘들다고 투덜거리면서도 항상 전공 서적을 옆구리에 끼고 살았던 그를 떠올리며 해서가 눈물 속에 미소를 보이고 있었다.

그런데 그때처럼 문 뒤에서 그가 그녀의 이름을 부르고 있었다. 결국 이번에도 해서가 먼저 항복했다. 이 사람에게는 당할 재간이 없었다.

천천히 일어난 해서가 문을 열고 가게의 셔터를 올리려던 순간 그가 먼저 알아채고 힘을 주었다. 셔터가 올라가는 소음이 어둠에 울리고 해서는 바로 앞에 있는 서훈의 얼굴을 마주 보았다. 예전의 그 시절처럼.

그를 만나고 처음으로 해서가 그의 얼굴을 제대로 마주 보고 있었다.

시간이 흐른 자국이 얼굴에 남아 있었다. 해맑은 청년의 얼굴이 선 굵은 사내로 바뀌기에 충분한 시간이었나 보다. 그의 말대로 힘든 시간을 보냈는지 눈가에 잡힌 주름이 가로등에 깊게 팬 그림자를 남기고 있었다. 그리고 그녀가 가장 사랑하던 미소가 부드러운 선을 그리며 입술에 놓여 있었다.

멍하니 그를 담고 있던 해서의 볼을 두 손에 담은 서훈이 천천히 그녀의 입술에 살짝 입술을 마주 대었다. 마치 나비가 앉았다 날아간 것처럼 가벼운 접촉임에도 해서에게는 불꽃 같은 낙인처럼 느껴졌다.

"기운이 나네. 고맙다."

그러고는 휘적휘적 뒤돌아 병원으로 향하는 그를 보며 서운한 감정에 정작 당황한 것은 해서였다.

"저기……."

저도 모르게 그를 부르다 멈칫하는 해서의 목소리를 들었는지 서훈이 바로 뒤돌아 그녀 앞으로 왔다.

"나 불렀어? 맞다. 휴대폰 줘 봐."

"네?"

시시각각 제멋대로 변하는 그의 대화를 따라가느라 정신없는 해서에게 손을 내밀고 기다리던 서훈이 얕은 한숨을 쉬고 와이셔츠 주머니에서 펜을 꺼내 해서의 손바닥에 시원한 글씨체로 숫자를 적었다.

"내 휴대폰 번호야. 나 원래 모르는 전화는 잘 안 받아. 바쁘기도 하고 요즘은 쓸데없는 전화도 많아서. 그런데 지금부터는 받으려고. 그러니까 전화해."

펼쳐진 손을 꼭 쥐어 주며 멍하니 서 있는 해서의 이마를 서훈이 남은 손으로 살짝 튕기고는 다시 등을 돌려 제 길을 간다.

"나, 며칠은 여기 없어요."

그의 손안에 감싸였던 따스함을 놓치지 않으려는 듯 꼭 쥔 주먹이 떨리는 만큼 목소리도 떨리고 있었다. 작은 목소리임에도 조용한 밤이라 서훈에게 제대로 전달된 모양이었다.

"……돌아올 거지?"

등을 보인 채 묻는 그의 목소리도 낮고 그윽하게 어둠 속에 퍼졌다.

"……네."

머뭇거리다 대답하는 해서를 기다리느라 잔뜩 긴장했던 어깨가 순식간에 풀리며 서훈이 돌아보지 않고 그대로 병원을 향해 걸었다.

"그럼 됐어. 돌아오면 그거로 됐어. 잘 자라. 윤해서."

그리고 그의 목소리가 진한 여운을 남기며 그 자리를 대신했다.

여전히 해서가 그의 등을 바라보고 있는 것을 알고 있으면서 앞으로 걸어가는 일은 고역이었다. 그래도 한 발짝은 앞으로 나갔다. 적어도 해서가 스스로 자신의 부재를 알려 주고 있었으니까.

아직은 해서에게 내민 손이 가득 차 있었다. 그래서 서훈은 해서가 비운 사이 그녀가 돌아와 자신의 손을 잡을 수 있도록 비울 참이었다. 그러려면 그에게도 시간이 필요했다. 자신이 저지른 일이니 수습도 자신의 몫이었다.

서울에서 애가 타 울고 있을 다른 여자를 잊어버린 것은 아니었다. 그러나 병원을 비울 수 없어 시간을 만들고 있었다. 하룻밤에 이해를 바라는 것은 무리였고, 도리도 아니었다.

아버지는 도리어 아무것도 묻지 않으시고 언제 오느냐는 전화 한 통뿐이었다. 말씀은 없으셨지만 올라와 스스로 만든 문제를 헤쳐 가라는 뜻이라는 건 알고 있었다.

조금만 길게 앞날을 보았다면 어리석은 선택을 하지도 않았을 것을. 그 일은 그만큼 자신이 어리석은 인간이라는 것을 알려 주고 있었다.

어쩌면 처음부터 균열이 가고 있었던 것을 무시한 결과였다. 그래도 이기적이지 못한 해서를 생각해 자신이 이기적이 되리라 작정하고 나선 길이지만 누군가를 아프게 한다는 것은 생각보다 사람의 마음을 무겁게 만드는 일이라는 것은 알았다. 덕분에 해서가 얼마나 아프게 그를 밀어냈는지도 알겠다.

모든 일을 자신의 탓으로 돌리는 해서가 어떤 심정으로 그에게 모진 말을 했을지도 이제는 조금이나마 알 수 있었다.

긴 주말이 되리라는 생각에 어깨가 무거워졌다. 자신의 이기적인 태도에 이번에는 여동생같이 아끼던 지혜가 울고 있었다.

그러고 보면 가장 한심한 사내는 자신이었다. 다들 나이가 들면 시야가 넓어진다고 하던데 환자를 제외한 주변 모든 사람들을 힘들게 하고 있는 걸 보니 정작 자신은 예외인 모양이었다.

사람을 살리는 의사가 되려고 기를 쓰는 사이에 사람을 살피는 능력은 그만큼 퇴보한 스스로가 과연 의사로서 자질이 있었는지 의심이 되는 순간이기도 했다.

얼마를 걸었을까. 이만큼이면 이제 해서에게는 보이지 않겠다는 판단에 돌아서자 저 멀리 해서의 작은 창문의 불빛이 눈에 들어왔다.

캄캄한 밤에 바다를 비추며 뱃길을 알려 주는 등대의 반짝임처럼 그의 눈에 박혀 온다. 마치 이제야 제대로 길을 찾았다고 알려 주는 것처럼.

❊

정작 태풍을 맞고 있는 곳은 평창동 지혜의 집이었다. 서훈이 결혼을 아예 못 하겠다는 말을 전하고 난 후 이곳에는 칼바람이 불고 있었다.

무서운 얼굴로 집에만 오면 소리를 지르는 남편도 남편이지만 집안을 온통 뒤집고도 모자라 죽어 버리겠다고 악을 쓰는 딸 지혜 때문에 김 여사는 정신이 하나도 없었다.

하루가 멀다 하고 남편과 딸이 돌아가며 소리를 질러 그나마 작은 소음에도 경기를 일으킬 정도로 조마조마하던 가슴이 아예 모든 걸 포기하는 마음으로 바뀌어 있었다.

돈 때문에 팔려 오듯 시집와 30년 가까스로 살며 남은 것은 신경안정제가 없으면 하루도 무사히 지나갈 수 없는 불안증이었다. 밖에서야 고고한 사모님으로 통하지만 예전의 도도함은 오래전에 사라지고 남편과 딸의 눈치만 보는 불쌍한 여자만 남아 있었다.

어차피 처음부터 남편의 포장지로 선택되어 시집을 왔었다. 정치와 돈의 결탁으로 맺어진 결혼. 그게 이재호 사장과 김서연 여사의 만남이었다.

정 없는 결혼에 그나마 딸 하나 낳아 기대고 살려고 마음먹었던 김 여사는 자신보다 남편을 많이 닮은 딸을 보며 마지막 잡았던 끈조차 놓았다.

많이 배워 남편을 무시하냐는 폭언은 기본이었다. 밖에서야 아내를 끔찍하게 사랑하는 애처가로 유명하지만 그 실상은 끔찍한 남편이었다.

아이 앞에서 무시당해도 그래도 딸이라 의지가 될 줄 알았는데 오히려 딸은 아버지와 같은 눈으로 자신을 쳐다보고 있었다. 지금도 신경안정제를 속여 먹이고 재운 뒤 혹시 모를 일을 대비해 방문을 지키고 있는 중이었다.

지혜가 결혼하면 모두 버리고 떠날 마음이었다. 그렇게라도 이 지옥 같은 삶에서 벗어나고 싶었다. 그래서 김 여사는 이 결혼을 어떻게든 성사시켜야 했다. 가지고 싶은 것은 꼭 가져야 직성이 풀리는 딸을 위해서도, 그리고 자신을 위해서도.

커다란 집에서 남편을 기다리는 일이 제일 괴로운 순간이었다. 그러나 남편의 본모습을 숨기기 위해 입주 가정부도 쓸 수가 없었다.

남편이 집에 들어올 시간이 되면 저절로 튕겨지는 신경 줄에 초조해하면서 연신 귀는 초인종 소리에 집중하고 있었다.

오늘 남편은 진 원장을 만난다고 했었다. 어차피 잘못은 그쪽이었다. 그러니 진 원장은 자신이 해결한다고 큰소리를 치고 나갔다. 내내 열등감을 느끼던 진 원장에게 큰소리를 낼 수 있는 기회라고 좋아하는 남편의 속내를 모르지 않았다. 그래서 일부러 더욱 남편의 기를 살려 주는 말로 아침 인사를 대신했다.

그리고 하루 종일 당장에라도 뛰쳐나가려 안달하는 딸을 조금 더 기다리자는 말로 달래며 하루를 보냈다.

딸을 말리느라 진이 빠진 그녀에게 걸려 온 고 여사의 전화가 반갑지 않아 그대로 감정을 풀어냈다. 아직은 아무도 몰라야 했다.

남편의 뜻대로 일이 진행되기를 기도하는 심정으로 고 여사가 잠이 든 지혜를 한 번 더 확인하고 현관 앞을 서성이고 있었다.

다행이었다. 오늘은 남편의 얼굴에 웃음꽃이 피어 있었다. 딸은 죽겠다고 난리를 피우는 상황에서 뭐가 그렇게 좋으냐고 묻고 싶었지만 그래 봐야 좋은 말이 돌아오지 않을 것을 오래전에 깨달았다.

"어떻게 됐어요?"

거칠게 던지는 상의를 주우며 조심스럽게 묻자 오래간만에 이재호 사장의 얼굴에 음흉한 미소가 새겨졌다.

"뭘 어떻게 해? 지들이 무슨 말을 해? 짤 없이 빌어야지. 아예 고개를 처박고 미안하다고 빌더군. 그놈, 주말에 온다니까 제대로 잡아 놔야지. 사내놈을 그렇게 오냐오냐 키우니 그 꼴을 당하지."

혀를 차며 진 원장을 흉보는 남편의 눈에는 만족감까지 서려 있었다.

"오늘 아주 속이 다 시원했어. 이놈의 자식이 사람 무서운 줄을 몰라 까불지. 제깟 놈이 뭐라고 내 딸 속을 벌써부터 썩여. 이번에 아주 본때를 보여 주겠어. 이제 장인이 얼마나 무서운 사람인지 제대로 알려 줘야지."

큰소리치는 남편을 보며 김 여사의 불안은 더욱 커졌다. 진 원장이 고개를 숙일 정도라면 그쪽은 어떻게든 결론을 내렸다는 뜻으로 보이는데 남편이라는 인간은 마냥 좋아만 하고 있었다.

"진 과장이 집으로 온대요?"

"귀가 먹었어? 빌러 온다잖아. 이번에 제대로 기를 잡아 놔야 지혜가 편할 거야. 그러니 당신도 정신 차리고 있어. 그런데 지혜는 뭐 좀 먹었어?"

딸을 챙기는 남편의 목소리가 김 여사를 대할 때와는 달랐다. 이 사장에게 지혜는 하나밖에 없는 핏줄이며 대단한 자랑이었다. 돈 빼고 내세울 것이 없었던 그가 만들어 세상에 내놓은 보물이었다. 어디 내놔도 손색이 없는 미모에 누구에게든 지기 싫어하는 성격까지 모두 자신을 닮았다. 그래서 애지중지 키운 딸이었다.

"네, 아까 죽 먹고 지금 잠들었어요."

"잘 지켜, 혹시라도 잘못되면 당신도 같은 길을 가야 할 테니까."

남편에게 항상 듣는 말에 이력이 날 만한데 들을 때마다 모멸감에 입술을 깨물어야 했다. 마치 그녀를 그와 딸을 위한 하녀처럼 대하는 남편에게 그렇게 키워서 지혜가 그 모양이라는 말이 목구멍까지 밀려오는 것을 간신히 참고 알았다는 말을 억지로 뱉었다.

남편의 눈치를 보느라 김 여사는 이 층에서 잠이 든 지혜를 살피는 것을 잊어버렸다. 잠을 자고 있다고 믿었던 딸이 살그머니 나와 자신들의 대화를 듣고 있을 줄은 상상도 못 했다.

엄마가 내미는 신경안정제가 녹아 있는 차를 마시는 척만 했다. 처음부터 엄마가 주는 차에 약이 들어 있다는 것도 알고 있었다. 모르는 척 마신 이유는 적어도 차를 마시면 잘 수 있어서였다.

하지만 지금은 속 편하게 잠이나 잘 수 있는 상황이 아니었다. 서훈을 만나러 집을 나가는 것이 쉽지 않았다. 벌써 그녀의 성격을 알고 있는 아버지가 세워 놓은 사내들이 문제였다.

오늘 밤 몰래 서훈을 찾아가려던 지혜가 부모님의 말을 듣고 생각을 바꿨다. 차라리 미래의 시어머니를 구워삶는 게 빠르다는 계산이 섰다.

서훈이 오기 전에 주변 사람을 모두 자신의 편으로 만들어야 했다. 그리고 그 여자는 따로 만나 다시 한 번 주제를 상기시켜 줄 생각이었다. 어디 감히 자신의 것을 탐한단 말인가. 자신이 가지지 못하면 버리더라도 절대 남은 주지 않고 살았다.

그러나 서훈은 달랐다. 평생 그녀가 가지고 싶은 사람이었다. 절대 버릴 수도 없는 사람이었다.

*

뜬눈으로 밤을 새운 해서가 가벼운 가방 하나 들고 가게를 나섰다. 교수님께는 잠시 여행을 다녀온다는 말을 전화로 대신했다.

'올 때 기념품 챙길 거지?'

농담이었지만 해서에게 반드시 돌아오라고 돌려 말씀하시는 것을 알고 있었다. 일주일을 예상하고 있었지만 길어질지 모르는 여행이었다.

영주에게도 전화로 잠깐 들르겠다는 연락을 넣었다. 나서는 김에 오랜만에 영주의 딸 은혜도 보고 싶었다. 배가 부른 영주가 걱정도 되었고, 새로 태어날 아기를 볼 수 없을 것 같아 미리 인사를 하자는 생각도 있었다.

아주 떠나는 것은 아니었다. 지금은 말 그대로 여행이었다. 섬 이름을 적어 놓았던 지도를 챙겨 한 번씩 둘러보자 나서는 길이었다. 그나마 주인 할머니가 건강을 되찾으셔서 이제 가게를 보러 오는 사람을 맞겠다는 말에 편하게 나섰다. 그래도 마음 한구석 서운함이 남는다.

그녀는 아쉬움이 남아 머뭇거리지만 주인 할머니라면 편하게 가게 임자를 찾아 주리라. 어쩌면 가게는 다른 모습으로 바뀔 수도 있었다.

이제는 모두 해서의 손을 떠나 있었다. 모든 것이 그를 만나고 작정했던 대로 흘러가는데 오직 한 사람만 어긋나 가슴에 통증으로 남았다.

떠나는 것이 옳다는 이성을, 무시하라는 가슴이 아파서 해서가 일부러 병원을 향하는 시선을 다른 곳에 매어 놓고 미리 불러 놓은 택시에 올랐다.

주책없이 고장 난 심장 때문에 미뤄진 것이지 변한 것은 없었다. 여전히 해서는 겁쟁이였고 앞으로가 두려웠다.

그를 믿으라는 말에 흔들렸지만 다른 누군가를 아프게 하며 그의 손을 잡을 정도의 강단도 없는 자신이 그와 함께할 자격이 있는지도 의문이었다.

가볍게 세수만 한 얼굴은 다른 날에 비해 창백해 보였다. 택시에 올라 목적지를 알려 주던 해서가 손바닥에 쓰여 있는 숫자를 지우려는 듯 주먹을 꼭 쥐었다. 그러나 벌써 머리에 새겨진 숫자는 어떻게 지워야 하는지 모르겠다.

닫혀진 가게 문을 보고 화를 낼 그가 먼저 걱정됐지만 지금은 그와 떨어져 분명하게 자신을 돌아볼 시간이 필요하다는 변명을 하며 해서의 시선은 꿋꿋하게 앞을 향하고 있었다.

해서가 제인시를 떠나는 시외버스에 몸을 실었을 때 서훈은 회진을 마치고 백 교수의 부름에 그를 찾았다.

병실을 나서는 서훈이 머뭇거리다 진료실로 향했다. 돌아올 거라는 교수님의 말을 믿으려 애쓰고 있었다. 당장에라도 달려가 그녀를 데려오고 싶은 마음이지만 잠시만 그녀를 놓아 주는 거라고 스스로를 달랬다.

“그래, 여행도 좋은 일이지. 다음에는 나와 같이 갈 수 있게 준비해 놓을 테니 편하게 다녀와, 해서야.”

환자를 맞을 준비를 하는 작은 틈을 이용해 창가에 서 있던 서훈이 해서에게 들리지도 않을 인사를 하고 있었다.

이제 남은 일은 자신의 몫이었다. 만나서 내내 끝을 말하는 해서의 뜻을 따를 생각 따위는 없었다. 아직 시작도 못 한 연애를 위해 서훈도 바쁘게 움직일 생각이었다.

처음부터 가장 이기적인 사람은 자신이었다. 한 번도 그런 생각을 해 본 적이 없었지만 지난날을 돌아보면 주변의 사람들이 어떤 마음으로 자신을 보고 있는지 생각조차 하지 않았었다.

모든 핑계에 병원을 앞세우고 환자들 뒤에 숨었다.

겁쟁이 해서를 생각하니 저절로 웃음이 나왔다. 스스로를 자학하고 살아온 해서가 쉬이 그의 손을 잡을 수 없다는 것을 이제는 알고 있었다.

그래서 서훈은 조금 더 이기적인 인간이 되려 한다. 그의 가슴 속에 머물고 나가지 않는 한 여자를 위해 이 세상의 모든 원망을 들을 준비가 되어 있었다.

문득 자신의 아버지도 이런 마음으로 어머니를 보았으리라는 생각에 존경심이 들었다. 그래서 서훈은 어머니를 이해하려 노력 중이었다. 그가 가장 존경하는 아버지가 진심으로 사랑했던 여인이었고, 그의 어머니였다.

“어머니가 끝까지 반대하시면 부전자전이라고 하지 뭐.”

마음을 정하니 더는 망설일 이유가 없었다. 그리고 지금부터는 환자만 생각하는 의사의 본분을 지켜야 했다.

“다음 환자분 들어오시라고 하세요.”

담담한 표정으로 환자를 진료하는 서훈은 다른 날과 그리 다르지 않았다.

12

내가 무엇을 할 수 있을까?

"어머님, 제발 오빠 좀 설득해 주세요. 갑자기 이러면 전 어떡해요. 전 오빠 없으면 못 살아요. 어머님도 제가 며느리라 좋다고 하셨잖아요."

충격으로 앓아누웠다는 김 여사의 말은 사실이었는지 한층 수척해진 지혜를 보며 고 여사도 안쓰러움에 어쩔 줄 모르고 있었다.

그녀만 보면 쪼르르 달려와 팔짱을 끼던 순간부터 예뻐했었다. 남자들만 있는 집안이라 딸처럼 구는 지혜를 더 예뻐했는지도 몰랐다. 지혜의 부모는 딱히 마음에 들지 않지만 자기 어머니를 두고도 그녀를 챙기는 지혜가 마음에 들었었다.

"너무 서둘렀나 보다. 그러니 조금만 참아. 얼굴이 왜 그 모양이야. 서훈이는 내가 달래 볼 테니까 너도 조금만 참고 기다리렴."

"왜요? 오빠가 결혼하자고 했잖아요. 그런데 왜 이제 와 딴소리를 하는데요? 어머니는 아시죠? 왜 그러는지 어머니는 아시잖아요. 혹시 그년이에요? 꽃집에서 만났던? 또 그년이 달라붙었어요?"

다른 때라면 네, 하고 물러설 지혜가 오늘은 그녀를 달래느라 잡은 고 여사의 손을 매몰차게 떼 내며 차가운 눈으로 대답을 요구하고 있었다. 노려보는 눈이 사나워 고 여사도 당황스러운 눈으로 지혜를 보고 있었다. 자연스럽게 그년이라는 단어를 내뱉는 것도 평상시의 지혜답지 않아 놀랐다.

그러나 충격이 심해 그런 거라고 스스로를 이해시키며 말을 골랐다.

"그런 거 아니야. 조금 시간을 갖자는 거야. 너희들 너무 가깝게 지내 왔잖니. 그래서 서훈이가 널 여자로 볼 시간이 필요한 것뿐이야."

"전 항상 여자였어요. 오빠도 제게는 항상 남자였고요. 그런데 이제 와 무슨 소리를 하는 거죠? 제가 얼마나 기다린 줄 아세요? 평생이에요. 오빠를 만나고 한 번도 다른 사람을 생각해 본 적이 없어요. 그런데 어떻게 제게 이래요. 제가 뭘 잘못했는데요?"

벌떡 일어나 서성이며 지혜는 혼잣말처럼 중얼거리고 있었다. 지혜가 어떤 마음으로 서훈을 보고 있었는지 알고 있었던 고 여사도 딱히 변명을 할 수가 없었다.

"어머님도 그러시는 거 아니에요. 기다리라니요. 얼마나 더 기다려야 하나요? 어머님이 나서서 바로잡아 주셔야죠. 그게 맞잖아요. 저더러 딸 같다고 했잖아요. 그런데 정말 딸 같았으면 기다리라는 말이 나왔을까요? 그러니 어머니가 책임지고 오빠랑 결혼하게 해 주세요."

정색을 하고 고 여사를 바라보는 지혜가 낯설었다. 그래도 여전히 고 여사는 그녀가 힘들어 그런 거라고 스스로에게 이해시키려 애를 쓰고 있었다.

"좀 앉자. 정신없어. 안 한다는 말이 아니잖아. 조금만 미루자는 말이야. 내가 잘 달래 볼 테니까 너도 흥분하지 말고 앉아서 천천히 상의하자."

여전히 서성이는 지혜가 불안해 보여 고 여사가 달래며 앉히려 하자 지혜가 다시 매몰차게 그녀의 손을 쳐 냈다.

"미뤄요? 왜요? 이만큼 기다렸으면 됐잖아. 뭘 얼마큼 더 기다려요? 난 못 기다려. 말해 주세요. 어떤 년이 또 있는 거죠? 그년이 아니라면 도대체 어떤 년이에요? 어머니가 말 안 하면 내가 찾아내요. 가만두지 않을 거야. 이번에는 내가 직접 떼어 내 버릴 테니까."

"……지혜야?"

손톱 끝을 깨물며 중얼거리는 모습이 낯설어 고 여사의 눈이 커다래졌다. 이런 모습은 본 적이 없었다. 지금이라도 달려가 무슨 짓이라도 할 사람처럼 보여 무서울 정도였다.

잔뜩 흐트러진 머리는 그렇다 쳐도 번쩍이는 눈이 사람을 불안하게 만들었다. 이렇게 초조해하는 지혜를 본 적이 없었다.

만나려고 애를 쓰던 차에 집으로 찾아온 지혜가 반가웠다. 아프다는 말에 내내 걱정하고 있었다. 무작정 화를 내는 지혜의 어머니를 상대하는 것보다 지혜라면 이해하고 그녀의 뜻을 따라 줄 거라고 믿었다.

그러나 처음 보는 지혜의 모습을 어떻게 이해해야 하는지 모르겠다.

"뭘 어떻게 더 해요? 얼마나 더 해야 해요? 어머니가 어떻게 저더러 기다리라는 말을 하세요? 오빠가 잘못한 거니까 오빠를 데려와 제대로 바로잡아야 하는 거잖아요. 아들이잖아요. 어머니가 강하게 나가야 말을 듣죠. 그렇게 앉아서 저만 참으라는 말이 나오세요?"

지혜는 고 여사를 향해 소리까지 지르고 있었다.

"지혜야, 진정하고 좀 앉아. 그렇게 흥분한다고 될 일이 아니잖아. 아줌마, 여기 차가운 물 좀 가져와요."

결국 고 여사가 일어나 억지로 지혜의 팔을 잡고 앉히려 애를 써야 했다. 오늘따라 처음 보는 모습에 놀라고 당황한 와중에도 지혜의 상태가 심상치 않다는 느낌에 더욱 조심스럽게 대하고 있었다.

"어머니가 도와주셔야죠. 우선 서울로 데리고 오세요. 그 촌구석에 계속 둘 건 아니잖아요. 어머니가 처음부터 강하게 반대하셨다면 내려가지도 않았어요. 그러니까 어머니가 책임지고 서울로 오빠 옮겨 주세요."

언제 그랬냐는 듯 이번에는 지혜가 고 여사의 팔을 잡고 우는 소리를 한다. 마치 떼를 쓰는 어린아이처럼 지혜는 고 여사를 탓하며 답을 내놓으라 조르고 있었다.

"그래, 내가 잘 말해 볼 테니까 넌 진정해. 그런데 저 짐은 뭐니?"

지혜가 가져온 가방을 보며 고 여사가 말을 돌렸다. 어쨌든 잘못은 서훈이 했으니 지혜에게 뭐라고 할 수도 없었다.

"저 이제부터 여기서 살 거예요."

"뭐?"

놀라는 고 여사의 얼굴은 보이지도 않는지 지혜는 제 할 말만 하고 있었다.

"어차피 결혼하면 저 이 집 식구잖아요. 그래서 먼저 들어와 살려고요."

"하지만 지혜야, 그건 좀. 아직 식도 안 올렸잖아."

"그게 무슨 상관이에요? 어차피 결혼할 건데. 생각해 보니 나가 사는 건 아닌 것 같아요. 그래서 오빠 방도 신혼에 어울리게 꾸미려면 바쁘니까 제가 있을게요. 오빠는 어머니가 책임져 주실 거니까 믿고 전 오빠 방에 가 있을게요. 짐 좀 풀고 다시 내려올게요."

할 말이 없었다. 자신의 말은 듣지도 않고 막무가내로 짐을 끌고 서훈의 방으로 향하는 지혜를 막을 생각도 못 하고 고 여사는 멍하니 지혜의 등만 바라보고 있었다.

어머니의 연락을 받고 서울에 올라온 시간은 늦은 저녁이었다. 그리고 그의 집에서 그를 마중한 사람은 지혜였다.

"너 지금 뭐하는 거야?"

"왔어요? 운전하느라 힘들었죠? 들어오세요."

그의 물음에 다른 대답을 하는 지혜를 보며 서훈의 안색이 굳었다. 아무 일도 없었던 사람처럼 지혜는 해맑게 웃고 있었다.

"얘기 좀 하자."

"식사는요? 식사부터 해요."

"이지혜! 너 왜 이래?"

돌아서는 지혜를 잡는 서훈의 손에 힘이 들어가 있었다.

"뭐가요? 빨리 와서 식사하세요."

그러나 지혜는 정말 아무것도 모르겠다는 얼굴로 서훈을 보며 고개를 갸웃한다.

"짐 싸서 나와. 집에 가자."

"싫어. 여기가 내 집인데 어디를 가요?"

"제정신이야? 네 부모님 걱정하셔. 가자. 가서 내가 말씀드릴 테니."

"오빠가 제정신이 아닌 거잖아. 그러니까 나라도 제정신을 차리게 해야지. 어서 들어와 식사나 하세요. 온다고 해서 나랑 어머님이 정성 들여 준비했어요."

어머니의 연락을 받고도 반신반의했었다. 그러나 눈으로 보고 나니 기가 막혔다. 이렇게 막무가내로 나올 줄은 몰랐다.

자신의 행동이 올바른 일이 아니라는 것은 알고 있었다. 그래서 충격받고 아파할 지혜가 걱정되었지만 달래고 설명하고 이해할 때까지 설득할 요량이었다.

"지혜야!"

"잠깐 나 좀 보자."

돌아서는 지혜를 잡으려던 손이 할아버지의 엄한 음성에 멈춰졌다. 질책 가득한 눈으로 자신을 향하는 할아버지의 눈빛에 서훈이 고개를 숙이며 먼저 서재로 들어가시는 할아버지를 따라갈 수밖에 없었다. 지혜는 여전히 자신이 뭘 잘못했냐는 눈빛으로 그를 바라보고 있을 뿐이었다.

"할아버지, 금방 끝내셔야 해요. 오빠 식사해야죠."

그의 뒤에서 들리는 지혜의 음성에 서훈이 할 말을 잃었다. 마치 제집처럼 지혜는 편안하게 행동하고 있었다.

"앉아라."

그가 서재의 문을 닫자 할아버지가 탁자 앞의 작은 의자를 가리켰다.

"네 아비에게 사정은 들었다. 이 결혼을 무르자고? 결혼은 인륜지대사야. 그걸 그렇게 쉽게 생각했더냐? 일을 이 지경으로 만들면서?"

"죄송합니다."

오랜만에 듣는 할아버지의 꾸중이었다. 근엄하신 분이시지만 항상 서훈을 향해 웃어 주시던 분이었다. 그런 할아버지의 눈에 노여움이 가득 차 있었다.

"이게 죄송하다고 될 일이야? 지혜가 오죽했으면 저러고 있겠어. 결혼을 무르고 싶었다면 지혜를 먼저 설득하고 이해시켰어야지. 당사자는 무시하고 네 마음만 중요하더냐?"

"죄송합니다."

드릴 말씀이 없었다. 할아버지의 말씀은 틀리지 않았다. 그래서 서훈은 할아버지 앞에서 무릎을 꿇고 고개를 숙인 채 연신 죄송하다는 말밖에 할 수가 없었다.

"네 아비 말로는 지혜가 많이 흥분해 저러는 거라니 우선은 가만히 두자. 이제 너는 어린애가 아니야. 네가 한 일에 책임을 져야지. 지혜를 설득하는 것은 네 몫이다. 한 사람에게 상처를 줄 만큼 대단한 사랑을 하는 거라면 적어도 사람에 대한 예의는 지켰어야지. 다른 사람을 다치게 하는 사랑이 나는 대단하다고 생각하지 않는다. 그건 이기적인 거지, 사랑이 아니야."

하나하나 가슴에 박히는 말씀에 서훈이 더욱 고개를 조아렸다. 어머니의 행동에 분노해 생각보다 행동이 먼저 나왔다. 할아버지의 말씀 그대로 지혜의 잘못은 없었다.

"나가 보거라. 더는 네 얼굴을 보고 싶지 않구나."

할아버지의 축객령에 서훈이 조심스럽게 일어나 묵례를 하고 서재를 나왔다.

문을 열고 그가 먼저 본 사람은 지혜였다. 문밖에서 귀를 기울이고 있는 지혜를 보며 서훈의 얼굴이 저절로 굳어졌다.

"뭐하는 거야?"

"오빠 식사해야 하는데 할아버지가 오래 잡아 두실까 봐 걱정돼서요. 가요. 식사해야지."

그놈의 식사 타령에 신물이 났지만 일부러 목소리를 골라 지혜의 손을 잡았다.

"밥 먹었어. 나랑 얘기 좀 하자."

"난 할 얘기 없어요."

억지로 손을 빼려는 지혜를 막으며 서훈이 질질 끌다시피 정원으로 나왔다.

"이지혜, 너 왜 이래? 이건 너답지 않아."

"나다운 게 뭔데? 말없이 오빠가 하는 대로 가만히 있다가 그냥 따라가는 거? 여태 그렇게 해 줬더니 뭐가 남았는데? 그냥 잠자코 오빠가 가는 걸 보라고? 왜 그래야 하는 건데? 왜 나만 희생해야 하는 거죠? 오빠는? 내가 어떻게 오빠를 지켰는데, 오빠 옆에 있으려고 얼마나 기를 쓰고 왔는데 나보고 가만있으라는 거야?"

그에게 잡힌 손을 거칠게 빼내며 지혜가 그를 향해 소리를 질렀다.

"넌 처음부터 여동생이었어. 한 번도 나에게 여자로 보인 적이 없었어. 미안하다. 네 감정을 살피지 못했어. 하지만 지혜야, 너라면 정말 널 사랑해 줄 남자를 만날 수 있잖아. 우린 예전처럼 오빠 동생으로 지내자. 외로운 서로에게 남매가 되어 주었던 그때처럼."

"난 단 한 번도 오빠로 본 적 없어. 처음 만났을 때도 오빠는 내 남자였어. 오빠가 아니면 난 죽어. 오빠 없이 내가 살 수 있을 것 같아? 동생? 내가 왜 오빠 동생이야? 피가 섞였어? 어떻게 기다린 날들인데, 얼마나 기다린 결혼식인데 왜 이러는 거야? 다른 이유가 있잖아. 다른 년이 있는 거잖아."

그를 향해 소리를 지르는 지혜를 아프게 바라보던 서훈이 정원 의자에 무너지듯 앉았다. 사실을 말하는 것이 더욱 지혜를 아프게 하리라는 것을 알지만 적어도 지혜는 진실을 알 자격이 있었다. 다른 말로 그녀를 기만하는 행동은 할 수 없었다.

“그래, 다른 여자가 있어. 그래서 너랑 결혼할 수가 없어. 너 말고 다른 사람을 가슴에 품은 남자에게 넌 뭘 바라니? 너를 위해서도 이 결혼은 하면 안 되는 거잖아. 미안하다. 지혜야, 정말 미안하다.”

돌변하는 지혜의 눈빛을 살피지 못한 서훈이 두 손으로 얼굴을 비비며 무거운 음성으로 고백하고 고개를 떨어뜨렸다.

“어떤 년이야? 도대체 그 사이에 어떤 년이 오빠를 홀린 거야? 내려가지 말라고 했잖아. 그런데 내려가서는 다른 년을 만나? 내가 있는데? 난 죽어도 오빠 포기 못 해. 차라리 내가 죽어 버릴 거야.”

어떻게 알고 있었는지 어머니가 쓰시는 모종삽을 들고는 자신의 목에 대며 악을 써 대고 있는 지혜의 행동에 놀라 서훈이 급하게 다가갔다.

“지혜야, 너 뭐하는 짓이야?”

그가 다가가면 그녀는 한 발 물러서며 아예 고래고래 소리를 지른다. 그때서야 서훈이 지혜가 평상시와 다르다는 것을 깨달았다. 번쩍이는 눈에 담긴 광기에 저도 모르게 멈칫하며 거리를 유지했다.

기가 막힌 상황이었다. 모종삽 하나 달랑 들고 죽겠다는 지혜를 보며 서훈은 황당하다 못해 기가 질렸다.

“내가 죽으면 그 여자랑 행복하잖아. 그러니까 죽어 준다고. 내가 오빠를 포기할 거 같아? 차라리 죽을 거야. 오빠 없이 사느니 죽어 버릴 거라고.”

달래는 그의 목소리가 들리지 않는지 여전히 지혜는 모종삽을 들고 서훈을 협박했다.

그러나 무시할 수도 없었다. 아무리 작은 삽이라고는 하나 날이 있는 삽의 반짝임은 위협적었다. 그래서 서훈이 두 손을 들고 조심스럽게 지혜를 달래려 애쓰고 있었다.

“그만하자. 지혜야, 이건 아니야.”

“그년이지? 꽃집에 있던 년. 질긴 년이네. 죽어라 떼어 냈더니 또 달라붙어? 이번엔 뭐야? 뭘 줘야 떨어져 나간데? 그런 년 때문에 날 버리겠다는 거야?”

“너 도대체 해서를 어떻게 알고 있는 거야?”

무거운 목소리로 묻는 서훈을 보는 지혜의 눈꼬리가 올라갔다.

“맞다, 그년 이름이 해서였어. 오빠 앞에서 꼬리 치던 년. 1년만 기다리면 오빠 옆에 서 있을 수 있었는데 그년이 내 자리에 있었어. 그때 확실히 떼 냈어야 했는데. 돈받고 떨어져 나가나 했는데, 왜? 돈 떨어졌대?”

자신의 생각에 빠져 주의가 흐트러진 틈을 타 서훈이 지혜의 손에서 간신히 모종삽을 빼내 멀리 던져 버리고 그녀를 다그쳤다.

“네가 어떻게 아냐고 묻잖아.”

“오빠가 하는 일은 다 알고 있었어. 내 눈을 피할 수 있었을 것 같아? 오빠는 처음 만났을 때부터 내 거였어. 다른 년한테 내가 넘길 것 같아? 난 내 거는 절대 안 뺏겨."

"도대체 내가 뭐라고. 내가 뭐라고 너 이러는 거야?"

"오빠는 내 거니까. 구석에 앉아 있던 나에게 손을 내밀던 그 때부터 오빠는 내 거였어."

악다구니를 쓰는 지혜의 목소리에 부모님도 놀라 밖으로 나오셨다. 그러나 두 사람에게 다가오지 않으시고 놀란 눈으로 지켜볼 뿐이었다.

이전의 지혜와는 다른 행동과 목소리에 서훈이 당황하고 있었다. 여태 보았던 그녀와 달라 정말 자신이 마주 보고 있는 사람이 지혜가 맞는지 확인하고 싶은 마음이었다.

서훈은 어딘지 익숙한 섬뜩함에 멈칫했다. 오랜 시간 응급실에 살다시피 하며 봐 왔던 모습. 수많은 사람들을 겪으며 부딪혔던, 감정이 불안한 환자나 보호자에게서 보았던 모습을 말이다.

같은 말을 반복하며 다른 사람의 말은 듣지 않는다. 서성이는 발걸음과 내내 손끝을 물어뜯는 모습. 제 마음대로 안 되면 나타나는 폭력적인 말과 행동들.

"앉아, 알았으니까 앉자."

이대로 흥분하면 무슨 일이든 저지를 것 같아 서훈이 부드러운 목소리를 만들며 지혜를 달래 정원 의자에 앉혔다.

"부모님은 아셔? 너 여기 와 있는 거?"

"엄마는 알아. 하지만 엄마가 할 수 있는 일은 없어. 아빠가 아시면 오빠를 가만두겠어? 오빠는 모르지만 우리 아빠 무서운 사람이야. 내가 여기 있어야 오빠를 지키지. 그러니까 오빠는 내가 없으면 안 돼. 내가 지켜줄게. 고맙지?"

아까와는 다르게 해맑은 얼굴로 돌아온 지혜가 그를 향해 천연덕스럽게 뱉는 말에 두통이 오고 있었다.

언제부터 지혜가 이런 상태였는지 모르겠다. 진즉 치료를 받았으면 이렇게까지 진행이 되지 않았을 텐데, 몰랐다는 말로 치부하기에는 지혜를 너무 오랫동안 알고 지냈었다. 어째서 한 번도 눈치채지 못했던 것일까?

지혜가 보이는 행동은 치료가 필요하다고 말하고 있었다. 정신과 전문의는 아니지만 오랜 시간 스스로를 감추는 동안 깊어졌다는 것을 알 수 있었다.

"아버님이 걱정하셔. 오늘은 우선 집으로 가자. 내가 데려다줄게."

"싫다고 했잖아. 나 보내 놓고 그년 만나러 가려고?"

"아니야, 오늘 집에 있을 거야. 너 만나려고 온 거야. 가자, 너희 집에 가서 마저 얘기하자."

가자는 서훈과 못 간다는 지혜의 실랑이는 마침 찾아온 이재호 사장의 등장으로 끝이 났다. 고집을 피우던 지혜는 이 사장이 오자 두려움 가득한 얼굴로 군말 없이 따라나섰다. 지혜의 갑작스러운 변화에 서훈과 가족들이 모두 놀란 얼굴을 하고 있었다.

"자네도 따라와."

인사도 없이 딸을 챙긴 이 사장은 인광을 번뜩이며 서훈을 손가락으로 가리키고는 나가 버렸다. 그 뒤를 서훈이 무거운 얼굴로 따라갔다.

평창동에 도착하자 그를 마중한 사람은 김 여사였다. 그녀는 다른 날과 달리 불안한 얼굴로 그를 맞으며 눈을 피했다.

"너 도대체 어떤 놈이야. 지혜를 가지고 논 거야? 결혼한다고 하더니 안 해? 내가 만만해 보여?"

이 사장은 집에 도착해 말 한마디로 지혜를 제 방으로 올려 보냈다. 그리고 양주 한 병을 앞에 두고 서훈을 닦달하기 시작했다. 연거푸 마시는 술 때문에 얼굴은 붉게 달아오르고 사나운 눈엔 힘이 들어가 있었다.

"그런 게 아닙니다, 아버님. 제가 미련해서 그런 겁니다. 지혜를 우습게 보거나 절대 가지고 논 것도 아닙니다. 단지 지혜는 세게 여동생이라는 것을 깨달았을 뿐입니다."

"너 미친놈이냐? 지혜가 왜 네 동생이야? 잰 내 딸이야. 언제부터 지혜 성이 진 씨로 바뀌었어?"

기가 막힌다는 얼굴로 이 사장은 독한 양주를 숨도 쉬지 않고 들이켜고 다시 한 잔을 따랐다.

"그런 말이 아닙니다. 제게 있어 지혜는 여동생 같은 존재라는 말입니다. 이런 마음으로 지혜와 결혼해야 서로만 괴로울 뿐이라는 것을 너무 늦게 깨달았습니다. 죄송합니다."

"지금 나를 가르치는 거야? 감히, 너 같은 자식이 내 딸의 눈에서 눈물 나게 해? 내가 그런 꼴을 볼 것 같아? 결혼은 그대로 진행해. 절대 나도, 내 딸도 망신당하는 꼴은 못 봐."

손에 있던 잔을 거칠게 내려놓으며 이 사장이 으름장을 놓았지만 서훈은 꿈쩍도 하지 않았다.

"죄송합니다. 저는 그렇게 할 수 없습니다. 제가 멈춰야 지혜가 더는 힘들어하지 않을 겁니다. 일을 이 지경까지 끌고 온 저에게 어떤 말씀을 하셔도 더는 드릴 말씀이 없습니다. 이 결혼은 할 수 없습니다."

"뭐야?"

순식간에 일어나 날리는 주먹을 피할 틈이 없었다. 아니 피할 마음도 없었다. 이렇게 때려서라도 이 사장과 지혜의 마음이 풀린다면 밤새 맞아 줄 수 있었다.

눈앞이 번쩍하며 서훈이 소파 구석에 박힘과 동시에 새된 김 여사의 비명이 울렸다. 정신을 차린 서훈이 다시 이 사장 앞에 무릎을 꿇고 앉았다.

"때리시면 맞겠습니다. 죄송합니다. 그래서 마음이 풀리신다면 얼마든지 맞겠습니다."

"여보!"

"이 자식이, 누굴 껌으로 보는 거야? 너 하나 못 죽일 것 같아? 사람을 무시해도 분수가 있지. 누굴 물로 보는 거야? 오늘 정말 내 손에 죽어 볼 테냐?"

서훈의 멱살을 잡고 길길이 날뛰는 이 사장은 술의 힘이 더해 말리기 무서울 정도로 흥분해 있었다. 그의 팔에 매달려 말리는 김 여사도 이 사장의 힘에 밀려 저만치 떨어져 나갔다.

"그만해요. 이러다 사람 죽이겠어요."

놀란 김 여사가 다시 남편의 팔에 매달렸지만 그 힘에 밀려 다시 쓰러졌다.

"아빠!"

아래층을 몰래 지켜보고 있던 지혜가 서훈이 맞는 것을 보다 못하고 뛰어내려 와 이 사장의 팔을 잡았을 때야 그의 주먹질은 멈추었다.

"오빠를 이런 꼴로 만들면 어떡해요? 결혼식에 이런 얼굴로 서란 말이에요?"

쓰러진 제 엄마는 버려두고 지혜가 얼른 서훈의 곁으로 다가가 피를 흘리는 입가를 손수건으로 닦으며 소리를 질렀다.

"못 들었어? 결혼 안 한다잖아. 그런 놈을 감싸고 돌아? 너 제정신이야?"

"오빠는 나랑 결혼할 거예요. 그러니까 오빠 그만 때려요."

"저 자식 내보내. 꼴도 보기 싫으니까 내 눈에서 치워."

서훈의 편을 드는 지혜를 노려보던 이 사장이 탁자에 있던 유리잔을 내던져 산산조각을 내고는 제 방으로 들어갔다. 남아 있는 사람들에게 방문이 닫히는 소리가 무겁게 울렸다.

"일어나, 오빠. 집에 가자. 내가 그랬잖아. 우리 아빠 무서운 사람이라고."

"넌 올라가 있어. 어머님, 괜찮으세요?"

지혜의 손을 치우며 서훈이 정신을 차리고 저만치 쓰러져 있는 김 여사를 챙겼다. 하얗게 질린 얼굴로 덜덜 떨고 있는 모습에 가슴이 저려 왔다. 공포에 질린 얼굴을 보자 김 여사가 어떤 삶을 살아왔는지 눈에 보이는 것 같았다.

"난 괜찮네. 오늘은 돌아가게."

"죄송합니다. 저 때문에. 하지만 이대로는 안 됩니다. 어머님은 알고 계셨지요?"

"무슨 소리야? 엄마가 뭘 안다는 거야?"

서훈과 김 여사의 대화를 듣고 있던 지혜가 되레 제 엄마에게 짜증을 내며 김 여사를 잡은 서훈의 손을 떼어 냈다.

"지혜야, 넌 좀 올라가 있어. 나 어머님께도 드릴 말씀이 있어."

"그래도……. 오빠 피 나잖아."

"괜찮아, 올라가 있어. 어머님과 잠깐 말씀 나누고 내가 올라갈게."

"정말? 진짜지? 그럼 나 기다리고 있을게. 엄마, 오빠 너무 오래 잡고 있지 마."

몇 번이나 확인한 지혜가 밝은 얼굴로 제 방으로 올라가자 서훈이 여전히 그를 외면하고 있는 김 여사에게로 향했다.

"지혜가 치료가 필요하다는 거 알고 계셨죠."

"그냥 자네가 지혜와 결혼하면 안 되겠나? 살면서 정이라는 것이 생길 수도 있어. 사람이 어떻게 자기 원하는 대로만 하면서 살아가나."

대답을 피하며 김 여사가 침을 삼키고는 작은 목소리로 매달렸다.

"결혼한다고 문제가 해결되는 것은 아닙니다. 지혜는 치료가 필요합니다. 안 그러면 계속 이런 일이 반복될 겁니다."

서훈의 대답에 김 여사가 숨죽인 울음을 삼키며 한참이 지나고서야 간신히 고개를 끄덕였다.

"알아, 나도 알아. 하지만 나는 어떤 힘도 없어. 남편은 절대 인정 안 할 거야. 지혜도 마찬가지야. 아무리 말을 한다고 해도 들을 사람들이 아니야. 그러니 자네가 포기하고 지혜 살리는 셈치고 결혼해 주게. 만약 이대로 자네 뜻대로 한다면 지혜가 무슨 짓을 할지 몰라. 그러니 내가 이렇게 애원할 테니 우리 지혜 버리지 말게나."

그의 소매를 잡고 애원하는 김 여사를 보며 서훈은 기가 막혔다. 하얗게 질린 얼굴. 두려움에 떠는 손. 여기에도 학대로 망가진 한 사람이 있었다. 아니, 모녀라고 하는 것이 맞았다. 지혜도 그리고 그를 잡고 애원하는 김 여사도 다르지만 같은 모습의 피해자였다.

평창동을 나서는 발걸음이 무거웠다. 어디서부터 손을 대야 하는지 모르겠다. 어두운 밤에는 제인시와 다르게 별도 달도 보이지 않고 뿌옇게 어두운 하늘만 보인다.

'차라리 잘된 일이야. 이제 자네도 알았으니, 사실 결혼시키고 나도 떠날 생각이었어. 지긋지긋해서 떠날 생각이었다고. 하지만 이대로 보내 놓고 편할 거라 생각했던 내가 이기적이었던 거야. 시간이 필요하네. 내가 지혜를 치료받게 하려면 나도 준비를 해야 하니까. 그러니 자네가 조금만 도와주게.'

어머니는 지혜가 제 맘대로 안 되면 자해는 물론이고 죽겠다는 협박은 기본이라며 이대로 결혼이 무산되면 정말 죽을지도 모른다고 시간을 달라고 하셨다.

이 사장에게 맞은 상처가 이제야 아파 왔지만 무시하고 차에 올라탄 서훈이 제 성질을 이기지 못하고 운전대에 화풀이를 했다.

'해서야, 네게 가는 길이 쉽지가 않네. 뭐가 이렇게 복잡한 거냐. 내가 무엇을 할 수 있을까?'

답도 없는 질문에 서훈이 기어이 운전대에 얼굴을 묻었다. 이대로 해서에게 달려가고 싶었지만 해서가 어디에 있는지도 몰랐다. 하루 종일 휴대폰을 확인하며 모르는 번호가 뜨면 득달같이 받았다. 그러나 해서의 목소리는 끝내 들리지 않았다.

복잡한 것은 자신이었다. 차라리 이대로 해서가 떠나게 두는 것이 그녀를 위한 길 같았다. 그렇잖아도 아픔이 많은 여자에게 자신의 이런 모습을 보이는 것도 싫었다.

그의 손을 잡고 결혼식 이야기만 하는 지혜를 보며 느낀 감정은 두려움이었다. 자신에게 집착하는 지혜의 손을 잡고 있으면서도 내내 뿌리치고 싶은 마음을 간신히 눌러야 했다.

의사로서 환자를 대하는 눈으로 보려고 노력했지만 막상 자신이 연관되니 도망치고 싶다는 것이 솔직한 심정이었다.

그러나 도망가기에는 너무 늦었다. 너무 깊이 들어와 있었다. 이대로 지혜를 무시하고 해서에게 달려갈 수도 있었다. 그러나 서훈은 자신이 그럴 수 없다는 것을 잘 알고 있었다.

정신을 차린 서훈이 룸미러로 엉망이 된 얼굴을 살폈다. 이대로 집에 가면 분명 무슨 일이냐고 물어보실 부모님의 질문에 무슨 답을 드려야 하는지도 모르겠다.

“천천히 가자. 하나씩 풀어 가자. 진서훈. 넌 의사잖아. 지혜는 환자야. 명심해.”

이 사장의 매운 주먹질에 코뼈가 나간 것 같았다. 차라리 주먹질을 당하는 것이 편하게 느껴질 정도로 지금 서훈의 마음은 복잡했다.

“그래서 넌 어쩔 생각이야?”

서훈의 얼굴을 확인하고 고 여사는 당장 병원에 가자고 소란을 피웠지만 간단히 아버지에게 치료를 받고 서재에 있었다. 마음을 털어놓을 상대가 아버지 이외에는 떠오르지 않았다.

묵묵히 지금까지의 상황을 전해 들은 진 원장의 안색도 무거워졌다.

“모르겠습니다. 아버지, 정말 모르겠습니다.”

“지혜의 상태가 심각해 보이더냐?”

“네, 그대로 두면 무슨 짓을 저지를지 모르겠습니다.”

“BPD(borderline personality disorder: 경계성 인격 장애)가 확실해?”

되묻는 진 원장의 목소리는 더욱 심각했다.

“정확하게 NP(neuropsychiatry: 신경정신과)과 진료를 받아봐야 알겠지만 제가 본 소견으로는 그렇습니다.”

고개를 숙이고 답하는 아들에게 들은 말은 충격이었다. 오랜 시간 보았던 아이에게 그런 모습이 있을 줄은 생각도 못 했다. 물론 어쩌다 얼굴만 보는 사이기도 했지만 조금 어두운 면이 있다는 느낌 이외에는 별생각 없이 봤었다.

"얼굴은 그 애가 그런 거냐?"

"아닙니다."

더 이상 묻지 않아도 누가 그랬는지 짐작은 하고 있었다. 얼마 전에 만난 이재호 사장의 성질을 알고 있었던 진 원장이었다. 어머니를 통해 알게 된 사이였다.

이 사장은 지금 서한대의 이사진 중 한 사람이었고 대학에 기부금도 많이 내는 사람이기도 했다. 그렇다고 그 사람의 됨됨이를 모르는 것은 아니었다. 아무리 귀를 기울이지 않아도 들리는 소문까지 막을 수는 없는 법이었다.

"맞아도 싼 짓을 했으니 더는 묻지 않으마. 그러나 지혜는 문제가 다르다. 아마 결혼이 깨질 것 같은 두려움에 그동안 잘 숨기고 있던 것이 나타난 걸 거다. 그렇다고 너에게 그 애와 결혼하라는 말은 아니야. 서훈아, 네가 잘못한 것은 맞아. 하지만 결혼이 답은 아니야. 지혜가 정말 네 말대로라면 결혼한다고 달라질 것은 없어. 치료가 우선이야."

진 원장이 무거운 얼굴로 답을 내놓고 있었지만 달라질 것도 없었다. 이런 문제는 남이 나선다고 해결할 수 있는 일이 아니라는 걸 누구보다 잘 알고 있었다.

"하지만 제가 해 줄 수 있는 일이 없습니다. 몸에 난 병이라면 제가 손을 쓰겠지만 이 부분은 본인의 의지가 있어야 합니다. 아니면 가족 중의 누구라도 의지가 있어야 하는데 오늘 알았습니다.

김 여사님은 지혜의 아버님이 두려워 아무것도 할 수 없는 상황이라는 것을요."

"그래서 어쩌려고? 그 애와 결혼해서 치료라도 하겠다는 말이냐?"

답답한 마음에 진 원장의 목소리에도 힘이 실리고 있었다.

"아닙니다. 아버지 말씀대로 결혼이 답이 아니라는 건 이미 알고 있습니다. 다만, 제가 너무 한심하게 느껴져서."

아들의 고민을 들으며 진 원장도 더는 할 말이 없었다. 차라리 몸속의 병이 반가운 것은 비단 아들만의 생각이 아니었다. 그만큼 정신적인 병은 치료도 어렵고 완치는 더 어려운 법이었다. 본인이 스스로 증상을 자각하고 있다면 그나마 도움이 되겠지만 이렇게 외면하고 있으면 치료도 불가능한 병이었다.

"의사가 신은 아니야. 모르고 살면 좋은데 알고 있어서 괴로운 것도 있어. 모든 병을 고칠 수 있는 의사는 없다. 최선을 다해 노력하는 거지. 그리고 난 의사 이전에 네 아버지다. 그래서 이 결혼은 내가 반대야. 들어가 쉬어. 나도 생각을 좀 해야겠다."

부자간의 심각한 대화는 갑자기 서재로 들어오는 고 여사 때문에 끊겼다.

"잠깐만요. 지금 내가 들은 말이 다 뭐예요? 그러니까 지혜가 그 정신과 진료가 필요하다는 말이 맞아요?"

"어머니!"

"내가 들은 말이 맞아? 여태 내가 속았다는 거야? 한 번도 그런 모습은 본 적이 없어. 어떻게 그럴 수 있죠? 그 오랜 시간 어떻게 숨길 수가 있냐고요."

문밖에서 몰래 문을 열어 두고 부자의 대화를 듣고 있던 고 여사가 생각지도 못한 내용에 기겁을 하고 들어왔다.

"진정해, 흥분한다고 달라질 것도 없잖소."

"내가 흥분 안 하게 생겼어요? 심각한 거잖아요. 그렇죠? 내가 아무리 몰라도 의사 아내로 30년이 넘게 살았어요. 못 알아들었을 것 같아요? 정확하게 무슨 병이에요? 비 어쩌고 했던 게 무슨 병이냐고요."

대답을 못 하시는 아버지를 대신해 서훈이 작은 목소리로 병명을 알려 주었다.

"경계성 인격 장애입니다."

"그래서?"

"말 그대로예요. 경계에 서 있어서 무슨 짓을 할지 모른다는 말입니다."

"말도 안 돼. 어떻게 그럴 수가 있어? 어떻게 아무도 모를 수가 있냐고."

기가 막힌 고 여사가 무너지듯 서훈의 맞은편에 앉았다. 아무리 생각해도 이해가 되질 않았다. 지혜를 알아 온 시간이 얼마인데 한 번도 그런 기미를 본 적이 없었다.

"그동안은 컨트롤이 되었을 겁니다. 그런데 제가 도화선을 뽑아 버린 겁니다."

"그러니까, 네가 결혼을 안 한다고 해서 미쳤다는 말이니?"

간단하게 정리하시는 어머니의 말씀에 서훈이 머뭇거리며 고개를 저었다.

"아닙니다. 어머니. 그런 것과는 달라요."

"다르긴 뭐가 달라. 그 말이 그 말이잖아. 이 결혼은 안 돼. 절대 안 돼. 너 내일 내려가. 이쪽 일은 내가 알아서 할 테니까."

"여보, 진정하고 내 말 들어요. 아무것도 증명된 건 없어. 우리 생각일 뿐이야. 그러니까 좀 침착하게 생각하고 행동하자고."

진 원장이 흥분하는 아내를 달래며 서훈에게 올라가라는 눈짓을 보냈다. 조금 더 어머니를 이해시키려던 서훈이 아버지의 뜻을 따라 조용히 서재를 나섰다.

"여보, 내가 죄를 받는 걸까요? 나 때문에 우리 서훈이가 이런 일을 당하는 걸까요? 그저 난 우리 아들 조금 더 나은 애랑 결혼시키고픈 욕심이었는데 그게 그렇게 나쁜 거예요?"

"아니오. 당신 잘못이 아니야."

숨기려고 마음먹은 사람의 잘못이지 속아 온 사람을 탓할 수는 없었다. 더구나 철저하게 스스로를 감추려는 사람을 무슨 수로 알아본단 말인가. 한집에 사는 사람이 아니니 일반인이 보기에는 다른 사람보다 예민한 사람이라고 생각하는 경우가 흔한 일이었다.

"아니에요, 모두 내 잘못이에요. 사람의 목숨으로 거래를 한 내 잘못이에요."

"그게 무슨 소리요?"

뜻밖의 말에 진 원장의 얼굴도 굳어졌다. 돈으로 서훈의 연애를 해결하려고 했다. 그의 어머니처럼.

"내가 그랬어요. 그 아이에게 네 동생을 살리려면 서훈이에게 떨어지라고. 모두 네가 짊어지고 가라고. 그 심정이 어떤 건 줄 알면서 내가 그랬어요. 그래서 우리 서훈이가 이런 일을 당하는 거예요? 모두 나 때문에. 못난 엄마 때문에?”

그도 어머니에게 그런 일을 당하면서 그 일이 얼마나 사람을 지치게 하는지 알고 있었다. 그래도 힘든 상황을 이겨 내고 자신의 곁을 지켜 준 아내에게 항상 고마워하며 살았었다.

그런 아내가 더 모진 방법으로 아들이 사랑하는 여자를 떼어 냈다는 말을 들으면서도 쉬이 믿기지 않는다.

“정말 그랬소?”

되묻는 진원장의 목소리가 떨렸다. 적어도 자신의 아내가 그토록 모진 사람은 아니라는 믿음이 깨지고 있었다. 당한 사람이 더욱 독해진다는 옛말은 들어 알고 있었다지만 자신의 아내는 아니라고 믿고 싶었다.

“네, 서훈이가 처음 좋아한 여자애라는 건 알고 있었어요. 공부밖에 모르던 애잖아요. 어느 날 지혜가 와서 서훈이 공부를 방해하는 여자애가 있다고. 배경 보고 작정하고 붙었다고…… 그랬어요. 처음에는 그런 줄 알았어요. 그런데 만나면서 그런 애가 아니라는 건 알았어요. 하지만 그때 어머니가 떠올랐어요. 나를 보고 자라서 서훈이도…… 그런 여자애랑 만난다고 그럴 것 같았어요. 그래서 내가…….”

기어이 진 원장이 듣기에도 괴로운 아내의 말을 막았다.

“그만, 그만해요. 어차피 지난 일이니까. 누구를 탓하겠소. 스스로를 탓하는 건 그만둬요. 도움이 되는 것도 아니니까. 지금은 서훈이만 생각합시다. 나도 부모라 이기적인 사람이 될 수밖에 없소."

더는 듣고 있을 수가 없었다. 진실은 생각보다 더 충격적이었다. 어머니에게 모진 일을 당했던 아내는 더 모진 말로 아들의 사랑에 상처를 냈다. 그러나 지난 일을 따진다고 달라질 것도 없어 진 원장은 비겁하다는 것을 알면서도 귀를 막았다.

"하지만……."

"당신이 힘들었다는 건 알고 있었소. 모른 척한 내 잘못이니까 자신을 탓하지 마오. 오늘은 정신이 없구려. 하나씩 해결합시다."

아내를 달래는 진 원장도 지치기는 마찬가지였다. 울고 있는 아내도 불쌍하고 얻어맞아 망가진 아들도 불쌍했다. 저마다의 욕심으로 정작 고통을 당하고 있는 것은 자식들인 것 같아 할 말도 없었다.

그러나 진 원장도 아버지였다. 다른 것은 몰라도 아들에게 험난한 길을 가라고 할 부모는 없었다. 더구나 결혼은 혼자만으로 이뤄지는 것이 아니었다. 서로 목숨처럼 사랑해도 한세상 같이 살아갈 수 없는 경우도 있었다.

처음부터 어긋난 마음이라면 지금이라도 바로잡는 것이 옳았다. 그래서 진 원장은 무거운 마음으로 이 사장을 다시 만날 생각이었다.

13

욕심은 부리면 안 되는 거니까

해서가 가게로 돌아온 것은 열흘하고도 하루가 더 지나서였다. 섬을 둘러보고 정착할 곳을 찾아 나선 길은 도리어 하나씩 섬 이름을 지우는 것으로 끝을 내고는 돌아왔다.

처음 계획과는 달리 죽으러 가는 것이 아니니 살 궁리도 해야 했다. 섬에서 산 사람처럼 그들과 어울려 함께 살고 싶었지만 결론은 도시 생활이 익숙한 해서에게는 무리라는 깨달음이었다.

조그만 섬에서 그녀가 할 수 있는 일은 없었다. 자급자족으로 생활하는 사람들이 대부분이었고 그것도 나이 드신 분들이 섬을 지키고 계셨다.

젊은 사람은 찾아볼 수도 없었고 혹여 보이더라도 작은 보건소나 파출소에서 일하는 공무원들뿐이었다. 도리어 젊은 여자 혼자 여행 왔다는 말을 들으시고는 혀를 차며 이 작은 섬에 뭐 볼 것 있어 왔냐고 의아해하신다.

여기서 살면 좋겠다는 말에 젊은 사람이 해 먹고 살 게 없다며 고개를 저으셨다. 있던 사람도 모두 뭍으로 나가 나이 든 사람이 전부라는 말이 이해가 되었다. 마음이야 그분들에게 배우며 살 수 있을 것 같았지만 현실적으로는 분명 불가능했다.

처음부터 섬 생활을 우습게 생각했던 자신의 어리석음을 일깨우는 여행이기도 했다.

섬 이름을 하나씩 지워 가다가 그나마 도초도라는 예쁜 이름을 가진 섬에서 카페 자리가 나온 것을 확인하고 왔다.

영화나 드라마에서 나오는 아름다운 섬 생활은 현실엔 없었다. 고난한 삶을 바다에 품며 살아가는 강인한 어른들의 모습에 존경심이 일었다.

눈여겨본 카페는 산릉에 자리 잡고 있어 멀리 바다가 보이고 뒤로는 낮은 산이 보이는 아름다운 풍광을 자랑하고 있었다.

한 번도 카페를 운영한 적은 없지만 손님이 많은 것은 아니니 천천히 배워 가며 가게를 여는 것도 나쁘지 않겠다는 생각이 들었다. 어차피 지금의 가게도 경력이 있어서 시작한 것은 아니었다. 배우는 것이라면 자신이 있으니 하나씩 배워 가면 그만이었다.

해서가 돌아본 섬은 하나같이 예쁘고 저마다의 개성을 지니고 있었다. 우리나라가 이렇게 아름다운 나라였는지 새삼 놀라고 돌아온 길이기도 했다.

지도에 나와 있는 섬 중에 그나마 도초도가 큰 편이라 사는 사람도 꽤 있고 오가는 여행객도 있어서 카페를 만든 모양인데 그것도 수입이 적어 주인이 내놓은 것 같았다.

돈에 욕심은 없었다. 하루 벌어 하루 살아도 아쉬울 것 없는 사람이 자신이었다. 카페 임대료도 비싸지 않았다. 가게 보증금과 자신이 가지고 있는 돈을 합하면 아예 가게를 인수할 수도 있을 것 같았다.

총 이 층으로 된 건물은 일 층은 가게로 이 층은 살림집으로 쓸 수 있어 언제라도 이사 올 수 있도록 준비되어 있었다. 마치 그녀가 오기를 기다리고 있었던 것처럼, 예쁘지만 작은 카페는 보는 순간 마음에 들었다.

그럼에도 쉬이 결정을 못 하고 올라가 연락하겠다는 말을 끝으로 섬을 나왔다. 처음부터 작정하고 나선 길에 남은 것은 망설이는 자신의 모습뿐이었다.

어디를 가든 한 사람이 옆에 있는 것 같았다. 그래서 더 외로운 여행이 되었다. 멀리 떨어져 스스로를 돌아보는 계기로 삼겠다는 처음의 생각은 진한 외로움만 더하고 돌아왔다.

아름다운 석양을 보면서 혼자라는 게 서러워 눈물이 났다. 그래서 일부러 배 시간을 촉박하게 잡으며 바쁘게 움직이려 노력했다.

그래도 누군가가 그리우면 해서는 교수님이나 사모님께 전화를 드렸다. 반갑게 전화를 받으시는 두 분에게 섬의 아름다운 모습을 전하며 교수님이 나오시면 여기 오자고 약속을 드렸다. 병원 일을 하시느라 정작 여행다운 여행은 해 본 적이 없으시다는 교수님께서는 그러자는 말로 약속을 하셨다.

그래도 누군가가 떠오르면 멍하니 바다를 바라보며 넓은 바다에 숨기지 못하는 그리움을 묻었다.

누군가의 안부를 묻고 싶었지만 입 안으로 삼키고 해서는 가는 곳마다 교수님께 사진을 찍어 전송하며 힘겨울 싸움에서 이기시라는 응원을 보냈다.

— 나 내일 퇴원한다. 돌아오면 집으로 와.

1차 항암 치료가 끝나신 모양이었다. 막 매화도에 도착했을 때 교수님께서는 전화로 근황을 알려 주셨다.

— 내가 없어도 다들 열심히 제 일을 하고 있지.

병원은 별일 없냐는 질문을 듣고 허허 웃으시며 하시는 말씀에 마음이 아려 왔다. 그가 잘 지내고 있는지 궁금해 돌려 묻는 자신이 참 초라하게 느껴졌다. 하지만 교수님에게 어떤 말도 드린 적이 없으니 물어볼 수도 없었다.

전화를 끊고 나면 가만히 휴대폰의 버튼을 확인하며 외로운 가슴을 숨겼다. 손바닥에서는 지워진 번호가 여전히 머리에 남아 저절로 손가락이 번호를 누르고 있었다. 그러나 통화 버튼은 끝내 누르지 못하고 휴대폰을 감추듯 주머니에 넣어 버렸다.

그렇게 해서의 외로운 여행은 지도의 섬 하나를 지울 때마다 깊어졌다.

그와의 추억을 되돌아보며 웃고 우는 일이 되풀이되는 동안 해서의 마음은 생각과는 달리 돌아가는 날을 기다리고 있었다. 여전히 그녀를 보며 이름을 불러 줄 그가 있는 곳으로 돌아가고 싶은 마음을 지우려 일부러 날짜를 늘렸다.

가슴에 묻고 지낸 일이 너무 많았다. 꺼낼 때마다 아파서 하나씩 쟁여 두고 쌓인 것들이 오히려 여행 중에 자꾸 튀어나오려 기를 쓴다. 혼자라는 것은 다를 것이 없는데 여행이라는 이름을 붙이니 진한 외로움에 숨이 막혀 왔다.

예쁜 풍경을 눈에 담으면서 해서는 혼자 여행하는 일은 피해야겠다는 생각을 하고 있었다. 막 저무는 석양을 바라보며 중얼거리는 말은 왔다가 되돌아가는 파도에 실려 보낸다.

"잘 지내는구나. 다행이다."

이제 막 저무는 태양을 보며 해서가 한 사람을 떠올리며 슬프게 웃고 있었다.

⁂

돌아온 가게는 변함없이 그녀를 맞아 주었다. 주인 할머니는 의외로 꽃집을 인수하고자 나서는 사람이 없다는 말을 하시며 혀를 차신다. 그래서 급한 것은 아니냐는 물음에 괜찮다는 말로 도리어 주인 할머니를 안심시켜 드렸다.

하지만 정작 안심하는 사람이 누구인지는 해서도 확실히 말을 할 수가 없었다.

가게가 나가지 않더라도 먼저 가면 그만인데 말도 못 하는 화분들이 걱정스러워 그런 거라는 핑계를 대며 해서는 진실을 외면했다.

여행하느라 비워 놓은 집에는 변함없는 고요함과 얌전히 내려앉은 먼지만이 그녀를 반겼다. 청소를 할까 생각하던 해서가 혼자 있으면 자꾸만 누군가 그리워져 움직이기로 정했다.

가볍게 씻고 교수님께 드릴 작은 선물들을 종이 가방에 넣었다. 교수님 말씀대로 여행하는 내내 기념품식으로 작은 물건들을 하나씩 사서 예쁘게 포장하고 각각에 섬 이름을 적어 놓았다.

오늘은 선물을 드리고 앞으로의 일을 말씀드릴 생각이었다. 교수님께는 어디에 있는지 말씀드리고 가야 안심을 하실 테니 숨길 수도 없었다.

많은 것을 받았다. 교수님은 어릴 때 돌아가신 아버지를 닮았다. 나이가 들수록 희미해지는 아버지를 대신해 가끔 눈을 감으면 아버지 대신 교수님의 얼굴이 떠오를 정도로.

중소기업의 관리직으로 일하셨던 아버지는 항상 웃으시며 해서에게 유일하게 사랑한다는 말을 해 주셨다. 아들의 병원비를 대느라 밤에도 쉬지 않고 일하시면서도 해서만 보면 네가 건강해 다행이라고 고맙다는 말과 함께 어린 그녀를 꼭 안아 주셨다.

엄마가 해준이 곁을 지키는 사이 아버지는 병원에서 집으로 오는 길에 항상 어린 해서를 업어 주셨다. 세상에서 가장 넓고 따뜻한 등이었다.

그랬다. 오직 아버지 한 분만 해서를 안아 주며 사랑한다는 말과 함께 웃어 주셨다.

아홉 살 때 아버지의 죽음은 그래서 더 슬프고 아팠었다. 더는 자신을 안아 줄 품이 없다는 사실에 서러웠고 아버지를 더는 볼 수 없다는 상실감에 한없이 울었었다.

아버지의 장례식장에서 사람들이 수군거리는 말이 아직도 해서에게 아프게 남아 있었다. 아들 병원비 때문에 자살한 것 아니냐는 수군거림.

돌이켜 생각해 보면 스스로도 의심이 들 때가 있었다. 해준의 병원비를 생각해 자신을 놓은 결과는 아니었는지 궁금했지만 애써 말도 안 되는 소리라고 스스로를 꾸짖었다. 그리고 아버지와의 행복했던 기억만 남기려 애를 썼다.

새벽에 잠도 못 자고 운전을 하시던 아버지시니 잠깐의 피곤함이 부른 참극이라고 생각하려 애를 썼다. 그래도 아버지의 보험금으로 해준이는 무사히 수술을 받았고 한동안은 건강해 보이는 모습으로 지냈었다.

하지만 시간이 흐르며 점점 무뎌지는 기억 속에 아버지의 얼굴은 옅어져 가고 가끔은 교수님의 얼굴과 겹쳐지며 그리움을 자극했다.

쓸데없이 끼어드는 기억을 지우며 해서가 가벼운 옷으로 갈아입었다. 가게 앞에 발소리가 제법 들리는 것을 보면 학교가 개학을 한 모양이었다.

마음을 정하고 돌아온 길이지만 다시 그를 보면 흔들리지 않을 자신이 없었다. 그러나 지금은 그를 피할 곳도 딱히 없었다. 잠시만 그를 더 보게 된 자신이 기뻐하는 것인지 아니면 괴로워하는 것인지도 모르겠다.

한 번도 자신에게 솔직해 본 적이 없어 스스로를 살펴보는 것도 쉽지 않았다. 잡으라는 그의 손을 잡을 자신도 없었다. 너무 오랜 시간 그를 그리워했지만 그 시간 동안 서로가 다른 길을 걸었으니 다시 만난다고 같아질 거라는 믿음도 없었다.

해서는 너무 오래 혼자 있어서 누군가를 옆에 두는 것이 무서웠다. 사람에게 기대는 법을 배우지 못해 나누는 것도 어려웠다.

한 번만 손을 내밀어 잡으면 그만인데 해서에게 그 일은 세상에서 너무도 어려운 것 중에 하나였다.

여행을 하는 내내 그녀가 깨달은 것 중에 하나가 자신이 가장 두려워하는 것은 자신의 감정을 누군가와 나누는 일이라는 것이었다.

"여행이 좋았던 모양이구나. 얼굴이 환해졌어."

다행이었다. 교수님의 안색은 떠나던 그때와 많이 변하지 않았다. 힘들었을 병원 생활임에도 내색도 안 하시고 견디시던 교수님은 퇴원하시고 집에 계시는 동안 훨씬 좋아진 것처럼 보였다.

"그러게요. 건강해 보여요."

사모님도 예쁘게 깎은 사과가 놓인 접시를 해서에게 내밀며 웃으신다.

"섬이 정말 예뻐요. 교수님도 사모님과 함께 가 보세요."

"그러려고. 이 사람이 하도 병원 일에 중독이어서 내가 맘 놓고 여행이란 걸 못 갔잖니. 이번에는 가 보려고."

사모님의 말씀에 교수님은 허허 웃으실 뿐이었다.

"너 이이랑 좀 있어 줄래? 나 잠깐 찬거리 사러 가야 해서. 밥은 먹고 갈 거지?"

"네, 사모님이 해 주시는 밥이 제일 맛있어요."

사모님은 음식 솜씨도 좋은 분이셨다. 어쩌다 들르면 꼭 밥을 먹어야 보내 주시곤 하셨다. 항상 병원 일에 바쁜 남편 흉을 보시지만 자랑스러워하시는 것도 잘 알고 있었다.

"아예 섬으로 갈 생각인 거냐?"

사모님이 나가시고 교수님이 묻고 싶었던 질문을 하신다.

"네, 카페 자리가 있는데 마음에 들어서요."

"도망가는 거냐?"

생각지도 못한 질문에 해서의 눈이 커졌다.

"진 과장에게 너와의 일은 들었다. 그때는 어쩔 수 없었다지만 지금은 도망갈 이유가 없잖아."

"곧 결혼할 사람이에요."

교수님의 말씀에 해서가 고개를 숙이고 작은 목소리로 대답했다. 그 사람이 다른 여자와 결혼해 사는 모습까지 보고 싶지 않았다.

"결혼할 사람이 네게 다가갈 것 같으냐? 마음을 정했으니 다가가는 걸 텐데 받아 줄 수도 있잖아."

"어울리지 않아요, 우리 두 사람은. 그래서 피해 주고 싶어요. 결혼할 분 봤어요. 예쁘고 세련된 분이라 그 사람과 잘 어울려요."

평범한 날씨 이야기를 하듯 편하게 묻는 말씀에 해서도 조금 시간을 갖고 대답해 드렸다.

"그래, 도망가는 것이 제일 편하긴 하지. 안 보고 살면 잊힐 거라 믿으면서. 그래도 굳이 섬으로 갈 필요는 없어."

"예쁜 섬이에요. 나중에 교수님 다 나으시면 사모님하고 여행 오시라고 미리 가서 자리 잡고 있으려고요."

교수님의 말씀을 알아들었으면서도 해서는 모른 척 딴소리를 하고 있었다.

"핑계가 가상하구나. 진 과장에게는 말하면 안 되겠지?"

웃으시면서도 교수님은 내내 해서의 표정을 살피고 있었다.

"제가 말할게요. 이번에는 말하고 가려고요."

"제법이구나."

해서의 말에 교수님이 빙그레 웃으셨다.

"첫사랑은 이뤄지지 않는다잖아요. 맞는 말 같아요."

"누가 그런 말을 했는지 몰라도 나는 그렇게 생각 안 해. 난 와이프가 첫사랑이거든."

"정말요? 어떻게 만나셨는데요?"

교수님은 더 이상 해서와 서훈의 일을 묻지 않으셨다. 단지 자신의 첫사랑 이야기를 해 주시며 사모님 자랑뿐이었다. 볼 때마다 아름답고 예쁘게 늙어 가시는 부부였다. 사고로 죽은 딸을 가슴에 묻고 서로를 아끼고 보듬으며 사시는 모습은 부러움을 너머 감동으로 다가오곤 했다.

나중에 정말 나중에 연이 닿아 결혼이란 것을 한다면 교수님 같은 사람을 만나고 싶다는 생각을 했었다. 그런 생각 다음에 따라온 사람은 항상 서훈이었다. 해서가 아는 사내는 서훈이 처음이었고 마지막이었다.

사람이 겁이 나 거리를 두고 대하니 다가오는 사람도 없었고, 다가올 여지도 주지 않았다. 가끔은 그런 자신이 바보 같다고 생각하지만 쉬이 가슴을 열어 줄 마음이 생기지 않는다. 그래서 해서의 마지막 사랑도 아마 서훈으로 남을 것 같아 슬펐다.

그도 같은 마음이었으면 하는 것이 욕심이라는 것을 알면서도 해서의 숨은 마음속에 그런 바람이 있다는 것은 그녀만의 비밀이었다.

"마음을 정했다니 말리지는 않으마. 하지만 살면서 내내 도망갈 수는 없어. 네 스스로에게 정직해지는 법도 배웠으면 하는 바람이구나. 나중에 후회하는 일이 없도록."

교수님의 집을 나와 가게로 향하는 해서의 귀에 교수님의 말씀이 맴돌고 있었다.

그리고 과연 자신이 그럴 수 있는지 끊임없이 묻고 있었다.

해서의 집을 지키는 것이 이제는 버릇이 되었다. 잠깐의 틈만 나면 서훈은 산책을 핑계 삼아 해서의 가게까지 내려와 묵묵히 내려진 셔터를 바라보았다.

열흘이 지나갔지만 여전히 해서의 가게는 사람이 없다는 것을 알려 주고 있었다. 처음 이곳에 내려올 때 뜨거웠던 햇살은 수그러져 시원한 바람이 느껴지는 것을 보면 계절이 바뀌고 있다는 소리였다.

제인시로 내려와 해서를 만나면서 그의 삶이 뒤집어졌다. 몰랐던 진실이 밝혀지며 앞으로 그의 삶도 바뀌리라는 것을 알려 주고 있었다.

뒤죽박죽이 된 삶에서 단 하나 그대로인 해서를 보면 위로가 되겠지만 그것도 지금은 감히 바랄 수도 없다.

아무것도 바뀐 것이 없었다. 여전히 그의 손은 가득 차 넘치고 있었다. 그래서 가슴이 쓰리고 답답해졌다.

"여기서 뭐 해요?"

교수님 댁에서 나와 집 앞에 서 있는 그를 아픈 눈으로 한참을 바라보았다. 움직이지도 않고 바지 주머니에 손을 넣은 채 마치 그녀를 망부석처럼 기다리며 서 있는 그를 보자 가슴이 찡하게 울렸다.

그녀의 창을 응시하며 한없이 서 있을 것 같은 그의 기다림을 끝내 주려 해서가 먼저 아는 척을 했다.

"왔어?"

해서의 목소리에 서훈이 튕기듯 반응하며 반가운 얼굴로 그녀를 맞았다.

"얼굴이…… 왜?"

콧등에 붙여진 작은 밴드가 먼저 눈에 들어왔다. 그리고 눈가에 그림자로 남은 푸른빛이 멍 자국이라는 것을 알려 줬다.

저도 모르게 다가간 해서가 걱정으로 그의 얼굴에 올리던 손을 멈추며 얼른 등 뒤로 감추었다.

"다쳤어. 많이 흉해?"

잘생긴 얼굴에 두드러진 상처가 해서의 가슴을 아프게 하지만 일부러 고개를 저었다.

"심각해 보이지는 않네요."

"코뼈가 부러졌어. 나으면 더 높아져 있을 거야."

"농담을 하시는 걸 보면 괜찮은 모양이에요. 그런데 여기서 뭐 하세요?"

해서가 그의 곁을 지나 천천히 위로 올라갔다.

"어디 가?"

"집에요."

가게를 통해서만 들어가는 것은 아니었다. 이 층으로 가는 문이 하나 더 있었다. 직접 집으로 갈 수 있는 문이었다.

"여행은 재밌었어?"

"네."

"다행이다. 난 바빠서 여행이라고는 학술회가 전부인데."

그를 지나쳐 걸어가는 그녀의 뒤를 서훈이 따른다. 그러나 굳이 말리지 않았다. 이제 그에게 확실히 자신의 마음을 알려 주는 것이 옳다고 생각하고 돌아온 길이었다.

"혹시, 사고 났었어요?"

열쇠를 찾다 바로 뒤에 서 있는 그를 흘끗 보던 해서가 생각보다 심해 보이는 상처에 놀라 문 여는 것을 잊어버렸다.

가까이 보니 눈가에 퍼렇게 올라오는 멍과 함께 자잘한 상처가 남아 있었고 콧등에는 작은 반창고와 더불어 입술도 부풀어 올라 있었다.

여행을 가기 전에는 분명 깨끗한 얼굴이었다. 그사이 무슨 일이 있었는지 한층 창백해진 표정 때문에 제 나이보다 더 들어 보였다.

심하게 다친 얼굴을 보며 걱정으로 흐려진 해서를 향해 웃으려던 서훈이 입가의 통증에 얼굴을 찡그렸다.

"많이 상했지? 그럴 일이 좀 있었어. 문 열었지? 들어가자."

문손잡이를 잡고 멍하니 서 있는 그녀를 조심스럽게 밀치며 서훈이 열쇠를 받아 문을 열었다. 작은 대문을 지나니 바로 해서의 방으로 통하는 문이 보였다. 그 앞에 서서 어서 문을 열라고 행동으로 재촉하는 서훈을 보며 해서가 그에게 열쇠를 받아 문을 열어 주었다.

짙어지기 시작한 밖의 어둠 때문에 방도 어두웠지만 사물을 분간 못 할 정도는 아니었다. 불을 켜니 해서가 나갔던 그대로 살짝 먼지만 앉은 방이 환하게 눈앞에 드러난다.

"앉아요. 커피드릴게요."

벌써 걱정으로 마음이 달아오르지만 해서는 일부러 모른 척하며 개수대에 서서 커피 병을 꺼냈다. 그때였다. 생각지도 못한 서훈의 행동에 해서가 굳어 버렸다.

갑자기 뒤에서 안은 서훈이 아예 그녀의 어깨에 얼굴을 묻었다.

"해서야, 윤해서."

"무슨 일 있죠? 나 때문이에요? 나 때문에 그런 얼굴이 된 거예요?"

"너 때문이 아니야. 나 때문이지. 너와는 상관없어. 모자란 나 때문이야."

"스무 살 어린애도 아닌데 왜 싸우고 다녀요."

"맞을 짓을 했거든. 그런데 해서야, 지금은 차라리 잔뜩 얻어맞고 뻗어 버리는 것이 훨씬 마음이 편할 것 같아. 지금은 그래."

가라앉은 목소리에 가슴이 아파 해서가 돌아서려 하지만 그는 팔을 풀지 않는다.

"무슨 일인데요. 도대체 왜 그러는데요. 나 같은 애 때문에 아파하지 말라고 했잖아요. 잊어버리면 그만이라고 했잖아요."

"너 때문이 아니라니까. 넌 세상의 모든 일이 다 너 때문이라고 생각해? 아니야. 내가 모자라 벌어진 일이야. 맞아도 싼 놈이라고."

여전히 해서의 등을 껴안은 서훈이 그녀의 어깨에 뜨거운 입김으로 낙인을 찍으며 속삭이고 있었다. 그 목소리가 너무 슬퍼서 해서의 눈에 눈물이 고이고 있었다.

"뭐가 이렇게 어려운지 모르겠다. 뭐가 이렇게 복잡한지도 모르겠어."

"바보, 하나도 안 복잡해요. 나만 놓으면 그만인데. 뭐하러 붙잡고 있어서."

"바보는 너야, 나에게 지금 변하지 않은 사람은 오직 너 하나뿐이야. 그래서 슬프다. 너는 변한 것이 없는데 나는 왜 이 모양인지."

자책하는 그를 달래 줄 말도 할 수 없는 자신이었다. 그래서 일부러 밀어내는 해서의 목소리도 슬프게 울렸다.

"가서 앉아요. 커피 한 잔 드릴 테니 드시고 가세요."

"너 정한 거지? 나만 여기 두고 너 가려는 거지?"

웅얼거리는 그의 음성에 숨겨 있는 물기를 해서의 어깨가 모두 받아 내고 있었다.

"당신도 지금 내게 오기 힘든 거잖아요. 그러니까 괜찮아요. 편하게 가면 돼요."

"해서야, 윤해서."

애타게 부르는 그의 목소리에 벌써 심장이 반응을 보이고 있었다. 천천히 그녀를 돌려 품에 가두는 그의 심장도 그녀의 심장처럼 고장이 났나 보다.

"우린 뭐가 이렇게 복잡해? 너랑 같이 있고 싶다는 내 마음이 욕심이니? 너 하나 욕심내는 건데 뭐가 이렇게 어려워."

"욕심이니까. 욕심은 부리면 안 되는 거니까."

"그래도 놓지 않아. 나는 널 놓을 수가 없어."

서훈이 그녀를 품에서 꺼내 눈을 마주치며 서서히 그녀의 입술에 자신의 입술을 가져다 대었다.

스치는 입맞춤이 아닌 사내로서 다가오는 그를 맞으며 참았던 해서의 눈에서 천천히 눈물이 흐른다. 그리고 눈물의 끝은 입맞춤하고 있는 그의 입으로 향하며 짠맛을 남겼다. 상처 난 그의 입술에서 풍기는 비릿한 혈 향에 숨이 막혀 온다.

점점 깊어지는 입맞춤에 속절없이 해서도 끌려 들어가 그의 향기를 입 안에 가득 머금었다. 숨을 쉴 때마다 온몸으로 스며드는 그의 향기가 그대로 그녀의 향기와 어우러져 하나로 묶였다.

그를 밀어내려 가슴에 얹었던 손에 힘이 들어가며 얇은 그의 옷깃을 꼭 쥐었다. 막을 수가 없어 모든 것을 내주는 해서를 가두기라도 할 듯 그는 더 깊숙이 침입해 들어와 아예 주인인 양 행세

하고 있었다.

가녀린 해서의 몸을 그의 품에 숨겨 놓는 서훈의 키스가 더욱 격렬해졌다. 잡고 싶은 마음과 놓아야 한다는 마음의 갈등이 그녀를 잠식했다.

이윽고 잠시만 그를 잡으라는 마음이 이겼다. 결국 해서도 모든 마음을 다해 그를 맞이하고 있었다.

등을 쓰다듬던 손이 어깨로 허리로 다시 등으로 쉼 없이 움직이며 서훈이 온몸으로 해서를 새기고 있었다.

기다려 달라는 말 대신 서훈이 해서에게 몸짓으로 애원했다.

어렵게 해서의 얼굴을 자신에게 떼어 낸 서훈이 몰아쉬는 거친 숨소리를 해서의 뺨에 새기며 이마를 마주 댔다.

"사랑해, 사랑해."

"나쁜 사람."

속삭이는 그의 말에 해서가 기어이 울음을 참지 못하고 그의 품에 얼굴을 묻었다. 결국 그는 또 다른 기억으로 그녀를 묶어 두었다. 그에게 사랑한다는 말을 듣고 십이 년을 견뎠다. 그리고 서훈은 다시 그 말로 해서의 십이 년을 묶어 버렸다.

"알아, 그래도 널 사랑해. 너 아니면 안 돼. 나는 그래, 그러니까 네가 먼저 날 버리기 전까지 난 너 못 버려."

"나더러 어쩌라고요. 당신 손을 잡을 수도 없는 나더러 어쩌라고. 당신 손을 잡는 게 쉽지 않아요. 당신도 그래서 힘든 거잖아요. 내민 손을 어쩌지 못해 힘든 거잖아요."

해서의 말에 서훈이 아무 말도 못 하고 다시 그녀의 어깨에 얼굴을 묻었다. 작은 해서의 어깨가 지금은 세상 어디에도 없는 가장 편안한 곳처럼 느껴졌다.

"지금은 그래. 그래서 화가 나는데 지금은 아니야. 시간이 필요할 뿐이야. 어리석은 내가 벌인 일을 되돌릴 시간이 필요할 뿐이야. 너에게 내민 손을 가져가는 게 아니야."

"도대체 당신에게 무슨 일이 생긴 거야?"

애가 타는 음성에 해서가 그를 밀어내는 대신 그의 허리를 감은 팔에 힘을 주었다.

"아무 일도 없어. 당장은 널 내 옆에 둘 수 없는 내가 한심할 뿐이야."

그녀를 꼭 안은 그의 팔에도 힘이 들어갔다.

"그냥 편하게 놓아도 돼요. 당신이 편하면 나는 그걸로 충분하니까. 그러니까 힘들어하지도 아파하지도 마요."

내민 손을 잡지 말라는 그의 말이 아팠지만 해서는 차마 그 말도 입 밖으로 내보낼 수 없었다. 잡으라는 그를 밀쳐 낸 사람은 자신이었다.

"널 사랑해. 앞으로도 널 사랑할 거야. 그래서 난 널 놓을 수 없어. 그건 믿어 줘. 어떤 일이 있어도 난 널 사랑해."

"나쁜 사람."

결국 서훈은 해서에게 그를 놓을 힘조차 가져가 버렸다. 알고 있었다. 이 남자는 태생이 이기적인 것과 거리가 먼 사람이라는 것을. 그래서 이기적이지 못한 그녀를 위해 이기적인 사람이 되겠다는 말을 믿지 않았다.

해서는 잡을 사람이 없다면, 이 사람은 잡을 사람이 너무 많은 사람이었다. 그 사람들을 외면하면서까지 이기적으로 굴 수 없는 사람이라는 걸 익히 알고 있어서 그를 많이 사랑했다. 이 사내는 태어나기를 따뜻한 사람으로 태어난 사람이었다.

차라리 자신이 아플지언정 누군가에게 상처를 줄 사람이 아니었다. 그래서 그가 내민 손을 잡을 수 없었다. 어쩌면 아파할 다른 사람 때문에 가장 힘겨울 사람은 바로 이 남자라는 것을 알고 있었다.

"돌아가요. 안 된다고 했잖아. 우린 어긋난 인연이라고 했잖아. 난 내 삶을 살아갈게요. 이제 포기 같은 건 안 하고 열심히 살아갈게요. 그러니까 당신도 열심히 살아요. 우린 잠시 꿈을 꾼 거예요. 한여름의 꿈은 가을이 오면 깨야 하는 거니까."

한때의 첫사랑은 그대로 두었으면 여물지 않아도 아픈 자국은 남지 않았을지도 모른다. 그러나 서로의 선택으로 이뤄지지 않아서 더 슬프고 아프게 남았다.

이제야 후회가 되지만 돌이킬 수 없었다. 다시 그때로 돌아가고 싶지 않지만, 그때로 돌아간다 해도 해서는 같은 선택을 했으리라는 것을 알고 있기에 원망할 수도 없었다.

천천히 팔에 힘을 풀고는 그를 밀어내는 해서의 가슴에 다른 생채기가 나고 있었다. 고개를 들어 그를 보았을 때 허한 표정의 서훈을 보며 가슴이 무너져 내렸다.

그녀가 모르는 일이 분명 그를 힘들게 하고 있는 것 같았지만 묻고 싶은 마음을 억지로 삼켰다. 듣는다고 무엇이 달라질까. 그녀가 해 줄 수 있는 일도 없었다. 그래서 해서는 자신이 할 수 있는 행동으로 그를 위로하려 노력했다.

그의 뺨을 쓰다듬는 해서의 손은 따뜻했다. 성긴 수염 자국으로 거칠어진 뺨이 가슴을 아프게 한다.

"널 포기한 게 아니야. 기다려 달라고 하고 싶은데 그러면 너무 양심 없는 놈이니까. 그래서 그 말을 할 수가 없어. 그래도 기다려 줬으면 좋겠어. 아직은 네 곁에 못 가지만 곧 갈 거니까. 그때까지만 기다려 달라고 하면 너 화낼래?"

애원하는 목소리가 안타까워 해서의 손이 떨리고 있었다. 그리고 해서의 얼굴을 담은 그의 손도 떨렸다. 그래서 또 가슴이 아프다.

매사 자신만만하던 사람이었다. 그런 사람이 그녀의 대답을 기다리며 잔뜩 긴장하고 있는 모습에 슬퍼진다. 자신이 뭐라고 이렇게 애타게 가슴에 품고 사는지 묻고 싶어졌다.

그러나 해서는 끝내 그 질문도 가슴에 묻었다.

짧은 여행이었지만 많은 것을 느끼고 온 길이기도 했다. 연민에 빠져 자신을 돌보지 않았었다. 넓은 바다에서 땀 흘리며 사는 사람들 속에서 자신이 참으로 보잘 것 없어 보였다.

넋을 빼고 바다를 보는 해서가 불안한지 작은 동네의 나이 드신 분들이 돌아가며 그녀에게 인사를 건넸다는 건 그날 묵었던 민박집에서 들었다. 처음 보는 사람들에게도 자신이 불안해 보인다는 것에 웃음이 나왔다.

'젊은 처자가 무슨 일인지 몰라도 나만큼 나이가 들면 참 별일 아닌데 하는 생각을 하게 돼. 가슴에 묻은 일도 시간이 지나면 잊

히기도 해. 슬픈 일이지만 나이가 그렇게 만들어.'

민박집 할머니는 주름만큼 긴 시간을 바다에서 보냈던 삶을 넋두리처럼 그녀에게 털어놓으며 혀를 차셨다.

남편을, 아들을 바다에 보내 놓고 원수 같은 바다에 기대어 살아가는 자신이 한심하지만 그래도 살아는 가더라는 말을 하시면서. 그래서 여기 사람들은 누군가 삶을 놓으려는 사람을 보면 귀신같이 알아낸다며 내내 걱정했다고 말씀하시며 웃으셨다.

자신을 처음 만나는 사람들에게도 그렇게 보였는지 몰랐다. 그래서 교수님도 그녀만 보면 애가 타 하셨으리라.

"이제 순리에 따를래요. 우리가 만날 인연이라면 만나지겠죠. 그렇게 있을래요. 그러니까 당신도 무리하면서 오려고 하지 마요. 그렇게 믿고 당신이 해야 할 일을 하세요. 어디 가서 다치지도 말고, 아프지도 말고, 천천히 당신이 할 수 있는 일을 해요."

"그럴게, 하지만 당장 없어지는 건 아니지? 말하고 갈 거지?"

"이번에는 인사하고 갈게요. 그게 당신이 편하다면 그렇게 할게요."

"그러면 됐어. 그 약속이면 됐어."

그의 품에서 벗어나는 것은 또 다른 고역이었다. 그러나 계속 그의 품에 안겨 있을 수는 없었다. 그래서 해서가 조심스럽게 그를 밀치며 눈물을 지우고 웃는 얼굴을 만들었다.

"우린 만나면 서로를 힘들게 하며 흔적을 남기는 것 같아요. 다른 사람들은 연애하면 행복하다는데 우리는 전쟁을 하는 것 같아요."

"난 너 빼고 연애라는 걸 해 본 적이 없어. 그래서 다른 사람들이 어떻게 연애하는지 몰라. 배운 적이 없어서."

해서가 무슨 뜻으로 그렇게 웃고 있는지 알고 있는 서훈도 그녀에게 맞장구를 쳐 준다. 서로의 마음을 숨기고 서로를 배려하는 마음은 두 사람이 똑같았다.

"그동안 뭐했어요? 좀 배워 두지."

"그럴 걸 그랬나 보다. 좀 배워둘걸. 그런데 시간이 없었어. 그래서 바보 같은 선택을 했을 정도로. 난 공부 외에는 잘하는 게 없나 봐."

"그나마 다행이라고 해야 하는 거예요? 공부라도 잘했으니?"

쓰린 마음을 감추며 해서가 여전히 웃는 얼굴을 보여 주려 노력하고 있었다.

"사실은 안 떠나면 좋겠지만 넌 갈 거잖아. 그렇게 정하고 온 거잖아."

그러나 웃는 얼굴도 서훈의 낮은 목소리에 사라졌다.

"앉아요. 언제까지 이러고 있을 거예요? 이번에는 말하고 가려고 했어요. 도망가는 게 아니니까."

"말로만 아니잖아. 도망가는 거잖아."

"그게 편하니까."

"그래, 넌 편하게 있어. 남은 일은 내가 다 할게."

그를 외면하며 해서도 인정하고 있었다. 자신이 가장 쉬운 길을 택하고 있다는 것을.

"너무 애쓰지 마요. 아무리 애를 써도 안 된다면 포기하는 것도 길이니까."

"넌 너무 쉽게 포기해. 나는 그런 건 못 배워서 쉽게 포기가 안 돼. 나는 나대로 행동할 거야."

"그래요, 겪어 봐야 아는 일도 있으니까."

여전히 그녀의 손을 잡고 있는 서훈에게서 자신의 손을 빼낸 해서가 아픈 눈으로 그를 응시하다 곧 몸을 돌려 커피포트에서 향기로운 커피 한 잔을 따라 그의 앞에 앉았다.

"어디로 갈 거야?"

"섬으로요. 아주 예쁜 섬을 발견했거든요."

"역시."

서훈은 그때 보았던 지도를 떠올리고 있었다.

"뭐라고요?"

혼잣말하는 서훈을 보며 해서가 되물었지만 대답을 들을 수는 없었다.

"언제 가?"

"가게 정리되는 대로."

그럴 줄 알고 미리 손을 써 놓았다. 적어도 해서는 그가 허락할 때까지 이 자리에 있어야 한다는 것을 모르고 있었다. 나중에 그녀가 안다면 화를 내겠지만 조금 더 그녀를 가까이 두고 싶은 그의 욕심이었다.

"아직 대답 안 했어요. 얼굴은 어떻게 된 거냐는 내 물음에."

"맞을 짓했어. 그래서 맞은 거야."

"결혼 안 한다고 했구나."

"눈치 하나는 빠르네."

어두워지는 해서의 표정이 마음에 걸렸지만 모르는 척했다. 아니라고 해도 믿어 줄 사람도 아니었다.

"예쁘고 세련되어 보였어요, 그분. 나 때문에 누군가 아픈 건 싫어요."

그의 약혼녀라고 밝히던 여자가 아름답고 당당해 보여 자신이 너무 초라해 보였다는 것은 말하고 싶지 않았다.

"미치겠다. 몇 번을 말해. 너 때문이 아니야. 내가 안 돼. 처음부터 안 되는 걸 된다고 우긴 벌이야. 연애 한 번 못 해 본 바보 같은 사람이나 할 수 있는 실수였어. 네 덕분에 바로잡은 거고. 너무 늦었으면 다른 사람에게 죄짓고 있었을 거야. 그러니 다행이라고 해야지."

시간이 지나면 지혜와의 일도 모두 털어놓을 생각이있다. 그리나 지금은 그의 마음속이 복잡해 무슨 말을 해야 하는지 모르겠다.

"모르겠어? 내게 여자는 너 하나뿐이야. 전에도 그랬고 앞으로도 그럴 거야. 아무리 아니라고 외면해 봐야 너와 같이 있는 순간에는 널 안고 싶고, 느끼고 싶어 하는 남자야. 첫사랑의 순정만이 다는 아니야. 지금도 난 널 안고 싶은 걸 참고 있어. 이런 내가 다른 여자를 안는다면 그게 올바른 일일까? 너를 생각하며 다른 여자 안기를 바라?"

생각지도 않은 그의 고백에 해서가 놀란 눈으로 그를 쳐다보다 황급히 고개를 돌렸다. 순식간에 붉어진 뺨을 보며 서훈이 쓴웃음을 지었다.

"내가 아직 십이 년 전의 젊은이로 보이니? 사랑에 목숨 걸던 젊은 놈으로 보여? 네 말대로 그만큼 시간이 흘렀으면 나도 변해. 처음부터 난 널 가지고 싶었어. 그때도 그리고 지금도. 미움이라고 포장해도 변하지 않은 건 내가 널 원한다는 거야."

"착각일 수도 있어요. 너무 오랜 시간 미워하다 보니 남은 감정의 찌꺼기 같은."

"정말 그렇게 생각하는 거야?"

서훈이 답답함에 해서의 손을 잡아 그의 가슴에 댔다. 미친 듯이 뛰는 그의 심장이 지금 누구를 향하고 있는지 뚜렷하게 보여준다. 커다란 그의 손을 벗어나려는 작은 해서의 손이 꼬물거리고 있었지만 그는 놓아주지 않았다.

"느껴 봐, 내 심장에서 울리는 소리를."

여전히 손을 빼려던 해서가 그의 말에 움직임을 멈추고 그의 눈과 시선을 마주쳤다. 똑바로 그녀를 향하는 그의 눈에서 무엇을 찾았는지 모르지만 커다란 눈에 눈물이 차오른다.

"당신은 바보예요."

"알아."

"나는 자신이 없어요. 당신 옆에 있을 자신이 없어요. 누군가를 아프게 할 것 같아서. 그 사람이 날 원망하면 도망가 버릴 것 같아서."

"알아."

"그래도 옆에 있고 싶어요. 그러면 안 되는데 자꾸 욕심이 나요. 내가 당신을 욕심내도 될까요?"

또르르 흘러내리는 눈물 한 방울과 함께 속삭이는 해서의 고백에 서훈이 멈췄던 숨을 내쉬었다. 이 말을 기다렸다. 너무 오랜 시간 이 말을 기다리고 살아온 것 같았다.

"휴대폰."

"네?"

"휴대폰 내놔."

혹시나 하고 모르는 전화를 모두 받았다. 혹여 받지 못해도 휴대폰에 찍힌 부재중 전화를 일일이 다 확인했지만 해서는 한 번도 그의 휴대폰에 흔적을 남기지 않았었다.

얕은 한숨을 내쉬고 해서가 천천히 그녀의 휴대폰을 그의 손에 넘겼다. 서훈이 해서의 휴대폰으로 자신에게 전화를 걸자 곧 그의 휴대폰이 울렸다.

"이제 됐다. 답답하잖아. 언제든 목소리 듣고 싶으면 전화할 거야. 받지 않아도 상관없어. 나 혼자 떠들면 되니까."

"받을게요. 들어 줄 사람이 없으면 전화해요. 듣는 건 해 줄게요."

일어서던 서훈이 해서의 뜻밖의 대답에 오랜만에 얼굴에 웃음을 띠었다.

"진즉 그랬으면 너나 나나 덜 힘들잖아. 아무튼 도망가는 데는 천재야. 어떻게 나만 보면 도망갈 생각을 해?"

"그러게 도망가게 두면 좋을걸. 왜 기를 쓰고 쫓아요?"

"내가 쫓아다닌 게 아니야. 우린 만나야 했어."

그의 말을 믿고 싶었다. 여전히 흔들리는 자신의 마음을 들여

다볼 용기도 없는 그녀와 다르게 무조건 옆으로 파고드는 그에 대한 고마움을 외면하는 것이 힘에 부쳤다.

“너무 깊이 생각하지 마. 답은 오히려 쉬운 곳에 있는데 우린 너무 멀리서 찾고 있는지도 모르니까. 푹 쉬어. 여행하느라 피곤했을 텐데. 오늘은 여기까지야. 내일은 내일 걱정하자. 갈게. 나오지 마.”

해서의 작은 어깨가 그의 발목을 잡고 있었지만 애써 외면한 서훈이 아쉬움을 떨치고 그녀의 집을 나섰다. 어느새 어둠이 내려온 골목은 마치 그의 마음 같았다.

그나마 지혜의 어머님은 자신이 치료가 필요한 상태라는 것을 인지하고 있었지만 지혜는 다른 문제였다.

하루에도 수십 번 전화가 오고 있었다. 예전이라면 바쁘다는 핑계로 무시할 수 있었지만 지금은 아니었다. 진료 중에도 볼륨을 줄이고 전화를 켜 놓아야 했다. 그렇게라도 그녀의 행동반경을 확인하지 않으면 어떤 행동을 보일지 모르니 방법이 없었다.

그에게 숨을 쉬게 해 주는 존재는 해서 하나였다. 그래서 조금 더 그녀를 잡고 싶어 일을 꾸몄다. 나중에 해서가 화를 내도 지금은 다른 방법이 생각나지 않았다.

여전히 바다 가운데 길을 밝히는 등대처럼 환하게 빛을 내고 있는 해서의 창문으로 향하는 서훈의 눈에는 진한 아쉬움이 담겨 있었다.

14

제발 무사히 나에게 와요

“어째 아픈 사람은 난데 누가 보면 자네가 중환자인 줄 알겠어.”

병원에 오신 백 교수님이 서훈을 보며 쓴소리를 하셨다. 평상시보다 어두운 표정을 보면 무슨 일이 생긴 모양인데 내색을 안 하니 돌려 물으시는 것이리라.

“그렇게 심각하게 보입니까?”

“거울은 보고 다니나?”

“그러게요. 해서를 만나려면 거울을 보고 가야겠어요.”

“마음을 정한 모양이군.”

가을을 알리는 바람이 두 사람을 감싸며 뜨거운 햇살을 밀어내려 애쓰는 정원 의자에 앉은 두 사람은 편안해 보였다.

“정할 마음이나 있으면 다행이게요. 처음부터 제게 선택이란 건 없었습니다.”

"그런데 그 녀석은 왜 간다는 거야?"

"그러게요. 도통 말을 안 들으니."

"그래서 가게 둘 건가?"

"설마요."

어두운 얼굴과 다르게 서훈의 말투에는 자신감이 차 있었다. 그래서 백 교수도 웃을 수 있었다. 무엇인가 그를 괴롭히고 있는 것 같았지만 한 번 정하면 돌아보지 않는 성격인 것도 알고 있었다. 그런 그가 해서를 잡을 준비가 되어 있다면 이미 해서도 숨을 구멍이 없다는 소리와 같았다.

"그래도 살살하게. 겁이 많은 녀석이야. 도자기 같은 아이네. 그래도 깨지지 않고 그만큼 견딘 걸 보면 대단하다는 생각이 들곤 해."

"알고 있습니다. 그래서 천천히 가자고 하는데 사람 마음이 쉽나요? 매번 도망갈 준비부터 하고 있으니 죽을 지경입니다."

"그나저나, 그 아가씨는 이해해 주던가? 자네를 많이 좋아하는 것 같던데."

반짝이는 눈으로 그의 약혼녀라고 자랑스럽게 소개하던 젊은 여인을 떠올리며 백 교수가 조심스럽게 물었다. 다른 것은 다 모른 척할 수 있었지만 내내 그것이 마음에 걸렸다. 해서가 알면 벌써 백 리는 도망가고도 남을 일이었다.

"여전히 사과하는 중입니다. 그녀를 그대로 두고 해서에게 가면 받아 줄 사람이 아니잖아요."

교수의 질문에 서훈의 표정이 급격하게 어두워졌다. 시간을 두고 먼 산을 바라보며 대답하는 제자를 향해 사정을 짐작한 백 교수가 고개를 끄덕였다.

“뭔가 꽤 복잡한 모양이구먼. 하지만 나도 사람이라 아끼는 사람이 먼저라네. 해서는 내게 딸 같은 아이야. 그래서 자네가 해서를 아프게 한다면 그 아이 부모 대신 나에게 혼이 날 준비는 하게.”

그래도 이 말은 꼭 해야겠다 싶은 백 교수가 말을 꺼냈다.

“명심하겠습니다. 교수님이 걱정하시지 않게 노력하겠습니다. 그러잖아도 저 해서에게 가 볼 생각인데 같이 가시겠습니까?”

빙그레 웃는 서훈의 얼굴에는 여전히 씁쓸한 기색이 남아 있었다.

“나는 나중에, 어차피 틈나는 대로 날 찾아오는 녀석인걸.”

“언제면 해서가 스스로 절 찾아올까요?”

“시간이 답을 주겠지. 그래도 내가 해 줄 말은 힘내라는 말뿐이군.”

“그 말씀만으로도 힘이 납니다. 그럼 전 이만 먼저 일어나겠습니다. 점심시간이 얼마 안 남아서요.”

“아, 내일은 집사람이 해서를 불러 밥이나 먹자고 하던데 자네도 오겠나?”

일어서는 서훈을 잡은 백 교수님이 반가운 말씀을 하신다.

“당연하죠. 사모님 솜씨 좋은 걸로 유명하시던데. 이제야 맛보게 되네요.”

“그럼 시간 되면 와서 밥이나 먹게.”

“교수님. 감사합니다.”

든든한 응원군이 있어서 서훈이 힘이 났다. 그래도 그의 마음을 알아주시고 탓하지 않는 분은 오직 교수님뿐이셨다.

"그런 인사는 나중에 받겠네. 자네 하는 거 봐서."

성큼 나서는 서훈을 바라보는 백 교수의 얼굴이 아까와는 다르게 어두워졌다. 두 사람을 모두 아끼는 사람으로서 두 사람 모두 행복해지기를 바라는 마음이었다.

그러나 날이 갈수록 핼쑥해지는 서훈의 얼굴도 마음에 걸리고 애써 행복한 얼굴로 웃고 있는 해서 역시 마음이 쓰였다.

두 사람 사이에 무슨 일이 있는 것은 분명한데 도통 말을 안 하니 물어볼 수도 없었다. 이렇게 자리를 만들어 두 사람을 만나게 하는 것이 도움이 될지 모르겠지만 누군가 자리를 깔아야 한다면 자신이 해 주고 싶었다.

"말을 물가로 끌고 가는 것은 가능하지만 먹는 거야 제 맘이니 사람이 할 수 있는 일은 여기까지겠지."

"뭘 끌고 가요?"

깊어 가는 하늘을 보며 혼잣말하는 백 교수의 곁으로 아내가 다가와 핀잔을 주었다.

"그런 일이 있어. 이제 가면 되는 거지?"

"네, 힘들지 않아요?"

"오랜만에 편히 쉬는데 힘들 게 뭐 있어. 가자고."

"해서도 건강해 보였는데 뭔가 마음이 다른 곳에 가 있는 애 같았어요. 당신은 무슨 일인지 알죠?"

그가 진료받는 동안 해서를 찾아갔던 그의 아내가 백 교수의 옆구리를 찔렀지만 그는 빙그레 미소만 지을 뿐이었다.

"진 원장님은 진 과장은 안 만나고 가신데요?"

오랜만에 만나는 친구였다. 자신의 지금 형편이 움직일 수 없어 그가 내려온다는 전갈은 받았다. 그러나 서훈에게는 따로 말하지 않았다. 굳이 따로 만났으면 하는 진 원장의 뜻을 짧은 대화로 충분히 알아들었기 때문이다. 아마도 제자의 사정은 그의 아버지에게 들을 수 있으리라.

"모르지. 나도 만나 봐야 아는 일이니까."

오늘은 아내에게 해서와 제자의 사이를 말해 주어야 할 것 같다. 두 사람을 같이 식사에 초대하기 전에.

"가게는 나갔어?"

"아직요."

점심시간이라며 가게를 찾아오는 그를 말리는 것도 한두 번이지 이제는 아예 포기했다. 해서는 그를 반기기는커녕 탁자 앞에 앉아 장미 가시를 제거하며 무심한 답을 주었다. 오늘 주문받은 장미 한 다발을 만들기 위해 탁자에는 포장지와 리본, 가위 따위로 가득 차 있었다.

"한가하네."

손님이 없다고 가게가 한가한 건 아니었지만 굳이 토를 달지는 않았다.

"가게가 한가한 건 이상하지 않은데 당신은 한가해요?"

"커피 한잔할 여유는 있어."

"커피 드시러 참 멀리도 나오시네요."

커피를 핑계로 시간이 날 때마다 서훈이 그녀의 가게를 찾아왔다. 처음에는 황당해하던 해서도 어느새 그를 기다리게 되었다.

그날 이후로 그는 다가오지도 그렇다고 멀어지지도 않은 채 그녀의 곁에 머물고 있었다. 지나가다 들른 사람처럼 커피 한 잔을 달라는 말 뿐이었다.

심장에 문제가 생긴 후 해서는 더 이상 커피를 마시지 않았었다. 그런 해서가 일부러 시내까지 나가 향이 좋은 커피를 사다 놓은 것은 손님을 대접하기 위해서만은 아니었다.

환자를 보느라 늦은 저녁까지 그가 보이지 않으면 해서의 가게도 문을 열고 환하게 빛을 발하고 있었다.

밤늦게라도 나타나 해서가 주는 커피 한 잔을 마시고 가게 셔터를 내려 주는 것도 어느새 서훈의 일이 되었다.

그래서 진 과장의 연인이 꽃집의 주인이라는 소문이 병원에 파다하게 퍼졌다. 일부러 해서의 가게를 찾는 병원 직원이 늘어났다는 것을 알고 있었지만 모르는 척하는 것도 곤욕이었다.

아르바이트생인 영준도 그가 나타나면 슬그머니 자리를 비우며 딴청을 했다.

"말해요?"

"뭘?"

서훈은 그녀를 보며 환하게 웃지만 며칠 사이 살이 빠진 얼굴을 감출 수는 없었다. 병원 가까이 살고 있어 병원의 바쁜 사정은 훤히 알고 있었다. 검어진 눈 밑을 보며 해서는 그가 도대체 몇 시간이나 자고 일하는지 궁금해졌다.

“무슨 일이 있어 잠도 못 자고 다니는 거죠?”

“그렇게 티 나?”

“바쁘다는 핑계는 빼요. 밤마다 수술하는 것도 아니잖아요. 도대체 무슨 일이에요. 말해요.”

어물쩍 넘기려는 그를 보며 해서가 다듬고 있던 장미를 내려놓고 아예 그를 노려보았다.

냉랭한 목소리에 서훈이 어깨를 으쓱이며 다시 딴소리를 한다.

“환자가 많았어. 우리 일이 수술 안 한다고 비상이 아닌 건 아니잖아.”

“그런 핑계 안 통한다고 말했어요. 대체 무슨 일이에요?”

“어! 점심시간 끝나 간다. 끝나고 와서 말할게.”

일어서는 그를 막으려던 해서가 가게 문이 열리는 은종 소리에 손님을 확인하고 얼어붙었다.

“오빠!”

흥분한 얼굴로 서훈을 부르는 사람은 분명 그의 약혼녀라고 알고 있는 여인이었다. 표독한 눈초리에 담긴 적의가 해서를 확인하고는 번뜩였다.

“내가 이럴 줄 알았어. 이년 만나고 있었잖아. 나 서울에 두고 계속 이년 만난 거였어?”

“지혜야, 너 어떻게…….”

놀라 당황하는 서훈을 보며 해서가 고개를 돌렸다. 여전히 그와 해서 사이에는 저 여인이 있었다. 잠시나마 그가 내민 손을 잡으려 했던 자신이 너무 한심해 해서는 아예 두 눈을 감아 버렸다.

그러나 그의 약혼녀라는 여자의 고함은 막을 수가 없었다.

“아버님하고 어머님이 내려오신다기에 따라왔어. 혹시나 싶었는데 역시 저년이었어. 그런데 뭐? 안 만나? 감히 날 속여?”

금방이라도 달려들 듯 주먹을 쥐고 발을 구르는 지혜를 서훈이 곤혹스러운 얼굴로 달래려 애를 쓰고 있었다.

“진정하고. 두 분은 어디 계셔?”

지혜의 등 뒤를 살피지만 다른 사람은 보이지 않는다.

“무슨 상관이야? 내가 어떻게 알아. 어쩐지 두 사람 모두 날 떼어 내려고 기를 쓰더니. 오빠 이러는 거 알고 그런 거지? 여기서 이년하고 노닥이는 거 아신 거잖아.”

바락바락 악을 쓰는 여자의 목소리가 아프게 귀에 박혔다. 배신감에 치를 떠는 여자에게 어떤 말이라도 해야 한다는 것은 알지만 너무 치욕스러워 귀까지 막아 버렸다. 당장 사라질 수만 있다면 어디로든 사라져 버리고 싶은 마음뿐이었다.

“진정해. 그런 거 아니야. 지혜야, 내 말 좀 들어 봐.”

그 와중에 서훈의 말이 해서를 더욱 아프게 하고 있었다. 끊임없이 그녀와의 사이를 변명하는 말속에서 그에게 자신이 어떤 존재인지 깨닫고 있었다.

“뭐가 아니야? 내 눈으로 봤는데 잡아떼? 죽여 버릴 거야. 저년 내가 죽여 버릴 거라고.”

눈을 감고 귀를 막아도 들리는 고함에 해서가 참지 못하고 그곳을 벗어나려는 순간, 갑자기 그녀를 품에 안는 서훈의 행동으로 멈춰졌다.

"……무슨?"

그녀를 품 안에 감추기라도 하듯 안은 그가 고개를 들려는 해서의 머리를 잡고 그대로 가슴에 묻어 버렸다.

"안 돼!"

덕분에 찢어지는 비명이 순간 저 멀리에서 들리는 것만 같았다.

"너 괜찮아?"

"무슨 일이에요? 도대체 왜?"

여전히 비명을 지르는 여자의 목소리에 당황한 해서가 그의 품에서 벗어나려 버둥거리는 상황에서도 서훈은 그녀를 놓지 않았다.

"잠깐만 잠깐만 해서야. 잠깐만…… 이대로 있자."

숨쉬기가 곤란한 사람처럼 서훈은 얕은 호흡을 하면서도 여전히 해서를 잡은 손에 힘을 풀지 않았다.

"안 돼! 오빠…… 아냐…… 내가 안 그랬어."

도대체 무슨 일이 벌어진 건지 몰라 기를 쓰고 그의 품에서 벗어난 해서의 품으로 이번에는 서훈이 힘없이 무너져 내린다.

"……서훈 씨? 왜 그래요, 도대체!"

그를 안던 해서가 그의 등 뒤에 꽂혀 있는 물건을 보고 하얗게 질렸다. 분명 탁자 위에 놓여 있어야 하는 물건이 어째서 그의 등에 꽂혀 있는지 알 수가 없었다.

그를 안은 손은 벌써 뜨거운 피로 빨갛게 물들어 있었다. 마치 느리게 돌아가는 영화 필름처럼 세상이 멈춰 버렸다.

"누가…… 좀…… 도와주세요. 제발 누가 좀……."

목소리조차 제대로 나오지 않았다. 억지로 목소리를 내려고 기를 쓰던 해서의 귀에 문이 열리는 종소리가 반갑게 들렸다. 마치 구원의 종소리처럼 들려온다.

"누나, 배달은 오늘 이게 마지막이죠? ……누나?"

아르바이트생 영준이었다. 오늘처럼 아 아이가 반가운 날이 없었다.

"영준아 도와줘. 제발 이 사람 좀……."

어리둥절한 눈으로 가게 안의 상황을 살피던 영준이 저도 모르게 휴대폰부터 꺼냈다.

"잠깐…… 잠깐만요. 기다려요. 119, 119 부를게요."

발 빠르게 움직이는 영준을 보며 해서가 서훈을 품에 안고 두려움에 터지려는 울음을 삼키고 있었다.

"서훈 씨. 정신 차려 봐. 눈 떠 봐요. 제발…… 눈 떠요."

"생각보다…… 많이 아프네. ……넌 괜찮아?"

헐떡이는 숨결이 손에 닿을 듯 느껴졌다. 목소리를 내는 것도 힘에 겨운 서훈을 보며 두려워진 해서가 대답 대신 고개만 끄덕였다.

"누나, 119 금방 올 거예요. 괜찮으세요? 제 말 들리세요? 누가 그런 거야? ……누나?"

영준이 다가와 어쩌지도 못하고 서훈과 해서를 정신없이 바라보며 안달하고 있었다. 등에 가위가 꽂힌 남자가 요즘 자주 오는 의사 선생님인 것을 알고 있었다. 그러나 왜 이런 모습으로 해서의 품에 안겨 있는지는 알 수 없었다.

그 와중에 가게 구석에서 벌벌 떨고 있는 여자가 눈에 들어왔다.

"서훈 씨? 정신 차리고 있어요. 곧 119 올 거야. 그러니까 제발 눈 뜨고 있어요."

영준의 질문에 대답할 여력도 없었다. 오직 얕은 숨을 거칠게 쉬고 있는 서훈만 눈에 보였다.

"난 괜찮아. 아직은……. 지혜…… 잡아 놔. 어디 못 가게."

"……피! 서훈 씨, 말하지 마. 정신만 차리고 있어요. 나 무서워 죽겠어. 그러니까 눈 떠요. 알았죠?"

애써 해서를 달래려 애를 쓰던 서훈이 기침을 하자 입에서 뜨거운 피가 쏟아진다. 그가 흘린 피로 해서도 점점 피투성이가 되어 가고 있었다.

"누나?"

상황이 심각해지자 영준도 발을 동동 구르며 연신 가게 문밖을 확인하며 응급차를 기다렸다.

"……내가 안…… 그랬어. ……난 아니야. 내가…… 그런 게 아니야."

영준의 눈에 문가에 주저앉아 있는 여자가 눈에 들어왔다.

"누나, 저 여자야? 저 여자가 그런 거야?"

"……몰라, 나도 몰라. 영준아. ……119는? 왜 안 와?"

쪼그리고 앉아 연신 같은 말을 내뱉는 여자를 살피던 영준이 해서를 향해 묻고 있었다. 그러나 해서는 영준의 질문에 대답할 겨를도 없이 오직 품에서 늘어지는 서훈만 눈에 보일 뿐이었다.

점점 기운이 다해 힘이 빠지는 서훈을 품에 안은 해서가 미친 듯이 그의 이름을 불렀다.

곧 기다리던 119가 사이렌 소리를 내며 가게 앞에 도착했다. 그 다음은 정신이 하나도 없었다. 그녀를 떼어 내려 애를 쓰던 119 구급 대원의 손을 해서는 기억한다.

미친 듯이 그를 잡고 놓지 않는 그녀를 달래 서훈을 무사히 구급 대원의 손에 맡긴 사람은 영준이 같았다.

정신없이 그를 쫓아 구급차에 오르고 병원 응급실까지 오는 데도 한 세월이 흐르는 것 같았다. 단지, 그녀의 손을 잡고 있는 그의 손에 힘이 들어가 있다는 느낌은 분명했다.

"살려 주세요. 제발, 살려 주세요."

응급실에 도착해 다가오는 의사를 잡고 해서가 애원을 하는 중에 환자를 확인한 응급실이 발칵 뒤집어졌다.

흉부외과의가 허겁지겁 응급실로 뛰어와 그의 상태를 확인한 후 응급처치를 하고는 급격히 어두워지는 얼굴로 보호자를 찾자 해서는 덜컥 겁부터 났다.

"저예요. 어떤가요? 괜찮은가요?"

다급하게 나서는 해서를 보며 3년 차 이진호 선생이 진땀을 빼며 고개를 저었다.

"당장 수술을 해야 합니다. 가위가 폐를 찔렀어요. 그런데 지금 과장님이 저런 상태라 저희로서는 수술할 다른 의사가 없습니다. 병원을 옮겨야 합니다."

흉부외과의 수술을 담당할 서훈이 수술을 받아야 하는 상태이니 당장 수술할 사람이 없었다. 급하게 응급처치를 했다지만 이

상태로는 오래 견디기 힘들었다.

“연락을 하고 있으니 준비하세요.”

“무슨 소리예요? 당장 수술해야 한다면서요. 그런데 어디를 가요?”

저도 모르게 목소리가 높아지고 있었다. 응급 상황이라면서 병원을 옮기라니 눈앞이 깜깜해지고 있었다.

“죄송합니다. 하지만 수술할 의사가 없어요. 저희도 최선을 다하고 있습니다.”

말도 안 되는 일이 벌어져 3년 차 레지던트도 정신이 없었다. 이런 일은 겪어 본 적도 없었다. 수술할 의사가 환자로 그것도 응급 환자로 실려 왔으니 방법이 없었다.

“다른 병원 갈 동안 괜찮은 거예요? 정말 괜찮아요?”

“저희도 최선을 다하고 있지만…… 거기까지는 장담할 수 없어요.”

떨리는 목소리에 두려움이 잔뜩 깔려 있는 보호자를 보며 더 이상 해 줄 말이 없었다.

“잠시만요. ……잠시만요.”

해서가 덜덜 떨리는 손으로 휴대폰을 찾아 버튼을 눌렀다. 당장 떠오르는 사람은 교수님밖에 없었다. 교수님이라면 분명 그를 살려 줄 것이다.

“교수님…… 살려 주세요. 제발…… 살려 주세요.”

그러나 휴대폰에서 교수님의 목소리가 들리자 다른 말은 떠오르지 않는다. 울먹이는 해서의 목소리에 휴대폰 너머의 교수님도 당황한 기색이 역력했다.

"서훈 씨가…… 사고가…… 그런데 수술을…… 의사가 없대요. ……살려 주세요, 제발…… 교수님 살려 주세요."

교수님도 환자라는 건 안중에도 없었다. 당장 위급한 서훈을 살려야겠다는 생각뿐이었다.

— 거기 누구 의사 없어? 전화 좀 바꿔 봐. 얼른.

"여기…… 전화 좀 받으세요. ……선생님, 여기요."

해서가 주저 없이 설명을 하던 이진호 선생에게 휴대폰을 내밀었다. 엉겁결에 휴대폰을 받은 이 선생이 백 교수의 목소리에 곧바로 정자세를 한다.

"네? 아 네. ER(emergency room: 응급실) 비지트(visit: 방문하다, 내원하다) 시 시저(scissors: 가위)로 인한 라이트 디아프라그마틱 럽쳐(right diaphragmatic rapture: 오른쪽 횡경막 파열) 상태였습니다. 시저는 블리딩(bleeding: 출혈) 때문에 리무브(remove: 제거하다)는 안 했고요. X-ray상 헤모쏘락스(hemothorax: 혈흉)가 보여 체스트 튜브(chest tube: 흉관) 인설트(insert: 삽입하다) 했습니다."

이 선생이 잠깐 머뭇거리며 휴대폰을 다른 손으로 옮기고 휴대폰 너머 들리는 말에 주의를 기울였다.

"팩 셀 트레스퓨전(packed cell transfusion: 수혈) 중이며 어큐트 레스피레토리 펠률러(acute respiratory failure: 급성 호흡 부전) 보이고 헤맙테시스(hemoptysis: 객혈, 각혈)가 있습니다. CT 확인해야 알겠지만 소견상 렁럽브(lunglobe: 폐엽) 라세

레이션(laceration: 열상) 의심됩니다."

휴대폰에 대고 상황을 설명하던 이 선생이 당황한 얼굴로 서훈을 한 번 보고는 목소리가 커졌다.

"네? 하지만 서젼(surgeon: 집도의)이……. 네? 네. 트레스퍼(transfer: 이송) 시 익스파이(expire: 사망) 할 수도 있는 이머전시(emergency: 응급)라 OP 가능한 가까운 병원 알아보고 있는 중입니다."

머뭇거리며 대답을 못 하던 이 선생이 무엇인가 결심을 한 듯 다시 휴대폰을 고쳐 잡았다.

"하지만…… 전 아직…… 네? 네. 교수님이 서브해 주신다면 제가 해 보겠습니다. 네. 알겠습니다. 준비하고 있겠습니다."

무슨 말인지 도무지 알아들을 수 없는 말을 하는 이 선생을 넋 놓고 바라보고 있던 해서가 익스파이라는 말은 알아들었다. 하얗게 질리는 해서에게 휴대폰을 돌려준 이 선생이 서훈을 확인하고 곧바로 인턴을 향해 오더를 내렸다.

"OR방 잡고 마취과 연락해. 팩 셀(packed cell: 전혈제제) 충분히 확보해 놓고. 아냐, 이대로 OR로 간다. 백 교수님 오신다니까 어서 준비해."

그의 명령에 응급실에 있던 의사와 간호사의 움직임이 빨라졌다.

"어떻게 된 건가요?"

해서도 반은 넋이 빠져 있었다. 서훈을 붙잡은 손을 놓지도 않고 기도하듯 그의 이름을 부르던 해서가 침상에 다가온 의사를 향해 묻지만 옆의 간호사가 그녀의 손을 떼어 내고 있었다.

"수술할 겁니다. 백 교수님이 오신다니까 지금 바로 수술 들어갈 겁니다. 보호자는 밖에서 기다리세요."

그녀를 밀어낸 이 선생이 곧바로 서훈에게 다가가 의식을 확인했다.

"과장님 아무래도 제가 서전(surgeon: 집도의)이 돼야 할 것 같습니다. 괜찮으시겠어요? 교수님이 서브해 주신답니다."

벌써 하얗게 질리는 얼굴색만으로도 출혈로 인한 청색증이 오고 있다는 것을 알 수 있었다. 아직은 의식이 있는 서훈에게 이 선생이 단호한 말투로 상황을 설명했다.

"잘…… 부탁……합니다."

"최선을 다하겠습니다. 그럼 이제 OR로 갑니다."

숨이 가빠 간신히 목소리를 내는 서훈의 답을 듣고 이 선생이 급하게 이동용 침상을 밀며 응급실을 나섰다. 정신없이 그 뒤를 따라가는 해서가 하마터면 힘이 빠져 응급실 문 앞에서 주저앉을 뻔했다. 간신히 정신을 차려 서훈의 뒤를 따르면서도 그녀는 너무 두려워 아무것도 생각할 수가 없었다.

수술실 밖에서 정신없이 오가는 해서의 모습은 흡사 그녀가 환자처럼 보일 정도로 피투성이였다. 서훈이 흘린 피와 기침과 함께 쏟아 냈던 피로 얼룩져 하얀 티가 빨갛게 변해 있었다.

"해서야?"

자신의 이름이 귀에 들리자 해서가 정신없이 목소리가 들리는 방향으로 고개를 돌렸다. 급하게 다가오시는 교수님과 사모님의 모습이 보인다.

그제야 해서는 제대로 숨을 쉴 수 있을 것 같았다. 두 분 뒤로 다른 사람이 따라오는 것 같았지만 지금 해서의 눈에는 교수님만 보였다.

"교수님, ……살려 주세요. ……우리 서훈 씨 좀. 제발요."

뛰다시피 걸어가 백 교수의 품에 안긴 해서가 울먹이며 애원하자 백 교수가 가볍게 그녀의 등을 두드리며 재빨리 아내에게 해서를 맡겼다.

"진정하고 기다려."

백 교수는 이 말만 남기고 빠른 걸음으로 수술실로 향했다. 그리고 뒤이어 사모님이 해서를 품에 안았다.

"괜찮아, 저 사람이 갔으니 진 과장은 괜찮을 거야. 그런데 무슨 일이야? 이게 도대체 어떻게 된 거야?"

"모르겠어요. ……저도 모르겠어요. 저 사람이…… 왜 저렇게 된 건지 모르겠어요."

덜덜 떨고 있는 해서를 사모님이 달래 의자에 앉혔다.

"이게 무슨 일이야? 우리 서훈이가 어떻게 된 거예요? 여보? 이게 도대체."

그제야 해서는 사모님의 곁에 쓰러질 듯 하얗게 질린 여인이 보였다. 해서만큼이나 사색이 되어 떨고 있는 여인은 분명 서훈의 어머님이었다.

"기다려 봅시다. 석기 저 사람이 들어갔으니 무사히 나올 거야. 진정하고."

그녀를 달래는 나이 드신 신사 분은 처음 보는 얼굴이었지만 왠지 익숙하게 느껴졌다. 그러나 해서는 그들을 신경 쓸 겨를이 없었다. 오직 수술실에 들어간 서훈을 걱정하느라 가슴이 조여 오고 있었다.

“아가씨, 무슨 일이 있었는지 말해 주겠어요?”

“모르겠어요. 저도 모르겠어요. ……갑자기 저 사람이 ……쓰러졌어요. 그런데 등에…….”

너무 끔찍한 기억에 해서가 눈을 감고 숨을 몰아쉬며 고개를 흔들었다. 침통한 표정으로 서훈의 상황을 묻는 나이 든 신사의 질문에 도리질만 할 뿐이었다.

마치 악몽을 꾸고 있는 것 같았다. 현실이라고 믿기에는 너무 끔찍해 해서는 아예 온몸을 웅크리고는 말을 끝내지도 못하고 숨죽여 울었다.

“정신 차려. 해서야. 날 봐. 윤해서. 너도 다친 거야?”

사모님이 연신 해서를 흔들며 진정시키려 노력하지만 그녀의 떨리는 몸이 멈출 생각을 하지 않았다. 그제야 온통 피투성이인 해서가 눈에 들어온 사모님이 그녀의 몸 구석구석을 살피기 시작했다.

“저는…… 괜찮아요. ……제 피가 아니에요.”

“얼마나 심각한 상태인가요?”

해서의 대답에 사모님이 안도의 숨을 내쉴 사이도 없이 진 원장이 창백한 안색으로 해서를 붙잡고 물었다.

“가위가…… 폐를 찔러서…….”

“흐음.”

울먹이는 해서의 목소리는 제대로 들리지도 않았다. 주의를 기울여 듣고 있던 진 원장의 안색은 하얗게 질리고 고 여사가 답답한 얼굴로 남편을 바라본다.

"……복부의 상처가 커서 수술이 필요한 것뿐이오. 그러니까……."

"그런데 당신 얼굴이 왜 그래요? 심각한 거예요? 많이 다쳤군요. 그렇죠?"

아내를 위해 심각한 상태라는 말은 전하지 않으려고 했지만 파리해진 안색을 놓치지 않은 고 여사의 닦달에 결국 진 원장이 고개를 끄떡였다.

"하지만 석기 저 사람이 있으니 걱정할 건 없소. 게다가 응급처치도 빨라서 수술만 잘 끝나면 아무 이상 없을 거요."

주저앉는 아내를 품에 안으며 달래는 진 원장의 말이 고 여사의 귀에 들릴 리 없었다.

하얗게 질려 넋을 놓는 아내를 품에 안은 진 원장이 수술실을 바라보며 침통한 얼굴로 오래된 친구를 응원하고 있었다.

해서는 백 교수님의 부인 품에서, 그리고 고 여사는 남편 품에서 넋을 놓고 있었다. 너무 황당하고 기가 막힌 일에 하늘이 노랗게 보이고 있었다.

수술실의 불이 켜지고 수술실 밖에서는 간간히 숨죽인 울음소리만 가득했다.

모두 한마음으로 한 사람의 무사함을 빌고 있었다. 그때 하얗게 질린 사람들 앞에 낯선 사람이 찾아왔다.

"여기 윤해서 씨가 누굽니까?"

피곤한 기색의 사내 둘이 해서를 찾자 놀란 백 교수님의 사모님이 해서의 손을 잡았다.

"윤해서 씨?"

온통 피투성이인 상태의 해서를 눈치로 알아본 사내가 다가와 묻는다.

"네?"

해서가 저도 모르게 대답하며 처음 보는 사내를 보았다.

"서에서 나왔습니다. 신고가 들어왔어요. 진서훈 씨 상해 건으로요. 목격자가 윤해서 씨라고 하던데 맞습니까?"

신분증을 내민 사내가 해서의 상태를 보고 얼굴을 찡그렸다.

"혹시 다치셨습니까?"

"아니…… 아니에요. 내 피가 아니에요."

두려움에 여전히 몸을 웅크리고 앉아 있던 해서는 앞에 서 있는 사내를 쳐다보지도 못하고 간신히 대답했다.

"다행이군요. 혹시 가해자가 꽃집에 있던 이지혜 씨인가요?"

"누구? 지혜? 그 애가 왔어요? 여기에?"

지혜라는 이름에 고 여사와 진 원장의 눈이 커졌다.

"네. 아르바이트생이 신고했습니다. 그런데 자신은 사건이 벌어진 다음에 들어와 잘 모른다며 목격자로 윤해서 씨를 지목했어요."

"어떻게 된 거야? 정말 지혜가 그랬어?"

고 여사가 덜덜 떨리는 손으로 해서의 옷깃을 잡으며 묻는 말에 해서는 연신 고개를 저었다.

"모르겠어요. ……전 본 게 없어요. 제가 본 건……."

도리질하는 해서를 보며 답답해하던 형사가 상황을 물어 온다.

"가게 안에 다른 사람은 없었다고 하던데요?"

그가 무엇을 묻고 있는지 정신없어 머리에서 받아들이지 않았다.

"해서야. 가게에 다른 사람이 있었어?"

사모님이 부드러운 어조로 해서를 달래며 상황을 물어 오자 그제야 해서가 고개를 저었다.

"……아무도, ……나랑, ……서훈 씨 그리고 그분."

"잠시 서로 같이 가 주시겠습니까?"

해서의 대답을 기다리던 사내가 해서와의 동행을 요구했다.

"못 가요. 난 이 사람 무사한 것 볼 때까지 절대 못 가요."

그러나 해서는 사모님의 손을 잡고 단호하게 거절했다. 당장은 하늘이 무너져도 움직일 수 없었다. 그가 무사한 것을 확인하기 전까지 해서는 여기서 한 발짝도 움직일 생각이 없었다.

"잠깐만요. 지금 이 사람 상태 안 보이세요? 옷이라도 갈아입어야 하잖아요. 저희가 책임지고 서로 데리고 갈 테니 잠시만 기다려 주세요. 지금 여기도 정신이 없어요."

보다 못한 사모님이 평상시와 다르게 날이 선 목소리로 사내들을 향해 한마디 했다. 그제야 사내들이 상황을 파악하고 한발 뒤로 물러섰다.

"아, 죄송합니다. 피해자 상태는 어떤가요?"

"지금 수술 중이에요."

"그럼 저희는 서에서 기다리고 있겠습니다. 피해자분이 무사하시길 바랍니다."

"네."

정신없는 해서를 대신해 사모님이 보호자를 자청하고 나섰다. 그녀의 말에 곤란한 표정을 짓던 두 사내가 서로에게 눈짓을 하더니 인사를 하고 가 버렸다.

"정말 지혜가 왔어요?"

진 원장의 물음에 해서가 당장에라도 쏟을 것 같은 눈물을 참으며 고개를 끄덕였다.

눈으로 본 것은 없었다. 그러나 누가 그런 짓을 했는지 보지 않았어도 알 수 있었다. 단지 말로 꺼내는 것이 두려웠다.

이런 일이 벌어진 것도 자신 때문인 것 같아서 겁이 났다. 자신 때문에 그가 잘못될 것 같아 두려워 숨 쉬는 것도 힘이 들었다.

"저 때문에……."

"아가씨 탓이 아니오. 분명 괜찮을 것이니 기다려 봅시다."

진 원장의 무거운 목소리에 해서를 탓하는 기색은 없었다. 오히려 그녀를 위로하며 어깨를 두드리는 손이 떨리고 있을 뿐이었다.

"내 잘못이에요. 나 때문에 우리 서훈이가. 내가 그런 짓을 해서 우리 아들이 저렇게 된 거예요."

오열하는 고 여사의 숨죽인 울음소리가 수술실 밖을 울리고 있었다. 쓰러지듯 의자에 앉아 울고 있는 아내를 달래는 진 원장도 자꾸만 떨리는 손을 어쩌지 못하고 있었다. 수술의 결과를 기다리는 사람들 모두 한마음이었다.

'살아 줘요. 나를 위해서 살아 줘요. 당신만 무사하면 나 뭐든

지 할게요. 제발 무사히 나에게 와요.'

얼마나 시간이 흘렀는지 알 수 없었다. 해서가 잔뜩 몸을 웅크리고 주문처럼 서훈의 무사함을 기도하는 동안 답 없는 시간만 흘러갔다.

그동안 수술실을 오가는 간호사가 급한 걸음으로 혈액을 옮겼다. 그럴 때마다 두려움에 질려 가는 수술실 앞 사람들의 마음은 까맣게 타들어 가고 있었다.

그리고 또 영원히 끝날 것 같지 않은 시간이 흐르고 마침내 반가운 얼굴이 보였다.

피곤 가득한 얼굴의 백 교수가 수술실에서 나오자 밖에 모여 있던 사람들이 우르르 그에게 달려갔다. 그러나 해서는 두려움에 꼼짝할 수가 없었다.

"수술은 잘 끝났어. 이 선생이 마무리하고 나올 거야. 해서는?"

아내와 진 원장을 보며 미소를 보이던 백 교수가 해서를 찾았다.

"해서야? 나 봐. 그 녀석 괜찮아. 무사히 나올 거다. 넌? 괜찮아?"

의자에 웅크리고 떨고 있는 해서를 보며 교수님이 다가와 시선을 마주했다.

"정말이죠? 교수님. ……정말 괜찮은 거죠?"

"내 실력 의심하는 거야? 잘 끝났어. 아마 한두 시간 안에 회복실로 갈 거야. 그러니까 너도 정신 차려야지."

"고맙네. 정말 고맙네."

진 원장이 그동안 참았던 감정을 내보이며 연신 백 교수에게 고맙다는 인사를 했다.

"해서야, 이제 너도 좀 씻고 옷 좀 갈아입고 오자. 조금 더 기다려야 한다잖아."

"아니요. 전 여기 있을래요. 그 사람 얼굴 보고 움직일래요."

"내버려 두구려. 제 눈으로 확인해야 안심할 놈이니."

백 교수의 말에 그녀도 할 수 없이 해서의 옆에 앉았다.

"사모님은 교수님께 가 보세요. ……힘드실 거예요. ……죄송해요. ……생각나는 사람이 교수님밖에 없었어요. 교수님은 그 사람 살려 주실 것 같았어요."

"그럼, 내 솜씨 알아주는 놈은 이 녀석밖에 없다니까. 다들 환자 취급인데."

피곤한 기색이 역력한데도 백 교수님은 웃고 계셨다. 그래서 해서도 안심이 됐다.

"감사합니다. 정말 감사합니다. 사모님은 교수님께 가 보세요. 저 이제 괜찮아요."

"그러세요. 저 친구 많이 힘들었을 겁니다. 감사합니다. 정말 감사합니다. 저 친구가 내 아들을 살렸어요."

진 원장까지 거들자 사모님도 두 손을 들고는 남편의 겉옷을 해서의 어깨에 둘러 주고 급한 걸음으로 따라나섰다.

"이제 걱정 없으니 아가씨도 옷이라도 바꿔 입고 와요."

사모님이 떠난 자리에 진 원장이 앉으며 해서를 달랬지만 귀에 들어올 리 없었다.

"그 사람 얼굴만 보고요. 지금은 아무것도……."

"그래요, 그럼. 아가씨가 우리 서훈이가 소중히 한다던 사람이군요?"

"죄송합니다. 저 때문에……."

"쓸데없는 소리. 조심했어야 하는데 너무 안일하게 생각한 우리 잘못이오. 그러니 자책하지 마오."

"미안하다. 다 내 잘못이야. 정말 미안하다."

해서를 달래던 진 원장이 아내의 목소리에 멈칫했다. 창백한 안색의 아내는 금방이라도 쓰러질 듯 위태로워 보였다. 작은 목소리에 담긴 후회는 눈물로 가득 차 있었다.

"여보."

"아니에요. 나 때문이에요. 나 같은 한심한 엄마를 둬서 내 아들이 저렇게 된 거예요."

가슴을 치는 아내에게 위로할 말을 찾는 것은 쉽지 않았다. 진 원장에게도 수술 시간이 마치 열흘처럼 느껴지는 참담한 시간이었다.

차라리 자신이 대신 아들의 자리에 누워 있고 싶은 마음이었다. 그러니 아내의 심정은 어쩌랴 싶어 말없이 아내를 품에 안았다. 무너지듯 그의 품에 얼굴을 묻고 통곡하는 아내의 어깨를 쓰다듬으며 위로해 주는 것밖에는 할 수 있는 일이 없었다.

❀

간신히 눈을 뜬 서훈은 누군가 자신을 부르는 소리에 응답하려고 했지만 목소리가 나오지 않아 저절로 이마를 찌푸렸다.

“과장님, 정신이 드세요? 저 보이세요?”

눈앞에 오가는 손가락은 제대로 보였다.

“목소리가 안 나오세요?”

신음을 흘리는 그를 향해 목소리가 먼저 답을 하고 있었다.

“수술은 무사히 끝났어요. 나중에 술 한잔 사셔야 합니다.”

조금씩 목소리의 주인공이 3년 차 레지던트라는 것을 알 수 있었다.

“밖에서 가족들이 기다리고 있어요. 과장님 무사하신 거 보셔야 안심이 되실 겁니다. 불러 드릴게요. 면회 시간은 10분인 건 아시죠?”

서훈은 몇 번의 눈 깜박임으로 주변이 눈에 들어왔지만 천장만 제대로 보이니 정확히 어딘지는 알 수 없었다.

“회복실입니다. 오늘만 여기 계시다가 뭐 아시겠지만 상태 봐서 ICU로 가실지 워드(ward: 병동)로 옮길지 정할 겁니다. 숨 쉬는 건 어떠세요? 아직은 아프실 겁니다. 제가 과장님께 이런 말씀드리게 될 줄은 몰랐지만 어쨌든 오늘은 되도록 말은 삼가세요. 엄청 아프실 테니까.”

긴장이 풀리고 웃음기가 담긴 그의 음성에 서훈도 웃으려 했지만 밀려오는 통증에 헐떡여야 했다.

“서훈아?”

익숙한 목소리에 힘겹게 고개를 돌리니 부쩍 10년은 더 늙어 보이시는 아버지가 계셨다.

"다행이다. 다행이야. 고맙다. 정말 고맙다."

"정신이 들어? 나 보이니?"

아버지와 함께 어머니의 얼굴도 보인다. 괜찮다는 말을 하고 싶지만 쉬이 나오지 않고 더불어 통증만 심해질 뿐이었다.

"……해……서."

그리고 억지로 내뱉는 말에 아버지가 허허 웃으신다.

"괜찮아. 그 아가씨는 밖에서 기다리고 있어. 얼굴을 보고 싶은 게냐?"

그의 말을 알아들으신 아버지가 대신 그의 심정을 말로 표현해 주셨다.

"여보, 우리는 잠깐 나가야겠소. 이 녀석 그 아가씨가 멀쩡한 걸 봐야 마음이 놓이겠어."

아들이 무사히 깨어난 걸 확인한 고 여사가 한없이 울고 있었다.

진 원장이 아내를 달래며 회복실을 나서자 정신없이 서성이는 해서의 모습이 보였다.

"들어가 봐요. 정신이 들었으니까. 아가씨를 찾고 있소."

"감사합니다. 감사합니다."

눈물을 머금은 눈동자가 얼마나 마음고생이 심했는지 여실히 보여 주고 있었다. 급하게 회복실로 향하는 해서를 보며 진 원장이 고개를 저었다.

"인연이라는 것이 억지로 떼어 낸다고 끊어지는 것은 아닌 모양이오. 이제 우리가 도와줍시다. 우리 아들이 목숨보다 더 사랑하는 아가씨잖아요."

"네, 우리 서훈이만 무사하면 뭐든지 한다고 신께 약속드렸어요. 이제는 욕심 안 부려요. 서훈이가 좋다면 저도 다 좋아요."

고 여사가 남편의 품에 얼굴을 묻고 여전히 흘러나오는 눈물을 감추며 다짐하고 있었다.

회복실에 들어온 해서는 창백한 얼굴로 눈을 감고 있는 서훈을 보자 겁부터 났다. 익숙한 느낌에 몸서리를 치고 있었다.

해준이의 사망을 확인하던 그때도 이런 병실이었다. 눈을 감고 있는 해준이는 마치 지금의 그처럼 잠이 든 것같이 편안한 얼굴이었다.

"……서훈 씨?"

떨리는 목소리로 그를 부르자 몇 번 깜박이더니 그가 눈을 떴다. 그제야 참을 수 없는 눈물이 흘러내렸다.

"……너 ……괜찮아?"

"난 괜찮아요. ……아파요?"

곁으로 다가간 해서가 그의 손을 잡으며 간신히 터지려는 안도의 울음을 참고 목소리를 내려 노력하고 있었다.

"과장님 말씀하시면 더 아파요. 아시잖아요."

힘겹게 해서를 살피는 서훈을 향해 회복실 간호사가 새침한 얼굴로 주의를 준다.

"응. ……조금. ……아니, 많이."

"말하지 마요. 어떡해. 의사 선생님 부를까요?"

"아니, 너 피……."

그 와중에도 그녀를 살피는 그를 향해 해서가 눈물을 닦으며 고개를 저었다.

"내 피 아니야. 그러니까 말하지 마요. 이젠 괜찮아요. 당신 살았으니까 이제 괜찮아."

"너…… 떠날…… 거야?"

"안 가요. 그러니까 입 좀 다물어요. 아프잖아요. 계속 당신 옆에 있을 거예요. 약속해요."

"……다행이다."

해서의 대답을 듣고 기운이 빠진 서훈이 다시 깊은 잠 속으로 빠져들었다.

"여기요. 여기 좀……."

갑자기 눈을 감고 정신을 놓는 서훈을 보며 왈칵 겁이 난 해서가 지나가는 간호사를 붙잡고 급하게 상황을 물어봤다.

"잠깐 잠이 드신 거예요. 수술은 잘 끝났어요. 보호자 면회는 이제 끝났으니까 나가서 기다리세요. 저희가 과장님 잘 살피고 있을게요."

서훈의 상태를 살피던 간호사가 웃으며 해서를 달랬다. 더 있고 싶은 마음이 굴뚝같았지만 하는 수 없이 등을 미는 간호사의 손길에 회복실을 나서면서도 해서의 눈에는 미동도 없이 누워 있는 서훈만 바라보고 있었다.

15

당해야 안다는 말은 틀리지 않았다

제법 높아진 하늘이 이제는 가을이라고 알려 주는 것 같았다. 여전히 따가운 햇살이지만 하루가 다르게 바람이 서늘해지고 있었다.

해서는 오늘과 비슷한 날씨였던 그날을 떠올리고 있었다. 너무 힘들어 아무 생각도 할 수 없었던 그때 갑자기 불려 나가 처음 만났던 중년의 여인. 아름다운 외모와 함께 침착하고 고상한 말투가 인상적이었던 그녀와 이런 모습으로 또 얼굴을 마주하게 될 거라고는 상상도 못 했다.

병원의 작은 벤치에 앉은 여인과 젊은 여자는 말도 없이 서로를 외면한 채 지나가는 사람들을 바라보고 있었다.

"미안하다."

먼저 입을 연 사람은 나이 지긋한 여인이었다.

"네게는 못 할 짓을 했구나. 늦었지만 용서해 주겠니? 내가……."

잠깐만 보자는 고 여사를 따라 나오면서 어떤 말로 이 만남을 변명해야 하는 건지 몰라 해서는 잔뜩 긴장하고 있었다.

"아닙니다. 사모님을 원망한 적은 없었어요. 사모님 덕분에 우리 해준이 해 볼 수 있는 치료는 다 받았는걸요. 죄송합니다. 약속을 지키지 못해서."

창백한 얼굴로 해서가 그녀의 말을 막으며 먼저 사과했다. 뜻밖의 사과에 놀란 해서는 고 여사를 바라보며 어쩔 줄 모르고 있었다.

사실 왜 아직도 여기 있냐는 꾸중을 들을 줄 알았다. 자신 때문에 그가 그렇게 된 거라는 말을 듣지 않는다면 다행이라고 생각하고 나선 자리였다. 그래도 떠나라면 그가 좀 더 회복하는 모습만 보고 가겠다고 애원이라도 해 보자는 마음이었다.

"아니야. 네가 아니었으면 내 손으로 우리 서훈이를 지옥으로 밀어 넣을 뻔했어. 너 아니었으면 아마도 끝까지 몰랐을 거다. 네가 은인이야. 고맙다. 그리고 정말 미안하다."

연신 미안하다는 말을 되풀이하는 고 여사의 얼굴이 그 사이 반쪽이 되어 있었다. 수술이 무사히 끝나고 의식을 회복한 아들을 보며 자신도 정신을 차린 기분이었다.

"……그분은 어떻게 되는 건가요?"

"벌을 받아야지. 사람을 그 지경으로 만들었으니 당연히 벌을 받아야지."

벌벌 떨던 그의 약혼녀를 떠올리며 해서가 어두운 기색으로 안부를 물었다. 그가 무사하다는 것을 확인하고서야 그 사람이 떠올랐다. 도대체 무슨 생각으로 그런 짓을 저질렀는지 묻고 싶었다.

그래서 정신을 차린 해서는 사모님의 손을 잡고 그녀를 만나러 갔었다. 그날 바로 경찰서로 연행된 그 사람은 자신이 아니라 해서가 그런 것이라며 기를 쓰고 범행을 부인했다고 들었다.

해서가 경찰서를 찾았을 때 해서를 보고 달려드려는 그녀를 말리느라 경찰서가 또 한바탕 난리가 났었다.

미친 듯이 덤벼드는 여자는 제정신으로 보이지 않았다. 너무 놀라 꼼짝도 못 하던 해서는 경찰들의 도움으로 무사할 수 있었다.

"문제가 있는 아이였어. 그동안 우리도 몰랐었다. 이런 일이 벌어질까 봐 그토록 주의를 했었는데 우리가 너무 쉽게 생각했어."

툭하면 짐을 싸 들고 집으로 찾아오는 지혜가 나중에는 겁이 날 정도였다. 저 혼자 결혼 준비를 하는 동안 두려움에 고 여사는 말릴 생각도 못 하고 지켜보기만 했었다.

지혜의 행동을 막을 수 있는 사람은 그녀의 아버지 이 사장밖에 없었다. 그러나 딸이 계속 서훈을 원하니 약속대로 결혼식을 올리자며 딸과 함께 우기는 데는 답이 없었다.

두려움에 하루하루 피가 말라 가는 기분이었다. 이렇게 벌을 받고 있는 것 같아 숨을 쉬기도 힘들었다.

상황을 알게 된 시아버지께서도 나섰지만 이 사장과 지혜는 막무가내였다. 도리어 자신의 딸에게 이상한 병을 뒤집어씌운다며 고소한다고 되레 협박을 했다.

"내가 조금만 현명했더라면 이런 일은 없었을 게다. 너에게 정말 미안하다. 나도 겪었으면서 나이가 드니 개구리 올챙이 시절 모른다고 내가 미워하던 사람하고 똑같아지더구나. 너무 늦게 깨달아 너도, 그리고 서훈이도 결국 모든 사람을 힘들게 했어."

당해야 안다는 말이 틀리지 않았다는 것을 깨달은 순간이기도 했다. 이런 모습으로 이 아이와 마주하게 될 줄은 상상도 못 했다. 자신의 이기심으로 이런 일이 일어났다는 것을 알면서도 인정하는 것이 쉽지 않았다.

그러나 아들만 살려 주면 어떤 것도 바라지 않겠다고 신께 빌었었다.

"서훈이 아버지를 만난 건 네가 서훈이를 처음 만났을 때처럼 스무 살이었어. 난 고등학교를 졸업하고 서한대 부속병원의 안내 데스크에서 일을 시작했어."

처음으로 고 여사가 자신이 내내 숨기고 싶었던 예전의 기억을 되살리고 있었다.

"그때 서훈이 아버지는 내과 레지던트 3년 차였지. 바쁘게 지나가던 그 사람이 지갑을 떨어뜨렸어. 그 지갑을 주운 사람이 나에게 맡겼고 그렇게 나는 그 사람을 만났다. 처음 보았을 때부터 좋았어. 그 사람이 의사가 아니라도 난 그 사람을 사랑했을 거야. 그랬어. 나도 그런 때가 있었어."

입 밖으로 내놓으니 창피한 일도 아니었다. 아니, 잊고 있었던 감정이 되살아나며 그리움에 눈물이 차오른다. 변명처럼 시작한 말은 과거를 되돌아보며 자신이 얼마나 미련했는지 알려 주고 있었다.

“시어머니는 서한대학교와 병원을 물려받은 대단한 집안의 무남독녀였어. 그런 분이 나 같은 처지의 여자를 받아 주실 리가 없었지. 대단했었다. 정말 말도 안 되는 일을 당하면서 내가 그 사람 곁에 있었던 건 나와 결혼하기 위해 부모와 연을 끊으려 했던 남편의 용기 때문이었어. 아니라면 나도 진즉에 그 사람을 떠났을 거다.”

해서가 보았던 그의 어머님은 좋은 집안에서 자라 고생이라고는 모르는 사람처럼 보였다. 그런 과거가 있을 줄은 상상도 못 했다. 이야기를 들으며 서훈이 자신의 어머니는 사람을 사람 자체로만 평가할 줄 아는 분이시라고 자랑을 했었던 일이 생각났다.

“이런 이야기를 왜 하냐고? 어떻게 그런 사랑을 했으면서 네게 그런 짓을 할 수 있었냐고 묻고 싶겠지?”

묵묵히 듣고만 있던 해서에게 고 여사는 스스로 질문을 던지고 스스로 답을 들려주었다.

“변명이라고 생각해 주렴. 사람이라는 게 참 간사하더구나. 시어머니와 살면서 나도 모르게 스스로가 창피해졌어. 알아듣지도 못하는 말과 어디를 가든 부끄러워하시는 시어머니와 오랜 세월 함께 살면서 사람이 그러면 안 되는데 나도 모르게 물들어 가더구나. 그리고 정신이 들어 보니 나도 똑같은 짓을 하고 있었어. 엄마라는 이름을 달고 자식에게 욕심을 부리고 있었어. 자식이 내 소유물은 아닌데 말이야.”

아무리 기를 써도 시어머니의 기대에 부응하는 며느리가 될 수는 없었다. 인정받고 싶다는 욕심을 아들에게 부렸다. 아들을 통해서라도 시어머니를 이기고 싶었던 스스로의 감정을 이제는 인정하고 있었다.

"한심한 어미였어. 내가 얼마나 한심한 어미였는지 자식을 잃을 뻔하고서야 알았다. 미안하다. 너도, 네 어머님도 얼마나 힘들었을지 너무 늦게 알았어. 네게는 정말 미안하다는 말밖에는 할 말이 없구나."

아들을 살리기 위해서는 못 할 짓이 없다는 것을 깨달았다. 그래서 아무런 말도 없이 그녀의 제안을 받아들이던 이 아이의 마음도 알게 되었다. 적어도 해서의 동생이 살아 있었다면 그나마 양심의 가책은 덜했을 텐데.

그래도 고맙다는 이 아이의 마음이 예쁘게 느껴졌다.

"서훈이를 부탁한다. 내가 있고 싶지만 나도 여기서 오래 있을 상황은 아니라서 네가 곁에 있어 주겠니?"

"네?"

가만히 듣고만 있던 해서가 뜻밖의 말에 놀라 되물었다. 제대로 들었는지 의심스러워진다.

"부탁한다. 우리 서훈이. 너라면 나도 안심할 수 있을 것 같아."

해서의 손을 잡고 부탁하는 고 여사는 진심으로 보였다.

"제가 할 수 있는 일은 모두 하겠습니다."

"그래, 그러면 됐어. 나중에 다시 얼굴 보자꾸나. 고맙다."

일어서는 고 여사를 따라 일어난 해서가 고개를 숙여 인사하는 행동도 그때와 똑같았다. 그러나 얼굴을 들었을 때 해서의 얼굴은 그때와 달리 놀라움이 담겨 있었다.

배웅하는 해서를 보다 망설이던 고 여사가 다시 한 번 해서의 손을 꼭 잡았다. 서훈이를 부탁한다는 말을 몇 번이나 되풀이하는 고 여사의 눈가에는 내내 눈물이 어려 있었다.

고 여사가 가고도 해서는 쉬이 그 자리를 떠나지 못했다. 고맙다는 말이 가슴에 와 닿지 않았다. 특히나 그의 어머니께서 그런 말을 하시니 마치 다른 사람이 들어야 할 말을 대신 듣는 것처럼 느껴졌다. 매 순간 너 때문이라는 말을 듣고 자란 해서에게 고맙다는 말은 다른 세상에서나 쓰이는 말처럼 들렸다.

지금도 서훈의 사고가 자신 때문인 것 같아 숨이 막혀 오곤 했다. 그녀만 아니라면 제대로 결혼해 행복하게 살았지도 모를 사람이 그녀 때문에 저런 모습으로 누워 있는 것 같아 가슴이 아려 왔다.

그런데 모든 사람이 해서에게 고맙다는 말을 하고 있었다.

냉랭한 눈으로 그녀를 바라보던 그분은 이제, 자식을 잃을 뻔한 충격으로 놀라 후회로 가슴을 치는 어머니의 모습만 남아 있을 뿐이었다.

고 여사를 보며 해서는 문득 자신의 어머니를 떠올리고 있었다. 매 순간 동생 때문에 눈물 마를 날이 없었던 어머니와 닮았다는 생각이 들었다.

그분의 말처럼 자신이 고맙다는 인사를 받을 만한 일을 했는지는 모르겠다. 그러나 한 번도 그분을 원망해 본 적은 없었다. 여전히 해서는 자신이 그에게는 모자란 사람이라고 생각하고 있었다.

자신의 어머니를 기억하고 있는 해서로서는 그의 어머니의 행동이 이상하지 않았다. 오히려 자신의 어머니보다는 인간적이란 생각이 들었다.

해서는 모든 어머니를 자신의 엄마와 동일시하고 있었다. 다른 엄마들이 어떤 모습인지 살필 여력이 없었다. 매 순간 동생을 위해 무슨 짓이라도 할 수 있는 사람처럼 느껴지던 엄마의 모성은 같은 날 태어난 해서에게만 예외였다.

밀려오는 기억을 지우려고 올려다본 하늘은 그때와 똑같이 서럽도록 파랗게 빛나고 있었다. 그날처럼 파란 하늘이 무겁게 해서의 어깨에 내려앉아 있었다.

고 여사를 보내고 병실로 들어온 해서는 서훈이 잠들었음을 확인하고 긴 한숨을 쉬며 창가에 다가가 창밖으로 눈길을 주었다.

마치 며칠이 몇 년은 된 듯 피곤하고 힘겨운 나날들이었다.

그가 무사한 것을 확인하고도 해서는 해준이를 떠나보내던 날들이 떠올라 한숨도 자지 못하고 면회 시간을 기다리곤 했었다. 그녀 옆에는 해서와 마찬가지로 타는 가슴을 안고 면회 시간을 기다리는 그의 부모님이 함께 계셨다.

여전히 경찰서에서 보았던 여자의 모습이 잊히지 않았다. 미친 듯이 해서에게 덤비던 여자 때문에 경찰서를 나왔던 해서는 다음 날 담당 경찰의 연락을 받아 다시 사모님의 손을 잡고 갔었다.

해서를 보면 또 덤벼들 여자 때문에 잔뜩 긴장했던 두 사람은 그 사람 대신 서슬 퍼렇게 소리를 지르는 중년의 사내를 만나야 했다.

'내 딸이 그랬다는 증거 있어? 내가 누군지는 알아? 도대체 무슨 증거로 내 딸을 잡아 온 거야?'

'이 양반이, 지금 당신 딸이 무슨 죄로 잡혀 온 줄이나 알아요? 살인미수야. 사람이 죽었으면 살인이었다고. 알고나 소리를 지르든가.'

정신없는 와중에 해서는 그 사내가 그의 약혼녀라는 여자의 아버지라는 것을 알았다. 사모님도 옆에서 눈살을 찌푸리며 그를 바라보고 있었다.

'윤해서 씨?'

마침 그녀를 알아본 형사가 해서를 향해 다가왔다.

'네.'

'여기 앉으세요.'

그다음은 별로 좋은 기억이 아니었다. 형사를 마주 보고 탁자 앞에 앉으니 마치 자신이 범죄자처럼 느껴졌다.

형사의 물음에 아는 것과 본 것을 차분히 말하면서도 여전히 소리를 지르는 사내 때문에 정신이 하나도 없었다.

'그분은?'

'가해자요? 유치장에 있습니다. 저분이 가해자 보호자라네요.'

커다란 목소리에 반응하듯 어깨를 들썩이는 해서를 보며 조용히 하라며 소리 지르는 형사 때문에 해서의 눈이 더 커졌다.

'저런 사람 많아요. 그러니까 겁먹으실 필요 없어요. 목소리만 크면 다 된다고 여기는 사람이 많거든요. 어쨌든 감사합니다. 나중에 또 연락이 갈 겁니다. 피해자가 무사하다니 천만다행입니다.'

진술을 끝내고 사모님의 손을 꼭 잡고 경찰서를 나서는 내내 해서는 도대체 무슨 일이 벌어진 건지 이해할 수가 없었다.

보고 들은 것만 간단히 설명하는 그녀에게 경찰은 몇 번이나 확인하고서야 진술서에 사인하는 것을 끝으로 경찰서를 나설 수 있었다

그리고 다음 날 서훈은 해서가 잠시지만 입원했던 병실로 옮겨졌다.

"뭐 해?"

깊은 생각에 빠져 있던 해서가 서훈의 음성에 현실로 돌아왔다.

"깼어요? 불편하지 않아요? 아픈 곳은요?"

"불편해. 온몸이 다 아파. 숨 쉴 때마다 아파."

찡그린 얼굴로 서훈이 그답지 않은 투정을 부리고 있었다.

"그건 당연한 거잖아요."

"나도 알아. 환자들에게 항상 했던 말이야. 당연하다고. 그런데 당해 보니 생각보다 더 아프네."

"당해 봐야 아는 것도 있으니까."

"말도 참 예쁘게 한다. 그런데 어디 다녀온 거야?"

해서의 도움으로 침상에 앉은 서훈이 궁금한 얼굴로 그녀를 보고 있었다.

"사모님을 만났어요."

"백 교수님?"

"아니요."

당연히 교수님의 부인이라고 생각했던 서훈이 해서의 답을 듣고 급격히 어두워졌다.

"어머니가 무슨 말씀 하셨어?"

"당신을 잘 부탁한다는 말씀을 하셨어요."

그분과의 대화를 굳이 아픈 그에게 털어놓을 마음은 없었다.

"미안해. 어머니는……."

"몇 번을 말해요. 난 원망 안 한다고. 그때는 나도 그게 최선의 선택이었어요. 누구를 탓하는 게 아니잖아요."

그에게는 가슴 아픈 일로 기억되고 있었지만 해서는 아니었다. 서로 다른 기억으로 그분을 생각하면 마음이 아픈 것도 사실이었다. 누구라도 아들에게 어울리는 여자를 욕심내는 것을 탓할 수는 없었다.

"잊어요. 그분은 또 그분대로 많이 힘드셨을 테니까."

"그렇게 생각해 주니 고마워. 나는 아직도 용서가 안 돼. 어머니께 속은 기분이야."

"당신은 자식이니까."

어머니에게 실망했다는 그를 보며 해서도 마음이 불편했다. 누구라도 자식 일이라면 욕심내는 것이 부모라는 것을 살면서 깨달았다.

가까운 친구인 영주만 보아도 자신의 딸 은혜만큼은 자신과 다르게 살게 해 주고 싶다고 욕심을 부렸다. 아직은 부모가 돼 본 적은 없지만 그 마음은 이해할 수 있었다.

“그런데 아프지는 않아요? 이렇게 앉아 있어도 돼요? 누울래요?”

일부러 말을 돌리며 시선을 피하는 해서를 아프게 바라보던 서훈이 고개를 저었다.

“그래도 네가 옆에 있으니까 덜 아파.”

그를 살피는 해서의 손을 잡아 옆자리에 앉히는 서훈의 이마에 힘이 들어가 있었다.

“아프지 않은가 보네. 그런데 도대체 이게 무슨 일이에요? 그 분은 왜 이렇게까지. 당신을 너무 사랑해서 그런 거예요? 질투 때문에? 그렇다고 하기에는 너무 무서운 일이잖아요. 하마터면 당신 죽을 뻔했어요.”

“그렇게 믿고 있는 거지?”

“그게 무슨 소리예요?”

그의 어머니와의 일을 애써 지우며 해서가 내내 궁금했던 것을 묻고 있었다.

“말 그대로야. 그 애는 동생 같았어. 집안 모임으로 만나면 항상 구석에 숨어 사람들이 갈 때까지 나오지 않았어. 그래서 눈이 갔어. 너무 외로워 보였거든.”

“그래서요?”

“문제는 지혜도 나와 같은 감정이었을 텐데 그걸 사랑이라고 착각한 거야. 믿을 사람이 없었을 거야. 지혜 아버지를 보면 알 거야. 지속적인 공포는 사람을 좀먹거든.”

지혜, 익숙한 이름이었다. 그의 약혼녀이자 그를 이 지경으로 만든 사람이란 것을 이제는 안다.

“정신적으로 문제가 있어. 이번에 알았지만 심각한 상태였을 거야.”

서훈이 지혜를 처음 만나던 날을 천천히 회상했다.

가끔 집에 가족 모임이 있을 때 만났던 지혜는 항상 구석에 웅크리고 앉아 오가는 사람을 피하는 아이였다. 그래서 눈이 갔었다.

수줍고 낯을 많이 가리는 아이라고만 생각했었다. 그녀나, 그나 형제가 없어 외로운 아이들이었다. 먼저 손을 내민 것도 서훈이었다. 그의 손을 보며 놀란 지혜의 눈을 아직도 기억하고 있었다.

그렇게 서훈과 지혜는 사이좋은 오누이처럼 지냈다.

“내가 먼저 청혼했어. 그때는 누구라도 상관없었으니까.”

“잠깐만요. 누가 먼저 청혼을 해요?”

가만히 그의 말을 듣고 있던 해서가 놀란 눈으로 그를 노려보고 있었다.

“사실 나이도 차고 주변에서 결혼하라는 말도 듣고 있던 참이었어. 딱히 누구를 만나는 것도 자신 없었던 차에 마침 주변에 있던 사람이 지혜였거든.”

"지금 그걸 변명이라고 하는 거예요?"

기가 막혀 해서의 목소리가 커지고 있었다.

"나도 알아, 한심하다는 거."

서훈이 해서의 눈치를 보며 머리를 긁적였다.

"지혜가 나에게 마음이 있었다는 건 알고 있었어. 그래서 편하게 생각한 것도 있어. 그게 집착이라고는 생각 못 했지만 말이야. 나나 지혜나 주변에 다른 사람이 없으니 한세월 친구처럼 살면 될 줄 알았어."

"내가 나타나 방해한 거군요?"

"아니야. 네가 아니었어도 정신 차리고 이 결혼이 얼마나 말이 안 되는지 알았을 거야. 지혜는 한 번도 내게 여동생 그 이상이었던 적이 없었어. 어머니 말씀대로 정으로 살면 될 줄 알았지."

바짝 마른 입술이 거치적거려 얼굴을 찡그리는 그를 보니 더는 탓할 수가 없었다.

"바보네요."

"그래. 병원 일은 잘하는데 난 사람하고의 일은 정말 자신이 없었어. 널 만나지 않았어도 일어날 일이었어. 그런데 지혜는?"

"나도 몰라요. 경찰서에 갔을 때 그분 아버지가 오신 건 봤어요. 그분은 유치장에 있어서 못 봤고요."

"치료가 필요한 사람이야."

심각한 표정의 그를 보며 해서도 고개를 끄덕였다. 그의 말대로 치료가 필요하다는 말은 충분히 이해했지만 지금 당장은 그 사람이 용서가 되지 않았다. 사랑한다면서 상대방을 죽이려 했던 사람을 어떻게 이해해야 하는지 모르겠다.

"당신 말 알아들었어요. 그런데 난 용서가 안 돼요. 아무리 치료가 필요해도 사람을 위협할 정도면 심각한 거잖아요. 더구나 당신은 죽을 뻔했다고요."

"윤해서, 많이 발전했네."

"시끄러워요. 말 많이 하면 힘들다면서요. 살 만해요?"

"너만 옆에 있으면 하나도 안 아파."

"바보! 당신은 외롭고 지친 사람만 보면 본능적으로 손을 내미나 봐요. 그것도 능력이에요."

그녀를 보며 웃는 그가 안쓰러워 해서가 결국 손을 들었다. 이 사내는 처음 보았을 때와 달라진 것이 없었다. 지혜란 여자에게도도 어쩌면 그런 마음으로 손을 내밀었으리라.

아픈 사람을 보면 본능으로 알아차리고 살필 줄 아는 남자였다. 그래서 그녀의 마음도 이해가 갔다.

"그러게, 바보라서 연애 한번 하는 데도 목숨을 걸어야 하나 보다."

"쉬어요. 내일부터는 조금씩이라도 움직여야 한다고 하던데. 괜찮겠어요?"

"네가 옆에 있으면."

"안 가요. 안 간다고 약속했잖아요."

"넌 처음부터 못 갔을 거야. 날 두고 갈 수 있는 사람이 아니잖아."

그를 달래 누이던 해서가 알 수 없는 말에 고개를 갸웃했다.

"그게 무슨 소리예요?"

"나 힘들어. 좀 누울래."

딴소리하는 그를 향해 곱게 눈을 흘기던 해서가 그가 제대로 자리 잡은 것을 보고 일어나다 그에게 다시 손목을 잡혔다.

"옆에 누워라. 같이 눕자. 잠깐만."

"제정신이에요? 혼자 누워 있기에도 좁은 침대예요. 딴소리하지 말고 쉬어요. 나 계속 여기 있을 거니까."

"그럼, 나 잠들 때까지 손잡고 있어."

고집을 부리는 서훈 때문에 결국 해서는 서훈이 잠들 때까지 그의 손을 잡고 있었다. 창백한 안색만큼이나 그의 손도 싸늘했다.

수술 중에 심한 출혈로 위험했었다는 말은 나중에 교수님께 들었다. 병으로 힘드신 와중에도 교수님은 최선을 다해 서훈을 살리려고 애를 써 주셨다.

'수술하는 와중에 깨달았어. 내가 얼마나 이 일을 그리워했는지. 그래서 난 병에 질 수 없단다. 다시 한 번 더 환자를 보고 싶어졌거든.'

고맙다고 고개를 숙이는 해서에게 교수님은 웃으셨다.

'그놈은 명이 길어. 게다가 운도 좋고. 그러니까 꼭 잡아. 이번에는 포기하지 말고 잡아. 다른 사람은 생각하지 말고. 아무리 오래 살아도 짧은 게 인생이야. 짧은 인생 좋아하는 사람하고 살아는 봐야지.'

교수님의 말씀이 가슴에 남아 있었다. 이 사람의 손을 잡고 앞으로 나가는 삶이 아직은 그려지지 않았다.

그러나 이제는 놓을 수도 없었다. 해서가 아니라면 안 된다는 이 사람을 그녀도 잡고 싶었다.

"윤해서, 네 이야기 이제는 해 줄래?"

"안 잤어요?"

"응. 잠들 때까지 네 얘기 해 줄래?"

눈을 감고 그녀의 손을 잡고 있는 그를 보며 해서가 기억하기 싫었던 날들을 떠올리며 입술을 깨물었다. 해서가 망설이는 시간 동안 서훈도 굳이 재촉하지 않고 묵묵히 기다렸다.

"어디부터 말해 줄까요? 처음부터? 해준이와 난 10분 차이 이란성쌍둥이였어요. 가난한 엄마는 산부인과도 제대로 갈 수가 없었대요. 그래서 엄마는 자신이 쌍둥이를 임신한 줄도 몰랐대요. 그냥 다른 사람보다 배가 커서 아들이라고만 생각했는데 임신 팔 개월에 양수가 터져 병원에 가서야 알았대요."

속이 상하면 술 한잔하신 할머니는 매번 같은 이야기를 하며 그것도 모두 계집애가 사내놈 발목을 잡아 그런 거라고 구박하셨다.

"해준이는 태어나서도 한동안 인큐베이터에 있었어요. 저는 바로 병원에서 나올 수 있었는데 동생은 몸무게도 모자라고 심장도 안 좋아서 두 달을 고스란히 인큐베이터에서 지냈어요. 그리고 심장 수술을 받고 또 한참이 지나 병원에서 퇴원을 했대요."

그때부터였다. 엄마의 시선은 언제나 해준이에게 향해 있었다. 해서의 기억에 엄마의 품은 없었다.

"……해준이가 하고 싶었던 일은 모두 내가 했어요. ……학교를 가는 것도 운동장을 뛰어다니는 것도 모두. 그래도 항상 웃던 착한 동생이었어요. 머리도 좋아서 내게 학교 공부를 배웠는데 나중에는 해준이가 내 숙제를 다 해 줬어요."

가장 하고 싶은 일이 운동회에서 친구들과 백 미터 달리기를 하는 거였던 동생이었다. 가방을 메고 학교에 가는 해서를 부러운 눈으로 보던 동생을 기억하며 해서가 울고 있었다.

학교에 가던 해서와는 다르게 병원을 다녔던 해준이는 입학식이나 졸업식에도 참석 못 했었다. 그래도 언제나 해서에게 학교 공부를 배워 다시 학교로 돌아갈 날을 꿈꾸며 책을 가슴에 품고 살았던 아이였다.

아버지가 돌아가시고 해서도 입학과 졸업을 혼자 하면서 다른 듯 같은 외로움에 힘겨워했었다. 같은 날 태어난 쌍둥이는 그렇게 아프게 시간을 보내며 자랐었다.

"아픈 사람이 있으면 가족들은 웃을 수 없어요. 아픈 사람에게 미안해서. 그래서 크게 웃는 것도 할 수 없었어요. 내 기억 속의 엄마는 언제나 발을 구르며 해준이를 걱정했어요. 그런데 그런 상황에서도 해준이는 참 잘 웃는 애였어요. 웃으면 남자앤데도 너무 예뻤어요. 병원에서도 누구나 동생을 예뻐했어요. 인기도 많았고요."

그를 처음 만났을 때 웃는 모습에서 해준이를 보았다. 환하게 웃으면 주변이 모두 환해지는 웃음에 넋을 놓고 바라보았었다.

너무 아프고 외로운 시간 속에 단 하나 따뜻한 기억이 있다면 서훈과의 추억이었다. 잠시지만 정말 행복했었다.

"당신을 처음 보았을 때 웃고 있는 모습이 우리 해준이를 보는 것 같았어요. 우리 해준이 꿈도 의사였어요. 다 나으면 의사가 되어 자신처럼 아픈 사람들을 도와주고 싶다고 항상 말했었어요."

해준이는 꿈을 정하고 병을 대하는 태도도 바꾸었다. 병원에 근무하는 모든 사람을 붙잡고 어떤 병에 어떤 치료를 하는지 궁금해하며 끊임없이 질문을 던졌다.

그렇게 해준이는 병이 나아 의사가 될 거라고 굳게 믿었었다. 단 한 번도 그 믿음에 의문을 갖지 않았다.

'누나가 간호사가 되는 거야. 그러면 내가 의사가 돼서 아픈 사람들을 도와주자. 우리 함께.'

그래서 간호과를 선택했다. 해준이가 의사가 되는 그날을 위해서. 그러나 결국 동생은 의사가 될 수 없었고 해서도 간호사가 되지 못했다. 그 후로는 꿈이란 건 그저 꿈꾸라고 있는 거라 믿었었다.

"당신은 해준이를 닮았어요. 그 마음까지도. 그래서 놓을 수가 없었어요. 그래서…… 욕심이 났어요."

동생을 생각하면 눈이 아파 왔다. 해서는 흐르는 눈물을 억지로 참고 있느라 목소리가 떨렸다.

"울어, 이제는 내 손 잡고 울어도 돼."

눈을 감고 있으면서도 그는 해서의 마음을 알고 위로하고 있었다.

"내 손은 언제나 네게 향해 있었어. 너 외에는 잡을 사람도 없어. 그러니까 잡아. 지금처럼. 울고 싶으면 내 품에서 울어. 언제든지. 사랑한다. 윤해서.”

결국 해서의 눈에 눈물이 흘렀다. 꼭 잡은 그의 손이 너무 따뜻해서 평생 이 손을 잡고 싶은 욕심이 난다.

“잡을 거지?”

여전히 눈을 감고 그녀의 대답을 기다리는 그의 손에 힘이 들어가 있었다. 아주 작은 떨림이 그의 손을 통해 그녀에게 전해졌다. 아무것도 해 줄 수 없는 자신을 붙잡고 애가 타는 그에게 왜냐고 묻고 싶었지만 끝내 해서는 묻지 못했다.

그렇다고 더는 그의 손을 외면할 자신도 없었다. 그래서 이제는 그가 원하는 답을 주려고 한다.

“네, 이제는 내가 안 놓을 거예요. 사랑해요.”

해서의 속삭임에 서훈이 순간 말을 잊었다.

“그 말 너무 오래 기다렸어. 나으면 알아서 해.”

속삭이는 말투에 감동이 그대로 나타나 있었다. 떨리는 목소리에 담긴 속 깊은 마음에 해서가 그의 손을 힘주어 잡았다. 이제는 더 이상 놓지 않겠다는 마음을 담아서.

“낫기만 해요. 그러면 나 당신이 해 달라는 대로 다 할 테니까.”

“약속했다.”

“네.”

“많이 힘들었지? 같은 날 태어났는데 동생만 아프면 어떤 기분일지 상상도 안 돼. 하지만 난 네 어머님께 하나는 정말 감사해.

널 낳아 주셨잖아. 그래서 내가 널 만났으니까."

따뜻한 목소리가 해서의 가슴을 울렸다. 태어나서 고맙다는 생각은 해 보지도 못했었다. 돌아가신 할머니 말씀대로 동생의 진을 다 빼먹어 건강한 거라는 말이 가슴에 박혀 태어난 것이 죄스러웠던 해서의 마음에 처음으로 태어나서 감사한 마음이 생겼다. 이 사람을 만나서 행복하다는 마음이 눈물로 흘렀다.

"하나만 더 묻자. 그때 그 옷은 뭐야? 호피 무늬라니…… 도대체 어디서 그런 옷을 구한 거야?"

서훈이 그때를 떠올리면 자연스럽게 생각나는 옷차림을 거론하자 해서의 얼굴이 붉어졌다.

"기숙사에 동아리가 연극부인 애가 있었어요. 마침 그때 그 애가 그런 역을 맡아 대본이랑 옷이랑 잠깐 빌렸었어요."

잠깐 머뭇거리던 해서가 한숨을 포옥 쉬며 답을 했다. 만약 그때의 대본이 없었다면 편지나 남기고 사라졌을지도 모른다.

"그런데 나중에 한 번만 그 옷 입어 봐라. 솔직히 정말 잘 어울렸어."

눈을 감은 채 찡긋거리는 서훈의 얼굴에는 장난기가 그대로 묻어났다. 덕분에 해서에게 가볍게 어깨를 맞아야 했다.

"얼른 자요. 쓸데없는 생각은 말고 많이 자야 건강해져요."

핀잔처럼 내뱉은 말은 먹먹한 감동 때문에 울먹이는 목소리로 나타났다.

아팠던 추억도 이제는 웃으며 기억할 수 있는 지금이 정말 행복했다. 이런 날이 올 거라 상상도 해 본 적이 없어 자꾸만 눈물이 나오려는 걸 감추며 해서가 그의 얼굴에서 눈을 떼지 못하고 있었다.

여전히 눈을 감고 빙그레 웃는 서훈의 얼굴이 창에서 비치는 햇살을 받아 한층 아름답게 보였다.

해서의 약속을 받고서야 서훈은 깊은 잠 속으로 빠져들었다. 편안하게 잠이 든 그를 지켜보며 해서가 자신과 약속을 하고 있었다.

더 이상 자신을 속이는 짓은 하지 말자 다짐했다. 그녀를 구하려 날카로운 가위에 망설임 없이 등을 내어 주던 그 순간부터 해서는 그의 진심을 모른 척할 수 없었다.

"잘 자요. 깨어나도 난 있을 거니까. 사랑해요. 내 목숨보다 더."

그동안 감추었던 자신의 진심을 밖으로 꺼내자 속이 후련해진다. 그를 만나 처음으로 인정한 마음이었다. 사랑한다는 말이 뭐 대수라고 그녀는 제대로 입 밖으로 내보낸 적이 없었다.

지난한 삶 중에 미소를 지을 수 있는 추억을 준 사람이었다. 그 긴 시간이 지나서도 그녀를 사랑한다는 사내를 만난 것은 해서에게 커다란 행운이었다.

앞으로 무슨 일이 있을지 모르지만 해서는 이 사람 옆에 있겠다는 약속을 하고 있었다. 이번에는 도망가지 않고 당당히 그의 옆을 지키겠노라는 약속과 함께 잠이 든 그의 입술에 자신의 입술을 가져다 대었다.

거칠어진 입술의 감촉에 다시 가슴이 아파 왔다. 그러나 얕은 숨소리가 해서를 안심시키려는 듯 따뜻한 숨결을 그녀의 입술에 남긴다.

해서는 운명이라는 말을 믿지 않았다. 그런데 지금은 운명이라는 말이 왜 생겼는지 깨닫고 있었다. 그녀에게 서훈은 운명이었다. 아무리 피하려고 애를 써도 마주치게 되는 운명 말이다.

오랜 시간 가슴에 품었던 자신과 마찬가지로 어느 날 그녀 앞에 나타난 그는 끊임없이 닫힌 그녀의 가슴을 두드리며 나오라고 소리를 지르고 있었다.

그리고 자신의 모든 것을 내어 주며 그녀를 지켰다. 도망간다고 그를 피할 수 없다는 것을 너무 늦게 깨달아 헤어지는 시간이 길어졌다.

그의 말대로 그녀와 그는 만나야 하는 운명이라면 더는 거부할 마음도 없었다. 오히려 기쁘게 맞아 줄 수 있었다.

이제 해서에게 욕심이라는 것이 생겼다. 바로 진서훈이라는 남자. 그래서 해서는 조금 더 살고 싶어졌다.

삶을 포기하는 순간에 나타난 서훈은 바로 그녀의 운명이었다.

16

사랑해요

병원 밖의 은행나무가 이제는 노란색으로 물들어 가고 있었다. 뜨거웠던 여름이 지나고 완연한 가을로 접어들며 계절이 제자리를 찾고 있었다.

해서의 일과도 병원과 가게를 오가며 바쁘게 하루를 시작하곤 했다. 온몸이 근질거린다며 수술 후 바로 움직이려 기를 쓰는 서훈을 말리는 것도 해서의 일이었다. 덕분에 빠르게 침상에서 일어난 서훈은 벌써 퇴원을 하겠다며 의료진을 들들 볶고 있었다.

다행히 병원에서 힘을 들여 흉부외과 제2 과장이 새로 부임해 한숨 돌린 상황이었다.

해서의 가게에도 향기로운 국화 향기가 가득했다. 장례식장에 가는 화환용 국화에 색이 덧입혀져 색색의 소국이 자리를 잡고 있었다.

장미조차도 아기자기한 소국에 자리를 내어 주고 뒤로 밀려났지만 여전히 인기 있는 꽃은 장미였다.

연인들에겐 필수로 택해지는 장미꽃을 다듬던 해서가 활짝 핀 꽃잎을 떼어 내자 언제 피었냐는 듯 수줍게 속살을 가리며 이제 막 꽃을 피우려는 아련함으로 남는다. 분무기로 물을 뿌려 주면 그 물을 머금어 영악하리만치 수줍은 모습으로 사람을 유혹하는 아름다움에 가끔은 얄미워 보일 때도 있었다.

꽃잎 몇 장 떼어 내면 금세 아름다운 모습으로 돌아가는 장미꽃을 보며 자신도 그랬으면 하는 바람에 설핏 웃음이 먼저 나왔다.

서로를 바라보며 행복했던 그 시절로 돌아갈 수 있다면 자신도 수많은 껍질쯤은 벗겨 낼 수 있을 것 같았다.

"아얏!"

생각에 잠겨 장미를 만지다 날카로운 가시에 찔리는 바람에 손끝에 빨간 피가 송송 솟아올랐다. 재빨리 입에 넣고 빨아내니 입안에 싸한 피 맛이 느껴졌다.

가끔 그날의 끔찍했던 기억 때문에 머뭇거리게 되지만 천천히 건강해지는 서훈을 보며 잊어 갈 수 있었다.

병원에서는 서훈의 일로 가지가지 루머가 떠돌았지만 당사자들이 모른 척하고 있으니 자세한 상황을 궁금해하던 사람들도 바쁜 일과 속에 차츰 잊어 갔다.

그사이 해서는 서훈의 미래의 아내로 눈도장이 찍혔고 가끔 농담처럼 레지던트들이 사모님이라는 호칭으로 불러 볼을 발갛게 물들이는 일도 생겼다.

오늘은 아침부터 김밥이 먹고 싶다는 그를 위해 바쁘게 움직이던 해서가 기다림을 참지 못하고 휴대폰에 찍힌 그의 번호를 확인하다 찌릿한 통증에 얕은 한숨을 쉬고 손가락을 확인했다. 금방 멈춘 피와는 달리 빨갛게 흔적을 남겼다.

"가요. 지금 준비해서 간다고요."

— 난 또 잊어버린 줄 알았지.

"그렇게 노래를 하는데 어떻게 잊어요."

— 알았어. 기다리고 있을게.

휴대폰을 끊고 그에게 갈 준비를 하던 해서가 뜨끔하는 가슴의 통증에 미간을 찌푸렸다. 특별한 증상은 없지만 가끔 이런 식으로 통증이 해서를 두렵게 만들었다. 수술 자리에서 느껴지는 통증이라고 편하게 생각하려 하지만 슬그머니 뒤쫓아 오는 두려움에 해서가 천천히 의자에 앉았다.

생각해 보면 웃기는 일이었다. 얼마 전까지 심장이 망가지면 그대로 두자고 생각하던 자신이 작은 통증에 와락 겁을 먹는 것에 황당하다 못해 기가 찼다.

교수님은 아마도 어릴 때 감기처럼 앓은 류마티스가 원인일 거라 말씀하셨다. 굳이 기계 판막을 쓰지 않은 이유는 해서가 나중에라도 임신할 때를 염려해서라고 하셨다. 그리고 이번에 바꾼 판막도 그때와 같은 인공판막이었다.

아이를 가진다는 생각을 해 본 적도 없었다. 누군가와 삶을 나누는 것도 생각하지 않았다. 그래서 죽는 것도 무섭지 않았다. 항상 혼자 아프고 혼자 울었던 삶이 뭐가 좋다고 기를 쓰고 살아가려 한단 말인가.

늘 병원에 사는 동생 때문에 해서는 아파도 아프다는 말을 할 수가 없었다. 혼자 앓고 혼자 이겨야 했다. 도리어 아프다는 말은 금기와 같았다. 조금이라도 아프면 그나마 동생과 엄마의 얼굴을 볼 수도 없었다.

해서에게 아프다는 말은 서럽다는 말과 같은 단어였다. 그리고 아이를 가진다는 것도 감히 꿈꿀 수 없는 남의 일이었다. 그런데 이제야 욕심이 난다. 조금만 더를 외치며 가슴을 쓰다듬는 손에 저절로 힘이 들어갔다.

이제는 그의 옆에서 오래도록 살고 싶어졌다. 그래서 작은 통증에도 겁이 난다. 혹시나 수술이 잘못된 거면 어쩌나 싶어 가슴을 쓸어내리는 해서의 손이 떨리고 있었다.

아무래도 서훈이 입원해 있는 동안 병원에 가 봐야 할 것 같았다.

문득 달력을 살피던 해서의 얼굴이 무거워졌다. 어떻게 잊고 있었을까. 식구들을 만나러 가는 날이 다가오고 있었다.

그녀만 남기고 모두 모여 있을 가족들을 만나고 오는 길은 더할 수 없는 외로움에 숨이 막히곤 했다. 반갑게 맞아 주는 사람도 없는 그곳을 해서는 매년 고행이라도 하는 사람처럼 눈물을 감추고 다녀왔다.

올해도 유난히 동생이 좋아하던 해바라기를 한가득 품에 안고 다녀올 생각이었다. 특이하게 해서는 밤에 빛나는 달맞이꽃을 좋아했다. 그러나 반대로 해준이는 밝은 태양을 닮은 해바라기를 좋아했었다.

'우린 마치 동화에 나오는 남매 같아. 왜 있잖아. 호랑이를 피해 하늘로 올라가 어둠을 무서워하는 동생을 위해 오빠는 달님이 그리고 동생은 해님이 되었다는 전래 동화. 난 그거 읽으면서 나랑 누나처럼 느껴졌거든.'

그랬다. 해서와 해준이는 달과 해처럼 같은 듯 다른 쌍둥이 남매였다. 언제나 보고 싶고 그래서 더 많이 그리운 동생을 생각하며 해서의 눈에 그리움이 서렸다.

해서의 기억 속에 해준이는 항상 풋풋한 스물한 살의 청년이었다. 나중에 동생을 만나면 나이 든 자신을 못 알아볼까 봐 가끔은 걱정이 된다.

그래도 아직은 동생을 만나러 갈 수가 없었다. 그녀를 위해 모든 것을 내놓을 준비가 되어 있는 한 사람을 떠올리며 해서가 입술을 깨물었다.

다시 수술을 받는 한이 있더라도 살아야겠다는 욕심이 생겼다. 그녀를 사랑한다는 한 사람을 위해 해서는 이제 살고 싶었다.

"누나? 무슨 생각을 그렇게 해요?"

지나간 기억에 잠기는 바람에 가게 문이 열리며 울리는 시끄러운 은종 소리를 놓친 모양이었다. 여느 날처럼 활기찬 영준이 해서를 보며 의아해하고 있었다.

"강의는?"

해서가 서훈의 병실을 지키는 동안에는 영준이 강의가 끝나는 대로 와 가게를 지키고 있었다. 서당 개 삼 년이면 풍월을 읊는다고 이제 영준은 꽃다발도 제법 예쁘게 만든다. 더구나 잘생긴 외모 덕분에 여대생 손님이 확실히 늘었다.

"오늘은 강의 다 끝났어요. 얼른 병원에 가 보세요. 기다리고 계실 텐데."

"미안해. 항상 고맙고."

"에이, 돈받고 하는 일이잖아요. 주문 들어오면 전화 드릴게요."

영준은 화환까지는 무리라 주문이 오면 전화를 주고 있었다. 그나마 여전히 다른 꽃집에 연결을 해 놓은 통에 화환 주문은 거의 없어 요즘은 영준이 가게를 지키는 시간이 길어졌다.

"고마워. 다녀올게. 참, 이거 김밥이야. 맛은 책임 못 지지만 맛있게 먹어 줘."

"우와, 그렇잖아도 배고팠는데 감사합니다."

씩씩한 영준의 배웅을 받으며 해서가 서훈을 위해 솜씨를 부린 김밥을 담은 찬합을 들고 가게를 나섰다. 어차피 병원에 가는 길이니 예약도 잡아 놓고 오자는 마음이었다.

예전이라면 무시할 통증이지만 이제는 확인해야 마음이 놓일 것 같았다. 흉부에 길게 자리 잡은 흉터는 제대로 아물고 있었다.

계절이 바뀌는 것도 제대로 느끼지 못하고 지났다. 그만큼 많은 일이 한꺼번에 다가와 해서의 인생을 바꿔 놓았다.

아직은 낯설어 끊임없이 스스로에게 지금의 선택을 후회하지 않을 자신이 있느냐고 묻지만 이 방법 외에는 다른 답이 없었다.

그녀만 보면 행복하게 웃는 그를 보면서 선택이란 말도 의미가 없었다. 그를 위해 다시 김밥을 싸는 자신이 행복하다는 것만 기억하기로 했다.

마치 평생을 그렇게 살아온 사람처럼 그녀만 보면 입술을 내밀어 입맞춤하는 그가 싫지 않았다. 매번 얼굴이 붉어지지만 살가운 그의 향기에 중독되어 가고 있었다.

새침하게 고개를 돌리는 그녀가 예쁘다는 그는 이미 그녀의 삶에 중심이 되어 가고 있었다. 그래서 이번에는 그를 위해 살아가기로 다짐했다.

병원을 향하는 해서의 발걸음은 가벼웠다. 그녀의 발길이 끝나는 곳에 그가 있다는 것만으로도 힘이 났다. 가을이 다가오면 아픈 기억에 감기처럼 앓고 지나가던 우울증도 가벼운 바람에 날아가 버린 것 같았다.

"어, 왔다."

"병원 식사 아직 안 나왔어요?"

"물론 나왔지."

"그런데 웬 김밥이에요?"

핀잔을 주면서도 해서는 서훈의 안색을 살피고 있었다. 어제 옆구리에 꽂혀 있던 흉관을 제거했다. 여전히 기침을 하면 숨소리가 불안했지만 시간이 지나면서 좋아질 거라는 말을 그대로 믿으려 애쓰고 있었다.

"배가 고파서. 나 잘 먹어야 퇴원하지."

"너무 애쓰지 마요. 퇴원해서 바로 일 시작하는 것도 무리잖아요."

"하긴, 그래도 너무 미안하잖아. 사람 손 하나가 얼마나 중요한데."

해서가 침상에 식탁을 올려놓고 천천히 보자기를 풀어 예쁘고 작은 찬합을 내보였다. 기다리던 서훈이 찬합을 열어 보더니 입을 벌리고 환호성을 지른다.

"조용히 좀 해요. 무슨 일 난 줄 알겠어요."

"우와, 정말 맛있겠다. 너무 예쁘니까 먹기도 아까워."

"그럼 먹지 말든가요."

새침한 표정으로 찬합의 뚜껑을 드는 해서를 피해 서훈이 잽싸게 찬합을 품에 넣고 김밥 하나를 입에 집어넣었다.

"역시 이 맛이야."

"김밥이 다 거기서 거기지. 천천히 먹어요. 여기 물이나 드세요."

그녀가 내미는 물을 받아 마시면서 김밥 하나를 또 날름 입에 넣는다. 십이 년 전에도 서훈은 그녀가 싸 간 김밥을 게 눈 감추듯, 맛있다며 단숨에 모조리 먹어 치웠었다. 그때와 변한 것이 없다면 해서가 싸 온 김밥과 맛있게 먹는 서훈의 모습이었다.

"아픈 건 어때요?"

"수술 부위가 땅기긴 하지만 이 정도쯤이야."

"다행이네요. 퇴원하면 집으로 가죠? 의국에서 보낼 수는 없잖아요."

환자복을 입고 있는 그는 여전히 낯설었다. 창백하던 안색도 며칠 사이에 좋아져 남들이 보면 아픈 곳이 없는 사람처럼 보일 정도로 건강해졌다. 기를 쓰고 복도를 걷던 그의 운동은 제대로 효과를 보고 있었다.

"굳이 서울로 갈 필요가 있어? 나 잠깐만 네 집에 있을게."

"미쳤어요? 거기가 어디라고 있겠다는 거예요?"

"사실 거기 내 집이기도 해."

"그게 무슨?"

알아들을 수 없는 소리에 해서가 미간을 곱게 찌푸렸다.

"거기 내가 샀거든."

머리를 긁적이는 그를 보며 해서가 황당함에 입을 벌리고 있었다.

"방법이 없었어. 가게만 나가면 바로 간다고 하지, 그래서 할머니께 말씀드리고 내가 샀어. 가게 안 나갔다는 말로 좀 더 붙잡고 계시라고."

기가 막혀 화도 나지 않았다. 어쩐지 주인 할머니께서 매번 가게가 나가지 않는다며 애매한 얼굴로 그녀의 눈길을 피하곤 하셨었다. 그저 미안해 그러시려니 생각했던 해서였다.

"아무튼 당신이라는 사람은 정말……."

"방법이 없었어. 그렇다고 네가 떠나는 걸 그냥 보고만 있을 수는 없었거든."

"누가 말리겠어요. 그래도 내 집은 안 돼요. 나중에 소문을 어떻게 수습하라고요."

새침하게 말을 돌리는 해서를 향해 서훈이 강아지처럼 순진무구한 눈빛으로 해서를 향하고 있었다.

"입에 있는 거나 씹고 말하세요. 바보처럼 보이잖아요."

해서의 핀잔에 급히 먹고 있던 김밥을 삼키고 다시 그가 순진무구한 표정을 만들며 그녀를 쳐다보고 있었다.

"그렇게 바라봐도 안 돼요."

"그럼 할 수 없지 뭐. 의국의 작은 침대에서 아픈 몸을 누일 수밖에."

"이 사람이 정말! 집 놔두고 왜 의국에 있어요? 의국 사람들은 편하겠어요? 그냥 집으로 가요. 나으면 다시 오면 되잖아요."

답답함에 해서가 그를 노려보며 잔소리하고 있었다.

"너, 나 나으면 뭐든 다 해 준다며. 그러더니 왜 딴소리야?"

그녀의 눈길을 피하지도 않고 서훈이 볼멘소리를 한다.

"그게 이거랑 무슨 상관이에요? 어떻게 여자 혼자 사는 집에 들어온다는 소리를 아무렇지도 않게 해요?"

"우리 결혼할 거잖아."

"네?"

놀라는 해서를 보며 서훈도 머쓱한 웃음을 짓고 있었다.

"결혼할 거잖아. 아니야?"

결혼은 생각도 못 하고 있었다. 너무 정신없어 앞으로의 일은 아무것도 생각한 것이 없었다. 그래서 그의 입에서 결혼이라는 단어가 나오자 저도 모르게 입이 벌어졌다.

"무슨 프러포즈를 그렇게 성의 없게 해요? 나도 연애라는 거

한번 해 보고 생각할래요."

붉어지는 얼굴을 감추며 해서가 그를 피해 이제 비어 있는 찬합을 챙겨 가져온 종이 가방에 다시 담았다.

"너무 오래 튕기는지는 마라. 나 기다리다 지쳐 사리 나오겠다."

"진짜 이 남자가!"

아무렇지도 않게 얼굴 붉어지는 농담을 하는 그에게 눈을 흘기는 해서는 다른 날보다 귀여웠다. 잔뜩 붉어진 뺨을 보며 서훈이 참지 못하고 웃음을 터트려 결국 해서에게 어깨를 얻어맞았다.

"이리 와 봐."

부끄러움에 그의 어깨를 가볍게 두드리던 해서의 손이 그에게 잡혀 당겨지며 정신을 차리니 어느새 그의 품에 안겨 있었다.

"놔요. 사람들 오면 어쩌려고."

"누가 보면 어때? 내가 내 여자 안고 있겠다는데."

"점점, 흡."

타박을 주던 해서의 입술이 순식간에 서훈에게 빼앗겨 작은 신음만 병실을 울렸다. 얼마 전 수술을 마친 환자라고는 믿기지 않을 정도의 힘으로 해서를 끌어당겨 안은 서훈이 그동안 그리웠던 그녀의 향기에 취하고 있었다.

놀라 그를 밀어내려던 해서도 어느 순간 그에게 자신을 맡기며 그의 향기에 취했다. 오가는 타액만큼이나 서로에 대한 그리움에 녹아들었다.

"윽!"

저도 모르게 손이 올라가며 서훈의 가슴을 쓰다듬던 해서가 그의 신음에 튕기듯 그에게서 떨어졌다.

"왜요? 아파요?"

"……참으려고 했는데 아프네."

정신없이 그에게 매달리다 아마도 그의 수술 부위를 건드린 모양이다.

"그러게 왜 이런 짓을 해요. 환자면 환자답게 굴어요."

민망함에 그에게 타박을 주는 해서의 얼굴이 붉은 사과보다 더 빨갛게 열이 올라 있었다.

"그렇다고 도망갈 필요는 없잖아. 여기 앉아."

그의 시선을 피해 가방을 한쪽 어깨에 멘 해서를 서훈이 말리며 자신의 침상 옆을 두드렸다.

"얼른. 안 오면 나 너 따라간다."

"하."

마치 어린아이처럼 떼를 쓰는 그를 보며 해서가 저도 모르게 헛웃음을 흘렸다.

"그런데 그분은 어떻게 됐어요? 경찰 다녀갔잖아요."

모르는 척 그의 침상 옆 의자에 앉은 해서가 걱정스럽게 바라봤다. 서훈이 건강해지자 그 사람이 이제는 불쌍해지고 있었다.

"살인미수로 넘어간 거라 쉽지는 않지만 정신감정받고 보호감호 나올 거라는 말만 들었어. 다행이라고 해야 하나. 솔직히 치료가 시급한 상태긴 한데 이렇게 치료받는다니까 나도 마음이 불편해. 그래서 나도 탄원서 써 주기로 했어."

지혜를 생각하면 여전히 마음이 무거웠다. 동생이라고 생각하고 있었으면서 한 번도 그녀가 어떤 생활을 하고 있는지 살피지 못했다. 그래서 그가 해 줄 수 있는 일은 모두 해 주자고 생각하고 우선 탄원서부터 써 주었다.

물론 여전히 지혜의 부친은 말도 안 되는 일이라고 펄펄 뛰고 있지만 하나밖에 없는 딸을 감옥에 가게 둘 수는 없으니 변호사의 설득으로 그쪽으로 일을 진행시키고 있다는 말은 들었었다.

"네게 혹시 연락 있었어?"

"아니요. 솔직히 만나고 싶은 마음도 없고요. 연락 온다고 해도 할 말도 없어요."

"미안하다. 내가 대신 사과할게. 그렇게 되도록 몰랐던 내가 한심한 놈이야."

"그걸 왜 당신이 미안해해요? 감춘 사람 잘못이지. 그런데 혹시 나중에라도 다시 이런 일 벌어지는 건 아니겠죠?"

그래도 여전히 걱정은 됐다. 나중에라도 같은 일이 일어날까 봐 두려워졌다. 아직도 그날을 생각하면 진저리 칠 정도로 끔찍하고 괴로웠다.

"아마도. 접근 금지 신청을 했어, 어머니가. 그런데 너 왜 대답 안 해? 내가 청혼했잖아."

"생각해 본다고 했잖아요. 그리고 이렇게 성의 없는 청혼은 안 받아요."

새침한 그녀의 대답에 서훈이 웃었다.

"그래, 나중에 근사하게 청혼할게. 기다려. 알았지?"

"생각해 보고요."

여전히 붉게 물든 해서의 얼굴이 그녀가 얼마나 당황했는지 여실히 보여 주고 있었다. 이렇게 급하게 청혼할 생각은 없었다. 단지 생각하고 있었던 것들이 자연스럽게 말로 나왔을 뿐이었다.

"나 이제 가 볼게요. 당신 이제 움직일 만하잖아요. 매일 가게를 영준이에게 부탁할 수는 없어요."

"영준이라면? 날 구해 준 학생? 남자야?"

"네. 젊고 잘생기고 공부도 잘하는 이 대학 경영학과 학생이에요."

"그래도 내가 더 잘생겼지?"

느물거리는 그가 적응이 되지 않아 해서가 곱게 눈을 흘기고 있었다.

"딱히 그렇지는 않아요."

"뭐?"

"아무튼 몸 챙기고 있어요. 나도 일을 해야 먹고살죠."

부지런히 찬합을 챙겨 일어나는 해서를 이번에는 그가 잡지 않았다.

"해서야, 우리 이렇게 있으니까 참 좋다. 다시 연인이 된 것 같아."

"퇴원하면 나랑 어디 좀 같이 갈래요?"

나가려던 해서가 문손잡이를 잡고 그의 말을 듣더니 망설이다 어렵게 입을 열었다.

"어디? 여행 가는 거야?"

"아니요. 내 동생 만나러. 같이 갈래요?"

생각지도 못한 초대에 순간 서훈의 목이 멘다.

"그래, 같이 가자. 나도 인사하고 싶었어. 고맙다."

"쉬어요. 먹고 싶은 거 있으면 전화해요. 만들어 올게요."

해서도 목이 메어 간신히 대답하고 병실을 나섰다. 다른 사람에게는 모르지만 동생에게는 저 사람을 보여 주고 싶었다. 살아서 만났으면 정말 좋았겠지만 동생도 저 사람을 마음에 들어 하리라는 걸 알 수 있었다.

⁂

"정말 여기서 지낼 거예요?"

해서 혼자 지낼 때는 그리 작게 느껴지지 않았던 공간이 서훈과 그의 짐이 들어오니 확실히 작은 집이라는 것이 느껴진다. 아무리 기를 써도 밀고 들어오는 그를 막을 수가 없었다.

"여기가 편해. 일단 병원에서 가까우니 외래 진료도 가능하고. 생각해 봐라. 내가 의국에 있으면 레지던트들이 편하게 쉬겠냐?"

"그러니까요. 어차피 병원에 흉부외과 과장님도 오신 김에 나을 때까지 편하게 집에 가 계시면 좋잖아요."

"싫어. 나 내일부터 외래 진료 볼 거라니까."

막무가내로 떼를 쓰는 그를 보며 해서가 한숨을 내쉬었다.

"불편하잖아요. 여기 방도 이거 하나예요."

"알아, 그래서 더 좋아."

"무슨 뜻이에요?"

"알면서 뭘 물어."

느물거리는 서훈을 보면서 해서는 처음으로 한 대만 때려 줬으면 좋겠다는 생각을 하고 있었다.

"도대체 왜 이러는 건데요?"

"서울은 너무 멀어. 너 또 사라질까 봐."

가방을 열어 아예 옷가지를 꺼내던 그가 지나가는 투로 대답하는 말에 순간 해서의 가슴이 아려 온다.

"안 가요. 여기 있을 거라고 했잖아요."

"알아, 그래도 내가 불안해서."

해서도 더는 할 말이 없었다. 이렇게 해서라도 그가 편하다면 그의 뜻대로 따르는 것도 싫지 않았다. 그를 혼자 서울로 보내면 그녀도 그리워 눈이 짓무를 것 같았다.

"나 서울 가면 너 보러 하루가 멀다 하고 내려올 텐데 걱정 안 하겠어?"

마치 협박처럼 들리는 말에 해서가 결국 웃고 말았다.

"그럼 편한 대로 해요. 당신이 편하다면 나도 괜찮아요."

"병원에서는 뭐래?"

생각지도 않은 질문에 해서의 눈이 동그래졌다.

"어떻게 알았어요?"

"나 병원에 스파이 심어 놨잖아. 말해. 어디가 잘못된 거야?"

심각한 어조에 해서가 일부러 웃는 얼굴을 하고 있었다.

"아니에요. 내 심장은 건강하대요. 확인하려고 진료받은 거예요. 그리고 환자의 비밀을 그렇게 쉽게 발설해도 돼요?"

따끔거리는 증상은 그저 수술받은 부위가 낫느라 그런 거라는 진단을 듣고 안심하고 돌아왔다. 새로 이식받은 판막은 건강하게 제 역할을 하고 있다며 앞으로 관리만 잘하면 15년은 거뜬할 거라는 말에 안심했다는 건 비밀이었다. 뭐 비밀로 한다고 해도 이미 그도 알고 있는 일이었다.

"내가 그 병원 과장이야. 당연히 내 환자 살피는 건데 웬 비밀? 그런데 확실한 거지? 나중에 확인한다."

그녀의 대답을 듣고서야 서훈의 어깨에 들어가 있던 힘이 빠졌다. 험한 일을 당하면서 혹시라도 그녀의 심장에 무리가 가지는 않았을까 걱정하고 있었다.

"내가 거짓말한다고 모를 사람이에요?"

"그러니까."

그제야 안심한 서훈이 가방에 있던 옷을 꺼내 들고 방 안을 둘러봤다.

"줘요. 내가 걸 테니까. 아무튼 고집도."

서훈의 손에서 그의 옷을 받아 옷장에 거는 해서를 보며 그가 슬그머니 웃고 있었다.

"네 옷하고 내 옷이 같이 걸려 있으니까 우리 꼭 신혼부부 같다."

"나 아직 당신 청혼 수락 안 했어요. 김칫국은 사양할게요."

여전히 새침하게 대답하는 해서 때문에 서훈이 다시 큰 소리로 웃음을 터트렸다.

"근사하게 청혼할게. 그때는 허락해 줘라."

"생각해 보고요. 그런데 잠자리는 어떡해요? 방이라고는 이거 하난데."

"뭘 어떡해? 같이 자면 되지."

"뭐라고요?"

화들짝 놀라는 해서에게 서훈이 한쪽 눈을 찡긋하며 휘파람을 불었다.

"이 남자가 진짜. 우리 아직 아무런 사이도 아니거든요."

"왜 아니야? 연인이잖아."

"그건 당신 생각이고요."

톡 쏘는 말투에 서훈이 어깨를 으쓱하며 세면도구를 꺼내 일어났다.

"욕실이 이쪽이지? 그리고 손만 잡고 잘 거야. 도대체 무슨 상상을 하는 거야?"

천연덕스럽게 도리어 그녀에게 면박을 주며 그가 욕실로 사라지자 해서가 손부채질을 하며 달구어진 얼굴을 식혔다.

도대체 당할 재간이 없었다. 혼자 사는 것이 너무 익숙해 다른 사람의 짐이 떡하니 자리 잡고 있는 방은 생각보다 더 좁아 보였다. 당장 그와 같이 잔다는 생각만으로도 얼굴이 붉어진다.

그러나 해서는 욕실에서 거울을 살피는 서훈의 뺨도 붉어져 있다는 것은 모르고 있었다.

해서가 사라질까 두려워 그녀의 집에 쳐들어왔지만 사실 서훈도 당황하기는 마찬가지였다. 그녀를 보면 키스는 물론 더한 욕심도 나지만 사실 그도 모든 일을 글로 배운 사람이었다. 사람의 인체야 남자든 여자든 세세하게 알고 있는 입장이지만 이런 상황은 그 역시 낯설었다.

의대를 졸업하고 레지던트를 거치면서 한가한 시간이라고는 잠깐 군의관으로 있던 시절이 다였다. 그때도 그에게 여자는 없었다.

경험이 없다는 사실이 부끄러운 것은 아니지만 어쩐지 자꾸만 얼굴이 붉어지고 숨이 가빠 온다. 더구나 해서의 칫솔과 그의 칫솔이 나란히 있는 모습에 가슴 한쪽이 뿌듯해졌다. 같은 방은 쓰는 것에 얼굴이 붉어지는 해서도 예쁘기만 했다.

처음으로 그에게 여자라는 존재가 그저 지나치는 일반 사람이나 환자가 아닌 말 그대로 자신의 여자로 함께 밤을 맞이하는 오늘이 그로서도 긴장되는 날이었다. 해서에게 약속했듯이 손만 잡고 자려는 마음이지만 슬그머니 사내로서의 욕심이 생긴다.

"정신 차려. 결혼이 먼저야."

붉어진 뺨을 두드리며 서훈이 스스로에게 일침을 주지만 여전히 그의 가슴은 무섭게 뛰고 있었다.

그가 이 층 방에 있다는 생각만으로 해서의 심장이 미친 듯이 두근거렸다. 일부러 일을 만들어 가며 이 층으로 가는 시간을 애써 뒤로 미루고 있었다.

"어쩌자고."

기를 쓰고 안 된다고 말렸으면 밀고 들어올 사람도 아니었다.

그러나 외국으로 가겠다고 고집을 피우는 그를 그대로 둘 수가 없었다.

그래서 못 이기는 척 그를 이 층 방으로 안내하고 홀로 앉아 얼굴을 붉히고 있는 중이었다. 방이라도 두 개였다면 부끄러움이 덜하겠지만 덜렁 방 하나 있는 제집이 오늘따라 얼굴이 붉어지는 이유가 될 줄은 몰랐다.

피곤한 기색이 역력한 서훈은 짐을 푼 후 해서의 침대가 마치 자신의 침대인 양 자리를 잡더니 그대로 깊은 잠에 빠져들었다.

퇴원을 했다고 하지만 완전히 수술 부위가 아문 것은 아니었다. 아무렇지도 않게 움직이려 노력하지만 이마에 송송 묻어나는 땀을 보면 분명 통증을 느끼고 있다는 뜻이었다. 해서도 수술을 받아 봐서 어떤 느낌인지 알기에 조용히 문을 닫고 가게로 내려왔다.

당장 오늘밤은 어떡해야 하는지 막막한 심정이었다. 남자와 같은 방을 써 본 적이 없어 당황스럽기도 했다. 그렇다고 깊이 잠이 든 그를 깨워 외국으로 보낼 마음도 없었다.

아무래도 오늘은 가게에서 자야 할 것 같아 주변을 살피던 해서가 얕은 한숨을 내쉬었다. 온통 꽃바구니와 화분으로 가득 찬 공간은 어느 한 곳 몸 뉘일 공간이라고는 남아 있지 않았다.

"뭐 해?"

늦도록 올라오지 않는 해서가 걱정되어 서훈이 가게로 내려온 모양이었다.

"남은 일이 있어서. 그동안 병원 오가느라 일이 밀렸어요."

"나 피한 건 아니고?"

눈치 하나는 그리도 좋으면서 어떻게 해서의 집으로 들어올 생각을 한 건지 묻고 싶어진다.

"불편하잖아요. 그러게 서울로 올라가라니까."

"너 안 보면 불안해서 못 가. 손만 잡고 잔다는데 나 못 믿어 그러는 거야?"

"그 말 어디서 많이 들어 본 것 같은데. 그런 말은 믿으면 안 된다고 배웠어요."

"이 말이 도움이 될지는 모르지만 나도 여자랑 단둘이 있는 건 처음이야. 그리고 수술한 지 얼마 안 돼서 무리하면 안 돼."

"예?"

"안 믿을 줄 알았어. 자랑은 아니지만 그렇다고 부끄러운 일도 아니잖아. 그러니까 믿어. 올라가자. 여기 정리하는 거 도와줄게."

해서의 눈길을 피하며 주변을 살피는 서훈의 뺨이 붉어진 것을 보곤 저도 모르게 웃음을 터트렸다.

"너 지금 웃었지?"

아주 작은 소리에도 튕기듯 반응하는 서훈이 웃겨 더는 참지 못한 해서의 웃음소리가 가게 안을 가득 메웠다.

"안 웃었어요. 아무튼 이상한 데서 사람 놀라게 해요."

"그게 웃을 일은 아니잖아. 자, 뭐 해야 해?"

"아무것도. 올라가요. 나도 갈 테니까."

그러고 보면 서훈과 해서는 십이 년 전 그때와 변한 것이 없었다. 마치 약속이나 한 듯 서로를 기다리고 있었던 사람들처럼 느껴졌다.

돌고 돌아 제자리에 돌아온 두 사람은 오랜 시간 함께해 온 부부처럼 보이기도 했고 또 이제 막 시작한 연인들처럼 마냥 설레 보이기기도 했다.

손을 잡고 위층으로 향하는 두 사람은 서로를 향해 아름다운 미소를 보이고 있었다. 둘만이 아는 비밀스러운 미소를 띠고 있었다.

*

이틀 후 해서는 품 안에 해바라기를 가득 안고 그와 함께 동생을 찾았다. 고즈넉한 강물은 가을 햇살에 눈부시게 빛나며 잔잔히 흐르고 있었다.

검은색 정장을 멋들어지게 차려입은 서훈은 수술한 환자라는 것이 믿기지 않을 만큼 건강하고 당당해 보였다.

정말 그는 약속대로 같은 방에 자면서 그녀를 품에 안고 더 이상을 바라지 않았었다. 도리어 그의 품에 안긴 해서가 두근거리는 심장 때문에 곤란할 지경이었다.

"첫날밤은 나중을 위해 아껴 두는 거야."

그러나 숨길 수 없는 열정을 담은 키스에 부끄러워하는 그녀를 밀어내며 똑같은 소리를 한다. 이제는 해서도 자신이 무엇을 원하는지 알 수 없었다.

교수님은 엄한 얼굴로 서훈에게 동거가 웬 말이냐며 자신의 집으로 들어오라는 명령에 결국 서훈은 다음 날 백 교수의 집으로 옮겨 갔다.

짐을 싸는 그를 보며 가장 아쉬워한 사람은 사실 해서인지도 모른다. 그가 떠나고 빈자리가 너무 커 작은 방이 커다랗게 느껴질 정도였다.

오늘은 혼자가 아닌 그와 함께 동생을 찾은 해서가 강가에서 해바라기를 한 송이씩 강물에 흘려보내고 있었다.

"여기 우리 식구 모두 함께 있어요. 그래서 나도 죽으면 여기에 함께 있을 거라고 생각했어요. 인사해요. 우리 부모님하고 내 동생이에요."

참으려고 하지만 여기만 오면 저도 모르게 눈물부터 흘러 지금도 해서는 이를 악물고 흘러내리려는 눈물을 참고 있었다.

"안녕하십니까? 진서훈이라고 합니다. 앞으로 이 사람과 행복하게 살겠습니다. 아버님 어머님, 이 사람을 저에게 주셔서 감사합니다. 그리고 처남, 예쁜 누나 내가 울리지 않고 잘 살게. 그곳에서 지켜봐 주겠어?"

구십 도로 고개를 숙이고 인사하는 그를 보며 해서가 쪼그리고 앉아 눈물을 감추고 있었다. 말없이 해바라기 한 송이를 물에 흘려보내는 해서 곁에 앉은 서훈이 따뜻한 손을 어깨 위에 얹는다.

"울고 싶으면 울어. 참으면 그것도 병이 돼."

"할머니는 내가 울면 재수 없다고 싫어했어요. 나는 항상 재수 없는 아이라는 말을 듣고 자라서 매사 무슨 일이든 안 좋은 일이 생기면 마치 나 때문인 것 같아 두려웠어요. 당신 옆에 있고 싶지만 정말 내가 재수 없는 애면 어떡해요. 나 때문에 당신이 다친 것 같아 내내 마음에 걸려요."

"너 그것도 병이야. 세상에 다른 사람 때문에 일어나는 일은 없어. 어떤 일이든 그건 그 사람의 선택이야. 가끔은 사람이 어쩔 수 없는 일도 일어나지만 그건 하늘 탓이지 사람 탓은 아니야."

그의 손에 이끌려 일어난 해서의 손에 해바라기는 없었다. 울음을 참고 있는 해서가 안쓰러워 서훈이 품에 안으며 그녀의 등을 다독여 준다.

그리고 마치 기다렸다는 듯 해서가 그의 품에서 서러운 눈물을 쏟아 냈다. 너무 외로워 사는 것이 버거웠던 해서가 드디어 그녀를 따뜻하게 안아 주는 품을 발견하고는 한없이 울었다.

가슴을 적셔 오는 해서의 눈물을 받아 내는 서훈의 눈가도 붉어졌다. 얼마나 외로웠을지 눈으로 확인하지 않아도 느낄 수 있었다.

"이제 내 손 잡고 나와 같이 한세상 살아갈래? 떨어져 있으니까 좀이 쑤셔서 안 되겠다. 여기 네 가족이 지켜보는 이곳에서 약속해 줄래? 내 아내가 되어 주겠어?"

눈물을 쏟고 있는 해서의 등을 쓰다듬던 그가 주머니에서 작은 상자를 꺼내 해서의 손을 잡고 손가락에 예쁜 반지 하나를 끼워 주었다.

"나 혼자 골랐어. 마음에 들었으면 좋겠다."

눈물이 가득한 해서가 손가락에 반짝이는 돌멩이를 보고 저도 모르게 웃고 말았다. 반지는 너무 예쁜데 너무 커서 손가락에 간신히 매달려 있는 모양새였다.

"당신 의사로는 최고인데 어쩌면 다른 면은 다 바보 같아요?"

눈짐작으로 맞을 거라고 생각하고 자신 있게 골랐던 반지가 손가락에서 빙빙 돌고 있는 모습에 서훈이 멋쩍은 표정으로 머리를 긁적인다.

"대충 이 정도면 맞을 줄 알았는데. 그래도 받아 줄 거지?"

대답을 돌리는 해서 때문에 안달이 난 그를 알면서도 해서가 쉬이 답을 주지 않았다.

"난 사실 자신이 없어요. 나도 나지만 혹시 나중에 내가 낳은 아이가 나나 내 동생처럼 많이 아프면 어떡하나 두려워요."

"나보고 바보라더니 진짜 바보는 너였구나. 내 직업이 뭔지 잊었어? 내가 의사야. 그리고 네 병은 유전병이 아니야. 어떻게 그런 바보 같은 생각을 할 수 있어? 그리고 너 너무 나간다. 난 아직 아기 가질 생각도 없는데. 거기까지 생각한 거야? 은근히 엉큼하다니까."

해서를 품에 안은 서훈이 우스갯소리를 하지만 목소리가 젖어 뜻처럼 우습게 들리지 않았다. 상처 많은 자신의 연인이 언젠가는 스스로 고치를 뚫고 나와 당당하게 서 있을 모습을 그리며 흘러가는 물결에 소망을 담아 본다.

'해준아 다른 것은 몰라도 네 누나 내가 잘 지키고 있을게. 나중에 얼굴 보면 너에게 고맙다는 말 들을 수 있도록.'

세상에는 꼭 만나야 하는 사람들이 있다. 그리고 서훈은 해서와 자신이 그런 사람임을 믿고 있었다. 살아가면서 수많은 일을 겪고 아파하겠지만 이젠 혼자가 아닌 두 사람이기에 웃으며 넘길 수 있을 것 같았다.

"사랑해요."

그의 가슴으로 스며드는 작은 목소리에 온몸이 따뜻해지고 세상이 아름답게 느껴졌다.

"그거 대답이지?"

떨리는 음성에 담긴 설렘이 해서를 감싸며 처음으로 행복하다는 감정이 어떤 것인지 알려 준다. 이 사람이 있어서 해서는 살아갈 용기를 얻었다. 아무리 힘들어도 살아 볼 만한 삶이라는 깨달음을 얻었다.

고요히 흘러가는 강물에 예쁜 단풍잎이 하늘거리며 올라앉았다. 그렇게 아름다운 풍경 속에 서로를 향한 약속이 깊어 가고 있었다.

— *The end*

에필로그

수증기로 가득 찬 거울을 닦아 내는 손이 떨리고 있었다. 막 샤워를 빙자한 목욕을 끝내고 가운을 걸친 해서는 쉬이 욕실을 벗어나지 못하고 있었다.

매무새를 살핀다는 핑계를 만들며 거울의 수증기를 닦아 내자 깨끗한 거울이 상기된 얼굴을 여과 없이 보여 주고 있었다. 아직 물기 가득한 머리카락이 얼굴 주변에 달라붙어 있었다. 커다란 눈에 담긴 쑥스러움이 거울에 비치는 자신의 얼굴을 바라보는 것도 민망한 듯 두 뺨이 붉게 달아오른다.

첫날밤을 준비하는 신부는 지금까지 누구에게도 벗은 모습을 보여 준 적이 없어 더욱 민망하고 부끄러웠다. 그리고 가장 거슬리고 신경 쓰이는 상처를 거울에 비추려 가운을 풀어 내리자 가슴골에 일자로 그어진 빨간 수술 자국이 그대로 눈에 들어온다.

한 번도 이 흉터가 문제가 된 적은 없었다. 어차피 혼자 사는 삶에 친구처럼 가져갈 생각이었다. 그러나 오늘은 계속 신경이 쓰이고 다른 사람에게는 어떻게 보일지 걱정이 된다.

특히 한 사람의 눈에 어떻게 보일지 염려스러워 쉬이 욕실을 나서지 못하고 한참을 망설이고 있었다.

오늘 치른 결혼식은 아름다웠다. 누군가와 결혼을 할 거라는 생각조차 하지 못하고 살아 결혼식에 대한 환상도 없었다.

하지만 환상을 가지고 있었다 하더라도 그 기대에 부합할 만한 정말 아름다운 결혼식이었다. 그가 다니는 병원의 강당을 빌려 식장으로 대신했지만 여러 사람들의 도움으로 강당은 평소의 딱딱하고 정형화된 모습에서 화사하고 아름다운 공간으로 바뀌어 있었다.

주로 의사나 간호사들의 콘퍼런스 장소로 쓰이던 강당이었지만 오늘만 예외로 결혼하는 두 사람의 행복을 빌어 주는 장소로 바뀌어 있었다.

강당 구석구석 예쁜 화분이 자리를 잡고 레이스로 통로를 장식했다. 다른 결혼식장과 달리 경사진 강당의 특성 때문에 해서는 백 교수님의 손을 잡고 한 발 한 발 그녀를 올려다보는 그를 향해 내려갔다.

그녀를 기다리며 사랑스럽게 웃고 있는 서훈의 환한 얼굴을 가슴에 담았다. 백 교수님에게 해서의 손을 넘겨받는 내내 그는 팔불출처럼 웃고 있었고 덕분에 그의 별명으로 병원에 소문이 났다는 건 한참 후에 알았다.

그 다음은 정신이 없어 어떻게 진행됐는지 하나도 기억나지 않았다. 병원장님의 주례가 끝날 무렵 신부 친구라고 달랑 한 명 참석한 영주의 찢어지는 비명 때문에 해서가 아예 정신을 놓았다는 말이 옳았다.

그렇게 해서와 서훈의 결혼식 날 영주는 새로운 생명을 세상에 내놓았다. 아기가 무사히 세상에 태어난 것을 확인하고 나서야 다소 피곤한 모습으로 두 사람도 첫날밤을 위해 마련된 펜션으로 향할 수 있었다.

그리고 늦은 시간 해서는 밖에서 그녀를 기다리는 서훈을 떠올리며 욕실에 갇혀 부끄러움에 어쩔 줄을 모르고 있었다.

"아직 멀었어?"

거울을 보며 한숨을 포옥 내쉬던 해서가 욕실 문을 두드리는 소리와 함께 서훈의 목소리가 들리자 찔끔하며 고개를 저었다. 하지만 그에게 보이지 않으리라는 생각에 얼른 목소리를 가다듬었다.

"나가요. 다 했어요."

더 이상 숨어 있을 수는 없었다. 밖에서 서성이는 서훈의 발소리에 조급증이 묻어 있다는 것에 내기를 걸 수도 있었다.

간신히 스스로를 진정시킨 해서가 떨리는 손으로 욕실 문의 손잡이를 잡고 심호흡을 한 번 더 한 후 손에 힘을 주었다. 부드럽게 열린 문으로 밖을 살피던 해서가 바로 눈앞에 서 있는 서훈을 보고는 헛웃음을 흘렸다.

그 역시 가운을 걸치고 팔짱을 낀 채 그녀를 마주 보고 있었다.

"조금만 더 늦었으면 나 119에 신고하려고 했어. 욕조에 빠진 줄 알았잖아."

농담이라는 것을 알고 있기에 해서가 어설픈 미소로 답을 대신하고 그를 피해 옆으로 달아나다 그의 손에 잡혔다.

"어딜!"

서훈이 장난기 가득한 음성으로 부끄러움에 얼굴이 빨개진 해서를 안아 그대로 침대에 눕히며 이불 대신 자신의 몸으로 그녀를 덮어 버렸다.

"너 오늘 얼마나 예뻤는지 알아? 얼굴 좀 보여 줘. 결혼식 내내, 영주 씨가 진통 오고 나서부터는 정신이 없어서 제대로 보지도 못했잖아."

그의 품에 얼굴을 감춘 해서를 향해 애가 달아 서훈이 애원을 하지만 해서는 쉬이 얼굴을 내보이지 않았다.

"당신, 정말 멋있었어요."

"뭐라고? 안 들리잖아."

웅얼거리는 음성에 서훈이 장난기 가득한 키스를 해서의 머리 위에 쏟아부으며 연신 재촉한다.

"멋있었다고요."

"뭐라고?"

파고드는 서훈을 피하느라 해서가 부지런히 버둥거렸지만 여전히 그의 품에 파묻혀 있었다.

"고개 좀 들어 봐. 밤새 이러고 있을 거야?"

그의 가운 깃을 붙잡고 얼굴을 감춘 해서 때문에 안달이 난 서훈이 그녀를 안은 채 몸을 굴려 이번에는 해서가 그의 이불이 되었다.

"부끄럽잖아요."

"나도 부끄러워. 그래도 이렇게 잘 수는 없잖아."

여전히 목소리에 웃음기가 가득했지만 뺨을 통해 느껴지는 그의 심장 박동이 떨고 있는 그의 상태를 극명하게 보여 주고 있었다.

정신없는 북소리처럼 울리는 그의 심장 박동에 용기를 얻은 해서가 조심스럽게 얼굴을 들자 기다렸다는 듯 그의 입술이 해서의 입술을 맞이한다. 저도 모르게 눈을 꼭 감은 해서의 얼굴을 감싼 서훈의 손도 떨리고 있었다. 그의 입술이 깃털처럼 가벼운 키스를 퍼부었다.

사막을 헤매던 사람이 오아시스를 만나 달콤한 감로수를 들이켜듯 그녀의 입술을 마시는 조금은 서투른 그의 키스에 해서의 뺨에 홍조가 깊어지고 심장은 빠르게 콩콩거리며 뜀박질했다.

서훈은 더욱 집요해져 그의 혀가 대담하게 그녀의 입을 마치 제집처럼 헤매고 다닌다.

혹시 도망갈까 싶어 그녀의 뺨을 잡고 있던 손이 마침내 그녀의 항복을 알아차리고 미끄러지듯 내려가 어깨에서 등으로 그리고 허리선을 타고 움직이며 가슴에 새겼다.

가만히 그의 가운 깃을 잡고 있던 해서의 손에 힘이 들어갈 즈음 서훈이 입술을 떼어 그녀가 호흡할 수 있게 하고는 이번에는 그녀의 목덜미에 흔적을 남겼다.

입술이 지나간 자리마다 그의 손이 따라와 조심스럽게 그녀의 옷을 벗겨 냈다. 귓가에 흘러 들어오는 그의 숨결에 해서의 발끝이 저도 모르게 저릿해지면서 알 수 없는 아지랑이가 몸속을 흐르는 것처럼 간질이고 있었다.

인지하기도 전에 벗겨진 가운이 침대 시트 대신 자리를 차지하고 영주가 결혼 선물로 준 하얀 새틴 레이스 속옷을 입은 해서의 몸이 환한 불빛 아래 눈부시게 반짝였다.

마치 맨살처럼 부드럽게 감싸는 새틴의 감촉을 음미하듯 서훈의 손이 정신없이 속옷 위를 지나고 움찔거리는 해서의 반응을 즐기며 가빠 오는 숨을 고르려 애를 썼다.

천천히 하자고 수십 번을 다짐했지만 눈부신 해서의 아름다움에 벌써 조급증이 그를 점령하고 있었다.

가느다란 슬립의 끈을 당기는 그의 손길은 당당해 보이는 것과 다르게 여전히 떨리고 있었다. 고개를 돌리고 그에게 모든 것을 넘겨준 채 눈을 감은 해서의 표정은 홍조가 얼굴 가득 번져 잘 익은 홍시를 연상시켰다.

의사라는 직업 때문에 많은 사람들의 몸을 보아 왔지만 직업을 떠나 남자의 시선으로 보는 여인의 육체는 놀라울 정도로 부드럽고 아름다웠으며 숨이 막히도록 유혹적이었다.

그의 입술이 목덜미를 따라 내려가다가 다시 방향을 바꾸어 그녀의 입술을 찾았다. 간신히 그녀의 입술에 다다른 그가 남자의 욕심이 가득한 숨결로 해서를 달뜨게 하고 있었다.

"받아 줄 거지? ……내가 서툴러도 모두 받아 줄 거지?"

"……난 당신이 서투르다는 것도 몰라요."

"다행이라고 생각해야 하는 거야?"

"……어쩌면."

"사랑해. 항상 널 이렇게 안는 꿈을 꿨었어. 꿈에서도 넌 항상 아름다웠어. 꿈속에서 나를 유혹하는 여자는 항상 너였어. 널 미워한다고 생각하던 그때도 난 너의 꿈을 꿨어. 나를 향해 손을 내미는 너의 꿈을 꿨어. 그런데 꿈속의 너보다 지금의 네가 더 아름다워. ……넌 항상 내 인생의 영원한 뮤즈였어."

그의 말과 키스가 번갈아 그녀의 육체에 낙인을 새기고 있었다. 서훈의, 생각지 못한 뜨거운 고백에 해서의 눈에서도 뜨거운 눈물이 흐르고 있었다.

가슴을 매만지던 그의 손에 잡힌 유두가 빳빳하게 성을 내며 자신을 내보이고 허리 아래에서 쏟아 내는 열기에 숨이 막혀 온다.

그리고 마침내 언제 벗겨진지도 모른 슬립이 침대 아래로 떨어졌을 때 그의 입술이 그녀가 내내 걱정하던 수술 자국에 닿아 뜨거운 숨결로 흔적을 남기자 해서의 발끝이 저절로 움츠러들었다.

부끄러움에 두 다리를 오므려 무언가 가릴 것을 찾던 손에 그의 벗겨진 가운이 잡혔다. 해서가 가운을 잡으려 버둥거리는 바람에 벌거벗은 서훈의 부드러운 살결과 해서의 살결이 마주쳐 작은 마찰음을 냈다.

목구멍까지 밀려오는 뜨거움에 입이 말라 입술을 혀로 축이던 해서가 곧이어 자신의 것이 아닌 타액으로 목마름을 달랠 수 있었다.

"천천히 하려고 했는데 도저히 안 되겠다. 사랑해. 해서야 사랑해."

서훈의 목소리가 귀에 닿기도 전에 그가 그녀의 다리 사이를 파고들자 이물감이 느껴졌다.

미처 준비되지 못한 침입에 순간 숨이 막히며 몸에 힘이 들어갔다. 더불어 찾아오는 통증이 해서의 고운 이마에 힘줄을 만들었다.

그러나 그의 어깨를 잡은 손은 밀어내는 대신 도리어 그를 끌어당겨 그의 목덜미에 얼굴을 묻고 새어 나오는 신음을 참았다.

무지막지하게 파고드는 그의 힘을 이겨 낼 기운도 없었지만 막을 생각도 없었다. 통증과 더불어 생각지 않게 그와 하나가 되어 연결된 느낌이 싫지 않았다. 아니, 이제는 두 사람이 하나로 연결되어 다시는 끊어지지 않을 것 같은 믿음에 다시 멈췄던 눈물이 흘렀다.

오랜 기다림 끝에 서훈과 해서는 하나가 되어 새로 태어나고 있었다.

끝없이 솟아오르는 정념에 항복한 서훈은 여전히 해서의 입술을 마시며 숨을 고르려 노력했다.

그의 어깨를 파고든 손끝에서 해서는 소중한 이의 통증을 느낄 수 있었다. 그러나 지금은 그도 멈출 수가 없으리라.

세상에 태어나 처음으로 사랑하는 여인을 품은 사내는 거칠 것 없는 열정과 함께 정상을 향해 솟구치고 있었다. 그녀와 함께 같은 마음으로 올라가고 싶은 마음이지만 서투른 그가 할 수 있는 일은 해서의 눈물을 마시며 그녀가 내어 주는 사랑을 가슴에 담는 일뿐이었다.

사랑한다는 말을 마치 세상에 있는 단 하나의 말처럼 되풀이하던 서훈이 그녀의 안에 모든 것을 쏟아 내고 제자리로 돌아왔을 때 기다리고 있던 것은 그녀의 따뜻한 품이었다.

"사랑해요."

그리고 많이 아팠을 그녀가 도리어 그를 달래 주는, 따뜻한 연인의 고백이 있었다.

"사랑해. 목숨보다 더, 너를 영원히 사랑해."

땀이 가득한 그녀의 이마에 멈춰 속삭이는 말에 해서의 눈에서 다시 눈물이 흘렀다. 그토록 큰 상처를 준 자신을 기다려 준 그가 고마웠다. 그녀를 잊지 않고 그의 아내로 사는 행복을 주는 사내가 고마워 해서의 눈에서 눈물이 멈추지 않았다.

그녀의 눈물은 곧 서훈의 입술로 닦였다.

"우리 아기는 천천히 가지자. 신혼이 너무 짧으면 억울할 것 같아."

뜬금없는 그의 말에 해서의 눈물이 멈추며 눈이 동그래졌다.

"많이 사랑하는 연습을 해야 쫓겨나지 않을 것 같거든. 그러니까 적어도 일 년은 신혼으로 살자. 알았지?"

아쉬움이 가득한 표정으로 그녀의 몸에서 내려오는 그의 행동에 대답 대신 해서의 얼굴이 다시 홍시처럼 붉어졌다.

"시끄러워요."

갑자기 허전해지는 느낌을 감추며 해서가 불퉁거리는 목소리로 답을 하지만 그는 속지 않았다. 서훈은 여전히 붉은 그녀의 뺨에 거칠어진 자신의 볼을 비비며 큰 소리로 웃었다.

"많이 아팠어?"

뺨에 얼굴을 마주 댄 서훈이 잠긴 음성으로 그녀를 품에 안으며 묻는 말에 해서가 도리질했다. 생각했던 것보다 통증은 심했지만 그가 그녀와 이제는 정말 하나가 되었다는 달콤한 깨달음이 통증조차 반갑게 느껴지게 했다.

"다음에는 안 아플 거야. 처음이니까 아픈 거야."

안타까워하는 그의 마음이 그대로 전해져 왔다. 이 사내는 항상 그녀가 아플까 봐 걱정하는 사람이다. 세상에 누구도 그녀를 걱정해 주는 사람이 없다는 외로움을 알고 있는 사람처럼 넘치는 사랑으로 그녀를 감싼다.

"사랑해요."

그래서 해서는 그에게 속마음을 꺼내 놓고 모두 보여 줄 수 있었다. 그녀가 세상에서 가장 믿을 수 있는 사람이기 때문이었다.

사랑을 나눈 후 지친 두 사람은 달콤한 후폭풍이 밀려와 서로의 체온에 감싸여 깊은 잠 속으로 빠져들었다. 잠이 들어도 세상에 둘만 있는 것처럼 꼭 껴안은 두 사람의 아름다운 꽃잠 속으로 예쁜 달과 해님이 찾아들었다.

품 안에 안겨 오는 달님과 해님을 맞이하는 두 사람의 입술에 그만큼이나 달콤한 행복의 미소가 걸려 있었다.

그리고 서훈의 바람은 속절없이 사라지고 말았다. 그날 밤 서훈은 해서에게 소중한 씨앗을 뿌려 주었다는 걸 후에야 알게 되었다. 그것도 서로 다른 예쁜 꽃 두 송이를 피울 씨앗으로.

작가 후기

마당에 오래된 목련나무와 단풍나무가
어느새 옷을 벗고 추위에 맨살을 내보이고 있습니다.
그렇게 나무는 또 하나의 나이테를 만들고
저도 나이테 하나를 만드는 계절입니다.

딱히 나이테 하나 늘었다고
변한 것은 없어 보이는 나무나 저와는 다르게
우리 집의 작은 나무들은 무럭무럭 자라
분명하게 나이테 하나가 늘었다는 것을 보여 줍니다.
덕분에 하루가 지루하지 않고
커 가는 모습을 지켜보며 행복해합니다.

그리고 돌아올 봄을 기다립니다.
목련나무에 화사한 목련꽃이 피는 모습이
벌써부터 그리워집니다.

그리고 저는 이렇게
우리 집 나무들의 나이테가 늘어 가는 모습을 지켜보며
예쁜 사랑 이야기를 쓰고 싶습니다.
우리 집 나무들이 그런 사랑을 했으면 하는 바람으로요.

사랑을 하는 사람들이 행복하기를 바랍니다.
더불어 아름다운 추억으로 남기를 바랍니다.

추운 겨울 항상 건강 챙기시고
올 겨울 따뜻하게 만드는 아름다운 사랑을 하셨으면 합니다.

이천십오 년 십이 월
하영 올림.

Scarlet
스칼렛
www.bbulmedia.com

Scarlet
스칼렛
www.bbulmedia.com